RACHEL AMPHLETT

KALTE GIER

EIN **DAN TAYLOR** THRILLER

The names, characters and events in this book are used fictitiously.
Any similarity to actual people living or dead,
events or locales is entirely coincidental

IMPRESSUM

Deutsche Erstausgabe

Originaltitel: WHITE GOLD

Printed in Germany

Übersetzung: Wolfgang Schroeder
Lektorat: Maximilian Tandi
Umschlaggestaltung: Michael Schubert | Luzifer-Verlag

ISBN: 978-3-95835-318-3
Dieses Buch wurde nach Dudenempfehlung (Stand 2018) lektoriert.

Bibliografische Information der Deutschen Nationalbibliothek:
Die Deutsche Nationalbibliothek verzeichnet diese Publikation in der Deutschen
Nationalbibliografie; detaillierte bibliografische Daten sind im Internet über
http://dnb.d-nb.de abrufbar.

JANUAR 2009

Irgendwo im Irak

Dan Taylor zog an der kugelsicheren Weste, fasste darunter und öffnete einen weiteren Knopf an seinem Hemd.

Schweiß strömte über sein Gesicht, als das gepanzerte Fahrzeug über die mit Schlaglöchern übersäte Straße holperte und hin und her schwankte. Er wandte sich an den Mann, der neben ihm saß. Dan musste schreien, um das Dröhnen des Motors zu übertönen: »Wer hat uns angefordert, Terry?«

Der andere zuckte mit den Achseln. »Irgendeine Frau hat einer der Patrouillen gemeldet, ihr Junge hätte beobachtet, wie ein paar Kerle vom Haus auf der anderen Straßenseite weggelaufen sind. Es sah wohl so aus, als hätten sie etwas auf der Straße eingebuddelt.«

Dan nickte, senkte den Blick auf seine Füße und saß wie in Trance, wartend darauf, dass das Fahrzeug sein Ziel erreichen würde. Er bewegte vorsichtig die Beine und versuchte, seine verkrampften Muskeln in dem knappen, begrenzten Raum ein wenig zu lockern. Der Mann auf der anderen Fahrzeugseite trat ihm gegen den Fuß. Dan blickte auf und nahm den angebotenen Kaugummi mit einem dankbaren Grunzen entgegen.

»Danke, H.«

Nicht, dass Magenbeschwerden im Moment meine größte Sorge wären, dachte er, während er den Kinnriemen, der seinen

Helm fixierte, lockerte. Dan spürte, dass eine Kopfschmerzattacke im Anmarsch war, weil der Helm in der Hitze seinen Schädel quetschte.

Das gepanzerte Fahrzeug donnerte weiter die unbefestigte Straße zwischen verfallenen Häusern entlang. Die meisten davon zeigten Narben des Krieges – Einschusslöcher, fehlende Dachziegel. An einigen Stellen waren Trümmerhaufen und verdrehtes Metall die einzigen Hinweise darauf, dass dort jemals Gebäude gestanden hatten.

Dan schloss die Augen und ließ seinen Körper bei jeder Kurve und Rotation, die das Fahrzeug vollzog, mitpendeln. Die Müdigkeit und Erschöpfung zehrten ihn aus. Nach einem ohnehin verlängerten Einsatz in der Wüste kämpfte das Team inzwischen seit weiteren drei Monaten darum, nicht den Verstand zu verlieren. Tag für Tag jagte die Einheit mehr Sprengsätze in die Luft. Doch immer dann, wenn sie gerade eine Bombe sicher beseitigt hatten, wurden zwei weitere entdeckt, die auf sie warteten.

Dan öffnete die Augen wieder und warf einen Blick auf seine Uhr. Sie hatten das Lager vor über sechs Stunden verlassen und waren seitdem von einem Notfall zum nächsten gejagt. Um seine Nackenmuskulatur ein wenig zu dehnen, lehnte er den Kopf zurück.

Ein Schrei vom Vordersitz ließ ihn zusammenzucken. »Aufpassen!«

Das Fahrzeug driftete durch eine scharfe Linksabbiegung und augenblicklich wurde die Fahrbahn weiter. Staub wehte über die Straße, während kleine Steine unter den Rädern des Fahrzeugs hervor spritzten. Sie hatten die Vororte der von Raketen zerschossenen Stadt hinter sich gelassen. Während das Fahrzeug dazu übergegangen war, Spuren eines Versorgungskonvois vom Vortag zu folgen, standen entlang der Straße nur noch wenige Häuser, die wie Wächter wirkten. Die Hauptroute, die in die Stadt hinein und wieder hinausführte, war ein beliebtes Ziel für Terroristen. Der gepanzerte Wagen beschleunigte und pendelte dabei hin und her, um den größeren Kratern und Schlaglöchern auszuweichen.

Die Männer auf den hinteren Sitzen hielten sich an Riemen fest, die von der Decke des Fahrzeugs herabhingen, schwenkten aber immer noch mit jeder Bewegung mit.

»Dicko, kann dein Fahrstil eigentlich noch schlechter sein?«, schrie H.

Dan hörte die Antwort nicht, aber das Grinsen auf H's Gesicht zeigte ihm, dass sie bestimmt nicht höflich gewesen war. Dicko hatte ihm einmal erzählt, dass er vor seiner Verpflichtung bei der Armee als Kurierfahrer in London gearbeitet hatte. Dan fragte sich häufig, wie kurz diese Karriere wohl gewesen wäre, wenn sich Dicko nicht plötzlich für einen Richtungswechsel entschieden hätte. Er spürte, wie das Fahrzeug auf Schrittgeschwindigkeit abbremste. Schließlich schlug Dicko das Lenkrad ein und stoppte.

Eine Stimme rief vom Beifahrersitz aus nach hinten. »Alle raus!« David Ludlow, ein junger ehrgeiziger Captain, schrie über seine Schulter: »Dan, Mitch … ihr bedient den Roboter.«

Dan wartete, während sich H reckte und die Tür im Heck des Wagens öffnete. Das Team wund sich nach draußen in die Gluthitze. Staubteufel peitschten kleine Wolken aus Dreck und Sand auf. Dan streckte seinen stämmigen Körper und ging dann zur Beifahrertür. Er lehnte sich gegen das

Fahrzeug, während David per Funk ihre Position anhand der GPS-Koordinaten durchgab.

Nach ein paar Einsatzmonaten sah die Szenerie überall gleich aus. Staub, Sand, Staub und noch mehr Staub. Einer Salve statischen Rauschens folgte eine kaum verständliche Bestätigung ihrer Basis.

David hakte das Funkgerät wieder ein und wandte sich an Dan. »Na dann mal los.«

Dan ging zum Heck des Fahrzeugs. Ein sanfter Lufthauch, der von der Wüste herwehte, trocknete den Schweiß in seinem Gesicht. Er hob die Hand, um seine blauen Augen vor der gleißenden Sonne zu schützen und begutachtete die Fahrbahn vor sich. Vor dem Nachmittagshorizont hing ein dichter Dunstschleier. Ein Stück die Straße hinunter waren auf der linken Seite zwei ausgebrannte Autos aus dem Weg geräumt worden, um den Versorgungskonvoi vom Vortag nicht zu behindern. Dan blinzelte und schob seine Sonnenbrille die Nase hoch. Er wandte sich um, um Mitch zu helfen, der schon dabei war, den Bombenbeseitigungsroboter aus dem Wagen zu heben.

Bei dem Roboter handelte es sich um eine kleine Maschine mit Kettenantrieb, zwei Greifern an der Vorderseite und einer Kamera, die auf der Oberseite montiert war. Er machte dem Team möglich, sich einer vermuteten Sprengfalle zu nähern, ohne das eigene Leben aufs Spiel setzen zu müssen.

Während der andere Mann das Gelände untersuchte, griff Dan in den Laderaum des Wagens und zog einen metallbeschlagenen Aktenkoffer heraus. Er öffnete ihn und klappte dann einen kleinen Laptop mit angeschlossenem Joystick auf. Dan schaltete den Computer ein und sandte bereits kurz danach Befehle an den Roboter auf dem Boden.

Dieser begann sofort auf seinen Ketten hin und her zu ruckeln. Das Kabel, das an der Rückseite der Kamera angebracht war, spulte sich ab, als der Roboter sich rollend entfernte und dabei Livebilder an den Computer übermittelte.

Dan warf einen kurzen Blick hoch und sah Mitch auf sich zukommen. »Ist die Luft rein?«

Mitch nickte. »Terry schaut sich das Haus dort drüben etwas näher an, um sicherzugehen, dass niemand den Kopf herausstreckt, während wir mitten bei der Arbeit sind. Zum Glück stehen hier kaum noch Gebäude. H meint, es gibt nicht genug Deckung für Scharfschützen.«

Dan blickte in die Richtung, in die Mitch zeigte. Das Haus stand auf der linken Seite der Straße und war aus Lehm und Ziegeln gebaut. Eine niedrige Steinmauer zog sich um das Gebäude, in der eine Ziege und einige Hühner eingepfercht waren. Ein altes Ehepaar starrte sie von der Haustür aus an. Er beobachtete Terry dabei, wie er sich dem Haus näherte, der alten Frau in der Tür etwas zurief und ihr Zeichen gab, dass sie sich entfernen sollten.

Dan wandte sich um, als David Anweisungen gab. »Dicko, H … stellt sicher, dass dieser Bereich innerhalb eines Radius von fünfzig Metern sauber ist. Vergesst nicht, die Dünen da am Rand im Blick zu behalten. Haltet einfach die Augen offen.«

Dan verfolgte mit seinem Blick, wie die beiden Männer den Schatten des Fahrzeugs verließen und in den hellen Sonnenschein hinaustraten, wobei sie ihre Köpfe schnell hin und her drehten, um die Umgebung auf Bedrohungen für das Team zu scannen. David hielt vom Heck des Wagens aus Wache. Sein Blick wanderte zu der kleinen Menschenmenge, die sie vom entgegengesetzten Ende der Straße aus anstarrte.

Vor Schreck sprang Dan auf, als ihm Mitch auf den Rücken schlug.

»Komm schon, du Snob, hör auf zu träumen. Lass uns mit einer Bombe spielen.«

Dan schüttelte den Kopf und grinste. Obwohl sie bereits seit zwei Jahren zusammenarbeiteten, machte sich Mitch immer noch über seinen Oxfordshire-Akzent lustig. »Oder noch besser, schick endlich den Roboter los. Es ist heute zu heiß für den Anzug.«

Er schaute die Straße hinunter und unterbrach sich selbst. »Verdammt … wo kommt der denn her?«

Dan blickte zu der Stelle, auf die Mitch zeigte.

Ungefähr fünfzig Meter von ihnen entfernt war auf der rechten Seite ein Junge zwischen den Häusern aufgetaucht. Das Kind radelte glücklich mit seinem kleinen, verbeulten grünen Dreirad mitten auf die Straße. Er lächelte und winkte Dicko und H zu, die sich ihm hastig näherten. Sich der Gefahr, in der er schwebte nicht bewusst, fing der Junge an, ihnen laut zuzurufen, während er immer schneller mitten auf die Straße fuhr.

Ihre eigene Sicherheit außer Acht lassend rannten die Soldaten auf ihn zu, wobei sie ihm mit den Händen Zeichen gaben, stehen zu bleiben.

Dan fühlte sein Herz in der Brust hämmern, während er H dabei beobachtete, wie der sich zu dem Jungen hinunterbeugte, um mit ihm zu sprechen. Er konnte nicht mehr als drei Jahre alt sein. Mit trockener Kehle beobachtete Dan, wie das Kind in dieselbe Richtung zurückrannte, aus der es angeradelt kam.

Als der Junge ein Haus erreichte, riss ihn eine Frau in ihre Arme und schimpfte ihn aus. Ein Mann hielt zum Dank seine Hand hoch. Dicko und H winkten zurück und gaben der Familie zu verstehen, im Inneren des Gebäudes Schutz zu suchen, bevor sie ihre Patrouille fortsetzen würden, vorbei am fallengelassenen Dreirad in Richtung der Dünen.

Dan schluckte trocken und wischte sich den Schweiß aus den Augen. Er atmete langsam aus und versuchte, seine Stimme ruhig klingen zu lassen. »Haben sie auch gemeldet, wo die Sprengfalle versteckt sein soll?«

Mitch, der neben Dan stand, deutete auf die Straße. Dass seine Hand dabei zitterte, ignorierte Dan. Sie beide hatten Angst um das Kind gehabt. »Siehst du den Reifen auf der linken Seite der Fahrbahn, ungefähr achtzig Meter von hier. Hast du ihn?« Dan nickte zustimmend.

»Gut … jetzt schau rechts davon. Da ist die Oberfläche aufgegraben und wieder zugeschüttet worden. Sieht aus wie ein Haufen Dreck mit etwas Schutt drum herum … okay?«

»Ja, okay … ich sehe es.«

Dan rückte näher an den Laptop heran und nahm den kleinen Joystick zwischen Zeigefinger und Daumen. Er blickte auf den Bildschirm, überprüfte, ob die Kamera ordnungsgemäß funktionierte, und ließ dann den Roboter die Straße hinunter auf sein Ziel zurollen.

Als der Roboter über den unebenen Straßenbelag holperte, bewegte Dan die Kamera abwechselnd nach links und rechts, um den Kamerawinkel zu überprüfen und sicherzustellen, dass das Bild auf dem Laptop gut war. Das Letzte, was er jetzt gebrauchen konnte, war ein unzuverlässiges Signal – vor allem, wenn er den Roboter dafür verwenden wollte, um die Drähte des Zeitzünders durchzuschneiden.

Er warf Mitch einen Blick zu, der an der Seite des gepanzerten Fahrzeugs stand und den Roboter dabei beobachtete, wie er über das unebene Gelände rumpelte.

»Wie läuft's bei denen?«

Mitchs Blick wanderte etwas, konzentrierte sich dann auf die Straße sowie auf H und Dicko, die gerade auf die Dünen zugingen. »Sieht gut aus. Solange sie in diesem Bereich bleiben, müsste eigentlich alles in Ordnung gehen.« Er drückte die Sprechtaste an seinem Funkgerät. »Wie läuft's bei euch?«

Dan hörte einen Ausbruch rauschender Geräusche über Mitchs Hörer und richtete seinen Blick wieder auf den Computer-Bildschirm.

Mitch lachte plötzlich laut. »Dicko meint, er hätte doch tatsächlich eine Sanddüne gefunden, die noch schmutziger ist als die zu Hause in Pembrokeshire. Faszinierend.«

Dan lächelte. »Sag ihnen, sie sollen einfach nur aufpassen, wo sie hintreten. Hier ist es garantiert keine Hundescheiße, die sie in Schwierigkeiten bringen könnte.«

Mitch grinste und gab die Nachricht weiter.

Dan drosselte die Geschwindigkeit des Roboters, als der sich dem Schutthaufen in der Mitte der Straße näherte. Er nahm seine Hand vom Joystick und wandte sich an David. »Bereit, wenn du es bist«, rief er.

David nickte und drückte die Sprechtaste seines Funkgerätes. »In Ordnung. Es geht los. Haltet eure Augen und Ohren offen.«

Dan spähte am Heck des Fahrzeugs vorbei und entdeckte Dicko und H, die in einiger Entfernung auf der Sanddüne in Verteidigungsstellung gegangen waren und ihre Gewehre hin und her schwingen ließen, während sie die Umgebung überprüften. David gab ihm währenddessen Rückendeckung und starrte jeden wütend an, der auch nur den Anschein erweckte, als würde er sich dem Fahrzeug nähern wollen. Ab und zu schrie er, um sicherzustellen, dass die kleine Traube an Menschen, die sich gerade anfing zu bilden, ja nicht zu nahe kam.

Dan griff erneut nach dem Joystick und begann, den Roboter in seine endgültige Position zu bringen. Er stoppte die Maschine direkt neben dem Schutthaufen und steuerte eine Klaue, um vorsichtig ein Stück weggeworfenen blauen Stoffs anzuheben. Dann gab er auf dem Laptop eine Reihe von Tastenkombinationen ein und die Kamera zoomte in den Bereich unter dem Tuch.

Er zog den Atem scharf ein. Unter dem Tuchfetzen waren die verräterischen Umrisse einer Sprengfalle eindeutig zu erkennen.

Mitch spähte über seine Schulter. »Bastarde!«

Dan nickte. »Gibt hier bestimmt eine Menge davon.«

»Kannst du den Stofffetzen aus dem Weg schaffen?«

»Ich versuche es. Sieht nicht so aus, als würde er direkt auf der Vorrichtung liegen.«

Dan berührte den Joystick und drückte ihn sanft nach vorn. Die Klaue des Roboters begann, das Material behutsam von der Bombe abzuheben.

»Ganz gerade nach oben«, flüsterte Mitch. »Du willst doch nicht, dass er drüber schleift, an der Sprengfalle hängen bleibt und sie auslöst, oder?«

Dan blinzelte den Schweiß weg, der über sein Gesicht rann. Er hielt kurz inne, rieb sich die brennenden Augen und versuchte, die feuchten Hände an der Hose trocken zu reiben. Dann griff er wieder nach dem Joystick und der Roboter fuhr rückwärts, zusammen mit dem Stück Tuch. Er ließ sich Zeit, bis sich die Maschine ein paar Meter von der Bombe entfernt hatte, bevor er eine weitere Folge von Befehlen eintippte. Die Klaue des Roboters öffnete sich und der Stoff fiel zu Boden.

»Puh, das hätten wir, jetzt lass ihn zurückfahren und nachschauen, womit wir es hier überhaupt zu tun haben«, sagte Mitch, während er sich gegen die Hecktür des Fahrzeugs lehnte, um einen Blick auf den Laptop-Bildschirm zu werfen.

Dan steuerte den Roboter zur Bombe zurück. Der Roboter schwenkte die Kamera von links nach rechts und zeichnete dabei alles auf. Schließlich ließ Dan ihn stoppen. »Hier.« Er deutete auf den Monitor. »Sieh dir das an, die Drähte liegen an der Stelle etwas frei.«

Mitch beugte sich vor und begutachtete das empfangene Bild. »Kommst du an die ran?«

Dan nickte. »Ich schätze schon. Standardkonfiguration?«

Mitch grunzte. »Ja, sieht so aus. Schaffst du es, mit dem Seitenschneider drunter zu kommen?«

Dan gab mehrere Befehle ein und die Klaue des Roboters bewegte sich in den Blickwinkel der Kamera. Die Zange schnappte testweise zweimal zusammen und näherte sich vorsichtig der kleinen Öffnung, aus der drei Drähten hervorlugten. Er senkte die Klaue so weit, bis ihre untere Hälfte die Straße berührte. Dann stoppte er ein weiteres Mal, ließ den Joystick los und wischte sich die Hand an der gepolsterten Weste ab. Anschließend rieb er Zeigefinger und Daumen aneinander, versuchte den Fettfilm darauf zu entfernen und griff schließlich wieder nach dem Joystick.

»Wäre schön, wenn es noch heute klappen würde«, murmelte Mitch angespannt.

»Halt's Maul.«

Trotz seiner Reaktion hatte Dan einen Heidenrespekt vor seinem Kameraden. Nach intensivem Training in den Vauxhall Barracks in Oxfordshire war Dan für seinen ersten Einsatz im Mittleren Osten neu zum Team gestoßen und Mitch gab sich alle Mühe, seine Ausbildung nicht enden zu lassen.

Dan ließ den Roboter wieder ein kleines Stück vorwärts rollen. Die Klaue kratzte über den Schotter, während er die untere Backe vorsichtig unter die Bombendrähte manövrierte. Nach einem kurzen Befehl zoomte das Bild auf dem Bildschirm heran.

»Kinderspiel«, stellte Mitch fest.

Dan warf ihm von der Seite aus einen Blick zu. »Musst du nicht irgendwo hin?«

Mitch kicherte. »Nein.«

Dan verdrehte die Augen und konzentrierte sich wieder auf das Bild vor ihm. Obwohl er ihn nervte, lag Mitch mit seiner Bemerkung richtig. Der Aufbau der Sprengfalle wirkte trügerisch einfach. Tödlich, aber einfach. Drei Drähte verbanden den Sprengstoff mit einem Auslöseschalter.

»Keine Spur eines Fernzünders«, stellte er fest.

Mitch gab ihm einen Klaps auf den Rücken. »Gut, dann nimm dir das Ding vor.« Er drehte sich um und gab die

Nachricht an David weiter. Der nickte nur kurz und wandte seine Aufmerksamkeit anschließend wieder der kleinen Gruppe von Einheimischen zu.

Dan hob die Klaue des Roboters leicht an und begann, die Drähte vorsichtig auseinanderzuziehen. Nach einer weiteren Befehlsfolge auf der Tastatur glitt ein Teleskoprohr aus der Unterseite des Roboters heraus, an dessen Ende mehrere Drahtzangen und Seitenschneider befestigt waren.

Er atmete langsam aus und versuchte, seinen Puls zu beruhigen. Dan schloss die Augen, spielte in seinem Kopf durch, was er zu tun hatte, dann öffnete er sie wieder, war konzentriert und bereit.

Mit seiner letzten Befehlsfolge zog der Greifarm des Roboters vorsichtig einen blauen Draht von den anderen beiden weg. Als der sich in Reichweite des Seitenschneiders befand, reichte ein einziger Tastendruck aus und die Schneiden durchtrennten den Draht.

Stille.

Dan atmete langsam aus und wandte sich an Mitch. »Erledigt.«

Mitch nickte, rief nach David und machte das Daumenhoch-Zeichen.

Per Funk gab David die Meldung an die anderen weiter. »Wir sind hier fertig.«

Der Pulk an Schaulustigen verlor das Interesse und begann sich entlang der Straße zu zerstreuen. Dan konnte endlich aufsehen und bemerkte das alte Paar neben ihrem Haus. Sie schienen sich zu streiten, die Frau gestikulierte wild in Richtung ihres Mannes, bevor sie ins Gebäude stürmte und die Tür hinter sich zuschlug.

David ging an ihm vorbei und zeigte ein »Daumen hoch«. »Gute Arbeit, Taylor. Sieh zu, dass der Roboter möglichst schnell wieder eingepackt wird, denn sonst haben ihn die Kinder in seine Einzelteile zerlegt, bevor wir es merken.«

»Bin schon dabei.«

Dan bewegte den Joystick nach hinten und der Roboter begann langsam zum gepanzerten Fahrzeug zurückzurollen, wobei das Bild auf dem Monitor hin und her hüpfte, weil seine Kamera auf der rauen Oberfläche durchgeschüttelt wurde.

David gab Mitch ein Zeichen. »Steh hier nicht rum … schnapp dir den Rest der Sprengfalle. Wir wollen doch nicht, dass sie das Zeug für die nächste benutzen, die sie für uns einpflanzen.«

Mitch nickte wortlos und trottete zur entschärften Bombe. Dan ließ seinen Blick um das Heck des Fahrzeugs herumwandern und beobachtete Mitch dabei, wie er die übrigen Teile der Bombe aufsammelte. Inzwischen kamen auch Dicko und H von den Dünen am Straßenrand zurückgeschlendert. Ihr Lachen wurde von einem leichten Wind herübergetragen.

David folgte Dans Blick und seufzte. »Da muss doch jeder denken, dass die beiden im verdammten Urlaub sind«, sagte er und schüttelte den Kopf, bevor er zur Beifahrerseite ging, um die Bombenentschärfung zu melden.

Dan blickte auf, als sich Mitch dem Fahrzeug näherte, während er diverse Drähte, Uhren und Metallteile vorsichtig in den Händen hielt. Er lud sie auf die Ladefläche des Transporters und die beiden begonnen, das Material auf Seriennummern oder besondere Kennzeichen zu untersuchen. Eben nach allem, was ihnen dabei helfen konnte, herauszufinden, wer die Bauteile geliefert hatte.

David tauchte plötzlich mit nachdenklicher Miene an der Seite des gepanzerten Fahrzeugs auf. »Habt ihr Terry gesehen?«

Dan und Mitch schüttelten den Kopf.

»Als ich ihn das letzte Mal gesehen habe, hat er mit dem Paar vor dem Haus da drüben gesprochen.« Dan deutete über die Straße.

David folgte dem Zeigen des Fingers. »Kann sein, dass sein Funkgerät mal wieder streikt. Ich versuche es weiter. Wenn ihr ihn seht, winkt ihn ran. Ich will ins Lager zurück und eine Pause einlegen, bevor wir alle noch vor Erschöpfung umfallen.«

Während er um die Rückseite des Jeeps herumging, sprach er bereits wieder in sein Funkgerät.

Dan rollte ein Stück des blauen Drahtes zwischen Zeigefinger und Daumen hin und her, während er die Rückkehr des Roboters auf dem Laptop verfolgte.

»Eigenartig«, meinte Mitch.

»Was denn?«

»Das ergibt überhaupt keinen Sinn.« Mitch hielt einige Teile hoch und zeigte auf ein einzelnes Kabel, das nach oben gebogen war. »Das Ding hier ist mit nichts verbunden. Hast du es versehentlich durchgeschnitten?«

Dan schüttelte beunruhigt den Kopf. »Nein.«

Er bemerkte, wie Mitch vom Fahrzeug zurücktrat, um zu überprüfen, ob Dicko und H zurückkamen. Terry verabschiedete sich mittlerweile auch winkend von dem alten Ehepaar und stiefelte auf sie zu.

Mitch wandte sich wieder an Dan, sein Gesicht war kreidebleich geworden. »Das ist gar nicht die richtige … das ist eine Attrappe.«

Dan schaute Mitch an. »Was? *Was?*«

Auf die Straße starrend, fuhr sich Mitch mit den Fingern zitternd durchs Haar und warf den Kopf schnell hin und her, um panisch die Szenerie zu überprüfen. Sein Blick fiel auf das verlassene grüne Dreirad, das mitten auf der Fahrbahn stand. *Das musste die echte Bombe sein.*

»Das war nicht die richtige Bombe, Dan … wir haben die falsche entschärft!«

Im nächsten Moment brüllte H auf, sein Schrei wurde von einer Explosion fortgetragen, bevor Dan die Warnung überhaupt verstehen konnte. Der Roboter kippte durch die Druckwelle zur Seite, die Kamera blinkte einmal kurz, ehe die Aufnahme erneut einsetzte. Das rote Aufnahmelämpchen leuchtete stumm. Dann, als sich der Staub zu legen begann, fing das Schreien an.

KAPITEL 1

JANUAR 2012

:

»Gold wird seit langem in alten Kulturen auf der ganzen Welt geschätzt. Man muss sich allerdings die Frage stellen, was genau das Besondere an Gold gewesen ist, dass die Menschen deswegen weit entfernt von ihren Heimatländern jahrelang Krieg gegeneinander geführt haben. Vielleicht, nur vielleicht, ging es gar nicht um das Gold an sich, sondern mehr um die Macht, die es verlieh …

Ich werde Ihnen im Folgenden darlegen, dass man durch eine spezielle Art der Goldverarbeitung eine Kraft erzeugen kann, die wie Sie feststellen werden, zweifelsohne eine sauberere und stabilere Alternative zu Kernbrennstoffen darstellt. Und selbst die prognostizierten Erträge aus Sonnen- und Windenergie bei weitem übertreffen wird. Wie üblich beeinflussen die umweltverschmutzenden Öl und Kohle fördernden Unternehmen die Regierungen auf der ganzen Welt und blockieren damit weiterhin umfangreiche Forschungen und Untersuchungen, die zur Massenherstellung dieses potenziellen Wunder-Brennstoffs führen könnten …«

Auszug aus der Vortragsreihe von Doktor Peter Edgewater,
Berlin, Deutschland

Oxford, England

Dan Taylor wachte schweißüberströmt auf. Der gleiche Albtraum, der ihn Nacht für Nacht heimsuchte, hatte seinen Schlaf unterbrochen … Staub, Sand, Schreie und Blut. Dan rieb sich die Augen. Wieder hatte er im Schlaf geweint. Die Seelenklempner der Armee hatten ihm gegenüber behauptet, die Erinnerungen würden im Laufe der Zeit verblassen, aber das kaufte er ihnen nicht ab. Er hatte sich mit genug Leuten unterhalten, die für den Kampf eingesetzt wurden, um zu wissen, dass die Träume niemals verschwinden würden. Das Klingeln der Explosion tönte schließlich immer noch in seinen Ohren.

Dan versuchte sich zur Seite zu rollen und bemerkte, dass das nicht funktionierte. Langsam öffnete er die Augen. Er war auf dem Sofa eingeschlafen. Wieder einmal. Er stütze sich auf seinen Ellbogen und drehte den Kopf, um das Ausmaß des Schadens zu begutachten, wobei er angeekelt von den abgestandenen Gerüchen im Zimmer die Nase kraus zog.

Die Überreste eines chinesischen Take-away-Essens verteilten sich auf dem kleinen Couchtisch vor ihm. Dan blinzelte überrascht. Er konnte sich nicht mal mehr daran erinnern, letzte Nacht etwas gegessen zu haben. Suchend griff er nach unten und tastete um sich, bis seine Finger auf eine vertraute Glasoberfläche stießen. Vorsichtig umklammerte er den Flaschenhals und hob die Whiskyflasche vor sein Gesicht. Er warf einen Blick darauf und zuckte zusammen. Leer. Er stellte sie auf dem Couchtisch ab.

Dan sah auf und bemerkte, dass der Fernseher in der Ecke des Raumes noch flimmerte. Irgendeine dämliche Talkshow.

Er griff zwischen die Sofakissen unter sich, zog die Fernbedienung heraus und schaltete die nervende Sendung aus.

Dann schloss er die Augen. Er erinnerte sich daran, dass er nur einen Drink nehmen wollte, der ihm beim Einschlafen helfen und seine Albträume abwehren sollte. Er sah die Flasche vorwurfsvoll an. Sie hatte ihn im Stich gelassen. Es funktionierte nicht mehr. Er öffnete die Augen wieder und blinzelte, versuchte sich zu konzentrieren, um die Tränen zurückzuhalten.

Endlich schwang er seine Beine vom Sofa und setzte sich auf. Dabei hielt er den Kopf so lange zwischen den Händen, bis er sicher sein konnte, aufstehen zu können, ohne gleich wieder umzufallen. Langsam streckte er sich und stöhnte.

Kaffee.

Dan schnappte sich die leere Whiskyflasche sowie die Take-away-Kartons und stolperte in Richtung Küche. Er fluchte heftig, als er mit seinem Zeh gegen eine der Taschen stieß, die im Flur verstreut standen. Ein mit Stahlkappe gefütterter Stiefel fiel vor ihm auf den Boden und er starrte ihn anklagend an. Er war bereits vor zwei Tagen nach Oxford zurückgekommen, hatte sich aber bisher nicht mit der deprimierenden Aufgabe des Auspackens beschäftigen wollen. Er sehnte sich danach, wieder zu reisen, selbst wenn das nur bedeutete, zu seiner alten Karriere als Geologe für irgendein weiteres Bergbauunternehmen zurückzukehren. Der Job würde ihn wenigstens davon abhalten, zu viel über die Vergangenheit zu grübeln. Oder die Gegenwart. Oder die Zukunft.

Dan schüttelte den Kopf und schlurfte in die Küche. Dort öffnete er die Hintertür, warf den Müll beifällig in die Abfalltonne und blinzelte im strahlenden Sonnenschein.

Er rülpste laut auf und beobachtete mit leichter Belustigung, wie sich die heiße Luft in der morgendlichen Kälte in Dampf verwandelte.

Nachdem er in die Küche zurücktrat und die Tür offen ließ, um das Haus zu lüften, schaltete er den Wasserkocher an. Als er sich umdrehte, um im Schrank über der Arbeitsplatte nach einer Kaffeetasse zu suchen, bemerkte er das Blinken seines Handys.

Eine neue Sprachnachricht.

Dan schnaufte, griff sich das Telefon und steckte es in die Gesäßtasche seiner Jeans. Schließlich fand er eine saubere Kaffeetasse und nachdem er sich den ersten morgendlichen Koffeinschub verschaffte, schlurfte er zufriedener zurück ins Wohnzimmer.

Er verzog das Gesicht. Im Raum hing wirklich ein widerwärtiger Gestank.

Naserümpfend schob er die Vorhänge auseinander und öffnete die Fenster. Kalte Luft drang herein und ließ ihn sofort etwas frösteln. Zumindest würde sich dadurch der Gestank verziehen. Er setzte sich in einen Sessel und sank zusammen. Tastend griff er hinter sich und zog das Handy aus der Tasche. Dann starrte er es kurz an, wählte die Nummer seiner Mailbox und hielt sich das Telefon ans Ohr.

Dan trank einen Schluck Kaffee, während er seine Nachrichten abhörte. Der Mailbox-Stimme zufolge war der letzte Anruf in der vergangenen Nacht eingegangen. Er nippte wieder an seinem Kaffee und ließ die Nachricht abspielen.

»Dan, hallo … hier ist Peter Edgewater. Hör mal, ich bin ein wenig in Eile, aber du bist der Einzige, der das wirklich zu schätzen weiß … ich habe es geschafft! Ich habe herausgefunden, wer in der Lage ist, Weißes Gold auf kommerzieller Basis zu produzieren! Pass auf, momentan muss ich noch eine Vortragsreise in Europa beenden, aber in einigen Tagen bin ich wieder zu Hause. Dann veranstalte ich einen kleinen Umtrunk mit ein paar Leuten, die ich seit einer Weile nicht mehr gesehen habe und bei der Gelegenheit kann ich dir alles erzählen … du kommst doch, oder? Ruf mich einfach an und ich werde …«

Wütend drückte Dan die Sprachnachricht weg und warf das Handy auf den Couchtisch. Er fragte sich, warum er sich überhaupt damit herumquälte. Er hatte wirklich kein Interesse, alte Freunde wiederzutreffen, nur damit sie ihm ihren Erfolg unter die Nase reiben konnten. Und ihm damit aufzogen, wie tief er doch gesunken war.

Einen Augenblick später beugte sich über den Tisch und griff wieder nach dem Handy, dieses Mal, um die Nachricht zu löschen. Im Anschluss schaute er auf seine Armbanduhr und grunzte zufrieden. Nur noch eine knappe Stunde, dann würde der Pub wieder aufmachen.

Berlin, Deutschland

Peter eilte auf dem Bürgersteig in Richtung seines Hotels, sein Atem dampfte dabei in der kalten Luft. Er zog den Rucksack auf seiner Schulter weiter nach oben und schob die behandschuhten Hände auf der Suche nach der letzten Körperwärme tiefer in die Jackentaschen. »Notiz an mich«, murmelte er, »das nächste Mal die Vortragsreise auf den Sommer legen.«

Der Mann war von athletischer Gestalt, breitschultrig, hoch gewachsen und kräftig. Trotzdem zitterte er in der bitterkalten Nacht und wünschte sich, doch ein paar wärmende Fettschichten zu besitzen, um besser mit diesem kalten deutschen Winter klarzukommen.

Das vertraute Weiß und Rot eines Stella-Artois-Werbeschildes an einem Gebäude auf der linken Seite erregte seine Aufmerksamkeit.

Peter wurde deutlich langsamer, spurtete die beiden ungleichmäßigen, schmalen Stufen zu einer verzierten Holztür hinauf und stieß diese auf.

Als ihn die erlösende Wärme der Hotellobby umhüllte, war die Kälte der Nacht sofort vergessen.

Ein kleines, aber wirkungsvolles Feuer, das den gesamten Raum erwärmte, brannte in einem kunstvollen Kamin auf der rechten Seite des Lokals. Zu seiner Linken führte eine schmale Türöffnung zur Hotelbar, die von leisem Gläserklirren und dem Gelächter von Gästen erfüllt war, die versuchten, sich von den Strapazen des Tages zu entspannen. Peter schaute kurz zur Bar, dann ging er zur Rezeption an der Rückseite des Foyers und ließ den Rucksack in einer Bewegung von der Schulter zu Boden gleiten.

Während die Empfangsdame, deren Uniform aus einem marineblauen Anzug und einer weißen Bluse bestand, telefonisch eine Buchung entgegennahm, suchte sie seinen Blick und gab ihm ein Zeichen, dass er warten sollte. Schließlich beendete sie das Telefonat und lächelte ihn an.

»Irgendwelche Nachrichten?«, fragte Peter, während er seine Handschuhe über die Finger streifte.

»Einen Augenblick *bitte.*«

Die Empfangsdame wandte sich zum Computer um und tippte einen Befehl ein. Gedankenverloren schob sie ihre Brille den Nasenrücken hoch, als der Bildschirm eine Meldung ausgab.

»Vor Kurzem hat hier ein Mann nach Ihnen gefragt, Sir«, las sie vom Monitor ab. »Er sagte der diensthabenden Empfangsdame, dass er sich noch einmal telefonisch bei Ihnen melden würde. Einen Namen hat er nicht hinterlassen.«

Peter runzelte die Stirn. Auch wenn der Anruf unerwartet kam, so war ihm klar, dass er in den vergangenen Wochen viele Leute getroffen haben musste, die sich etwas intensiver mit ihm über seine Theorien unterhalten wollten. Vor zwei Tagen waren ihm seine Visitenkarten ausgegangen und er hatte damit begonnen, seinen Namen und die Telefonnummer auf Servietten und Bierdeckel zu kritzeln, um der Nachfrage von Journalisten, Forschern und – hier musste er lächeln – auch vereinzelten Spinnern nachzukommen.

Er dankte der Empfangsdame, während er seinen elektronischen Zimmerschlüssel herausholte und den Rucksack erneut schulterte, bevor er quer durch das Foyer zum Aufzug ging.

In der fünften Etage angekommen, schlenderte Peter über den Flur bis zu seinem Hotelzimmer und zog die Zugangskarte durch das Lesegerät an der Tür. Dann wartete er auf das grüne Licht und das weiche Klicken des Schlosses und öffnete die Tür. Im Dunkeln suchte seine Hand automatisch nach dem Lichtschalter, er gähnte, zog die Tür hinter sich zu und fuhr sich mit den Fingern durchs Haar.

Die Luft im Zimmer war stickig, das Reinigungspersonal hatte offenbar die Heizung voll aufgedreht. Er ließ den

Rucksack auf den Boden fallen, seine Schulter durchfuhr vor Erleichterung ein leichter Schmerz, als sie vom Gewicht des Laptops und der Dokumente erlöst wurde. Er schloss die Tür ab, legte seine Zugangskarte auf die Anrichte und schleuderte die Schuhe weit von sich. Dann warf er seine Jacke auf das Bett, öffnete die Balkontür ein wenig und ließ die kühle, frische Luft über sich hinwegstreichen. Langsam drehte er sich um und holte ein kaltes Bier aus der Minibar, die in der Ecke des Raumes stand.

»Cheers«, prostete er dem leeren Zimmer zu, bevor er seine Krawatte losband.

Als er sich bückte, um seinen Rucksack zu öffnen, bemerkte er, dass der Anrufbeantworter blinkte. Er tippte den Zugangscode ein und klemmte sich den Telefonhörer zwischen Ohr und Schulter, während er seine Notizen zusammensuchte. Die Nachricht wurde abgespielt, zuerst war im Hintergrund nur eine belebte Straße zu hören, bevor eine Stimme mit starkem Akzent durch den Straßenlärm schnitt.

»Doktor Edgewater, Sie wissen, wen ich vertrete. Wenn Sie damit fortfahren, der Organisation meines Arbeitgebers zu unterstellen, dass sie in irgendeiner Weise an Angelegenheiten beteiligt ist, die Weißes Gold oder supraleitende Edelmetalle betreffen, dann werden wir leider nicht in der Lage sein, Ihre Sicherheit auf dieser Vortragsreise zu gewährleisten. Sollten Sie weiterhin auf diesen Unterstellungen beharren, dann *werden* wir Ihnen und Ihrer Familie Schaden zufügen.«

Die Nachricht endete abrupt.

Peter knallte den Hörer empört und fassungslos zurück auf die Ladestation zurück. Er rechnete zwar damit, auf der Vortragsreise an ein paar Idioten zu geraten, aber Drohungen hatte er nicht erwartet ... zumindest noch nicht. Denn schließlich hatte er bisher auf die wirklich brisanten Behauptungen verzichtet, weil er sich immer noch nicht im Klaren darüber war, ob sie den Ärger tatsächlich wert waren, den er sich dafür einhandeln konnte. Und nun das: Jemand beobachtete ihn und seine Forschung offensichtlich ein wenig zu intensiv.

Er zitterte. Zum Glück würde er morgen aus Berlin abreisen. Sein nächstes Ziel war Paris, was um einiges näher an seinem Zuhause lag. Für ihn hatte das Leben aus dem Koffer seinen Reiz bereits nach ein paar Wochen verloren.

Peter durchquerte den Raum, schob die Balkontür zu und schloss die Vorhänge, aber nicht, ohne vorher nervös auf die Fenster des gegenüberliegenden Gebäudes gestarrt zu haben. Wie lange wurde er schon beobachtet? Hatte er bereits früher mit der Person gesprochen, die ihn angerufen hatte? Wurde heute nach dem Vortrag Kontakt zu ihm aufgenommen, ohne, dass er bemerkt hatte, mit wem er sprach?

Peter erkannte, dass er nicht mehr wusste, wem er noch vertrauen konnte.

Die Universität hatte letzten Monat damit gedroht, ihm seine Fördergelder zu streichen – die Vortragsreise war von Peter ohne ihre Zustimmung konzipiert worden. Seine Vorträge sollten ein Bewusstsein für das bisher verborgene Interesse an supraleitenden Edelmetallen schaffen, insbesondere Weißem Gold, sodass die Forschung zu diesem Thema nicht länger ignoriert werden konnte. Er war sich sicher, dass die Universität von der britischen Regierung unter Druck gesetzt worden war, um ihn zu stoppen, bevor er irgendetwas publik machen konnte, an dem sie gerade experimentierten.

Er ging zum Bett zurück, setzte sich darauf und legte die Beine hoch, griff nach der Fernbedienung des Fernsehers und schaltete zu den Nachrichten auf N24. Sein Flug nach Paris sollte vormittags starten, wobei sein Vortrag erst am Abend stattfinden würde. Während er beiläufig den Ton stumm stellte, griff er nach seinen Notizen.

Peter nahm einen tiefen Schluck aus der Bierflasche und betrachtete gedankenverloren das Etikett. Er würde bald wieder zu Hause sein, und vielleicht war es ja jetzt an der Zeit, bei den Vorträgen einen Gang hochzuschalten. Einfach nur, um zu sehen, wen er damit aus der Reserve locken würde, dachte er, bevor er auf die nächste Notiz-Seite blätterte.

Trotz der Warnung konnte er nicht aufhören, nicht jetzt … dafür war er zu nahe dran. Dafür stand zu viel auf dem Spiel.

KAPITEL 2

»Der steigende Ölpreis ist erst der Anfang. Berücksichtigen Sie bitte, dass, wenn die Ölpreise ansteigen, dasselbe mit den Preisen von Gold und Platin geschieht. Viele Gründe sind dafür verantwortlich – der schwache Dollar, die globale Inflation … speziell die Ölpreise schwanken je nachdem, was gerade in der Welt los ist. Der Goldpreis jedoch ist stetig gestiegen und zeigt auch keine Anzeichen dafür, dass das jemals aufhören könnte …«

Auszug aus der Vortragsreihe von Doktor Peter Edgewater,
Paris, Frankreich

:

Paris, Frankreich

Nach einer weiteren erfolgreichen Präsentation stand Peter aufgeregt und voller Adrenalin in der Tür, die aus dem Vorlesungssaal hinausführte. *Das Risiko ist es wert gewesen.* Das Publikum brauchte eine Weile, um den Saal zu verlassen, einige schüttelten ihm die Hand, andere hielten auf ihrem Weg nach draußen kurz an, um zu plaudern.

Peter entschuldigte sich bei seinen Zuhörern und schritt zum Podium zurück. Er nahm einen Schluck Wasser aus dem Glas und fing an, seine Notizen zusammenzupacken. Dann drückte er seinen Aktenkoffer zu, bevor er das Podium wieder verließ.

»Doktor Edgewater?«

Peter wandte sich dem Mann zu seiner Linken zu. »Ja?«

Der Mann trat näher und reichte ihm die Hand. »Ein beeindruckender Vortrag, Doktor Edgewater … ich sehe, Sie kommen offensichtlich gut an.«

Peter stellte das Glas ab und schüttelte die angebotene Hand. »Danke … ja, es scheint so. Obwohl ich mir nicht ganz sicher bin, wie viele Zuhörer das Thema nur für eine weitere Verschwörungstheorie halten, anstatt es für das zu nehmen, was es tatsächlich ist.«

»Und das wäre?«, fragte der Mann. Er passte sich Peters Schrittgeschwindigkeit an, als dieser den Hörsaal verließ und durch den kunstvoll verzierten Flur ging.

Peter blieb abrupt stehen und dachte kurz über die Frage nach, bevor er antwortete. »Die organisierte Übernahme der weltweiten Edelmetallressourcen durch große Konzerne, die es hervorragend verstehen, ihre Interessen und Hintergedanken zu verbergen, wäre zum Beispiel ein guter Anfang … Entschuldigung, haben wir uns schon einmal getroffen?«

»Nein, verzeihen Sie mir bitte meine Unhöflichkeit. Mein Name ist David Ludlow … ich habe die Kritiken zu Ihrer Vortragsreihe mit Interesse verfolgt. Sie scheinen an höherer Stelle in ein Wespennest gestochen zu haben.«

»Ach, wirklich? Könnten Sie das etwas näher erläutern?«

David schaute den Flur entlang, bevor er Peters Ellbogen packte und ihn in eine kleine Nische schob. »Hier … wo wir nicht belauscht werden können.«

Peter folgte seiner Führung verwirrt. »Haben Sie mir eigentlich schon gesagt, für wen Sie arbeiten?«

»Nein, habe ich nicht«, antwortete David ausweichend.

Peter verschränkte die Arme vor der Brust. »Und warum sollte ich Ihnen dann zuhören?«

Der andere Mann sah ihn eindringlich und taxierend an. »Weil Ihr Leben in Gefahr ist.«

»Drohen Sie mir etwa?«

»Nein, Peter, das mache ich nicht.« David warf erneut einen prüfenden Blick in den Gang, bevor er fortfuhr. »Ich arbeite für eine Agentur, die, sagen wir mal, die Regierung bei Bedrohungen der nationalen Sicherheit berät.«

Er hob seine Hand, bevor Peter ihn unterbrechen konnte. »Bitte lassen Sie mich ausreden. Vor zwölf Monaten fingen wir damit an, eine Organisation intensiver zu beobachten, die im Verlauf von zwei bis drei Jahren Bergwerksbetriebe für den Goldabbau entweder regulär erworben oder aber *gewaltsam* übernommen hatte. Australien, Südafrika, Osteuropa, Südamerika … Sie verstehen. Eine ganze Zeit lang ahnten wir nicht, warum sie das taten … das waren nicht die üblichen Fusionen und Akquisitionsstrategien eines gewöhnlichen Bergbauunternehmens, aber auch keine Geldwäsche, die wir mit Drogenhandel oder Terrorismus in Verbindung bringen konnten. Trotzdem setzten wir die Organisation auf unsere Beobachtungsliste.«

Er räusperte sich leise. »Dann begannen Sie mit Ihrer Vortragsreise durch Europa. Und der Nachrichtenverkehr nahm dramatisch zu – bestimmte Ausdrücke tauchten immer häufiger auf – Weißes Gold, supraleitende Edelmetalle.«

Peter runzelte die Stirn. »Nun, ich will nicht klingen, als hätte ich ein gewaltiges Ego, aber ich kann mir als möglichen Grund vorstellen, dass ein Großteil der von mir präsentierten Fakten hochbrisant ist … insofern habe ich schon erwartet, ein paar Steine im Internet ins Rollen zu bringen.«

David schüttelte den Kopf. »Das, wovon ich hier spreche, kann man wohl kaum als *ein paar Steine* bezeichnen, Peter. Es ist vielmehr eine grollende Lawine unvorstellbaren Ausmaßes … ein Teil davon verborgen gehalten, doch nicht durch uns.«

»Trotzdem verstehe ich immer noch nicht, warum deswegen mein Leben in Gefahr sein sollte«, meinte Peter gereizt. »Alles, was ich mache, ist, die Menschen dafür zu sensibilisieren, was da gerade passiert … so, wie jeder Journalist auch.«

»Und wie geht es Sarah derzeit?«, fragte David.

»Was?« Peter war verdutzt. »Was meinen Sie?«

»Nun, sie ist eine Journalistin … welcher der Ruf vorauseilt, genau solche Geschichten auszugraben. Was denkt sie über Ihre Vorträge?«

»Lassen Sie Sarah gefälligst da raus! Wir sind seit achtzehn Monaten getrennt, wie Sie eigentlich wissen sollten, da Sie mich ja anscheinend ausspionieren – und sie weiß nichts über diese Forschung.« Peter trat näher an den anderen Mann heran und senkte seine Stimme. »Und wenn Sie mich oder meine Familie bedrohen wollen, dann verpissen Sie sich am besten gleich.« Peter setzte an, sich abzuwenden.

»Doktor Edgewater, es tut mir leid, dass Sie das so auffassen«, sagte David und griff erneut nach Peters Arm. »Ich wurde lediglich gebeten, Ihnen mitzuteilen, dass Sie sehr vorsichtig sein sollten. Einige der Kommentare, die Sie während Ihrer Vortragstour gemacht haben, könnten von anderen als *hochexplosiv* aufgefasst werden.«

»Das ist ja auch die Absicht.«

»Sind Sie in den letzten Wochen bedroht worden?«

Peter entwand sich kurzerhand seinem Griff. »Sie meinen, außer gerade von Ihnen? Nein.«

David sah ihn eindringlich an. »Ich hoffe, Sie erzählen mir die Wahrheit, Peter. Ich bin keine Bedrohung, allerdings mag ich es nicht, wenn man mich belügt … meine Vorgesetzten sind derzeit sehr um Ihre Sicherheit besorgt. Falls Sie sich selbst in Schwierigkeiten bringen, bevor wir bereit sind, etwas gegen diese Organisation zu unternehmen, dann geschieht das auf eigene Faust … ich kann in diesem Fall nicht für Ihre Sicherheit bürgen. Wir würden viel lieber mit Ihnen zusammenarbeiten als gegen Sie.«

»Danken Sie Ihren Vorgesetzten dafür, David. Aber wenn Sie mich jetzt entschuldigen würden, ich bin noch verabredet.« Peter hastete an dem anderen Mann vorbei und stolperte beinahe die ausstaffierten Stufen zur Tür hinunter, während sein Herz raste.

Wuchtig stieß er die Tür auf und trat auf die belebte Straße hinaus. Er spähte nach links und rechts und zwang sich, nicht in Panik zu verfallen. Die Vorlesungsunterlagen und die Forschungsergebnisse befanden sich in einem Umschlag in seinem Aktenkoffer.

Vielleicht war es ja Instinkt, aber er hatte bereits zu Beginn seiner Vortragsreise durch Europa entschieden, dass er einen Notfallplan brauchte. Er hatte zwar damit gerechnet, dass die Konzerne und Organisationen, die die Forschung bisher verhinderten, aufwachen und von ihm Notiz nehmen würden, aber die Geschichte wurde plötzlich wesentlich extremer, als er erwartet hatte.

Als er die Straße entlang hastete, hob er seinen Schirm und drängte sich an Fußgängern vorbei, die in der Mittagspause unterwegs waren. An einer Kreuzung wandte er sich nach links, vorsichtig bemüht, nicht auf dem nassen Pflaster auszurutschen. Sein Blick fiel auf eine Postfiliale auf der anderen Straßenseite, und während er darauf wartete, dass die Fußgängerampel auf Grün schaltete, wippte er nervös mit dem Fuß. Er machte einen ausweichenden Schritt zurück, als vor ihm ein Bus durch eine Pfütze fuhr. Er konnte es sich nicht verkneifen, einen kurzen Blick über die Schulter zu werfen.

Peter war davon überzeugt, dass ihn David Ludlow zusammen mit einer Frau aus der Ferne beobachtete, doch die lebhafte Menschenmenge um ihn sorgte dafür, dass er sie aus den Augen verlor. Das elektronische Geräusch, mit dem die Fußgängerampel auf Grün schaltete, lenkte ihn von den beiden ab und er überquerte schnell die Fahrbahn. Danach eilte er die Straße bis zur Post hinunter und öffnete die Tür, wobei er den Regenschirm senkte und fast in eine junge Mutter mit Kind hineinlief. »P-Pardon, Madame«, stotterte er, während er die Tür für sie offen hielt. Frau und Kind starrten ihn mit dem gleichen Gesichtsausdruck an. Peter schloss die Tür und wandte sich zur Theke um. Er atmete erleichtert auf … der mittägliche Andrang hatte noch nicht begonnen.

Er öffnete die Aktentasche auf seinem Oberschenkel, holte einen Briefumschlag heraus und überprüfte, ob er zugeklebt war. Danach nahm er einen Stift aus seiner Jackentasche und kritzelte eine Adresse auf den Umschlag.

Während er das Briefporto bezahlte, wandte sich Peter um und beobachtete durch das Fenster, wie vor dem Postgebäude eine Frau vorbeiging. Er war sich sicher, dass es die gleiche Person war, die er zusammen mit David Ludlow gesehen hatte.

Er schluckte und fühlte einen Schweißtropfen seitlich an seinem Gesicht entlanglaufen. Das war real. Das passierte tatsächlich. Ein Gedanke schoss ihm durch den Kopf … *Ich hatte recht!* Diese Erkenntnis beruhigte ihn jedoch keinesfalls. Wenn ihm diese Leute wirklich folgten, bedeutete das, dass er mit seiner Forschung richtig lag und er sich schützen musste.

Peter zog sich in eine Ecke des Raumes zurück, weg von der wachsenden Kundenschlange, und nahm sein Handy heraus. Während er durch die Kontaktliste scrollte, schaute er erneut aus dem Fenster. Niemand zu sehen. Er fand den Namen, den er gesucht hatte, drückte auf das Anrufsymbol und wartete auf die Verbindung.

Verdammt! Er war direkt bei der Mailbox gelandet.

»Dan, hier ist Peter. Ich befürchte, ich bin in Schwierigkeiten. Und ich habe keine Ahnung, wen ich sonst anrufen könnte. Im Moment bin ich noch in Paris. Aber heute Nachmittag fahre ich mit dem Zug nach Ashford und dann weiter nach Oxford, wo ich morgen den letzten Vortrag halte. Danach rufe ich dich wieder an. Ich weiß nicht, wo du steckst, aber ich habe Sarah ein paar Unterlagen geschickt … die erklären alles. Ich bin mir nämlich nicht sicher, ob ich dazu noch in der Lage sein werde. Falls ich es nicht schaffen sollte, geh bitte zu ihr … und sei vorsichtig, wem du die Informationen gibst oder wem du davon erzählst. Ich habe zwar schon so einige Drohungen erhalten, die ich bisher nicht für voll genommen habe, aber seit heute befürchte ich, dass mein Leben wirklich in Gefahr sein könnte. Sobald ich kann, rufe ich dich wieder an.«

Peter beendete das Telefonat und bemerkte dabei, dass seine Hände zitterten.

KAPITEL 3

»Die Vorfälle zeigen weiterhin, dass die lebhafte Nachfrage nach Edelmetallen real ist. Die Menschen setzen zwar ihren Kampf dagegen fort, dass multinationale Konzerne ihre Goldminen übernehmen, doch insgeheim geht die Kontrolle über diese Ressourcen immer mehr an ausländische Organisationen verloren. Trotz der Größe der beteiligten Organisationen wurden diese Übernahmen kaum publik gemacht. Viel wichtiger ist jedoch, dass es scheinbar die Kohle-, Öl- und Gasunternehmen sind, die den Markt für Edelmetalle kontrollieren wollen.«

Auszug aus der Vortragsreihe von Doktor Peter Edgewater,
Paris, Frankreich

:

Brisbane, Australien

Morris Delaney stand reglos mit hinter dem Rücken gefalteten Händen und schaute aus dem Rauchglasfenster seines Büros. Er beobachtete, wie die Menschen unten auf der Straße an einer belebten Kreuzung hin und her liefen. *Ameisen,* dachte er, nein … *Kakerlaken.*

Delaney war großgewachsen und breitschultrig. Zudem verriet ein leichtes Hinken seine lange zurückliegende Karriere als Rugbyspieler. Er fuhr sich mit der Hand durch sein weißes Haar, das nach all den Jahren immer noch dicht wuchs und um einiges länger war als bei seinen Altersgenossen. Dann legte er seinen Kopf weit nach hinten und hörte bei der Dehnung ein zufriedenstellendes Knacken. Delaney verzog das Gesicht. Er musste zugeben, dass er in den letzten paar Jahren zu viel Zeit in einem Büro verbracht hatte, anstatt sich draußen die Hände schmutzig zu machen.

Er schaute auf den Nachbau eines Schaufelraddampfers hinab, der den Fluss hinauftuckerte. In der Nachmittagssonne glitt sein Schatten die Uferbegrenzung entlang, während er mit einem Deck voller Touristen vorbeifuhr, die schon ihre Mäuler nach einem Drei-Gänge-Menü leckten. Delaney schnaubte vor Belustigung.

Sein Blick glitt über den Platz unter ihm, auf dem eine kleine Gruppe von Demonstranten stand, die den Eingang des Gebäudes umringten. Ihre traurigen Plakate flatterten in der Brise, die vom Fluss herüberwehte. *Nieder mit Delaney. Wind statt Kohle. Kohle ignoriert die globale Erwärmung.* Anscheinend zog das hiesige Büro den gleichen armseligen Haufen von desinformierten Mitgliedern der örtlichen Bevölkerung an.

Delaney hatte nichts gegen Demonstranten … jede Form von Publicity war ihm recht, solange sie ihn betraf. Demonstrationen boten ihm die Möglichkeit, vor die Medien zu treten und den Massen zu erklären, warum die Umweltschützer so verdammt falsch lagen und ihnen danach seine neuesten Bergbauprojekte vorzustellen. Er warf einen Blick auf die Zeitung auf seinem Schreibtisch und grinste. Die *Mail* zitierte ihn ständig unkorrekt. Er warf das Blatt in den Papierkorb. Wenigstens er wusste, was los war, auch wenn die Journalisten anscheinend keine Ahnung davon hatten.

Vor drei Jahren war die englische Regierung von einem ihrer wichtigsten wissenschaftlichen Berater darüber informiert worden, dass das Land mit massiven Stromausfällen innerhalb der nächsten fünf Jahre zu rechnen hatte, falls die alten kohlenbetriebenen Elektrizitätswerke vom Netz genommen werden würden. Man würde die Wind- und Solarkraftwerke nicht rechtzeitig fertigstellen können und Gas war zu teuer. Delaney schüttelte verwundert den Kopf. Die Öffentlichkeit verlangte immer wieder nach erneuerbaren Energien, aber nur, solange die Windkraftanlagen und die Solarzellenfelder nicht in ihrer unmittelbaren Nachbarschaft errichtet wurden. Das machte es für Organisationen wie seine weiterhin so leicht, Kohle als den Energieträger der ersten Wahl anzupreisen. Schmutzig, okay, aber was soll's? Kohle war immer noch billig, sie war sicher … und es gab noch jede Menge davon, ganz zu schweigen von den Exportmöglichkeiten.

Er bemerkte die Reflexion in der Bürotürscheibe, als seine Sekretärin klopfte und das Büro betrat, wobei ihre High Heels vom dicken Teppich gedämpft wurden.

»Was gibt es?«

»Ein neuer Bericht aus der Mine, er ist gerade hereingekommen.« Sie hielt einen Umschlag hoch und blieb erwartungsvoll in der Nähe der Bürotür stehen. Er nickte nur beiläufig in Richtung seines Schreibtisches.

»Legen Sie ihn da hin. Ich kümmere mich in einer Minute darum. Irgendwelche Überraschungen?«

»Ich … ich habe ihn nicht gelesen.«

»Gut«, brummte er. Er wusste, wie Sekretärinnen in Großunternehmen miteinander vernetzt waren und tratschten.

Es war strikte Firmenpolitik, dass die Post und Emails von Mitgliedern der Führungsetage niemals den Verwaltungsmitarbeitern zugänglich gemacht werden sollten. Trotzdem schadete es nicht, das gelegentlich zu überprüfen und sie regelmäßig auf Zack zu halten.

»Einfach hinlegen und dann dürfen Sie wieder gehen.«

Die Sekretärin legte den Briefumschlag ab, drehte sich ohne ein weiteres Wort um und verließ das Büro so schnell wie möglich, wobei sie leise die Tür hinter sich schloss.

Delaney schritt zu seinem Schreibtisch, riss den Umschlag auf und überflog die Seiten des Berichts.

Die Entwicklung der Ausrüstung ging offensichtlich gut voran. Nachdem inzwischen die Abbautechnik perfektioniert worden war und die Ertragszahlen anstiegen, schien alles in Butter zu sein. Das ganze Projekt direkt neben einer bereits existierenden Kohlemine aufzubauen, hatte gewährleistet, dass der Vorgang keinen Verdacht erregte.

Unter einem der Berichte ragte ein Notizzettel hervor. Nachdem er einen Füller aus seiner Jackentasche genommen hatte, zog Delaney den Zettel vorsichtig mit der Feder ein Stück heraus.

Er beschäftigte ein Team von Sicherheitsspezialisten, die alle Meldungen zu seiner Firma überprüften. Sie waren wesentlich sorgfältiger als normale Presseagenten und überwachten zusätzlich Konferenzen, Vorträge sowie staatliche Aktionen. Falls irgendetwas die Reputation oder den Erfolg seiner Organisation gefährden sollte, würde er darüber informiert werden.

Während er die Mitteilung las, begann an seiner Schläfe eine Vene zu pulsieren. Seine Finger bohrten sich krampfhaft in die Unterlagen in seiner Hand. Als er die Nachricht komplett herausgezogen hatte, las er sie erneut, griff dann nach seinem Telefon und wählte eine dreistellige Nummer, bevor er den Hörer hämmernd wieder auflegte. Es gab keinen Grund, irgendetwas zu sagen … seine Telefonnummer würde beim Empfänger angezeigt werden. Niemand stellte Fragen. Sie kamen, sobald sie gerufen wurden.

Eine Minute später kündigte ein Klopfen an der Tür einen kleinen Mann an, der noch schnell sein Jackett zuknöpfte und die Krawatte zurechtrückte.

Delaney wartete, bis die Tür wieder ins Schloss gefallen war. Während er den anderen Mann anstarrte, zirkelte er um seinen Schreibtisch herum und setzte sich, wobei der Bürosessel unter seinem Gewicht bedrohlich knarrte. Er bot seinem Mitarbeiter keinen Stuhl an, sondern ließ ihn nervös auf dem Teppich scharrend in der Mitte des Raumes stehen.

»Wen haben wir zurzeit in Europa im Einsatz, Ray?«

Sein Gegenüber kam sichtlich ins Schwitzen, als er sein Gehirn anfing zu grübeln. »Ähm, ja, das müsste … äh … Charles sein, Mr. Delaney. Also falls wir, äh, darüber reden, dass jemand *getötet* werden soll.«

Blitzschnell presste Delaney seine Finger gegen die Lippen. »Pst, Ray. Erwähnen Sie dieses Wort niemals in meinem Büro oder überhaupt in meiner Gegenwart.«

Ray nickte gehorsam, während sich trotz der Klimaanlage Schweißflecken unter seinen Achseln zu bilden begannen. »Richtig, Mr. Delaney. Selbstverständlich.« Er verlagerte sein Gewicht von einem Fuß auf den anderen.

»Wo ist Charles im Moment?«, fragte ihn Delaney.

Ray zog einen Palmtop-Computer aus seinem Jackett und machte ein paar Eingaben. »London. Ist gerade aus Berlin angekommen.«

Ray steckte das Gerät wieder ein und spielte nervös mit einem Ring an seiner linken Hand herum. »Er ist die Quelle der Information, die Sie vor kurzem von uns erhalten haben«, fügte er hinzu.

»Ist er vertrauenswürdig?«

Ray nickte erneut, diesmal wesentlich enthusiastischer. »Definitiv. Er liebt seine Arbeit. Deswegen ist er auch absolut zuverlässig. Und er räumt sogar noch gut hinter sich auf.«

Delaney grinste. »Perfekt. Sagen Sie ihm, er soll nach Oxford fahren. Da findet morgen eine Konferenz statt, an der er teilnehmen wird. Einer der Redner entwickelt sich langsam zu einem Ärgernis für uns. Richten Sie unserem Mann aus, er muss herausfinden, welche Beweggründe dieser Kerl hat.« Er kritzelte etwas auf ein Stück Papier und reichte es Ray. »Er soll mich unter dieser Nummer anrufen, sobald er die Gelegenheit hatte, mit Doktor Edgewater zu reden und er bereit ist, direkte Befehle von mir entgegenzunehmen.«

Ray sprang beinahe zum Schreibtisch und nahm die Notiz von Delaney entgegen. Nachdem er sich in die Mitte des Raumes zurückgezogen hatte, öffnete er den Mund zum Sprechen, überlegte es sich dann aber doch anders.

»Ist noch etwas, Ray?«

Ray schaute zuerst auf das Stück Papier, dann auf seinen Chef. »Es besteht ein zehnstündiger Zeitunterschied zwischen hier und London, Mr. Delaney.«

Delaney funkelte seinen Mitarbeiter an. »Dann wecken Sie ihn auf.«

Ray nickte und verließ den Raum so schnell wie möglich. Nachdem die Tür zugefallen war, stand Delaney auf, drehte sich zum Fenster um und sah erneut hinaus. Langsam schloss er die Augen und ließ den Plan in seinem Kopf Revue passieren.

Nach fast drei Jahren umfangreicher Forschung in einem abgelegenen Gebiet von Zentral-Queensland hatte es sechs Monate gedauert, um den Ablauf zu perfektionieren. Nur noch zwei Monate blieben, bis sich alles zusammenfügen würde. Delaney öffnete die Augen und starrte auf die Demonstranten hinab.

Er konnte es kaum erwarten, bis es so weit war.

KAPITEL 4

»Jemand kauft weltweit die Goldvorräte auf und hortet sie anschließend. Bei der aktuellen Lage und der Nachfrage nach Öl, Gas und Uran wird der Verkauf und Kauf dieses wertvollen Gutes von den Analysten seit Jahren immer wieder übersehen. Wir müssen uns fragen, warum? Warum wird dieser Umstand nicht beleuchtet, verfolgt oder untersucht? Hier und heute werden wir versuchen, dieses Versäumnis nachzuholen.«

Auszug aus der Vortragsreihe von Doktor Peter Edgewater,
Oxford, England

:

Oxford, England

Peter schloss seine Augen, legte den Kopf nach hinten, dehnte die Nackenmuskulatur und war froh, wieder zurück in der Heimat zu sein. Er hatte das Gefühl, die Geschichte dieses Gebäudes förmlich riechen zu können, während er gleichzeitig um sich herum alle Geräusche wahrnahm. Das Geräusch, als im Nebenzimmer das Publikum seine Sitze fand, das leise Klingeln der Weingläser, als sich Kollegen begrüßten und sich gegenseitig auf die Schulter klopften, Gelächter.

»Es verliert nie seinen Reiz, wissen Sie«, brach eine Stimme in seinen Tagtraum ein.

»Wie bitte?« Er öffnete die Augen, um sich nach der Quelle für diese Unterbrechung umzusehen.

»Tut mir leid … ich wollte Sie nicht erschrecken.« Ein Mann lehnte sich lächelnd gegen eine Säule. »Ich meinte die Atmosphäre dieses Ortes … sie ist immer präsent.« Er ging zu Peter und streckte ihm die Hand entgegen. »Charles Moore.«

Peter nahm sie entgegen und sah sich dabei noch einmal um. »Sie haben recht.«

»Ich nehme an, Sie waren hier Student?«, fragte Charles. Er nahm seine Brille ab und begann sie zu polieren.

»Ja. Obwohl es mir heute vorkommt, als wäre das schon ein ganzes Leben lang her. Und Sie?«

»Cambridge … leider«, lächelte Charles entschuldigend, setzte seine Brille auf, schlenderte zu dem Torbogen, der zum Hörsaal führte, und spähte hindurch.

»Werden Sie heute vor dieser Meute reden?«

Peter nickte und trat zu ihm. »Ja. Ich habe gerade eine kleine Vortragsreise durch Europa hinter mir und das College hat mich gefragt, ob ich an der Eröffnungsveranstaltung zur Neujahrsvortragsreihe teilnehmen könnte, bevor das neue Semester beginnt. Es schien mir ein passender Abschluss für meine Tour.«

Charles wandte sich ihm zu. »Kam die Vortragsreise bisher gut an?«

»Zumindest nicht schlecht. Tatsächlich genieße ich am meisten die Gespräche danach … das Reisen kann auf Dauer ein wenig eintönig sein. Eine Menge Leute wollten mit mir über meine Forschung sprechen. Sie wissen schon, Fakten miteinander vergleichen und Ähnliches. Es ist immer gut, zu erfahren, was andere Akademiker denken … und einige der Studenten. Das hilft einem, einzuschätzen, welche

Reaktionen der Artikel hervorrufen könnte, den ich veröffentlichen möchte.«

Charles' Gesichtsausdruck verhärtete sich deutlich. »Sie haben vor, einen Artikel darüber zu schreiben?«

Peter nickte enthusiastisch und bemerkte dabei nicht die veränderte Miene des Mannes. »Ja … das Feedback auf die Vortragsreise war so gut, dass ich mit ein paar Leuten inklusive der Presse darüber gesprochen habe, meine Forschungs- und Vortragsunterlagen zu veröffentlichen.«

Eine Gestalt erschien im Eingang zum Hörsaal. »Doktor Edgewater? Sie sind als Nächster dran.«

Peter nickte ihr zu. »Ich komme gleich.«

Er wandte sich um und reichte Charles die Hand. »Es war nett, Sie kennenzulernen … aber ich sollte jetzt besser gehen.«

Charles schüttelte Peters Hand und trat zurück. »Viel Erfolg mit dem Artikel, Doktor Edgewater. Ich bin sicher, es wird ein faszinierender Lesestoff sein.«

Charles beobachtete, wie Peter den Hörsaal betrat, dann drehte er sich um und eilte den Flur in Richtung Ausgang hinunter. Als er das Gebäude verlassen hatte und die Parks Road entlangging, zog er sein Handy aus der Jackentasche und wählte eine Telefonnummer.

Brisbane, Australien

Die Straßenlaternen tauchten den Fluss in orangefarbenes Licht, während Fähren und Hochgeschwindigkeits-Katamarane die letzten nächtlichen Restaurantbesucher nach Hause kutschierten. Eine schwache Brise frischte die feuchte

Luft etwas auf, nur vereinzelt durchbrach eine frustrierend klingende Autohupe oder eine Sirene die Stille, die sich über das Geschäftsviertel gelegt hatte.

Im elften Stock des Wolkenkratzers öffnete Morris Delaney die Tür zu seinem Büro und führte seinen Gast herein.

Stephen Pallisder war ein stattlicher, breit gebauter Mann. Ein Selfmade-Millionär und Vorstandsvorsitzender einer großen nationalen Eisenbahngesellschaft, der zwar nur wenige Freunde besaß, doch dafür etliche Politiker auf seiner Gehaltsliste stehen hatte. Er verfügte über enormen Einfluss auf nationaler Ebene. Ihm eilte der Ruf voraus, dass er unbeherrscht war und ein aufbrausendes Temperament hatte. Zu viel gutes Essen, eine Vorliebe für feine Weine und zu wenig Bewegung hatten sein Gewicht in die Höhe getrieben, weswegen er sich jetzt erleichtert seufzend in einen der vier Ledersessel gleiten ließ, seine Krawatte öffnete und die Füße auf den niedrigen Couchtisch vor sich legte.

»Jesus, Morris, wann ist es eigentlich so verdammt modern geworden, ein Baumkuschler zu sein?«

»Mach doch Al Gore dafür verantwortlich ... ich tue es«, antwortete Delaney, »am Wochenende hat mir sogar eine von Helens Nichten einen Vortrag darüber gehalten, das saubere Kohle-Technologie das Äquivalent zu einer Zigarette mit geringem Teergehalt sei.«

Pallisder lachte. »Ich hoffe, du hast sie gleich am Montag aus deinem Testament gestrichen.«

Delaney grinste. »Nun, ihr Universitätszuschuss ist auf mysteriöse Weise versiegt. Nicht, dass ich je verstanden habe, was sie mit einem Abschluss in verdammter Malerei erreichen möchte. Das kann doch nun wirklich nicht so schwierig sein.«

Delaney schob eine Broschüre über den Tisch in Pallisders Richtung.

»Das ist sie. Mit der Betriebsaufnahme meiner neuen Mine und der Bauanordnung deiner Eisenbahn werden die Aktionäre zufriedengestellt sein und wir werden unsere Konkurrenten auf der Konferenz fertigmachen. Ich gehe davon aus, dass wir in der nächsten Woche noch ein paar Angebote für neue Investitionen bekommen werden.«

Pallisder nickte, als er die Hochglanzbroschüre betrachtete, die für das Joint Venture zwischen den beiden Männern warb. »Gute Arbeit. Für den Werbefilm lasse ich dir noch aktuelles Material von meinem Marketing-Team zukommen … wir haben letzte Woche eine Filmcrew losgeschickt, um ein paar Luftaufnahmen von einem Hubschrauber aus zu machen. Du weißt schon, Panoramaeinstellungen mit einem voll beladenen Kohlezug und so … gut für die australische Wirtschaft. Die üblichen Phrasen halt.«

Delaney ging zu einem Mahagoni-Schrank hinüber und nahm zwei Kristallgläser sowie eine schwere Glaskaraffe heraus. »Drink?«

»Mach einen richtig großen draus. Anscheinend staut sich der Verkehr wieder die ganze Strecke bis zur Bribie-Abfahrt … ergibt also keinen Sinn, die Stadt in der nächsten Stunde verlassen zu wollen. Nur dass Lucy mich töten wird, weil ich mal wieder zu spät dran bin«, sagte Pallisder.

Delaney nahm die Gläser mit und setzte sich in den gegenüberliegenden Sessel. Er gluckste. »Ich schätze, sie hat offiziell die Hosen an.« Er reichte dem anderen Mann ein

Glas und brachte einen Trinkspruch aus. »Auf dass unsere Pläne alle aufgehen mögen.«

Stephen hob sein Glas zum Salut und nahm einen großen Schluck. »Ist meine Investition sicher?«

Delaney nickte. »Im Moment überprüfen wir noch drüben in England diese akademische Nervensäge Peter Edgewater … du erinnerst dich vielleicht. Ich hatte dir gesagt, dass er mit einer Vortragsreise unterwegs war und angefangen hat, mit dem Finger in unsere Richtung zu zeigen?«

Pallisder nickte und signalisierte Delaney, fortzufahren.

»Heute sprach einer von meinen Leuten mit ihm. Unsere erste Warnung hat offenbar nicht gefruchtet. Wir werden den Druck wohl erhöhen müssen.«

»Vielleicht könnte dein Mann auch ein paar Jobs für mich erledigen.«

»Wie viele Kohlenzüge wurden denn diese Woche gestoppt?«

Pallisder blickte finster vor sich auf den Boden. »Drei. Wenn ich den Lokführern sagen könnte, dass sie die Arschlöcher überfahren dürfen, würde ich es ja tun. Ich glaube aber kaum, dass die Presse besonders positiv darüber berichten würde.«

Delaney lachte gequält. »Das ist wahr. Ich sage dir Bescheid, sobald er wieder hier ist.«

Pallisder stellte die Füße auf den Boden, beugte sich nach vorn und nahm die Broschüre vom Tisch. »Wer wird auf dieser Konferenz sein?«

»Die üblichen Verdächtigen. Ich habe das mit unserem Marketing-Team ausführlich besprochen und sie sind sich absolut im Klaren darüber, was wir von ihnen erwarten.

Eine gute, präzise Offensive gegen diese Idioten.« Er streckte sein Kinn Richtung der Demonstranten vor dem Fenster. »Wir werden sie mit unserer Kampagne gegen den Emissionshandel fertigmachen … die altbekannten Rufe: Verdeckte Steuern, Arbeitsplätze werden verloren gehen, saubere Kohle-Technologie ist eine bessere Alternative, blah, blah, blah.«

Pallisder lehnte sich zurück und sah Delaney eindringlich an. »Ich hatte gestern einen Anruf von einem weiteren Bundesminister. Ich habe mit ihm vereinbart, seine Kampagne unter der Voraussetzung zu unterstützen, dass er auch zukünftig Lobbyarbeit für die Kohleindustrie hier in Australien macht.«

Delaney nickte. »Das ist gut. Die meisten von denen verstehen die Wissenschaft dahinter ohnehin nicht … solange wir ihnen die Taschen füllen, werden sie das tun, was man ihnen sagt.«

Pallisder lachte. »Ja … Gott bewahre, dass sie ihren Sitz verlieren und sie sich einen anständigen Job suchen müssten.«

Delaney schaute auf, als das Telefon auf seinem Schreibtisch zu klingeln anfing. Er stand auf und warf dabei Pallisder einen Blick zu. »Entschuldige bitte.«

Pallisder zog die Schultern hoch und gab Delaney ein Zeichen, den Anruf entgegenzunehmen. Die Männer hatten nur wenige Geheimnisse voreinander – beide hatten ihre Großunternehmen im Laufe der Jahre durch harte Arbeit und erbitterte Kämpfe gegen ihre Konkurrenten aufgebaut. Vor allem aber dank einer engen Verbindung zwischen einem Bergbau-Imperium, das Minen in Australien, Großbritannien und Osteuropa umfasste und einer

Eisenbahngesellschaft, die die Hälfte der Strecken in Australien besaß und darüber hinaus finanzielle Interessen in Europa und Südafrika hatte.

Delaney ging zum Schreibtisch und nahm den Hörer ab. Er legte seine Hand darauf und raunte Pallisder zu: »Es ist Charles.«

Pallisder nickte, stand auf und schlenderte zur Glaskaraffe, um sein Whiskyglas aufzufüllen.

Delaney wandte sich erneut dem Telefon zu. »Ich vertraue darauf, dass alles gut verlaufen ist?« Er verstummte und hörte sich Charles' Bericht an, dann zischte er, während er sich gegen den Schreibtisch lehnte. »Ich möchte, dass das jetzt geklärt wird. Rufen Sie mich an, wenn es vorbei ist, nicht vorher. Ich werde nächste Woche auf der Konferenz sprechen und will, dass die Angelegenheit erledigt wurde, bevor ich abreise.«

Als er den Hörer aufs Telefon knallte, sah sich Delaney in dem Büro um, das unzählige gerahmte Fotografien von sich zusammen mit Premierministern, internationalen Würdenträgern, Fußballern und Rockstars enthielt. Auf keinen Fall ließ er sich das von jemandem wegnehmen. Nicht jetzt.

»Probleme?«, fragte Pallisder, als er sich wieder in seinen Sessel wuchtete.

Delaney blieb auf der Schreibtischkante sitzen. »Nein nicht wirklich. Alles nur, um deine Investition zu schützen.«

Pallisder kicherte. »Guter Mann.«

KAPITEL 5

:

Oxford, England

Aaron Hughes steckte knietief in Schwierigkeiten. Bereits eine Stunde war er zu spät dran und sein Handy-Akku war leer, also radelte er so schnell wie möglich nach Hause. Seine Mutter würde ihn umbringen. Vor einer Stunde hatte seine Schule ihr mitgeteilt, dass er die Extrakurse schwänzte, zu denen sie ihn während der Ferien verdonnert hatte, weil sie in dem Zeitraum arbeiten gehen musste. Die schwache Wintersonne begann bereits zu sinken.

Er konnte einfach nicht anders … das neue Computerspiel war am Montag herausgekommen und Jack Mills hatte es irgendwie geschafft, seine Eltern dazu zu überreden, ihm das Spiel sofort zu kaufen – als Vorab-Geburtstaggeschenk. Innerhalb von vier Stunden waren die beiden Jungen bei Level 6 angekommen, bevor Aaron erst bemerkte, wie spät es inzwischen geworden war und hastig das Haus seines Freundes verlassen hatte.

Er radelte auf die Saint Cross Road, zog an den College-Gebäuden vorbei und überlegte, ob er die Abkürzung durch die Felder und über den Fluss Cherwell nehmen sollte. Da er ohnehin schon in Schwierigkeiten steckte, war es jetzt auch egal, ob seine Kleidung schmutzig und schlammbespritzt war. Allerdings wirkte das Ufer des Flusses mit seinen bewaldeten, unkrautübersäten Nebenflüssen selbst zur besten Zeit ein wenig gruselig. Aaron war der letzte, der das leugnen würde.

Aber die Strecke war immer noch eine Abkürzung nach Old Marston und im Moment brauchte er jeden Vorteil, den er sich verschaffen konnte. Er bog nach rechts auf die Schotterpiste hinter den College-Spielfeldern ab und schaltete einen Gang herunter.

Aaron verlangsamte sein Fahrrad und warf einen Blick über seine Schulter. Aus Erfahrung wusste er, dass er innerhalb von 15 Minuten quer durch die Spielfelder hindurch und wieder zurück in der Vorstadt sein würde – aber nur, wenn er es schaffte, seine Fantasie keine Überstunden machen zu lassen.

Aaron stöhnte einen kurzen Seufzer aus. Er musste es tun. Er trat wieder in die Pedale und fuhr den Pfad entlang. Leicht keuchend, wobei er nicht wusste, ob aus Angst oder vor Anstrengung, radelte er auf die erste schmale Brücke über den Fluss und bemerkte, wie der städtische Verkehrslärm hinter ihm in die Ferne versickerte.

Auf halbem Weg über die Brücke stoppte er und blickte auf den kleinen Wasserlauf hinunter, der sich durch die Felder zum Hauptfluss ergoss. Der Bach schlängelte sich nach links, bevor er hinter einer Kurve verschwand, während sich der Weg vor ihm zu wenig mehr als einem Reitpfad verengte. Aaron warf einen letzten Blick auf den Bach und fuhr dann so schnell weiter, wie er es auf der steinigen Oberfläche des Weges riskieren konnte, ohne ins Schleudern zu geraten.

Als er sich der nächsten Brücke näherte, verengte sich der Pfad weiter und er konnte den frühabendlichen Duft von feuchtem Unterholz, Kiefernsaft und Pferdekot riechen.

Schneeglöckchen lugten vorsichtig aus den Grasrändern auf beiden Seiten des Weges hervor.

Als urplötzlich ein kreischender und mit den Flügeln schlagender Fasan vor ihm auftauchte, zuckte Aaron zusammen. Er lachte kurz nervös auf, erschreckte sich aber bald erneut, als irgendetwas anderes in der Nähe aufschrie.

Der schmale Pfad verlief zwischen zwei Nebenflüssen des Cherwell, bevor er über sie hinweg und durch die Felder bis nach Old Marston führte. Aaron verlangsamte das Tempo, als er sich an die Horrorgeschichten von Menschen erinnerte, die ins Wasser gefallen waren und es nicht geschafft hatten, bei den zu dieser Jahreszeit vorherrschenden eisigen Temperaturen zu überleben. Er steuerte das Fahrrad in die Mitte des Weges, weg von den Flussufern, fest entschlossen, nicht abzurutschen und hineinzufallen.

Während er sich der Kurve näherte, hinter der es nach Hause gehen würde, sah er etwas am Flussufer zwischen dem flachen Grasrand und dem Schotterpfad liegen. Aarons Herz begann zu rasen, während er scharf abbremste. Das Etwas sah aus wie ein altes Kleiderbündel, das jemand am Wegesrand fallen gelassen hatte.

Er sah sich um und wünschte sich plötzlich, er hätte diesen Weg nicht genommen. Da er aber nicht mehr umkehren konnte – inzwischen war er seinem Ziel schon viel zu nah gekommen – stieg er stattdessen vom Fahrrad ab und schob es in Richtung des Kleiderhaufens. Während er näherkam, konnte er die Umrisse eines Menschen erkennen. »Hallo?«

Er hielt an. Als kleiner Junge hatte er genug Geschichten darüber gehört, wie gefährlich Fremde sein konnten, und auch wenn es seine Eltern ihm nicht glaubten … er hatte ihre

Warnung verstanden: Nicht mit Fremden mitgehen. Aber das hier war etwas anderes. Es fühlte sich nicht richtig an.

»Geht es Ihnen gut?«, fragte er vorsichtig.

Vielleicht war das ja ein Betrunkener. Es half nichts, dachte er, aber er musste einfach näher heran. Aaron atmete aus und schob das Fahrrad ein Stückchen weiter, wobei er darauf achtete, dass es eine Art Schutzschild zwischen ihm und der Gestalt bildete. Schließlich konnte er erkennen, dass es ein Mann in einem Anzug war, sein Gesicht jedoch lag von Aaron abgewandt. Er machte einen Schritt um den Mann herum und fing zu schreien an. Das Fahrrad fiel zu Boden, als sich der Junge umdrehte, zur anderen Seite des Schotterweges rannte und in das hohe Gras kotzte.

Es schien eine gefühlte Ewigkeit zu vergehen, bevor er den Mut aufbrachte, zurückzurennen, sich sein Fahrrad zu greifen und so schnell er konnte die restliche Strecke bis nach Hause zu fahren. Wo seine Mutter zuerst versuchte, ihren hysterischen Sohn zu beruhigen und anschließend die Polizei verständigte.

Doch es würde noch wesentlich länger dauern, bevor die Erinnerung an das Gesicht des Toten anfangen würde, aus seinen Albträumen zu verschwinden.

Der Weckeralarm kreischte zweimal laut auf, bevor eine Hand unter der Decke hervorgeschossen kam und auf die Ausschalttaste schlug.

Dan setzte sich auf und schwang die Beine über die Bettkante. *Verdammt, es war eiskalt.* Er hievte sich hoch, zog einen dicken Bademantel an und tapste zur Schlafzimmertür. Während er runter ins Erdgeschoss ging, fuhr er mit einer

Hand durchs Haar und starrte mit trüben Augen auf die Zeitschaltuhr der Zentralheizung. Er schlug hart mit der Handfläche darauf und hörte befriedigt, wie die Heizungsanlage mit einem sanften Brüllen ansprang.

Gähnend setzte er den Wasserkessel auf und begann, Kaffee zu machen. Dann drehte er sich um und nahm das Handy von der Küchenbank. Keine Nachrichten. Er runzelte die Stirn … er hatte vor drei Tagen gleich nach seiner Rückkehr aus dem Pub versucht, Peter zurückzurufen, doch leider nur seine Mailbox erreicht. Dan überlegte gerade, wen er an der Universität kontaktieren könnte, um Peter aufzuspüren, als Schritte an der Vorderseite des Hauses seine Aufmerksamkeit erregten.

Der Briefschlitz quietschte in seinen Scharnieren und Dan blickte auf. Langsam trottete er durch den Flur, hob das Exemplar der Oxford Times von der Fußmatte auf, dann schlenderte er zurück in die relative Wärme der Küche. Während er darauf wartete, dass das Wasser endlich kochte, setzte er sich an den Küchentresen und blätterte durch die Zeitung, bis sein Blick an einem Bericht auf Seite fünf hängen blieb.

Er spürte, wie seine Kinnlade vor Schock runterklappte. Die Schlagzeile lautete: »Prominenter Dozent in grausamen Kampf getötet.«

»Die Polizei bestätigte, dass es sich bei dem Körper, der vor vierundzwanzig Stunden in der Nähe des Flusses Cherwell in Old Marston gefunden wurde, um Doktor Peter Edgewater, Dozent für Geologie am Department of Earth Sciences, Universität Oxford, handelt. Sie beschreibt den Angriff als erschreckend brutal. Doktor Edgewaters Arbeitskollegen alarmierten die

Polizei, als er es versäumte, gestern Morgen beim ersten Fakultäts-Treffen des neuen akademischen Semesters zu erscheinen.

Doktor Edgewater, bekannt für seinen Einsatz für mehr Forschung zu alternativen Energiequellen, war anscheinend zu Fuß hinter dem College-Gelände unterwegs, als der Angriff erfolgte. Der namhafte Dozent hatte aktuell eine erfolgreiche Vortragstour in Europa beendet. Bei den Vorträgen setzte er sich für seine Theorie ein, die besagt, dass ein Pulverextrakt aus sogenanntem Weißem Gold eine Alternative sein könnte, um Kohle bei der Stromerzeugung zu ersetzen. Doktor Edgewater nutzte seine Vorträge auch regelmäßig dazu, die Gas- und Kohle-Unternehmen dafür zu kritisieren, dass sie grundlegende Forschungen zu alternativen Energiequellen angeblich verzögerten. Gegenwärtig ist die Mordwaffe noch nicht gefunden worden und die Polizei bittet eventuelle Zeugen, sich umgehend zu melden.«

Was für eine Art, das neue Jahr zu beginnen, dachte Dan. Er las den Bericht ein zweites Mal. Sein Herz schlug heftig, als er darin nach Antworten suchte, die er nicht finden würde. Er schob den Artikel zur Seite und griff nach seinem Handy. Nachdem er seine Mailbox aufgerufen hatte, hörte er sich Peters Botschaft noch einmal an.

Es war seltsam, Peters Stimme nach so vielen Jahren wieder zu hören. Sie waren damals auf der Universität im selben Team gerudert, hatten sich dann aber aus den Augen verloren, Dan sich entschied, zur Armee zu gehen. Kratzend fuhr sich Dan über die Stoppel an seinem Kinn und stierte vor sich hin. Er hatte Peter als großgewachsenen Mann in Erinnerung, der genau wusste, wie man zu kämpfen hatte, wenn es erforderlich war. Es erschien ihm einfach nicht richtig, dass er so leicht angegriffen und überwältigt werden konnte.

Dan konnte sich jedoch nicht daran erinnern, dass Peter jemals zuvor so verängstigt geklungen hatte. Und als er die Nachricht ein weiteres Mal abhörte, fragte er sich, was dieser durch seine jüngste Forschung wohl aufgedeckt haben könnte, um solch eine Reaktion hervorzurufen.

Er stand auf und bereitete den Kaffee zu, dann nippte er schluckweise daran, während er in der Küche auf und ab ging. Er konnte die letzte Bitte seines Freundes nicht ignorieren. Er musste einfach sicherstellen, dass es Peters Ex-Frau, Sarah, gut ging … allerdings musste er sie dazu erst einmal finden. Von einem gemeinsamen Bekannten hatte er gehört, dass sich Peter und Sarah vor einer Weile getrennt hatten. Er stellte seinen Kaffeebecher ab und holte sich ein Notizbuch und einen Stift. Daraufhin griff er erneut nach seinem Handy. Er erinnerte sich vage daran, dass Peter ihm erzählt hatte, seine Ex-Frau würde jetzt als Reporterin für eine der nationalen Zeitungen arbeiten. Dan gähnte, als er durch die im Online-Telefonverzeichnis aufgeführten Nummern scrollte. Vielleicht würde ja ihr Redakteur ihm verraten, wo er sie finden konnte.

Nachdem er das Zeitungsbüro erreicht hatte, wurde er an den Redakteur Gus Saunders vermittelt. Nach einem kurzen Verhör, auf das die örtliche Polizeitruppe stolz gewesen wäre, gab er Dan widerwillig Sarahs aktuelle Adresse und Telefonnummer heraus.

Dan wählte die genannte Nummer und blätterte die Zeitung durch, während er auf eine Antwort wartete. Es gab jedoch keine. Letztlich beendete er den Anruf und sah sich in der Küche um. Dann seufzte er. Vielleicht sollte er der Ex-Mrs. Edgewater einen Besuch abstatten. Zumindest würde es ihm etwas anderes zu tun geben, als die Wände anzustarren, während er darauf wartete, dass ihn der nächste Bergbau-Job fand.

Eine halbe Stunde später war Dan auf der Hauptstraße Richtung Sutton Courtenay unterwegs. Nachdem er an der Kreuzung abgebogen war, fuhr er die Ringstraße entlang, bis er einen Kreisverkehr erreichte, an dem er nach links abbog. Nach Aussage ihres Redakteurs stand Sarahs Haus in einer kleinen Straße etwa eine Meile in den Ort hinein.

Er entdeckte die Nummer siebenunddreißig ziemlich schnell. Ein hübsches Drei-Schlafzimmer-Cottage, das etwas von der Straße zurückgesetzt stand. Es lag am Ende einer Häuserreihe und hatte einen hübschen, kleinen Garten, der von einem niedrigen weißen Zaun geschützt wurde. Ein öffentlicher Fußweg führte rechts am Grundstück vorbei und wieder zurück zur Hauptstraße.

Dan steuerte sein Auto in eine Parkbucht, schaltete den Motor ab und stieg aus dem Wagen. Er hatte keine Ahnung, was er sagen sollte, aber Peter hatte ihn darum gebeten und unter den gegebenen Umständen war es das Mindeste, was er tun konnte.

»Also los«, murmelte Dan zu sich selbst, als er den Weg entlangging und die Türglocke läutete.

Während er darauf wartete, dass die Tür geöffnet wurde, versuchte Dan verlegen, seine wilden Haare glatt zu streichen und seine Jacke zurechtzurücken. Er schaute auf seine Stiefel hinunter und bemerkte, wie abgewetzt sie waren.

Dann versuchte er sich daran zu erinnern, wann er sie das letzte Mal poliert hatte. Es schien eine Ewigkeit her zu sein, als das Polieren von Stiefeln seine zweite Natur gewesen war. Er schniefte, zwang die Erinnerung aus seinen Gedanken und blickte zur Haustür hinauf. Die kalte Luft klammerte sich an seinen Ohren und Fingern fest, eine beißende, scharfe Brise peitschte durch seine Haare. Er wollte der Tür befehlen, sich zu öffnen …, und zwar bald, bevor er erfroren war.

Ein Licht wurde eingeschaltet – ein blasses Glühen, das durch die vier Glasscheiben schien, die im oberen Teil der Holztür eingebettet waren. Dans Gesicht glühte in der Reflexion. Das graue Nachmittagslicht verblasste schnell; ein weiterer Schneesturm war im Anmarsch. Dan trat aus dem Schutz der Veranda zurück und blickte nach oben, versuchte die Sturmwolken allein mit seinem Willen zu vertreiben. Er wollte hier nicht feststecken. Wollte einfach nur seine Pflicht erfüllen, herausfinden, hinter welcher Sache Peter her gewesen war und dann schnell wieder abhauen.

Die Silhouette einer Gestalt tauchte hinter der Tür auf. Zögerte.

»Wer ist da?« Eine gedämpfte Frage, die voller Anspannung war. Falls er falsch antwortete, würde sich die Tür nie öffnen.

Dan dachte über den ersten Eindruck nach, den man nur einmal hinterlassen konnte. Und versuchte automatisch erneut, seine Haare zu glätten. Er atmete tief durch. »Mein Name ist Dan. Ich bin ein Freund von Peter.« Er hielt kurz inne. »Ein *richtiger* Freund.« Er spähte durch das pockennarbige Glas, das stark verzerrte.

Eine große, schlanke Frau mit blassbraunem Haar spähte zurück. Sie zauderte.

Dann hörte Dan das Geräusch einer Sicherheitskette, die gegen die Holzoberfläche der Tür klapperte. Die Frau zögerte erneut, doch schließlich wurde der Bolzen zurückgezogen und die Tür geöffnet.

Dan betrachtete die Frau. Sie war blass und in einen Pullover gewickelt, der dreimal zu groß für ihren Körper war und den sie einfach über ein Paar schmal geschnittene Jeans geworfen hatte. Sie trug dicke Socken. Dan blinzelte, als ihn die Wärme aus dem Haus umhüllte.

»Was wollen Sie?«, flüsterte die Frau.

»Ich will helfen«, antwortete er.

Die Frau nickte. »Er hat mir geschrieben und gesagt, dass Sie vielleicht kommen würden.« Sie streckte ihre Hand aus. »Ich bin Sarah«, sagte sie.

Dan ergriff sie mit einem schwachen Lächeln. »Das hatte ich gehofft«, antwortete er. »Kann ich reinkommen? Es ist arschkalt hier draußen.«

KAPITEL 6

Dan saß Sarah auf dem Sofa gegenüber. Als er seine Kaffeetasse auf dem Tisch abstellte, bemerkte er eine dünne Staubschicht, die wohl trauerbedingter Nachlässigkeit geschuldet war. Ein Holzfeuer brannte in einem Kamin, erfüllte den kleinen Wohnbereich mit Wärme und warf Schatten an die Wände.

Er blickte auf, bemerkte, wie Sarah ihn beobachtete, und lächelte nervös. Sie sah erschöpft aus. Ihr hellbraunes Haar war zu einem Pferdeschwanz zurückgebunden und ihr Gesicht vollkommen ungeschminkt. Groß und ohnehin schlank, schien sie in kürzester Zeit viel Gewicht verloren zu haben.

Während er sich auf den Ellbogen nach vorn beugte, holte Dan tief Luft und fing an:

»Sarah, ich weiß, dass wir uns noch nie getroffen haben, und du daher keinen Grund hast, mir zu vertrauen, doch ich war ein enger Freund von Peter. Ich habe keine Ahnung, was dir die Polizei erzählt hat, aber ich glaube die Geschichte nicht, die sie den Zeitungen aufgetischt haben. Da gibt es für mich einfach zu viele Ungereimtheiten und ich muss herausfinden, was wirklich passiert ist.«

Er unterbrach sich und sah auf. Sarah schien ihn eine Ewigkeit lang schweigend anzustarren. Als sie schließlich sprach, klangen ihre Worte leise und Dan musste sich in ihre Richtung lehnen, um sie zu verstehen.

»Ich bin so froh, dass noch jemand genauso denkt wie ich – sie meinen, ich wäre paranoid, aber ich weiß einfach, dass irgendetwas nicht stimmt …«, sie schweifte ab und blickte aus den Verandafenstern, bevor sie sich wieder zu ihm wandte.

»Peter kannte die Abkürzung hinter dem College in- und auswendig. Er ging dort oft nach den Vorträgen spazieren, um abzuschalten. Das kann einfach nicht sein …«, sprach sie wütend. »Sie sagen, es war ein Straßenräuber – ein nicht provozierter Angriff.«

Dan griff nach seiner Kaffeetasse und studierte die Oberfläche der Flüssigkeit. »Sarah, ich weiß, das mag unter den Umständen etwas komisch klingen, aber arbeitete Peter in letzter Zeit länger oder vielleicht auch an Tagen, an denen er normalerweise zu Hause gewesen wäre?«, fragte er und nahm vorsichtig einen Schluck des heißen Getränks.

»Nicht, dass ich wüsste, aber wir sprachen nur noch gelegentlich miteinander. Er hat sich so in seine Forschungen und Vorträge vergraben, dass es immer häufiger einfach unmöglich war.« Sie faltete die Hände unter dem Kinn zusammen und legte gedankenversunken ihre Ellbogen auf die Knie. Nach einer Weile sah sie Dan direkt an. »Warum sollte ich dir vertrauen?«

»Weil ich Peters Freund bin. Wir sind zusammen zur Universität gegangen, haben uns dann aber für ein paar Jahre aus den Augen verloren, bis er mich letzte Woche aus Berlin angerufen hat. Er klang dabei verdammt aufgeregt. Es ging ihm um irgendeine Entdeckung. Dann, vor ein paar Tagen, rief er wieder an … diesmal aus Paris. Ich war nicht zu Hause, also hat er eine Nachricht auf meinem Handy hinterlassen. Er schien in Eile zu sein, die Botschaft war absolut wirr. Etwas über ein Paket, das er dir geschickt hat und bei dem er sicherstellen wollte, dass es wohlbehalten angekommen ist. Er klang ängstlich. Er hat sogar gesagt, dass er Angst hat, sein Leben könne in Gefahr sein.«

Dan fuhr zusammen, als im Kamin ein Holzscheit in der Hitze knallte. Er schluckte und wartete, bis sich sein Herzschlag wieder etwas beruhigte. Er blickte in die Flammen, dann zurück zu Sarah.

»Er wollte, dass ich überprüfe, ob mit dir alles in Ordnung ist. Einen Tag, nachdem er auf meine Mailbox gesprochen hatte, habe ich versucht, ihn zurückzurufen, bin aber nicht durchgekommen. Ich hinterließ Nachrichten für ihn, doch er hat nicht auf meine Anrufe reagiert. Und dann las ich heute Morgen in der Zeitung, dass er getötet wurde. Ich will wissen, warum. Keine Ahnung, wo genau er dran war, aber ich denke, er hat sich damit tief in die Scheiße geritten.«

Er brach ab und starrte auf seine Hände.

»Und nun bist du hier«, sagte Sarah.

»Ja.«

Sie griff nach ihrem Kaffeebecher und führte ihn zu den Lippen, schien es sich dann aber anders zu überlegen. Sie stellte den Becher auf den Couchtisch zurück und blickte ihn an.

»Warte hier.«

Dan beobachtete sie, während sie den Raum verließ. Er konnte hören, wie sich ihre Schritte durch den Flur in den hinteren Teil des Hauses bewegten. Er stand auf und ging zu einem Schreibtisch, der in der Ecke stand. Der Computerbildschirm war dunkel, das Gerät ausgeschaltet. Er blickte auf, um sicherzustellen, dass sich Sarah immer noch außerhalb des Raumes befand, und sah sich dann einige Dokumente auf ihrem Schreibtisch etwas näher an. Die Unterlagen hatten alle mit ihrer Arbeit bei der Zeitung zu tun … nichts davon schien von Peter geschickt worden zu sein. Nachdem er zum Terrassenfenster hinübergeschlendert war, schaute Dan hinaus in den kleinen Garten. Er überlegte, was genau Peter in Erfahrung gebracht haben könnte, dass sein Leben in Gefahr gebracht hatte. Als Sarah wieder in den Raum zurückkam, drehte er sich zu ihr um.

»Ich denke, das ist bei dir besser aufgehoben«, sagte sie, während sie ihm einen großen, gepolsterten Umschlag übergab.

»Was ist da drin?«

»Schau nach. Er ist sowieso für dich.« Sie lehnte sich auf dem Sofa zurück und nahm nun einen kräftigen Schluck von ihrem Kaffee, bevor sie Dan weiter anvisierte. »Tja, worauf wartest du? Mach ihn schon auf.«

Dan lehnte sich auf dem Sofa nach vorn und untersuchte das Päckchen. Es war ein gepolsterter, weißer DIN A4 Umschlag, auf dessen Vorderseite mit hastiger Handschrift Sarahs Anschrift gekritzelt worden war. Er wendete den Umschlag einmal in seinen Händen und hob eine Augenbraue, während er wieder zu Sarah sah.

»Der ist ja bereits offen«, stellte er fest und zeigte auf das Stück Tesafilm, das auf der Rückseite klebte.

Sarah schmunzelte leicht. »Ich bin eine Journalistin, was erwartest du denn? Woher sollte ich wissen, dass du hier tatsächlich auftauchst?«

Dan hob gleichgültig die Schulter und gab ihr insgeheim recht. Er riss den Umschlag auf und bemerkte dabei den Luftpostaufdruck und die ausländischen Briefmarken. Dann griff Dan hinein und holte den Inhalt heraus: Ein Bündel Dokumente und Peters handgeschriebene Notizen. Er blätterte durch die losen Forschungsunterlagen, drehte Fotos um, las die Abschriften auf den Rückseiten und inspizierte die Zeitungsausschnitte und hastig hingekritzelten Diagramme.

»Wie kommt es, dass du mit dem Material noch nichts gemacht hast?«

Sarah zuckte mit den Achseln. »Um ehrlich zu sein, ich verstehe nicht mal die Hälfte davon auch nur annähernd.« Sie deutete auf den Laptop, der in der Ecke stand. »Ich habe damit angefangen, aber da gab es einen Teil von mir, der wissen wollte, ob du hier tatsächlich auftauchst.« Sie seufzte. »Ich weiß, Peter und ich haben uns nicht ständig persönlich gesehen, aber ich erinnere mich, dass er vor ein paar Jahren gesagt hat, er würde gern wissen, ob er in einer Notlage auf dich zählen kann. Nachdem du aus dem Mittleren Osten zurückgekommen warst, hat er sich wirklich Sorgen um dich gemacht.« Sie lächelte. »Ich dachte, ich lasse dir ein paar Tage Zeit, und falls du nicht auftauchen solltest, würde ich etwas Urlaub nehmen und selbst herausfinden, was an der Sache dran ist.«

Dan wendete das Dokument, das er in Sarahs Richtung hielt. »Nun, wenn ich es schaffen sollte, herauszubekommen, was tatsächlich los ist, werde ich jemanden brauchen, der mir dabei hilft, seine gotterbärmliche Handschrift zu entziffern.«

Sarah lächelte. »Dann ist sie also mit dem Alter nicht besser geworden?«

»Das soll wohl ein Scherz sein. Ich erinnere mich gerade wieder, warum es vollkommen nutzlos war, sich in der Uni Peters Hausaufgaben auszuborgen.«

Er sah Sarah über den Couchtisch hinweg an. »Was denkst du?«

Sie hielt seinem Blick stand und lächelte. »Dann sollten wir herausfinden, woran Peter gearbeitet hat. Ich werde meinen Redakteur Gus anrufen und mir ein paar Tage freigeben lassen. Gleich morgen fahre ich dann zu Peters Haus und schau nach, was ich dort sonst noch finden kann.«

Oxford, England

Sarah attackierte die Eisschicht auf der Windschutzscheibe heftig mit ihrer Kreditkarte. Jeden Winter schwor sie sich, endlich einen anständigen Eiskratzer zu kaufen, und jeden Winter schaffte sie es, den Kauf wieder zu vergessen.

Sie fluchte, als ihr Daumennagel einriss, dann wischte sie das Eis von der Plastikkarte ab und nahm sich die Seitenfenster vor. Während sie schabte und sich methodisch um das Auto herumarbeitete, trampelte sie mit den Füßen, um ihre Zehen wenigstens ein bisschen warm zu halten.

Schließlich waren die Scheiben eisfrei und sie sprang auf den Fahrersitz. Nachdem sie die Tür zugeschlagen hatte, drehte sie die Heizung voll auf und genoss den warmen, kuscheligen Innenraum. Sie schaltete das Radio ein, während sie darauf wartete, dass ihre tauben Finger wieder durchblutet wurden.

Die Nachrichten spuckten die übliche Berichterstattung aus – Anstieg der Benzinpreise; Energieunternehmen, die mit der winterlichen Nachfrage nach Gas kämpften; die durch die Kälte bedrohte Stromversorgung. Sarah schüttelte monierend den Kopf, während sie zuhörte. Die Politiker würden es wohl nie schaffen, die Dinge unter sich zu regeln.

Sie setzte auf ihrer Auffahrt zurück und war innerhalb von fünfzehn Minuten auf der Hauptstraße nach Oxford, unterwegs zu ihrem Ziel. Während sie fuhr, summte sie zum Radio und trommelte ungeduldig mit den Fingern auf das Lenkrad. Sie konnte es kaum erwarten, Peters Haus zu erreichen. Nach einer Weile verließ sie die Hauptstraße wieder und begann, sich durch die Vorstadtstraßen zu schlängeln, bis sie schließlich die Straße fand, nach der sie suchte.

Auf einer von Bäumen gesäumten Allee parkte Sarah den Wagen auf dem Bordstein. Eine wohlhabende Gegend, große Häuser versteckten sich hinter perfekt geschnittenen Ligusterhecken oder eingezäunten Gärten. Während sie den Motor abschaltete, blickte sie auf das Haus, das ein paar Meter weiter rechts von ihr stand und seufzte. Früher einmal waren sie hier so glücklich gewesen. Es fühlte sich jedoch an, als wäre es eine Ewigkeit her.

Das frühmorgendliche Sonnenlicht glitzerte durch die Bäume auf der Allee, die bereits die ersten Anzeichen von neuen Trieben zeigten. In ein paar Monaten würde die breite Straße von blassrosa und weißen Blumen umrahmt werden, die die Alle im Wechsel zierten. Die Straße lag ruhig. Der Berufsverkehr und der Schulanfang waren bereits seit über einer Stunde vorüber. Vereinzelt fuhren Autos an ihrem Parkplatz vorbei und brachten ihr Fahrzeug sanft ins Schaukeln. Währenddessen saß sie nur da und sammelte ihre Gedanken.

Ein Mann kam aus Richtung der Häuser direkt auf ihren Wagen zu und polierte seine Brille, bevor er sie wieder auf die Nase setzte. Sarah beobachtete im Rückspiegel, wie er sich näherte. Als er auf Höhe ihres Autos war, schien er langsamer werden zu wollen, überlegte es sich dann aber anscheinend anders und ging weiter, bevor er schließlich in einer Seitenstraße verschwand.

Sie griff nach dem Paket, das auf dem Beifahrersitz lag. Sie hätte Peters Handschrift überall erkannt – vier gemeinsame Ehejahre und sechs Jahre, in denen sie seine hastig hingekritzelten Vorlesungsunterlagen abgetippt hatte, ließen bei ihr keinen Zweifel aufkommen, wer ihre Adresse auf den gepolsterten Umschlag geschrieben hatte. Zärtlich strich sie mit ihrer Hand über die Schrift und zog dann den Inhalt heraus. Nachdem Dan gegangen war, hatte sie sie ein wenig besser sortiert. Ein kompletter Satz von Peters jüngsten Vortragsunterlagen, zusammengeheftet mit Zeitungsausschnitten, Fotos und einer Liste der bibliografischen Referenzen, die nach dem Erscheinungsdatum angeordnet war.

»Welcher Sache bist du nur auf die Spur gekommen, Pete?«, flüsterte Sarah leise vor sich hin.

Nachdem sie ihren Sicherheitsgurt gelöst hatte, fasste sie nach dem Griff der Türe und öffnete sie. Danach stieg sie aus und beugte sich noch einmal in den Wagen, um ihre Tasche herauszuholen.

Die Explosion veranlasste sie, sich instinktiv hinter die Autotür zu ducken, die ihr nun als Schutzschild diente. Ein Schwall warmer, stauberfüllter Luft schoss an ihr vorbei, als sie in den Wagen zurücksprang und versuchte, aus dem

Weg zu kommen. Sie schloss ihre Augen fest, keuchte, als die Luft aus ihren Lungen herausgepresst wurde.

Sarah spürte, wie das ganze Fahrzeug von der Druckwelle nach hinten geschoben wurde und sie dabei mit sich zog. Die Reifen quietschten vor Protest, als die Kraft der Explosion gegen die Feststellbremse ankämpfte, während Sarah um ihr Gleichgewicht ringen musste.

Nachdem das Dröhnen der Explosion verstummt war, kletterte Sarah aus dem Auto, schob den Kopf über die Wagentür und betrachtete ungläubig die sich darbietende Szene. Papier und andere Überbleibsel, die immer noch brannten, flatterten durch die Luft. Der Alarm eines Autos gellte die Straße entlang. Sarah schob sich ihre Haare aus den Augen und blinzelte. Ihre Ohren klingelten, ein hohes Pfeifen, das in ihrem Schädel nachhallte.

Die rechte Seite des Hauses war verschwunden. Auf der gesamten Straße lagen Glasscherben verteilt, Schrapnelle steckten in dem Telefonmast, der jetzt gefährlich schräg über die Straße ragte. Die Kraft der Druckwelle hatte die Vorderseite zerstört und sie über das Pflaster verteilt. Dahinter glimmte der verbrannte Rasen noch immer. Der gesamte Garten war jetzt mit Schutt übersät. Flammen und schwarzer Rauch quollen aus der Seite des Hauses heraus, auf der zuvor das Arbeitszimmer gewesen war, während heiße Asche durch die Luft wehte. In der Ferne ertönte eine Sirene. Sarah kehrte bei dem Geräusch wieder zu sich und blickte sich um.

Dann sah sie ihn.

Der Mann mit der Brille beobachtete sie von der Seitenstraße aus. Plötzlich begann er auf sie zuzugehen, ohne dabei den Blick von ihr abzuwenden. Sarahs Herzschlag raste. Ihr Instinkt übernahm die Kontrolle. Sie kletterte in ihr Auto und drehte hastig den Zündschlüssel. Der Motor sprang kurz an, würgte aber gleich wieder ab. Sarah starrte panisch in den Rückspiegel … der Mann lief jetzt direkt auf ihren Wagen zu. Ihr Herz pochte, Sarah drehte den Schlüssel erneut.

»Komm schon«, beschwor sie das Auto mit zitternden Händen.

Mit einem Stottern startete der Motor, wobei blauer Rauch aus dem Auspuff herausschoss. Sarah machte eine schnelle Kehrtwende auf der Straße, Glas und Schutt rutschten vom Dach und von der Motorhaube, während sie darum kämpfte, das Fahrzeug unter Kontrolle zu behalten. Sie vollführte einen Schlenker, um dem Mann auszuweichen, der jetzt mitten auf der Straße stand. Als er beim Vorbeifahren versuchte, nach dem Auto zu greifen, schrie sie und trat das Gaspedal voll durch. Das Geräusch seiner Finger, die auf der Suche nach einem Halt über die Lackierung kratzten, jagte Sarah einen Schauer über den Rücken, bevor sie mit dem Auto an ihm vorbeischoss.

Am Ende der Allee bog sie nach links ab und zwang sich, langsamer zu werden, damit die Polizei sie nicht anhielt. Irgendwie glaubte sie nicht daran, dass die Polizei ihr Schutz vor dem Fremden auf der Straße bieten könnte. Ein Aufblitzen im Spiegel ließ sie hochblicken – ein Feuerwehrfahrzeug und ein Polizeiauto bogen gerade in die Straße ein, beide zu spät, um das Haus noch zu retten. Währenddessen stand der Fremde auf dem Bürgersteig, beobachtete sie und polierte dabei seine Brille. Dann drehte er sich um und rannte zu seinem geparkten Fahrzeug zurück.

Sogleich presste sie ihren Fuß wieder auf das Gaspedal und nahm die Schleichwege durch den Vorort, um jede Verfolgung auszuschließen. Als sie die Sirenen nicht mehr hören konnte, rollte sie an den Straßenrand und holte ihr Telefon heraus.

KAPITEL 7

Streifen von Sonnenlicht brachen strahlend durch die Fensterjalousien, während eine Krähe auf einem Baum vor dem Fenster lauthals krächzte. Ein Van fuhr vorbei, seine Reifen platschten durch Pfützen aus schmelzendem Eis. Im Hintergrund erklang das verstummende Stottern eines abgewürgten Automotors, und das Geschrei der Kinder, die auf dem Schulhof spielten, hallte fast eine Meile die Straße hinunter. Das Telefon klingelte, laut und unbarmherzig.

Dan bewegte sich vorsichtig und stöhnte, vergraben unter der Decke, die chaotisch über das Bett verteilt lag. Der Pub war mal wieder eine schlechte Idee gewesen. Er kam dort einfach nie rechtzeitig los.

»Wer auch immer das ist, lass mich in Ruhe.«

Das Telefon ignorierte ihn beharrlich in seinem Versuch, Dans Aufmerksamkeit zu erlangen.

»Zum Teufel noch mal!« Er warf die Decke zurück und schwang die Beine auf den Boden. Dan stand langsam und vorsichtig auf, stolperte zum Schreibtisch in der Ecke und griff nach dem Telefon. »Was?«

»Dan, ich bin's, Sarah – ich brauche deine Hilfe.« Sie klang, als wäre sie außer Atem, im Hintergrund war vorbeifahrender Verkehr zu hören. Dan packte den Hörer fester und war auf der Stelle wieder nüchtern.

»Beruhige dich erst mal. Wo bist du? Was ist passiert? Geht es dir gut?«

»Der Mann, der Peter ermordet hat … Dan, ich weiß, dass er es war! Das Haus ist explodiert … da ist nichts mehr übrig!« Sarah stockte und schluchzte erstickt. »Er hat mich gesehen … hat versucht, mich zu stoppen!«, brach sie ab. »Ich glaube, er sucht nach mir.«

Dan suchte schnell nach einer Lösung: »Sarah, hör mir zu. Hör genau zu! Siebenundzwanzig Coltsfoot Street … hast du das? Richtig … ich bin da. Du kannst auf der Einfahrt parken … die ist abseits von der Hauptstraße und das Auto wird nicht gesehen.«

»Ich kann nicht!«

»Du kannst das, Sarah. Du musst. Du musst da verschwinden. Er hat auch ein Auto und er wird dich suchen. Er muss erkannt haben, dass du eine Verbindung zu diesem Haus hast.«

»Ich weiß, ich weiß. Okay, Dan. Ich fahre gleich los. Bitte bleib da, wo du bist, und warte auf mich!«

»Das werde ich. Und jetzt los.« Dan legte den Hörer auf.

Nachdem er eine halbe Minute geduscht hatte, zog er ein Paar ausgeblichene Jeans, ein schwarzes T-Shirt, einen schwarzen Pullover und seine Lieblingsstiefel an. Er ging den Flur hinunter ins Gästeschlafzimmer. Nachdem er seinen begehbaren Kleiderschrank geöffnet hatte, tastete er im obersten Fach herum, bis seine Finger fanden, was sie suchten. Er zog eine Schachtel nach vorn und holte sie herunter. Er hob den Deckel ab, nahm seinen Pass heraus und betrachtete die verblassenden Einreisestempel auf den vergilbten Seiten. Danach legte er den Ausweis zurück, hob ein Papierbündel an und warf einen prüfenden Blick darunter. Die Pistole war immer noch da – ungeladen, geölt und schussbereit. Die in Watte eingewickelten Patronen lagen direkt darunter.

Das Geräusch eines Autos, das die Kiesauffahrt hinauffuhr, unterbrach seine Gedanken. Vorsichtig legte er die Waffe in die Schachtel zurück und schloss die Schranktür, dann lief er nach unten, um die Haustür zu öffnen.

Sarah schaltete den Motor ab und stieg aus. Sie ließ ihre Wagentür zufallen und hechtete so schnell sie konnte über die Einfahrt und in das Haus hinein. Sie zitterte am ganzen Körper. Dan war sich nicht sicher, ob sie Angst hatte oder wütend war.

»Er hat mich fast erwischt, Dan! Oh, mein Gott, der Bastard hat mich beinahe auch erwischt!«

Er drückte sanft ihren Arm. »Es ist alles in Ordnung, du lebst und bist hier in Sicherheit«, sagte er.

Er schaute über ihren Kopf hinweg auf das Auto. Die Motorhaube und die Vorderseite des Fahrzeugs waren übersät mit Explosionsspuren – Stücke roten Backsteins, Glas und Holzsplitter von einem Telefonmast steckten als Schrapnelle darin. Das Fenster auf der Fahrerseite war völlig zerschmettert, Glasscherben ragten aus dem Fensterrahmen. Ein Scheinwerfer hing aus seiner Fassung, die Glasabdeckung war von der Kraft der Explosion zerbrochen worden.

Er ließ Sarah los und trat einen Schritt zurück, um sie vollständig zu betrachten. »Bist du verletzt? Ist da irgendwo Blut?«

Sarah sah an sich hinunter. »Nein … nein, ich glaube, ich bin in Ordnung. Nur ein paar Kratzer an meinem Bein.«

Dan trat wieder an sie ran. Er nahm ihr Gesicht behutsam in die Hände und sah auf sie hinunter. »Es ist alles in

Ordnung. Wir tun etwas Desinfektionsmittel drauf und machen dich erst mal sauber«, fügte er hinzu, während er sie ins Haus führte und die Tür schloss.

Sarah folgte ihm in die Küche. Dan deutete auf die Küchentheke. »Nimm dir einen Stuhl und setz dich hin. Ich mache dir erst mal etwas Kräftiges zu trinken.« Er schob ihr eine Kiste mit Taschentüchern zu. »Sieht so aus, als könntest du die gebrauchen.«

Sarah versuchte sich an einem kleinen Lächeln. »Ich kann mir kaum vorstellen, wie ich aussehe«, murmelte sie und schnaubte sich die Nase.

»Nicht so schlimm für jemanden, der kurz davor war, in die Luft gesprengt zu werden.« Dan grinste. »Trink erst mal einen guten Schluck und danach kannst du dich frisch machen.«

Sarah nickte. »Das klingt gut.«

Dan stand auf. »Einen Moment. Ich mache die Nachrichten an, damit wir hören können, was sie berichten.« Er schaltete ein altes, ramponiertes Radio ein, das auf einem Regal lag und drehte die Lautstärke voll auf. Der Sender spielte eine Reihe von Werbespots. Er ging zum Waschbecken hinüber und begann, den Wasserkocher zu füllen. Nachdem er ihn eingeschaltet hatte, wandte er sich wieder an Sarah. »Die Nachrichten sollten nach den Werbespots kommen. Ich hole eben das Desinfektionsmittel. Schrei, wenn der Bericht kommt.«

Sarah nickte und beobachtete ihn, als er das Zimmer verließ. Er ging durch den Flur und eilte die Treppe zum Badezimmer hinauf. Während er aus seinem Erste-Hilfe-Kasten Watte und antiseptische Lotion herausholte, ließ er seinen Gedanken freien Lauf. Zuerst wird Peter überfallen – mit an

Sicherheit grenzender Wahrscheinlichkeit ermordet. Dann wird sein Arbeitszimmer in die Luft gesprengt, wobei fast das gesamte Haus zerstört wird und alle Dokumente, die vermutlich dort gelegen haben, gleich mit.

Er zupfte an der Watte und zog sie auseinander. »Was zur Hölle hast du herausgefunden, Peter?«, murmelte er, »und wo gerate ich gerade bloß rein?«

Ein Schrei von unten ließ ihn zusammenzucken.

»Dan, die Nachrichten … es geht los!«

Dan nahm das Desinfektionsmittel und sprang die Treppenstufen nach unten zurück in die Küche. Die sonore Stimme eines Radiosprechers war zu hören, der gerade seinen Text beendete »… und jetzt geben wir ab an unseren Reporter, Jan Newbury, der für uns live vom Schauplatz berichtet.«

»Danke, John. Die Straße hier ist eine Szenerie der absoluten Verwüstung. Die ersten Feuerwehrmannschaften kamen bereits kurz nach der Explosion beim Haus an und brachten den Brand sehr schnell unter Kontrolle. Die Polizei unterstützte sie dabei und ein forensisches Team untersucht derzeit die Räumlichkeiten nach der Brandursache. Es wurde bestätigt, dass sich zum Zeitpunkt der Explosion niemand im Gebäude aufgehalten hat und keine Verletzten gemeldet wurden.«

Der Nachrichtensprecher unterbrach den Bericht. »Jan, hat die Polizei denn schon irgendwelche Vermutungen, was die Explosion verursacht haben könnte?«

»John, in diesem frühen Stadium der Untersuchung kann die Polizei noch nicht viel sagen, aber die Beweise scheinen auf ein Gasleck hinzudeuten.«

»Bullshit!«, rief Dan. »Das war keine Gasexplosion!« Er schaltete wütend das Radio aus und reichte Sarah Watte und Lotion.

»Wie kommst du darauf?«, fragte sie.

»Es war zu kontrolliert.«

Sie hielt seinem Blick stand. »Und weiter?«

»Wenn es eine Gasexplosion gewesen wäre, wäre die gesamte Vorderseite des Hauses nach außen gesprengt worden. So wie du die Szene beschrieben hast, hätte eine Gasexplosion das gesamte Obergeschoss zum Einsturz bringen müssen. Es hätte viel mehr Schutt und größere Schäden geben müssen. Was du gesagt hast deutet eindeutig auf eine kontrollierte Explosion hin. Ich würde allerdings meine Hand dafür ins Feuer legen, dass unser Bombenleger das Gas aufgedreht hat, um den Eindruck zu erwecken, das das die Ursache gewesen wäre.«

Er setzte sich Sarah gegenüber und beobachtete sie dabei, wie sie die Kratzer an ihren Beinen abtupfte und zusammenzuckte, als das Desinfektionsmittel auf ihr rohes Fleisch traf.

Sarah schaute Dan in die Augen. »Nachdem du zum Militär gegangen bist, hat Peter die Tageszeitungen durchforstet, um sicher zu sein, dass dein Name nicht irgendwo auftaucht. Er war krank vor Sorge, als du dich freiwillig für das Bombenentschärfungskommando gemeldet hast.« Sie seufzte, setzte die Kappe auf das Desinfektionsmittel zurück und stand vorsichtig auf. Dann packte sie die Verbandswatte zusammen und schritt langsam in Richtung Küchenmülleimer.

»Denkst du, dass die Polizei die Gasexplosion wirklich abkauft?«, fragte sie ihn, als sie sich wieder hinsetzte.

Dan stand auf und begann den Kaffee zuzubereiten. »Ich bin mir sicher, dass sie das jedem als Ursache mitteilen werden, selbst wenn sie eigentlich etwas anderes vermuten. Nach der Geschichte wollen sie die Einwohner Oxfords bestimmt nicht mit dem Verdacht in Panik versetzen, dass bei ihnen ein wahnsinniger Bombenleger umgeht.«

Er griff in ein Küchenregal und nahm eine Flasche heraus. »Sehr gut«, sagte er und drehte sich zu Sarah um, wobei er die Flasche hin und her schwenkte. »Ich weiß, dass es noch ziemlich früh ist, aber das sollte unter diesen Umständen klar gehen.«

Sarah lächelte. »Von mir wirst du keinen Widerspruch hören.«

Dan kippte einen großzügigen Schluck des Brandys in jeden Kaffeebecher und kam zum Tisch zurück.

»Der ist für dich. Falls dir kalt werden sollte oder du Schüttelfrost bekommst, sag mir bitte sofort Bescheid. Macht auf mich zwar den Eindruck, als ob du in Ordnung wärst, aber ich habe schon zu viele verzögerte Schockreaktionen gesehen. Glaub mir – das ist nicht gerade angenehm.«

Sarah nahm einen Schluck von ihrem Kaffee und würgte leicht, als der Brandy ihren Rachen reizte. »Ich glaube nicht, dass das passieren wird. Meine Güte, wie viel hast du denn da reingetan?«, prustete sie.

Dan grinste. »Gerade genug.«

KAPITEL 8

:

London, England

Der Minister lief nervös in seinem Zimmer auf und ab. Der Anruf kam jetzt schon zu spät. Dabei legte er höchsten Wert auf Pünktlichkeit. Er strich seine Krawatte glatt und betrachtete seine angeknabberten Fingernägel. Je schneller die nächsten beiden Monate vorübergingen, desto besser. Sein Arzt hatte ihn bereits wegen seines zu hohen Blutdrucks gewarnt und seine Frau hatte ihn auch bereits darauf hingewiesen, wie aufbrausend er in der letzten Zeit geworden war. Unter seinen Augen hatten sich dunkle Ringe gebildet und er war merklich dünner geworden. Das Klingeln des Telefons ließ den Minister unwillkürlich zusammenfahren. Ein Teil von ihm befürchtete immer noch, dass sie alles herausfinden würden, bevor das Projekt abgeschlossen wäre. Er hob den Telefonhörer ab.

»Ja?« Er klang wesentlich selbstbewusster, als er sich fühlte. Sein intensives Training als Pressesprecher half ihm dabei, seine Stimme ruhig zu halten, obwohl er ein leichtes Zittern seiner Hände bemerkte, als er den Hörer stärker ans Ohr presste.

»Es läuft alles nach Plan.«

Der Anrufer nannte seinen Namen nicht – das hatte er nicht nötig.

»Wo stehen wir im Moment?«

Am anderen Ende war ein leises Lachen zu hören. »Keine Sorge. Je weniger Sie wissen, desto sicherer fühle ich mich.«

Der Minister war erleichtert. Er wollte eigentlich auch gar keine weiteren Informationen haben. Das Projekt machte ihm eine Todesangst. »Was … was soll ich für Sie erledigen?«

Eine Pause, dann …

»Sind Sie nervös, Herr Minister?«

Fuck you, dachte der Minister. »Nein, lediglich etwas besorgt. Ich möchte nur sicherstellen, dass alles nach Plan verläuft«, log er.

Der Anrufer kicherte. »Ich bin sicher, dass es so ist. Seien Sie unbesorgt. Alles läuft hervorragend. Unser kleines *Projekt* wird nicht nur die EU-Emissionshandelsgesetzgebung außer Kraft setzen, nein, es wird wahrscheinlich auch die Emissionshandelspläne Australiens und der Vereinigten Staaten zunichtemachen. Was macht die alternative Energie-Lobby?«

Der Minister machte einen tiefen Atemzug »Das ist ein starrköpfiger Haufen von Bastarden.«

Der Anrufer lachte auf. »Achten Sie darauf, wie dieser Haufen seine Meinung ändern wird, wenn eure kohlebetriebenen Kraftwerke aufgrund der EU-Klimaschutzgesetze geschlossen werden und ihr nicht über genug Gas verfügt, um das Vereinigte Königreich über den Winter zu bringen. Fragen Sie sie, was dann mit ihren Windparks ist.«

Der Minister grunzte. »Wir wären schneller wieder im Mittelalter, ehe man sich versieht. Wissen Sie, dass wir in diesem Land über genug Kohle verfügen, um dreihundert Jahre durchzuhalten, aber die Europäische Union uns verbietet, sie zu verbrennen? Also wird sie nicht abgebaut und wir müssen Gas von den Russen kaufen.«

Ein weiteres Lachen, zwölftausend Meilen entfernt. »Das ist der Grund, warum ich meine Kohle an eure Regierung verkaufen werde, sobald ihr euch alle die Nüsse abgefroren habt und bettelnd angekrochen kommt.«

Der Minister kicherte. »Ja, aber dank Ihrer freundlichen Spenden werde ich so sicher wie das Amen in der Kirche in der Karibik überwintern, wenn diese Zeit gekommen ist.«

Er sah auf die Uhr – Zeit, den Anruf zu beenden. »Halten Sie mich wegen der Entwicklungen auf dem Laufenden. Ich möchte keine Überraschungen erleben.«

»Ich auch nicht, Minister, also achten Sie darauf, weiterhin Augen und Ohren offen zu halten.«

Der Minister stellte gerade das Telefon zurück, als ein Klopfen an der Bürotür das Eintreten seines persönlichen Assistenten ankündigte. »Noch dreißig Minuten bis zu Ihrem Treffen mit dem Premierminister, Sir. Ich habe den Wagen bereits bestellt. Der Verkehr ist heute Morgen wieder grauenhaft.«

Der Minister nickte, nahm seinen dicken Wintermantel entgegen und warf ihn sich über die Schultern.

Nachdem er das hässliche Gebäude verlassen hatte, um in einen stark verregneten Morgen zu treten, ging er hastig zu dem wartenden Auto, dessen Fahrer ihm bereits die Wagentür offen hielt. Er stieg ein und verbrachte die Fahrt damit, von einem Ferienhaus in der Karibik zu träumen.

Brisbane, Australien

Uli Petrov tippte mit seinem fetten Zeigefinger auf die Sicherheitsglasscheibe zwischen sich und seinem Fahrer.

Die Scheibe senkte sich langsam. »Sir?«

»Halten Sie hier an der Ampel«, befahl Uli und lehnte sich in den Sitz zurück.

»Ja, Sir.« Die Scheibe fuhr wieder hoch.

Uli löste seine Krawatte. Das Auto war zwar klimatisiert, doch sein sibirischer Körper war nicht einmal für den kurzen Spaziergang vom Fahrzeug bis zu dem Gebäude geschaffen, das letztendlich sein Ziel war. Das Auto schwenkte in eine Kurzparkzone unter einem hoch aufragenden Wolkenkratzer ein. Uli wartete, während sein Fahrer ausstieg, um das Fahrzeug herumging und die Hintertür öffnete. Er drückte seinen massigen Körper vom Rücksitz hoch und stand auf. Uli keuchte beinahe in der feuchten Luft. Er konnte geradezu spüren, wie sie den Sauerstoff aus seiner Lunge saugte.

»Warten Sie hier«, sagte er zum Fahrer und humpelte auf die Drehtüren im Erdgeschoss des Büroblocks zu.

Uli starrte die Leute an, die sich im Foyer tummelten, und ging steifbeinig zu den Aufzügen. Er trat in die nächste verfügbare Aufzugkabine und hob seine Hand abwehrend einer hoffnungsvollen jungen Sekretärin entgegen, die mit ihm den Aufzug betreten wollte.

»Hier ist nur Platz für einen«, sagte er. »Dieses Schild bedeutet, dass die Kabine eine maximale Gewichtskapazität hat.« Er kicherte vor sich hin, als sich die Kabinentüren schlossen und der Aufzug begann, im Inneren des Gebäudes aufzusteigen. *Es gibt keinen dünnen reichen Russen.*

Der Aufzug hielt an und Uli trat in einen luxuriösen Empfangsbereich hinaus. Eine Frau blickte hinter ihrem Schreibtisch mit Granit-Look auf und lächelte ihn an, während er sich näherte. Schließlich stand sie auf.

»Mr. Petrov?«

Er nickte.

»Wir haben Sie erwartet«, sagte sie. »Ich hoffe, Sie hatten gestern einen angenehmen Flug?«

»Ja«, antwortete Uli kurz angebunden. Er wollte keine Zeit mit den Lakaien seines Geschäftspartners verschwenden.

Die Empfangsdame interpretierte seine Knappheit richtig und gab ihm mit einer Geste zu verstehen, sich zu setzen. »Einen Augenblick bitte, Mr. Petrov«, sagte sie, »Mr. Delaney erwartet Sie bereits.«

Sie wählte eine Nummer, kündigte seine Ankunft an und wandte sich dann wieder ihrer Arbeit zu.

Uli blickte auf, als sich in seiner Nähe auf dem Korridor eine Tür öffnete und Delaney in Erscheinung trat. Er stand auf und ging ihm mit ausgestreckter Hand entgegen. Delaney lachte laut, als er den Flur hinunter zum Empfangsbereich schlenderte, Ulis Hand schüttelte und ihm die Tür zum Sitzungszimmer aufhielt.

»Uli, es ist schön, Sie zu sehen.« Er schlug dem Mann freundschaftlich auf die Schulter, als dieser durch die Türe schritt. Delaney folgte ihm in den Raum und schloss die Tür hinter sich. »Nehmen Sie Platz.«

Uli fuhr sich mit der Hand durch die Haare und sah sich dabei um. »Ist der Raum sauber?

Delaney nickte. »Ich habe ihn durch meine Sicherheitsexperten eine halbe Stunde, bevor Sie angekommen sind, überprüfen lassen. Das machen sie zwar ohnehin jeden Morgen, aber heute haben wir das verschoben, damit der Raum nach der Überprüfung bis jetzt versiegelt bleiben konnte.«

Uli nickte, sichtbar entspannt. »Ich habe Ihre Nachricht erhalten. Wie soll uns denn Ihre Idee helfen?«

Delaney ging um den Besprechungstisch herum und blieb stehen, um durch die bodentiefen Fenster den Bootsverkehr zu betrachten, der unten auf dem Fluss vorbeizog. »Ich halte es ganz einfach … und zwar nur, weil ich nicht die Zeit habe, den wissenschaftlichen Aspekt der Angelegenheit zu erläutern, okay?«

Der andere Mann nickte. Delaney umriss seinen Plan, während der Russe ihn mit offenem Mund anstarrte.

Als Delaney fertig war, zog er einen Stuhl heran und ließ sich nieder. »Das sollte Ihre Gasinteressen und mein Kohlegeschäft mindestens für die nächsten dreißig Jahre schützen.«

Uli hielt ergeben seine Hand hoch. »Okay. Sie haben mich überzeugt. Und nun … was brauchen Sie?«

Delaney grinste. »Ich hatte gehofft, dass Sie das fragen würden. Ich benötige einen Ihrer russischen Eisbrecher. Das schnellste Schiff, das Sie bekommen können.«

Uli hob eine Augenbraue. »Einen Eisbrecher?«

Delaney nickte. »Er muss auf alle Fälle bis Anfang Februar im Ostsibirischen Meer sein. Denken Sie, dass Sie das schaffen können?«

Uli kratzte sich am Kinn. »Lassen Sie mich ein paar Anrufe machen. Ich bin sicher, dass ich da etwas besorgen kann.«

Delaney grinste gehässig. »Das sollten Sie besser auch. Alles oder nichts, erinnern Sie sich? Ich erwarte, dass jeder, der an diesem Joint Venture beteiligt ist, rechtzeitig liefert. Dem haben auch Sie zugestimmt.«

Uli lächelte und hielt die Hände in die Höhe. »Morris, ich bin sicher, tief im Herzen sind Sie ein Russe«, kicherte er. »Es ist nicht notwendig, Drohungen auszustoßen. Sie können voll und ganz auf mich zählen.« Er lehnte sich in seinem Sitz zurück.

Delaney stand auf und schlenderte zu einer kleinen Vitrine auf der anderen Seite seines Büros. »Drink?«

Uli nickte. »Selbstverständlich, wenn Sie mittrinken.«

Delaney schenkte zwei Gläser Brandy ein und reichte eines davon Uli.

Uli setzte sich auf das Ledersofa. »Also, was sind Ihre Pläne?«

Delaney grinste. »Nun, wie Sie wissen, packe ich nie alle meine Asse auf den Tisch.«

Zustimmend neigte der andere Mann leicht den Kopf. »Und was werden Sie machen, um sicherzustellen, dass die Sache nicht auf uns zurückfallen kann?«

»Ein ausreichend großes Ziel treffen, sodass jeder automatisch von der Tat einer weiteren extremistischen Terror-Gruppe ausgeht. Sie werden uns nie damit in Verbindung bringen … nie in Erwägung ziehen, dass diese Branche so etwas Extremes machen würde, um ihre Vermögenswerte zu schützen.«

Uli blies die Luft aus den Wangen. »Sie sind ein Genie. Wer ist sonst noch an Bord?«

Delaney grinste. »Sie wissen, ich garantiere jedem Projektbeteiligten den gleichen Schutz wie Ihnen. Abgesehen von mir weiß keiner, wer sonst als Investor zu diesem Projekt beiträgt. Sagen wir einfach, ein oder zwei Gleichgesinnte, die sich um ihre Geschäfte Sorgen machen.«

Uli nickte erneut. »Na gut. Können Sie mir dann sagen, was das Ziel sein wird?«

»Zur Zeit noch nicht.«

Uli stand auf, trank seinen Brandy aus und streckte sich. »In Ordnung. Wie viele Opfer?«

Delaney zuckte die Achseln. »Ein paar. Sehen Sie es als Kollateralschaden an, wie das Militär so schön sagt.«

Uli lachte laut auf. »Perfekt.« Er wandte sich der Tür zu. »Was ist eigentlich mit dem englischen Akademiker passiert, der in Europa den ganzen Ärger verursacht hat?«

Delaney lächelte. »Oh, an der Front ist alles still geworden. Ich glaube nicht, dass er uns in Zukunft noch Probleme machen wird.«

KAPITEL 9

:

Sutton Courtenay, Oxfordshire

Dan steuerte das Auto die schmale Straße hinunter. Während sie sich Sarahs Landhaus näherten, machte er einen Schlenker, um einem geparkten Fahrzeug auszuweichen, und zuckte zusammen, als sie plötzlich nach Luft schnappte und seinen Arm umklammerte.

»Dan, halt an!«

»Was ist denn?«, fragte er und wurde langsamer.

»Da ist er! Oh, mein Gott … er ist vor meinem Haus!« Sarah deutete nach vorn. Ein Mann stand vor dem Haus und schaute die Fassade hinauf.

Dan wendete den Wagen vorsichtig in die entgegengesetzte Richtung und fing an, die kleine Straße wieder zurückzufahren.

»Bist du sicher, dass er es ist?«

»Ja! Ja … ich würde ihn überall erkennen!«

Sarah wandte sich um und sah über ihre Schulter, als sie bereits wegfuhren.

»Nein, lass das! Schau nach vorn. Ich will nicht, dass er dich entdeckt.« Dan riskierte im Rückspiegel einen kurzen Blick auf das Haus. Tatsächlich stand der Mann jetzt in einer Parkbucht neben dem Grundstück und polierte seine Brille, während er ihnen nachschaute, wie sie mit dem Auto davonfuhren.

»Scheiße!« Dan trat das Gaspedal bis zum Bodenblech durch. Sarah klammerte sich an ihrem Sitz fest, um Halt zu finden, als Dan aus der Gasse auf eine Straße schoss, die durch den Ort führte. Er schaute noch einmal in den Rückspiegel.

»Ich glaube nicht, dass er uns findet. Mit etwas Glück hatte er nicht genug Zeit, um rechtzeitig zu seinem Wagen zurückzukommen.« Er bog links in eine Straße ab, die sich durch den Ort schlängelte und auf eine Hauptstraße führte. »Wir bringen ein bisschen Abstand zwischen uns und dem Haus, bevor wir anhalten.«

Sarah kaute an ihren Nägeln.

»Soll ich vielleicht schon die Versicherungsgesellschaft anrufen und ihr sagen, dass ich einen Anspruch geltend mache, weil mein Haus von einer Gasexplosion in die Luft gesprengt wurde?«

Dan beugte sich zu ihr hinüber und packte ihren Arm.

»Versuch jetzt nicht darüber nachzudenken. Wir sollten uns im Moment nur darauf konzentrieren, von hier zu verschwinden.«

Sarah nickte. »Gott weiß, wann ich je wieder nach Hause komme. Wie konnte er mich nur finden, Dan?«

Er hob ratlos die Schultern. »Leute wie er haben Zugang zu allen möglichen Informationen. Es war gut, dass wir dein Auto versteckt haben. Möglicherweise hat er deine Adresse aus den Zulassungsunterlagen. Er hat Peter auch aufgespürt, erinnerst du dich? Ich wette, er arbeitet für jemand anderen.«

»Was meinst du damit?«

»Die Art, wie das alles passiert, ist einfach zu kaltblütig. Zuerst wird Peter getötet – vermutlich wegen des Inhalts seiner Vorträge – dann wird sein Haus zerstört, um sicherzustellen, dass eventuelle Forschungsunterlagen, die er dort aufbewahrt, nicht in die Hände anderer fallen können.« Er schlug frustriert auf das Lenkrad. »Und jetzt das.«

Er wurde langsamer, als sie sich einer Kreuzung näherten, und bog rechts in Richtung Oxford ab.

»Dan? Warum kontaktierst du nicht Peters und deinen alten Hochschullehrer und schaust, ob er weiterhelfen kann?«, fragte Sarah.

»Wen? Harry? Verdammt, Sarah. Ich weiß nicht.«

»Na ja, Peter hat immer in den höchsten Tönen von ihm gesprochen. Ich habe ihn einmal getroffen und er schien sehr kompetent zu sein.«

Dan atmete laut aus. »Willst du ihn mit hineinziehen?«

Sarah trommelte mit den Fingern auf den Türrahmen. »Ich denke nur, er könnte uns vielleicht die richtige Richtung weisen, danach übernehmen wird. Ich meine, haben wir eine Wahl?«

Dan grunzte. Er schaute auf seine Uhr und kalkulierte die Lage schnell. »Pass auf, ich werde dich bei mir zu Hause rauslassen.«

»Was hast du vor?«, fragte Sarah.

»Ich werde mit Harry reden.« Er verzog das Gesicht. »So, wie unser letztes Gespräch endete, sollte ich wohl allein gehen. Weißt du, wo er momentan lebt?«

»Irgendwo in der Nähe von Uffington«, antwortete Sarah. Sie kramte in ihrer Tasche und zog ein abgenutztes Adressbuch heraus. »Hier, ich schreibe dir seine Adresse auf. Obwohl ich immer noch denke, dass ich dabei sein sollte.«

»Wann hast du ihn zuletzt gesehen?«

Sie runzelte die Stirn. »Vor ein paar Jahren, denke ich. Peter und ich haben ihn zum Lunch in den White Horse Pub eingeladen.«

»Ist er immer noch stinksauer auf mich?«

Sarah grinste. »Das wird er wohl immer sein. Er hat gesagt, du warst sein bester Student. Peter meinte, Harry war wirklich verärgert, als du das Feld geräumt hast.«

»Da wette ich drauf.«

Dan schaltete einen Gang höher, als sie die Ringstraße erreichten und in den Berufsverkehr einscherten. »Hör zu, ich muss wirklich allein mit ihm sprechen. Ich werde dich schnell zu Hause absetzen und gleich wieder aufbrechen. Ich fahre zu Harry und rede mit ihm. Verschließ die Türen und mach kein Licht an. Ich bin auf jeden Fall zurück, bevor es dunkel wird. Öffne die Tür für niemanden. Ich rufe dich zu Hause an, bevor ich an die Tür klopfe. Verstanden?«

Sarah nickte zustimmend.

Dan blickte sie kurz an, dann wieder zurück auf die Straße. »Ich meine das wirklich ernst, Sarah. Keine Abweichungen vom Plan. Es ist mir egal, für wie wichtig du es vielleicht hältst. Rufe absolut niemand anderen an. Wir wissen nicht, ob deine Handyanrufe überwacht werden.«

Sarah erbleichte. »Denkst du, das könnten sie?«

»Ich weiß nicht, was ich noch denken soll, Sarah. Ich wechsele bloß in den Überlebensmodus.«

London, England

David Ludlow warf das Telefon auf den Tisch und dreht sich zu seiner Assistentin zum.

»Bring mir die Akten über einen Kerl namens Delaney. Sofort! Ich möchte Fotos, Aktionärsberichte, Satellitenkarten seiner Minen und Raffinerien – vor allem die in Australien – einfach alles. Und halte es streng geheim. Niemand außerhalb dieser vier Wände darf davon wissen.«

Nachdem seine Assistentin schnurstracks das Büro verlassen hatte, stand David auf und schaute aus dem Fenster auf die trostlose Stadtlandschaft unter sich. *Verdammt, musste das alles auf einmal passieren? Die Olympischen Spiele nur noch Monate entfernt, der Kampf des Premierministers um jedes bisschen Führung bei den Meinungsumfragen und jetzt das.*

»Scheiße!« David trat gegen die Ecke des Aktenschrankes und erschrak, als sich seine Bürotür öffnete.

»David … ich bin froh, dass Sie hier sind. Was ist los?«

David zog sein Jackett zurecht und zwang seine Schultern, sich zu entspannen.

Stephen Lowe schlenderte durch das Büro, setzte sich auf Davids Stuhl und schwenkte ihn herum, um David anzusehen. »Und? Es ist ungewöhnlich, Sie wegen irgendeiner Sache so aufgebracht zu sehen.«

David ging hinüber und lehnte sich an die Fensterbank. »Ja, ich weiß.«

Er blickte auf den kalten Wintermorgen hinunter. Regen schlug gegen das Fenster, die kalte Winterluft zog um den Rahmen herum, während Schnee in der Luft lag. Pendler stürmten unter Regenschirmen hin und her, Autos mit blitzenden Scheinwerfern spritzten vorbei.

Lowe hustete höflich und David wandte seine Aufmerksamkeit wieder seinem Vorgesetzten zu. »Tut mir leid«, sagte er. »Meine Gedanken sind gerade etwas abgeschweift.« Er zwang sich zu einem Lächeln und ging zurück zu seinem Schreibtisch, um gegenüber von Lowe auf einem Stuhl Platz zu nehmen.

»Na los, kommen Sie. Raus damit!«, sagte Lowe. »Was ist das Problem?«

David seufzte. »Eine Organisation, die wir schon seit einiger Zeit beobachten«, antwortete er. »Auf den ersten Blick sieht es wie ein legitimes Unternehmen aus, aber ich hatte ein kleines Kernteam darauf angesetzt, das sich in den letzten fünf Jahren einige der Erwerbungen und Übernahmen dieser Organisation angesehen hat.«

Lowe lehnte sich zurück und faltete die Hände im Schoß. »Es ist doch nichts falsch an Fusionen und Übernahmen, David. Was hat den Alarm anschlagen lassen?«

»Der Tod von Peter Edgewater«, antwortete David.

Lowe schnaubte. »Bei dem Namen klingelt etwas. Sollte ich mich erinnern?«

»Oxforddozent. Geowissenschaften und Ähnliches. Hat im vergangenen Monat eine sehr erfolgreiche Vortragsreise abgeschlossen. Nach seiner Rückkehr ins Land hielt er einen Vortrag an seinem College in Oxford, dann tauchte er zwei Tage später tot in einem nahe gelegenen Naturschutzgebiet auf. Die Polizei meint, dass es ein Raubüberfall war.«

»Und Sie nicht?

»Es passt ein bisschen zu gut, nicht wahr?«, sagte David. »Seine Vortragsreise verursachte einigen Wirbel in der Öl-,

Gas- und Kohlebranche. Gerüchten zufolge stand er gerade in Verhandlungen mit einem Verleger und einer der nationalen Zeitungen, um seine Vortragstexte und Forschungsunterlagen als Serie zu veröffentlichen. Nichts Verleumderisches, aber genug Material für diese Leute, um herauszufinden, auf wen er mit dem Finger zeigte.«

»Also glauben Sie, er wurde ermordet?«, fragte Lowe.

»Ich bin mir sicher, dass er das wurde«, antwortete David. »Ich denke, jemand hat den Verlauf seiner Vortragsreise sehr genau verfolgt. Und ich bin mir sicher, dass er mindestens einmal bedroht worden ist. Den Eindruck hat er definitiv gemacht, als ich mich mit ihm unterhalten habe.«

»Sie haben ihn kontaktiert?«. Lowe richtete sich auf. »Wann?«

»In Paris, kurz nach dem Jahreswechsel«, sagte David. Er schaute zur Seite und zuckte die Achseln. »Ich könnte mich irren, aber er schien sehr nervös zu sein. Verängstigt. Es hat ihm absolut nicht gefallen, dass ich dort war.«

»Da bin ich mir sicher«, sagte Lowe. »Habe ich diese Reise autorisiert?«

David blickte ihn an. »Dazu bestand kein Anlass. Es ist Teil einer laufenden Untersuchung, die Ihr Vorgänger genehmigte, Sir.«

Lowe zuckte mit den Schultern. »Nun, ich bin sicher, es ist lediglich ein Zufall«, sagte er, während er aufstand und aus dem Fenster sah. »Oxford hat genau die gleichen Probleme mit dem Verbrechen wie alle anderen auch.«

David stand auf und streckte sich, dann trat er auf ihn zu.

»Also, worum geht es bei dem Rest der Untersuchung?«, fragte Lowe.

David zuckte die Achseln. »Ihr Vorgänger machte sich Sorgen um die Probleme mit Lobbyismus in den USA, die zu uns herübergeschwappt sind. Besonders in Hinblick auf den rentablen Einsatz von Mitteln für alternative Energieformen.«

»Und weiter?«

»Da gibt es einen Haufen Panikmache, genauso wie Fehlinformationen. Wissenschaftler werden von den Kohle- und Ölbranchen bezahlt, um deren Seite der Geschichte zu verkaufen.« David unterbrach sich und drehte sich um, um Lowe anzusehen. »Und er war sehr besorgt darüber, dass Mitglieder unseres Parlaments Bestechungsgelder erhalten könnten, um die Forschungen zur alternativen Energiegewinnung zu verzögern.«

Lowe blinzelte. »Was haben Sie bisher herausgefunden?«

David hob erneut die Schulter. »Nichts … bis jetzt. Aber ein oder zwei ausländische Energieunternehmen, die eigennützige Interessen an der britischen Energieversorgung haben, sind plötzlich aufgetaucht. Beide wurden von Peter Edgewater in der Vortragsreihe aufs Korn genommen, die er veröffentlichen wollte. Beide sind in Privatbesitz, allerdings von Millionären, die, ganz ehrlich, größenwahnsinnig sind.«

David ging zu seinem Schreibtisch zurück und setzte sich. Er hob seine Kaffeetasse, bemerkte, dass sie leer war, und stellte sie genervt zurück.

Lowe wandte dem Fenster den Rücken zu. »Also, was sind Ihre Pläne?«

David zuckte die Achseln. »Ich wollte eigentlich mit Doktor Edgewaters Ex-Frau sprechen, um zu schauen, ob sie etwas Licht ins Dunkel bringen könnte, aber sie scheint verschwunden zu sein. Seit ein paar Tagen wurde sie nicht mehr in ihrem Haus in der Nähe von Abingdon gesehen.«

»Vielleicht besucht sie einfach nur Verwandte«, schlug Lowe vor.

»Vielleicht. Ich hoffe es. Ich will gar nicht dran denken, dass sie in Gefahr sein könnte.«

»Gibt es irgendwelche Gründe für diese Annahme?«

»Nun ja, Doktor Edgewaters Haus wurde gestern durch eine Explosion teilweise zerstört.«

»Was?«

»Ja, ich weiß. Wir haben der örtlichen Polizei gesagt, dass der Vorfall als Gasexplosion zu behandeln ist … es besteht keine Notwendigkeit, die örtliche Gemeinde zu alarmieren. Allerdings hat die Explosion allein sein Arbeitszimmer komplett zerstört, also war es ein sehr gezielter Angriff. Und spezialisiert … es wurde nur dieses Gebäude beschädigt.«

Lowe steckte die Hände in die Taschen und ging im Raum auf und ab.

»Ich nehme an, dass die Vortragsunterlagen dabei zerstört wurden?«

David nickte. Dann verwandelte sich sein Gesichtsausdruck jedoch in Lächeln. »Abgesehen von dem Exemplar, von dem wir glauben, dass er es seiner Ex-Frau geschickt hat.«

Lowe blieb abrupt stehen. »Ach, wirklich?«

»Ja.«

»Und Sie können sie nicht finden?«

David hielt seine Hand hoch. »Entspannen Sie sich. Wie Sie bereits sagten – sie ist wahrscheinlich nur bei Verwandten untergekommen. Seien wir doch ehrlich, sie hatte eine harte Woche.« Er stand auf. »Wenn Sie wollen, können wir alle Flughäfen beobachten lassen.«

Lowe entspannte sich sichtbar. »Gut. Bitte Machen Sie das. Wir wollen doch nicht, dass ihr irgendetwas zustößt, oder?« Er fegte einen imaginären Staubflecken von seiner Jacke. »Nun, Sie scheinen alles unter Kontrolle zu haben, David. Halten Sie mich über die weiteren Entwicklungen auf dem Laufenden.«

David stand auf und ging durch den Raum, um die Tür zu öffnen. »Das werde ich, Minister. Danke fürs Vorbeikommen.«

KAPITEL 10

:

Uffington, Oxfordshire

Während Dan den Wagen aus dem Ort heraus auf die kurvenreichen Landstraßen fuhr, rekapitulierte er, was er bisher herausgefunden hatte. Sarah hatte recht – Peter musste während seiner Forschungsarbeit über irgendetwas gestolpert sein, dass er bisher noch nicht veröffentlicht hatte, ihn aber in Lebensgefahr brachte.

Hoffentlich steckte in all den Papieren, die er geschickt hatte, irgendwo ein Hinweis darauf – falls Dan überhaupt herausfinden konnte, was sie bedeuteten. Wer auch immer zu verhindern versuchte, dass seine Entdeckung jedermann zugänglich gemacht wurde, musste es so tödlich ernst damit sein, dass er zuerst Peter ermordete und dann sein Haus zerstörte, nur um sicherzustellen, dass keine belastenden Beweise entdeckt wurden. Dan zweifelte weiterhin an der Erklärung der Polizei, dass die Explosion durch ein Gasleck verursacht worden wäre; tatsächlich zweifelte er sogar daran, dass die Polizei selbst an diese Theorie glaubte.

Ein glanzloser Himmel zog über der von Bäumen gesäumten Fahrbahn vorbei und Dan nahm den Fuß vom Gaspedal, als er über nasse Blätter fuhr. Es konnte nicht mehr weit sein, wenn ihn sein Gedächtnis nicht täuschte.

Die Straße machte eine scharfe Kurve und stieg dann leicht an. Dan schaltete einen Gang herunter und das Auto preschte vor. Er fuhr hoch, als die Räder ein Schlagloch erwischten. Der Frost vieler Winter hatte mit jedem Schneesturm mehr und mehr Stücke aus dem brüchigen Asphalt geschnitten.

Als die Straße wieder hinunterführte, konnte er meilenweit die Landschaft von Oxfordshire überblicken. Sie sah aus wie die Umrisse eines weißen Pferdes, das in einen Berghang aus Kreide geschnitzt worden war. Die kahlen Bäume schnellten vorbei, als er erneut Geschwindigkeit aufnahm. Windräder drehten sich gemächlich auf einem Hügel in der Ferne. Er entdeckte ein Straßenschild, das die nächste Ortschaft ankündigte und wurde langsamer. Harrys Landhaus musste bald auf der rechten Straßenseite auftauchen.

Dan hielt den Wagen ein paar hundert Meter vom Haus entfernt am Bordstein an und stieg aus. Das Anwesen befand sich an einem schmalen Weg, der zu einem kargen Feld führte, das sich wiederum bis zu einem Fluss hinzog. Eine niedrige Hecke trennte den schmalen Pfad und das Haus. Er ging zu einem hölzernen Tor und spähte zitternd darüber, während der eisige Wind in seine Ohren biss. Schnell stellte er den Kragen seiner Jacke hoch und starrte durch den leichten Regen auf die triste Landschaft, in der der graue Himmel die Farbe aus dem Tag saugte.

Er schnaubte in der kalten Luft und blickte den Weg hinunter zum Haus. Es war ein zweistöckiges Häuschen mit weißen Wänden, einem Reetdach und zwei großen Schornsteinen, von denen einer soeben Rauch ausstieß. Er fragte sich, wie das hier ausgehen würde. Er hatte Harry seit über sechs Jahren nicht mehr gesehen. Es war ihm unangenehm, unangemeldet wieder aus der Versenkung aufzutauchen, aber Sarah hatte recht – wen konnten sie eher um Hilfe bitten?

Harry Kent, Wissenschaftler, Ex-College-Dozent und Abenteurerkollege. Er lächelte. Er war damit aufgewachsen, seinem Vater und Harry dabei zuzuhören, wie sie über ihre Heldentaten auf der ganzen Welt erzählten: Ihre Reisen zu weit entfernten Orten, die sie für die Universität, Bergbauunternehmen und private Investoren gemacht hatten. Er lächelte bei diesen Erinnerungen und fragte sich, warum es so lange gedauert hatte, bis er zurückgekehrt war. Er hatte Harry nicht mehr gesehen, seit sie bei der Beerdigung von Dans Vater aufeinandergetroffen waren. Sowohl Harry als auch Dans Vater waren die ganze Zeit über stinksauer auf ihn gewesen, weil Dan ihrer Ansicht nach seine Ausbildung und seine Karriere wegwarf, als er sich der Armee anschloss. Er konnte ihnen niemals erklären, dass er nur ein Abenteuer gesucht hatte, das er selbst erleben konnte.

Ich bringe das alles in Ordnung, dachte er.

Er wandte sich um und schritt auf dem Weg auf das Haus zu. Das Landhaus versteckte sich hinter einer niedrigen Steinmauer, die selbst bereits unter wucherndem Efeu zu verschwinden begann. Ein hölzernes Tor hing wackelig an einem rostigen Scharnier. Als er aufblickte, bemerkte er eine Bewegung im Garten.

»Harry?«

Ein Kopf, der unter einem Panamahut versteckt war, tauchte beim Klang seiner Stimme hinter einem verwilderten Rhododendronbusch auf. Sein Besitzer blickte kurz über den Strauch, duckte sich sofort wieder und hastete schnell zur Seite des Hauses. Dan hörte, wie eine Tür zufiel.

»Verdammt.«

Gemächlich ging er zum Gartentor hinüber. Er öffnete es vorsichtig, damit es nicht unter seinen Händen zerfiel, und spazierte dann den Gartenweg entlang. Er wich den unebenen Pflastersteinen aus, die ihn ins Stolpern bringen wollten, und machte sich auf den Weg zur Haustür, wo er den kunstvoll verzierten Türklopfer ergriff. Dan klopfte einmal und hoffte auf eine Antwort. Er klopfte erneut, diesmal ein wenig kräftiger, und trat dann einen Schritt zurück, wobei er aus dem Augenwinkel eine Bewegung im rechten Fenster bemerkte.

Eine große fuchsrote Katze war in die Höhe gesprungen, um den Besucher zu beobachten, und setzte sich nun auf die Fensterbank. Gelbe Augen starrten abwechselnd auf ihn und die eigenen Vorderpfoten, die mit Geringschätzung abgeleckt wurden. Dan trat näher heran und klopfte an das Glas vor der Katze, die sofort nach seinen Fingern schlug und dabei ihre Pfote gegen die Fensterscheibe knallte.

»Hallo Tiger … meinst du, du könntest mich hereinlassen?«

Plötzlich fegte ein Arm die Katze von ihrem Hochsitz und ein Gesicht starrte ihn durch das Fenster an. Dan grinste und das Gesicht verschwand. Sekunden später ging die Haustür auf.

Ein groß gewachsener Mann mit dünner werdenden weißen Haaren und buschigen Augenbrauen über stechend grünen Augen stand auf der Schwelle und musterte ihn von oben bis unten.

»Um Gottes willen, lass bloß die verdammte Katze in Ruhe, du bist ein mehr als schlechter Einfluss für jeden, der auf dich trifft!«

»Hallo, Harry. Bedeutet das, dass ich hereinkommen darf?«

Die stämmige Gestalt wandte sich um, ohne zu antworten.

Dan schloss die Tür hinter sich. »Ich brauche deine Hilfe, Harry.«

Harry betrachtete ihn eingehend. »Das war doch schon immer so.« Er stampfte den Flur entlang, Dan folgte ihm, bis sie eine große Küche erreichten.

»Ich nehme an, du willst einen Drink«, stellte Harry fest.

Dan zuckte die Achseln. »Nur, wenn du auch einen nimmst.«

»Hmm … darauf kannst du wetten.«

Dan sah sich in der unaufgeräumten Küche um. Der Panamahut hing an einem Haken an der Hintertür. Geraniensetzlinge bedeckten in kleinen Töpfen und in unterschiedlichsten Wachstumsstadien die Oberflächen, während sich der Abwasch in der Küchenspüle stapelte. Ein paar leere Bierdosen standen bedenklich nahe an der Kante eines Esstisches aus Kiefer. Die Katze schlich auf dem Boden zwischen seinen Beinen herum.

Harry öffnete einen Schrank, griff nach oben und schloss die Tür wieder, dann stellte er eine große Flasche Gin auf die Theke. »Ich vermute mal, wenn du Hilfe benötigst, sollten wir besser mit etwas Stärkerem anfangen. Da ich dich kenne, werde ich es wohl brauchen.«

Dan versuchte ihm nicht im Weg zu stehen, während Harry Gläser, Eis und Tonic herbeiholte. »In Ordnung«, sagte er und gab Dan ein Glas, »lass uns ins Wohnzimmer gehen und du kannst mir dann alles erklären. Vor allem … wie, zur Hölle, du mich überhaupt gefunden hast!«

»Sarah hat es mir gesagt.« Dan folgte Harry aus der Küche, während die Katze ihnen beiden hinterherschlich.

Harry führte ihn den Flur hinunter zu einem anheimelnden Wohnbereich, in dem ein Feuer in einem kleinen Kamin brannte. Die Katze stolzierte vor ihnen in den Raum und lief zu einem großen Kissen neben dem Kamin, warf Dan einen letzten Blick zu und drehte sich dann dreimal um sich selbst, bevor sie sich auf dem Bettchen zusammenrollte.

Harry gab Dan ein Zeichen, dass er sich in einen Sessel setzen sollte, und ergriff einen Schürhaken, um das Feuer wieder anzufachen. Als die Flammen zum Leben erwachten, nahm er ein kleines Stück Holz aus einem Holzstapel und legte es vorsichtig auf den Kaminrost. Dann wandte er sich erneut Dan zu.

»Wie geht es ihr, seit Peters Leiche gefunden wurde?«

»Nicht so gut, vor allem, nachdem jemand Peters Haus direkt vor ihren Augen erfolgreich in die Luft gejagt hat.«

Harry blieb auf halbem Weg zu seinem Sessel stehen. »Was?«

»Ja, einfach unglaublich. Weiß Gott, wo er diesmal wieder hineingeraten ist.« Dan nahm einen Schluck von seinem Drink. »Sie ist offensichtlich durcheinander … und wütend. Ich glaube auch nicht, dass die Polizei sie ernst nimmt.« Dan setzte sich ächzend und sah Harry an. »Und wie geht es dir?«

Der ältere Mann seufzte und rutschte auf seinem Sessel hin und her. »Ach, weißt du, der Garten sorgt für ausreichend Beschäftigung. Und meine Enkelkinder besuchen mich gelegentlich. Inzwischen allerdings etwas weniger, weil sie jetzt, wo sie erwachsen werden, sich ihr eigenes Leben aufbauen.«

»Vermisst du das Unterrichten?«

»Nicht vor Schurken wie dir, nein«, kicherte Harry. »Natürlich vermisse ich es, das … und die geologische Feldarbeit.« Er hielt inne und betrachtete seinen Drink. »Wie lange ist es her, seit du die Armee verlassen hast?«

»Noch nicht ganz drei Jahre.«

»Hast du seitdem etwas mit dir anfangen können?«

Dan starrte Harry an, dann wurde sein Blick weicher. »Nein, nicht wirklich. Tatsächlich habe ich keine Ahnung, was ich mit mir anfangen soll. Ich habe ein paar Projektstudien in Übersee durchgeführt und bin zwischen den Jobs ein bisschen herumgereist. Na ja, ich brauchte eben eine Weile, um darüber hinwegzukommen.«

Harry nickte und betrachtete seinen Drink weiter. »Ich kann es mir nur vorstellen. Trotzdem, was um alles in der Welt hat dich geritten, zur Armee zu gehen und dich dem Bombenentschärfungskommando anzuschließen? Du hattest doch eine vielversprechende Karriere als Geologe vor dir.«

Dan hob die Schultern. »Ich habe keine Ahnung. Ich glaube, seit ich ein Teenager war, gab es da diesen vorherbestimmten Pfad für mich. Du weißt schon, in Dads Fußstapfen zu treten … einen Abschluss in Geologie zu machen, dann raus ins Feld, seltene Mineralien entdecken und erforschen. Nach dem Studium hatte ich das Gefühl, dass es da noch spannendere Dinge zu tun gab, solange ich noch jung war.« Er nahm einen weiteren Schluck von seinem Getränk.

Harry sah zu ihm hinüber. »Die meisten Leute in diesem Alter hätten dabei an eine Weltreise gedacht und dass eine Runde Bungee-Jumping ausreichend wäre.«

»Ja, im Nachhinein betrachtet wäre das bestimmt keine schlechte Idee gewesen. Aber damals wollte ich mich engagieren und helfen.«

Harry richtete sich in seinem Sessel auf. »Ich habe den vagen Verdacht, dass du heute nicht hierhergekommen bist, um über alte Zeiten zu sprechen. Was also hast du auf dem Herzen?«

»Ich bin Peters Forschungsunterlagen durchgegangen und dabei ist immer wieder ein bestimmter Begriff aufgetaucht. Harry, was kannst du mir über Weißes-Gold-Pulver erzählen?«

Harry drehte sein Glas nachdenklich in der Hand.

»Warum?«

»Weil ich denke, dass Peter deshalb ermordet worden ist.«

KAPITEL 11

:

Harry nahm einen Schluck von seinem Drink, schnalzte mit der Zunge und stellte das Glas auf dem Tisch ab. »Was weißt du über supraleitende Edelmetalle?«

Dan konnte nur die Schulter heben. »Sehr wenig, da ich kein Chemie-Experte bin. Was ich Peters Notizen entnehmen konnte, ist, dass supraleitende Metalle bereits in der Automobilproduktion verwendet werden, wobei das bisher wohl die einzige kommerzielle Nutzung ist. Jede weitere Suche im Internet gibt bloß mehr Hinweise auf heilende Stärkungsmittel und seltsame spirituelle Dinge als auf irgendeine gewerbliche Nutzung.«

Harry nickte mit dem Kopf. »Mehrere interessierte Parteien auf der ganzen Welt haben bereits Patente eingereicht. Darunter selbst staatliche Stellen. Heimlich versucht jeder, einen Weg zu finden, um Weißes-Gold-Pulver – oder irgendein anderes supraleitendes Edelmetall – zu einem lukrativen Preis kommerziell herzustellen.«

»Wofür wollen sie es denn verwenden?« Dan zog ein Stück zerknittertes Papier sowie einen Stift hervor und fing an, sich Notizen zu machen.

»Das hängt davon ab, wen du fragst. Manche sagen, dass vor allem die Luft- und Raumfahrtunternehmen mit den großen Verteidigungsaufträgen der Regierungen versuchen, den nächsten Super-Jet damit zu produzieren. Das Material soll es ermöglichen, schneller zu reisen, als wir es bisher erlebt haben. Wenn es erst einmal produziert werden kann, kann es angeblich auf irgendeine Weise der Schwerkraft trotzen«, Harry hielt inne. »Ich stelle fest, dass sich deine Methode, Notizen zu machen, nicht verbessert hat, seit ich dich unterrichtet habe.«

Dan machte ein finsteres Gesicht. »Wird das hier jetzt gerade eine Prüfung?« Er nickte kurz. »Nein? Okay … dann mach bitte weiter.«

Harry kicherte: »Stell dir vor, was Sie mit diesem Wissen für den öffentlichen Sektor erreichen könnten. Seit die Concorde eingestellt wurde, hat niemand mehr irgendetwas für die Zukunft des Flugreiseverkehrs getan.«

Dan griff nach Peters Notizen und blätterte sie durch. »Er sagt hier, einige Leute glauben, dass es spirituelle Kräfte hätte und dass es Unternehmen gibt, die dieses Zeug bereits verkaufen.«

»Nun, ich weiß nichts über diese spirituellen Aspekte. Ich bin lediglich ein Wissenschaftler. Aber wenn, dann produzieren sie es höchstens in kleinen Mengen.« Harry betrachtete den Inhalt seines Glases. »Nein, du musst nach jemandem suchen, der bereits Gold abbaut und leichten Zugang zu diesem Material hat – ganz zu schweigen von jeder Menge Geld, um in ein solches Projekt investieren zu können. Außerdem müsste dieses Projekt an einem abgelegenen Ort durchgeführt werden, um es möglichst geheim halten zu können. Das müsste die Suche eigentlich deutlich einschränken.«

Dan hielt bei seinen Notizen inne. »Sind es denn nur die Kosten, die die Leute von der Herstellung abhalten?«

Harry schüttelte den Kopf. »Nicht ausschließlich. Man hantiert dabei mit einer sehr instabilen Substanz herum. Ich habe von mindestens einem großen Unfall in den Vereinigten Staaten gehört, der die Produktion um Jahre zurückgeworfen hat. Und dann gibt es da auch noch Regierungen, die die Technologie für sich selbst beanspruchen wollen. Was hast du denn sonst noch in diesen Notizen gefunden?«

Dan schob den Stapel zu Harry hinüber. »Im Moment versuche ich noch alles zu verstehen. Warum wirfst du nicht einen Blick drauf und machst dir selbst ein Bild?«

Harry nahm einige von Peters Notizen zur Hand und begann sie zu überfliegen. »Der andere Aspekt ist natürlich, dass dieser Stoff das Potenzial besitzt, die weltweiten Brennstoffprobleme zu lösen. Einmal erfolgreich produziert, ist er sauber, verschmutzt die Umwelt nicht, und sobald die Technologie perfektioniert worden ist, könnte er eventuell auch aus Vulkanasche und nicht nur aus Edelmetallen hergestellt werden. Und damit besteht natürlich auch die Möglichkeit, dass es Kohle-, Öl- und Gasunternehmen sind, die versuchen, die Forschung zu blockieren. Schau dir nur an, was sie mit dem Elektroauto gemacht haben.«

Dan kaute auf dem Ende seines Stiftes herum. »Was denkst du, wie ernst könnten es diese Leute meinen?«

Harry griff nach seinem Glas und schaute Dan über den Rand hinweg an, dann nahm er einen Schluck, bevor er fortfuhr. »Nun, ich bin mir sicher, dass dir Peter – wenn er dazu noch in der Lage wäre – sagen würde, dass sie es *verdammt* ernst meinen können.«

Dan sah Harry nachdenklich an. »Befürchtest du, dass eine von diesen Organisationen etwas mit Peters Tod zu tun haben könnte?«

Harry stellte sein Glas wieder auf dem Tisch ab. Das weiche Klirren von Eiswürfeln unterbrach die kurze Stille.

»Ja, ich glaube, dass man das in Erwägung ziehen muss. Ich denke, du solltest diese Notizen sehr sorgfältig durcharbeiten. Und genau darauf achten, wer erfährt, dass sie in deinem Besitz sind. Wer weiß denn überhaupt über die Unterlagen Bescheid?«

Dan schob den Stapel Notizen zusammen. »Nur ich und Sarah. Ich befürchte, ihre journalistischen Instinkte sind wieder wach geworden und sie will selbst Nachforschungen anstellen, um Peters Tod nachvollziehen zu können.«

Harry grunzte. »Dann schlage ich vor, du richtest ihr von mir aus, dass sie ganz genau auf ihre Schritte achten soll. Wenn ihr diese Angelegenheit untersucht, müsst ihr euch gegenseitig den Rücken freihalten.«

Dan nickte zustimmend. »Das werden wir tun.« Er starrte in seinen Drink, als ob er dort irgendwelche Antworten finden könnte. Dann gab er auf und nahm stattdessen einen Schluck. Ein wilder Schrei von Harry ließ ihn zusammenzucken. »Was?«

»Schau dir das an!« Harry hielt ein Blatt Papier in die Luft, auf dem wahllos mehrere Diagramme quer über die Seite gekritzelt worden waren.

»Tut mir leid, das verstehe ich nicht«, sagte Dan. »Du würdest nicht glauben, wie lange ich mir diese Seite angeschaut habe.«

Harry grinste. »Es geht nicht darum, was du darauf siehst«, antwortete er. »Wichtig ist, wie du es dir ansiehst. Komm zu mir rüber.«

Dan stand auf und durchquerte den Raum.

»Hier«, zeigte ihm Harry.

Dan hockte sich neben Harrys Sessel und starrte auf die vertraute Notizbuchseite in der Hand des anderen Mannes. »Was soll ich denn erkennen?« Er runzelte die Stirn.

»Das hier«, sagte Harry. Er neigte das Blatt, bis der Feuerschein des Kamins es von hinten anleuchtete.

Dan griff nach der Seite und hielt sie fest. »Du bist ein Genie, Harry.«

Im Schein des Feuers war der Abdruck einer weiteren Notiz zu sehen. Unsichtbar für das Auge, solange die Seite flach gehalten wurde, sprangen Silhouetten hervor, sobald sie von hinten angeleuchtet wurde.

»Kannst du das lesen?«, fragte Harry.

»Sieht ein bisschen aus wie der Buchstabe D. Vielleicht ist ein E. Ist das ein C? Herr Gott, seine Handschrift ist wirklich saumäßig. Dann sind da noch einige Zahlen. Sechs. Eins. Sieben. Drei?«

Dan setzte sich wieder auf die Fersen. »Was zur Hölle bedeutet das?«

Harry schaute auf das Blatt hinab und drehte es noch einmal in Richtung des Feuers. »Da ist ein Pluszeichen vor der Sechs.«

Sie sahen sich an. Dann sprachen beide gleichzeitig.

»Es ist eine Telefonnummer!«

»Wo ist dein Telefonbuch?«, fragte Dan.

»Im Flur.«

Dan sprang auf und rannte aus dem Zimmer. Neben der Haustür entdeckte er einen Beistelltisch und zog das Telefonbuch aus einem der Fächer. Dann ging er schnell wieder in das Zimmer zurück und überflog verzweifelt die Seiten.

«Hast du etwas gefunden?«, fragte Harry.

Dan schüttelte den Kopf und blätterte weiter die Seiten um. Er knurrte frustriert.

»Dan … langsam«, forderte Harry ihn auf. »Beginne einfach am Anfang und arbeite dich methodisch vor.«

Dan setzte sich auf die Lehne seines Sessels. Er nahm sich nur eine Seite auf einmal vor und ließ den Finger über die Liste der Ländervorwahlnummern wandern. Dann wechselte er zur nächsten Seite – und da war sie.

Langsam ging er zu Harry hinüber und zeigte ihm die Nummer.

Harry blickte zuerst auf das Telefonbuch hinunter und dann nach oben zu Dan.

»Sieht so aus, als ob du nach Brisbane müsstest.«

KAPITEL 12

:

London, England

David sichtete die Unterlagen, die vor ihm über den walnussfarbenen Besprechungstisch verstreut lagen. Während er Seite für Seite umblätterte, kaute er nachdenklich auf einem eingerissenen Daumennagel herum. Dann rieb er sich erschöpft mit der Hand über die Stirn. Erschrocken spürte er, dass ihm die permanente Anspannung während der letzten paar Monate inzwischen eine ausgeprägte Falte auf der Stirn beschert hatte.

Er griff nach dem nächsten Dokument. Eine Heftklammer stach in seinen Finger und er fluchte. Dann blätterte er die Seiten voller Kopien von Minen-Pachtverhältnissen, Erschließungsgenehmigungen und Ausrüstungs-Leasingverträgen durch.

»Wie viele Goldminen hat Delaney eigentlich gekauft?«, fragte er seine Assistentin.

Philippa blickte von dem Dokument auf, das sie gerade las, und schob mit ihrer Brille die Haare aus der Stirn. Sie blies sich eine vorwitzige, flammenrote Haarsträhne aus dem Auge und sah ihren Chef an.

»Zwölf in den letzten vier Jahren«, antwortete sie dann. »Er fing langsam an – kaufte zuerst eine in Queensland, dann wurde er anscheinend ein wenig besessen. Fünf der zwölf hat er erst letztes Jahr erworben – natürlich alle unter verschiedenen

Firmennamen und nach Aussage unserer Fusions- und Übernahme-Experten wahnsinnig schwer zu verfolgen.«

David fluchte beim Ausatmen. »Und wie viele davon hat er in Australien gekauft?«

Philippa ließ ihre Brille auf die Nase zurückfallen und sah in ihre Notizen. »Neun. Die anderen sind durch seine britische Tochtergesellschaft in Südafrika und Osteuropa erworben worden.«

»Irgendetwas in den Vereinigten Staaten?«

Philippa schüttelte den Kopf. »Er hat sich nie mit den USA beschäftigt. Vielleicht ging er davon aus, dass es ein Wink mit dem Zaunpfahl wäre, wenn er dort jetzt auch noch Gesellschaften aufkaufen würde«.

David knurrte und legte das Dokument zur Seite. Er sank in einen der Kunstlederstühle zurück und zog einen manilafarbenen Ordner zu sich heran. Nachdem er ihn geöffnet hatte, begann er, den Inhalt auf dem Tisch auszubreiten.

Philippa blickte auf, als sie hörte, wie er die Unterlagen herausschüttelte, und warf ihm einen finsteren Blick zu. Sie hatte zwei Tage dafür gebraucht, alles in einer zusammenhängenden Mappe zu organisieren. David ignorierte ihren Blick und überprüfte die neuen Dokumente, die vor ihm auf dem Tisch verteilt lagen.

Er schob die schriftlichen Unterlagen auf eine Seite und suchte sich alle fotografischen Beweise zusammen. Dann lehnte er sich in seinen Stuhl zurück und arbeitete sich methodisch durch die Fotos.

Einige waren Luftaufnahmen, die von US-Spionage-Satelliten stammten. David stöhnte innerlich. Er konnte sich nur vage vorstellen, welche Art von Gefälligkeiten sein Kontakt bei der National Security Agency in den nächsten Jahren für diese Aufnahmen einfordern würde. Er blickte zu Philippa hoch.

»Wie um alles in der Welt hast du die NSA dazu gebracht, Fotos von Australien zu machen?«, fragte er sie.

Sie schaute nicht von ihrer Arbeit auf, sondern lächelte nur. »Ich sagte ihnen, wir hätten ein Gerücht gehört, dass Terrorzellen möglicherweise an einigen Stellen das Outback zu Trainingszwecken nutzen.«

David rollte mit den Augen. Philippa war zwar reichlich dreist, aber dafür erzielte sie immer schnelle Resultate. Er würde sich erst dann Gedanken darüber machen, wie er den Amerikanern am besten mitteilte, das alles nur ein falscher Alarm gewesen war, sobald er herausgefunden hatte, was zur Hölle *tatsächlich* in Australien vor sich ging.

Er griff nach vorn, schaltete eine kleine Schreibtischlampe ein und richtete den Lichtstrahl auf die Luftaufnahme eines Stückes Buschland. Der Maßstab, der auf dem Foto aufgedruckt war, zeigte ihm an, dass er eine Fläche von etwa zweihundert Quadratkilometern vor sich hatte. Er runzelte die Stirn und sah dann genauer hin.

»Philippa?«

»Hmm?«

»Arbeitet heute Abend noch jemand im Fotolabor?«

»Wahrscheinlich. Sie haben wegen der Olympischen Spiele zusätzliche Schichten eingerichtet. Bestimmt rechnen sie damit, dass zur Zeit noch mehr Verrückte unterwegs sind.«

David hielt das Foto hoch. »Kannst du mir davon ein paar Kopien besorgen? So schnell wie möglich.« Er nahm einen Textmarker und zeichnete einen Kreis um einen Bereich in der rechten oberen Ecke des Bildes. »Und lass auch ein paar Vergrößerungen von diesem Bereich hier anfertigen.«

Philippa stand auf, streckte ihren groß gewachsenen Körper und kam zum Tisch. Sie nahm das Foto entgegen. »Soll ich dir einen Kaffee mitbringen, wenn ich zurückkomme?«

»Ja, bitte. Ich habe das Gefühl, dass es eine lange Nacht wird.«

Er beobachtete Philippa dabei, wie sie das Zimmer verließ, und nahm sich dann die verbleibenden Fotos im Ordner vor.

Neben weiteren Luftaufklärungsbildern enthielt der Ordner auch Fotos von verschiedenen Menschen, die beim Verlassen von Gebäuden oder in Restaurants aufgenommen worden waren. Er sammelte die Fotografien zusammen, stand auf und ging zu einem großen Whiteboard, das am Ende des Raumes eine ganze Wand bedeckte. Er pinnte jedes Foto methodisch auf das Whiteboard, trat dann mit verschränkten Armen zwei Schritte zurück und starrte auf die Bilder.

Delaney war leicht zu identifizieren. Der Mann war über sechs Fuß groß und breitschultrig, sein dichtes weißes Haar trug er aus dem Gesicht zurückgekämmt. Er sah gebräunt, reich und neben seinem Gast, mit dem er im Restaurant saß, vollkommen entspannt aus.

Davids Blick wanderte zum nächsten Foto: Ein kleinerer, breiterer Mann stieg gerade aus einem Auto, das von einem Chauffeur gefahren wurde. Der Mann war untersetzt und schien den heißen australischen Sommer nicht gewohnt zu sein. Er zerrte an seiner Krawatte, als er aus dem Fahrzeug kletterte. Uli Petrov, russischer Unternehmer und den Gerüchten nach dabei, massiv Gasbestände aufzukaufen, um in den lukrativen europäischen Markt mit einem Preis einsteigen zu können, der nach Davids Quellen selbst den Kreml beunruhigte.

Er schaute kurz auf das nächste Foto. Steven Pallisder, der Joint-Venture-Partner von Delaney. David runzelte die Stirn. Was zum Teufel war da bloß los?

Er wandte sich um, als sich die Tür öffnete und Philippa hereinkam, die Kopien unter den Arm geklemmt und einen Kaffeebecher in jeder Hand. David nahm dankbar einen Kaffee und die Fotos von ihr entgegen.

»Schauen wir mal, was wir hier haben«, sagte er und stellte den Kaffeebecher auf den Tisch. Er ging erneut zum Whiteboard und pinnte die vergrößerten Fotos an. Dann trat er ein Stück zurück, neigte den Kopf etwas zur Seite und ließ die höhere Detailschärfe auf sich wirken.

Philippa nahm sich einen Stuhl, setzte sich und begann, eine Reihe von Finanzberichten zu überprüfen.

David trat jetzt näher an die überarbeiteten Satellitenfotos heran. Das Fotolaborteam hatte den Bildausschnitt vergrößert und das für David interessante Gebiet besonders hervorgehoben.

Eine wütend gezeichnete, rote Filzstiftmarkierung bildete einen Kreis um einen Bereich der Oberfläche, der besonders hervorstach.

David legte den Kopf erneut zur Seite, während er die Markierung betrachtete. »Philippa?«

»Hmm?« Philippa blickte von dem Bericht hoch, den sie gerade in ihrer Hand hielt.

David wandte sich ihr zu. »Tu mir einen Gefallen. Schau bitte nach, ob wir in der Bibliothek irgendwelche Satellitenbilder haben, die die Auswirkungen von unterirdischen Atombombentests zeigen.«

Er wandte sich wieder dem Foto zu.

»Ich habe das ungute Gefühl, das ich ahne, was dieser Kerl im Schilde führt.«

KAPITEL 13

Dan raste über die dunklen Landstraßen. Er bremste nur dann, wenn ihn auf der Gegenspur Scheinwerfer anleuchteten, und beschleunigte das Auto ansonsten gleich wieder in den engen, sich windenden Kurven.

Seine Gedanken rasten ebenfalls. Es war Harry zu verdanken, dass sie endlich einen Durchbruch erzielt hatten.

Er riskierte einen kurzen Blick auf das Unterlagenbündel, das auf dem Beifahrersitz lag, und fragte sich, welche anderen Geheimnisse sie wohl noch offenbaren würden. Er und Harry hatten die Dokumente eine weitere Stunde lang sorgfältig studiert und sie für den Fall ins Licht gehalten, das noch mehr Abdrücke auftauchen würden. Am Ende hatte Harry den Kopf geschüttelt und damit begonnen, die Papiere wieder zusammenzuklauben.

»Das bringt nichts mehr«, hatte er gesagt. »Das war ein Glückstreffer. Du musst aber unbedingt herausfinden, was D.E.C. bedeutet, ansonsten ist die Reise sinnlos.«

Dan hatte genickt und auf seine Uhr geschaut, wobei er festgestellt hatte, wie spät es inzwischen geworden war. »Verdammt! Sarah macht sich bestimmt schon Sorgen, wo ich bleibe.« Er hatte Harry die Dokumente abgenommen und den älteren Mann flüchtig umarmt. »Danke für alles, Harry. Ich glaube, das habe ich in der Vergangenheit nicht oft genug gesagt.«

Harry hatte nur genickt, ihm auf den Arm geklopft und war dann mit ihm zur Haustür gegangen. »Du bist immer willkommen, Dan. Das solltest du wissen.« Er hatte die Tür geöffnet und ein Windstoß voll kalter Luft war durch den schmalen Flur gefegt. »Komm ja wieder zurück und erzähl mir, wie es euch beiden in Australien ausgegangen ist.«

Dan hatte darauf bestanden, dass Harry in die Wärme seines Hauses zurückkehrte, während er zum Wagen gerannt war und sich dabei als Schutz gegen die Kälte der Nachtluft selbst umarmt hatte.

Jetzt bremste er vorsichtig ab, als er in ein kleines, schwach beleuchtetes Dorf hineinfuhr. Er beugte sich vor und drehte die Heizung ein wenig herunter. Ungeduldig trommelte er mit den Fingern aufs Lenkrad, als er unter Straßenlaternen, die zwischen den Schatten orangefarbene Lichtringe malten, die Hauptstraße des Dorfes entlangfuhr. Als er am Ortsausgang das Schild passierte, dass das Tempolimit aufhob, gab er wieder Vollgas.

Nach einer Weile spuckte ihn die Landstraße auf die doppelspurige Schnellstraße in Richtung Oxford aus. Innerhalb einer halben Stunde erreichte er die Außenbereiche der Stadt und folgte der Ringstraße zurück zu seinem Haus. Als das Auto die Auffahrt hinauffuhr, bewegte sich der Vorhang, wobei das Licht aus dem Wohnzimmer kurz die Kiesoberfläche beleuchtete. Er nahm sein Telefon heraus und wählte.

»Es ist okay, ich bin es«, sagte er, als er den Motor abstellte und aus dem Wagen stieg. Er beendete den Anruf, schloss das Auto ab und ging knirschend über den Kies zur Haustür. Der Bewegungsmelder schaltete die Lampe über der Tür genau in dem Moment an, als sie aufgerissen wurde und Sarah auf die Auffahrt hinausstürmte.

»Wo zum Teufel bist du gewesen?«, fragte sie. »Ich war ganz krank vor Sorge!«

»Es tut mir leid«, antwortete er und drückte ihren Arm. »Komm, lass uns reingehen.«

Sie erwiderte die Aufforderung mit einem Nicken und folgte ihm.

»Entschuldige … ich war nur so besorgt.«

Dan schloss die Tür hinter sich. »Nun, Harry hat uns tatsächlich auf etwas gebracht«, lächelte er. »Lass uns eine Flasche Wein öffnen und ich zeige dir, was wir herausgefunden haben.«

Sarah hielt das Blatt ins Licht, sodass sich die Schriftzeichen als Silhouette abzeichneten. »Glaubst du, dass D.E.C. eine Person ist?«, fragte sie.

»Oder ein Monat«, schlug Dan vor. »Ich habe keine Ahnung. Aber das hier ist definitiv die Vorwahl von Brisbane und der Anfang einer Telefonnummer. Also müssen wir etwas finden, das diese Buchstaben mit Brisbane verbindet.«

Sarah lehnte sich über den Küchentisch und zog ihren Laptop heran. »Zum Glück hatte ich ihn in meinem Auto und nicht zu Hause«, sagte sie. Sie klopfte mit den Fingern auf die Tischoberfläche, während sie darauf wartete, dass der Computer seine Startroutine beendete.

Als er endlich fertig war, rief sie eine Suchmaschine auf. »Wir können genauso gut mit dem anfangen, was auf der Hand liegt«, sagte sie und tippte »D.E.C., Brisbane« ein. Dann drückte sie auf »Suchen«.

Für ein paar Sekunden passierte nichts. Es fühlte sich wie eine Ewigkeit an. Doch schließlich erschien eine Liste der möglichen Kombinationen auf dem Bildschirm. Sarahs Blick wanderte die Liste hinunter, ihre Finger schwebten über der Computermaus.

Dan rührte währenddessen die Nudeln um und würzte die Soße nach, dann griff er nach oben und zog zwei Weingläser aus einem Schrank. Er hatte sie gerade auf die Arbeitsplatte gestellt, als Sarah einen Ruf ausstieß.

»Das glaube ich einfach nicht!«

Er hörte das Geräusch der Maus, als sich Sarah wie wahnsinnig durch Internetseiten klickte, und drehte sich um, um zu sehen, was sie da tat. »Was hast du gefunden?«

Sie blickte auf, lächelte, dann drehte sie den Laptop so herum, dass er den Bildschirm sehen konnte. Er zeigte die Homepage der Delaney Energy Corporation.

»Bingo«, sagte sie.

Dan wandte sich wieder zur Küche, stellte den Rotwein in das Gestell zurück und öffnete den Kühlschrank. Er nahm eine Flasche Champagner heraus und hielt sie Sarah hin.

»Ich glaube, den haben wir uns heute redlich verdient«, grinste er.

KAPITEL 14

FEBRUAR 2012

:

Brisbane, Australien

Dan und Sarah ließen das Gepäckausgabeband hinter sich und gingen beide auf die Warteschlange beim Zoll zu. Zwanzig Minuten später traten sie aus dem kühlen Flughafen in etwas hinaus, was wie eine heiße Dusche wirkte. Die Luftfeuchtigkeit war erdrückend.

Nachdem sie sich ein Taxi besorgt hatten, nannte Dan dem Fahrer ihr Ziel, lehnte sich zurück und spürte, wie sein Hemd an ihm klebte. Sobald das Auto losfuhr, drang Luft durch die offenen Fenster und brachte den Duft der Eukalyptusbäume vom Kingsford Smith Drive mit sich.

Dan setzte seine Sonnenbrille auf, als sich das Taxi durch den Verkehr drängelte, der mit ihnen zusammen in die Stadt unterwegs war. Zu seiner Linken suchte sich der Fluss seinen Weg bis in die Bucht hinein, vorbei an Restaurants, Fährterminals und Büros, während die am Hamilton-Terminal festgemachten Kreuzfahrtschiffe ihre Passagiere ausspuckten und sie mit Fähren und Wassertaxis zu den Boutiquen der Queen Street Mall beförderten.

Sarah saß neben ihm und wandte den Kopf hin und her, in dem Versuch, möglichst viele Eindrücke in sich aufzusaugen. Während sie am Fluss entlangfuhren, verließ sie wegen der ständigen Windungen des Flusses schon bald ihr Orientierungssinn.

Eine halbe Stunde später hielt das Taxi vor dem Hotel an. Dan stieg aus, nahm ihr Gepäck entgegen und bezahlte den Fahrer. Als er zum Eingang ging, begann seine Kleidung bereits wieder an der Haut zu kleben – nach dem kalten britischen Winter musste er sich an diese Luftfeuchtigkeit erst noch gewöhnen.

Sie standen im kühlen Empfangsbereich und füllten die Anmeldeformulare aus. Nachdem sie eingecheckt hatten, hielt ihm Sarah ihren Zimmerschlüssel entgegen.

»Wenn du unsere Koffer hochbringst, besorge ich uns einen Kaffee«, sagte sie.

Dan stimmte zu, nahm ihren Schlüssel und fuhr mit dem Aufzug in den vierzehnten Stock. Dort suchte er den Flur ab, bis er Sarahs Zimmer fand, stellte ihre Tasche hinter die Tür und ging dann zum Nachbarzimmer weiter. Nachdem er die Tür geöffnet hatte, hängte er das Bitte-nicht-stören-Schild über den Türgriff und ließ seine Tasche auf den Boden fallen. Er bückte sich, um das kostenlose Exemplar der *Courier Mail* aufzuheben, und setzte sich zum Lesen auf das Bett.

Als er seine Beine hochlegte, entdeckte er auf der Titelseite einen Artikel, der Werbung für Delaneys aktuellstes Projekt machte. Obwohl Delaney seine Büros in der Nähe des Eagle Street Piers hatte, schien er nicht viel Zeit in der Stadt zu verbringen und wurde anscheinend wie eine kleine Berühmtheit behandelt, wenn er dann doch mal vor Ort war.

Dan warf die Zeitung auf den Couchtisch und stand auf, als es an der Tür klopfte. Er durchquerte den Raum und riss die Tür auf.

Sarah stand auf dem Flur, zwei Styroporbecher mit Kaffee in den Händen. »Komm schon. Das Böse macht auch keine Pause. Hier …«, sagte sie und streckte einen der Becher in Dans Richtung. »Wir können genauso gut brainstormen, um den Jetlag zu bekämpfen.«

Sie drängelte sich an ihm vorbei. Dan schloss die Tür und folgte Sarah in den Raum zurück, wobei er bereits an dem Kaffee nippte. Er fuhr kurz zusammen. Der war ja immer noch brühend heiß.

Fröhlich an ihrem Kaffee schlürfend stand Sarah am Fenster und genoss die Aussicht. Sie wandte sich um und deutete auf einen großen Wolkenkratzer, der all seine Nachbarn überragte. »Da drin sitzt Delaney«, sagte sie.

Dan schlenderte zu ihr hinüber und spähte durch das Glas. »Woher weißt du das?«

»Ich habe mit jemandem unten im Coffee-Shop gesprochen. Habe ihm erzählt, dass ich die Zeit bis zu einem Vorstellungsgespräch bei der Delaney Energy Corporation totschlagen will und er hat mir gezeigt, wo ich hingehen muss. Die Leute hier sind schon freundlich.« Sie wandte sich vom Fenster ab und setzte sich auf den Bettrand. »Ich habe auf dem Rückweg nachgedacht. Wir müssen mehr über Delaney erfahren. Aus einer regionalen Perspektive heraus, meine ich. Wir müssen herausfinden, ob er hier irgendwelche geschäftlichen Probleme hat … du weißt schon, Investitionsprobleme oder etwas in der Art. Vielleicht bringt das ja ein wenig Licht ins Dunkel der Angelegenheit, in der Delaney laut Peter seine Finger im Spiel hat.«

Dan nickte. »Der Plan klingt schon mal nicht schlecht. Hast du irgendwelche Ideen, wie wir das anstellen sollen?«

»Wir brauchen Zugang zu einem schnellen und leistungsfähigen Computernetzwerk … und zwar irgendwo, wo wir mit dem, was wir suchen, keine Aufmerksamkeit erregen.« Sarah stand auf und ging im Raum auf und ab, dann stoppte sie plötzlich und schaute aus dem Hotelfenster über den Fluss hinweg.

»Ich weiß, was wir tun können.« Sie wirbelte herum und stoppte schließlich zu Dan gewandt. »Ich kenne hier in Brisbane jemanden bei ABC Radio. Mal schauen, ob sie uns dort hineinbringen kann. Niemand hinterfragt einen Reporter, der ein bisschen herumstöbert, oder?«

Eine Gestalt am Ende des Parks stand auf und winkte, als sich Dan und Sarah ihr näherten.

Sarah grinste zurück, während ihnen die schlaksige Frau entgegenkam. Sie trug einen blass grünen Rock, ein weißes Top und flache Schuhe, auf denen sie über den Platz lief, um Sarah zu umarmen.

»Schön, dich zu sehen! Du hättest mir letzte Woche ruhig erzählen können, dass du vorhast, hier vorbeizukommen. Ich hätte mir ein paar Tage freigenommen, um dir alles zu zeigen.«

Sarah trat einen Schritt zurück. »Ich weiß. Es tut mir auch leid. Alles hat sich erst in letzter Minute ergeben. Quasi ein Kurztrip.« Sie drehte sich zu Dan um.

»Dan, das ist Hayley Miller, stellvertretende Redakteurin bei ABC Radio. Hayley, das ist Dan, ein …«

»… Freund von Peter«, beendete er freundlich ihren Satz und schüttelte Hayleys Hand.

Hayley zog Sarah sanft an ihrem Arm zu sich.

»Oh, Sarah … ich war so traurig, als ich das von Peter gehört habe. Sind sie denn bezüglich des Kerls, der das getan hat, schon weiter?«

Sarah und Dan sahen sich an, bevor sie antwortete. »Nein, die Polizei hat keine Ahnung …«

»… weshalb wir deine Hilfe brauchen«, fügte Dan schnell hinzu.

»Meine?«, fragte Hayley überrascht. »Okay, jetzt bin ich aber wirklich neugierig.« Sie wandte sich an Sarah. »Um was geht es denn?«

Sarah zuckte die Achseln. »Ich versuche, die Wahrheit über Peters Tod herauszufinden. Ich bin … ich meine, wir sind … nicht davon überzeugt, dass es ein zufälliger Angriff gewesen ist.«

»Und deswegen kommst du extra den ganzen Weg bis nach Brisbane?« Hayley sah sich im Park um. »Ich sag euch was: Ich bin gerade auf dem Weg zurück ins Büro. Warum kommt ihr beide nicht mit mir, dann können wir uns in Ruhe unterhalten?«

Hayley hielt die Bürotür für Dan und Sarah auf. Nachdem sie wieder ins Schloss gefallen war, schaute sich Hayley kurz in dem kleinen Büro um, ging zu einem Beistelltisch und begann, Unterlagen und Nachschlagewerke zu stapeln.

»Okay, Sarah«, sagte sie schließlich und reichte ihr einen Ordner mit Dokumenten. »Das hier ist alles, was ich bisher zu Delaney zusammengetragen habe. Wenn du willst, kannst du den Kopierer dort drüben benutzen. Tut mir leid, es ist ein bisschen eng hier, aber ich bin ehrlich gesagt froh, überhaupt ein Büro zu haben.«

»Das ist schon in Ordnung, mach dir keine Sorgen«, antwortete Sarah, als sie sich einen Stuhl heranzog und begann, die Unterlagen zu überfliegen.

Dan schlenderte zum Fenster und sah hinaus. Die Klimaanlage vertuschte die Tatsache, dass die Außentemperatur über fünfunddreißig Grad Celsius betrug. Er drehte sich um und lehnte sich gegen die Fensterbank. »Was weißt du über Delaney Energy?«, fragte er Hayley. »Hat die Firma hier großen Einfluss?«

Hayley nickte. »Allerdings. Alleininhaber ist ein Mann namens Morris Delaney. Er erweckt gerne den Eindruck, dass er eine Art Philanthrop ist. Du weißt schon, spendet Geld für verschiedene Kunstveranstaltungen und für ein paar Wohltätigkeitsorganisationen, die im Fokus der Öffentlichkeit stehen. Natürlich geht es nur darum, Werbung für sein Unternehmen zu machen.« Sie ging um den Schreibtisch herum, ließ sich auf ihren Bürostuhl fallen und deutete Dan an, dass er sich ihr gegenübersetzen sollte, bevor sie fortfuhr. »Sein Vater besaß Minenanteile in Südaustralien. Als er vor vierzig Jahren starb, erbte Morris Delaney das Unternehmen und hat fortlaufend mehr und mehr Vermögenswerte erworben. Er ist ein gerissener Geschäftsmann, doch es gibt Gerüchte, dass er dabei äußerst brutal vorgehen soll. Allerdings würde darüber niemand mit den Medien sprechen – sie haben zu viel Angst.«

Sarah ging zu Hayleys Schreibtisch hinüber und begann, in dem Bündel mit Peters Vorlesungsunterlagen zu blättern. »Das sind die Unterlagen, die mir Peter geschickt hat, kurz bevor er ermordet wurde«, sagte sie. »Wir versuchen immer noch herauszufinden, was genau er untersucht hat, aber es gibt darin einen Begriff, der regelmäßig auftaucht ... Weißes

Gold. Besonders in Pulverform. Hast du diesen Begriff jemals im Zusammenhang mit Delaney gehört?«

Hayley schüttelte den Kopf. »Nein … kann mich nicht erinnern, dass ich das hätte. Wofür soll es denn gut sein?«

Dan hob die Schultern. »Wir sind noch nicht sicher. Wir haben mit einem unserer Freunde in England gesprochen, der behauptet, dass es etwas mit alternativen Energien zu tun haben könnte.« Er streckte die Beine aus. »Allerdings nichts in der Richtung von Windparks oder Ähnlichem. Und allem Anschein nach soll es dieses Zeug richtig in sich haben, wenn es in großem Maßstab hergestellt werden kann.«

Hayley drehte sich mit ihrem Stuhl herum und begann, einen Haufen loser Papiere zu durchsuchen, bis sie eine weiße Karte aus einer Akte herauszog. »Das könnte helfen, etwas Licht ins Dunkel zu bringen … zumindest, was Delaney betrifft«, sagte sie und schob die Karte über den Schreibtisch zu Dan.

Er nahm sie in die Hand und las den verschnörkelten Text. Es war eine Einladung zu einer Pressekonferenz, die Morris Delaney für diesen Abend angesetzt hatte. Dan deutete mit der Karte auf Hayley. »Gehst du nicht hin?«

»Zur Hölle, natürlich!« Sie grinste. »Die Einladung ist für einen Kollegen von mir, aber irgendetwas ist gestern im hohen Norden von Queensland passiert und er ist dort hingefahren, um einen Bericht für unsere Sechs-Uhr-Nachrichten zu erstellen.« Sie wandte sich an Sarah. »Es tut mir leid … ich habe nur die eine. Willst du darum kämpfen?«

Dan lächelte. »Nicht nötig, ich werde gehen.«

Sarah sah abrupt auf und starrte ihn an. »Ich bin hier der Journalist von uns beiden.«

Dan zuckte die Achseln. »Und genau aus diesem Grund wirst du nicht hingehen. Ich möchte mir ein Bild davon machen, was dieser Delaney für einen Charakter hat, und ihn nicht warnen, dass wir hinter ihm her sind. Ich weiß doch, dass du dich nicht zurückhalten könntest, ein paar pikante Fragen zu stellen.«

Sarah zuckte mit den Schultern. »Okay, dann gehst eben du. Ich werde in der Zwischenzeit versuchen, herauszufinden, ob es irgendeinen Zusammenhang zwischen Peters Notizen und Hayleys Informationen gibt.« Sie verstaute die gesamten Unterlagen in ihrer Tasche. »Ich bin von diesem Kerl fasziniert – er hat auf seinem Weg über die Jahre Gerichte und vieles mehr manipuliert. Hier drin muss doch ein Hinweis zu finden sein, worum es ihm tatsächlich geht.«

Hayley nickte und sah dann auf ihre Uhr. »Was ich recherchiert habe, enthält mehr Informationen als das, was du im Internet über ihn findest. Vielleicht verschafft dir das ja einen kleinen Vorteil«, sagte sie. »Es tut mir wirklich leid, aber ich muss euch jetzt rausschmeißen. Ich muss mich für unsere Sechs-Uhr-Sendung fertigmachen und ein Team für die Pressekonferenz zusammenstellen. Gibt es im Hotel irgendeinen Ort, wo ihr weiterarbeiten könnt?«

Dan nickte. »Sie haben dort ein Geschäftszentrum, das wir mitbenutzen dürfen.« Er stand auf, als sich Hayley erhob, um das Zimmer zu verlassen. »Danke für deine Hilfe.«

Hayley lächelte ihn und Sarah an, als sie die Tür für sie offen hielt. »Hey, das ist das Mindeste, was ich für euch tun konnte … und für Peter. Viel Glück.«

»Und … hat es etwas gebracht?«

Sie gingen die Southbank entlang, während eine Fähre auf dem schlammfarbenen Fluss an ihnen vorbeizuckelte. Dan war ein kurzes Stück vorgelaufen und stoppte jetzt, um Sarah anzusehen.

Sie holte auf und blieb dann vor ihm stehen. »Ein wenig. Ich habe es geschafft, so etwas wie Ordnung in Peters Notizen reinzubringen, aber ich habe das Gefühl, das es da einigen Nachholbedarf gibt. Das ist mir alles immer noch viel zu unübersichtlich.«

Sie trat zur Seite, um einen Radfahrer vorbeizulassen. Instinktiv presste sie ihre Tasche fester an den Körper. »Ich denke, ich gehe ins Hotel zurück und versuche, auch den Rest zu ordnen. Man könnte zum Beispiel die Unterlagen in eine zeitliche Reihenfolge bringen, damit wir aus den Informationen, die wir haben, mehr herausholen können.«

Dan nickte. »Okay, und ich gehe dann mal zu Delaneys Pressekonferenz rüber. Ich möchte mir einen persönlichen Eindruck von ihm verschaffen. Das ist besser, als sich die ganze Zeit auf Fotos zu verlassen.«

Sarah blickte kurz zum Fluss hinüber und dann wieder auf Dan. »Benimm dich einfach«, sagte sie, während sie ihre Tasche über die Schulter schwang und sich auf den Weg zurück ins Hotel machte. »Und denk dran, dass du mir ein paar Kanapees mitbringst!«

KAPITEL 15

:

Dan wandte sich nach rechts und begann, die Straße hochzuschlendern, seine Jacke lässig über den Arm gelegt. Er fand es wenig sinnvoll, in der Hitze des Sommerabends zu hetzen.

Verwundert bemerkte er, wie schnell die Dunkelheit die Stadt einhüllte. Während er durch die botanischen Gärten spazierte, hörte er, begleitet vom stetigen Verkehrslärm, das Geschnatter von Opossums und Flughunden. Zikaden zirpten laut – ein natürliches, angenehmes Geräusch, das in der feuchten Luft allgegenwärtig war.

Als er sich dem Universitäts- und Regierungsgebäudekomplex näherte, griff er in seine Jacke und zog die Presseeinladung heraus, die Hayley ihm überlassen hatte. Sie hatte gemeint, dass nur wenige Einladungen an Leute außerhalb von Delaneys innerem Kreis ausgegeben worden waren.

Er bog nach links, in die Fußgängerzone des Universitätskomplexes. Allmählich wurde er langsamer und blieb dann vor dem staatlichen Regierungsgebäude stehen. Es gab keine Schlange, in die er sich einreihen musste – die geladenen Gäste wurden sorgfältig und effizient abgefertigt. Die Einladungen wurden überprüft und die Teilnehmer durch einen Metalldetektor geschleust, auf dessen Rückseite für den Fall der Fälle zwei Spürhunde mit ihren Hundeführern bereitstanden.

Dan hielt die Einladung zwischen den Zähnen und legte sich die Jacke über die Schultern. Er musste vorsichtig sein. Das Letzte, was er wollte, war, Delaney auf sich aufmerksam zu machen. Er plante, im Hintergrund zu bleiben, möglichst weit außerhalb des Rampenlichts. Bloß als flüchtiger Beobachter. Zur Lockerung ließ er ein paar Mal seine Schultern kreisen, nahm die Einladung aus dem Mund und schlenderte über den Vorplatz zum Eingang.

Dort nickte er dem Sicherheitsbeamten an der Tür zu und reichte ihm seine Einladung. Der Mann lächelte höflich und wandte sich kurz ab, bevor er Dan einen kleinen Plastikkorb entgegenhielt.

»Sir, falls Sie irgendwelche Schmuckstücke, Münzen oder andere Metallgegenstände am Körper tragen, könnten Sie diese bitte in den Korb legen, bevor Sie durch den Metalldetektor gehen?«

Dan grinste, streifte seine Uhr vom Handgelenk und nahm das Wechselgeld aus den Hosentaschen. Der Türsteher warf einen kurzen Blick darauf, entdeckte im Korb nichts Interessantes und übergab ihn an seinen Kollegen auf der anderen Seite der Sicherheitsbarriere. Dann drehte er sich wieder zu Dan um und runzelte die Stirn.

Dan starrte ihn an. »Was ist?«

Der Türsteher lächelte verlegen. Er griff in seine Hosentasche, zog ein Papiertaschentuch heraus und hielt es Dan hin. »Sir, würden Sie bitte auch noch Ihren Kaugummi entfernen?«

Dan hob die Augenbraue, zuckte mit den Achseln, spuckte den Kaugummi in das Taschentuch und gab es dem Sicherheitsmann zurück.

»Aber nicht alles auf einmal aufessen«, sagte er und schritt durch den Metalldetektor.

Der Wachmann hinter dem Detektor reichte Dan den kleinen Korb zurück und deutete zur Seite, damit Dan seine Habseligkeiten verstauen konnte, ohne die nächsten Ankömmlinge zu behindern.

Während er seine Uhr wieder festband, ließ Dan seinen Blick durch den Eingangsbereich schweifen. Er nickte kurz, als sich ihm ein Mitarbeiter mit ausgestrecktem Arm näherte und in Richtung des Empfangsbereichs deutete.

»Sir, die Pressekonferenz wird in einer halben Stunde beginnen, wenn Sie vorher noch eine Kleinigkeit trinken möchten …«, sagte er. »Die Bedienung wird sich gerne um Sie kümmern.«

Dan betrat durch eine breite Tür einen großen, aufwendig dekorierten Raum, der sowohl von glitzernden Kronleuchtern als auch von hell strahlenden Studioscheinwerfern, die an der Türseite aufgestellt waren, beleuchtet wurde. Vor einer Reihe von Kameras und Mikrofonständern stand ein einzelnes Rednerpult aus dunklem Holz. Ein tiefblauer Hintergrund, auf dem silbern das Firmenlogo von Delaney prangte, schimmerte im blendenden Licht der Scheinwerfer.

Neben Dan hielt ein Kellner an, der ein Tablett mit Getränken trug, und deutete fragend auf die Auswahl auf seinem Tablett. Dan nickte und griff nach einem großen Glas mit eiskaltem Bier. Er trank einen Schluck, genoss die kühle Flüssigkeit und löste dann seine Krawatte ein wenig. Während er sich im Raum umschaute, bemerkte er, dass die Leute bereits ihre Plätze einnahmen.

Er lächelte und zwinkerte Hayley zu, als sie mit einem Arbeitskollegen an ihm vorbeiging. Hayley lächelte zurück, war aber mitten ins Gespräch vertieft und wurde von ihrem

Gesprächspartner an ihm vorbei auf einen Sitz in der ersten Reihe gezogen.

Dan sah sich um und beschloss, dass er als unbeteiligter Beobachter genauso gut auch in einer der hinteren Reihen Platz nehmen konnte. Er suchte sich einen Stuhl aus, lächelte kurz dem Paar neben sich zu und ließ dann seinen Blick durch den Raum gleiten.

Stille breitete sich aus, als ein großer, dünner Mann in einem Anzug auf das Rednerpult zuging. Dan beobachtete, wie der Mann um einige Kabel auf dem Boden tänzelte und anschließend die Höhe des Rednermikrofons einstellte. Endlich war er mit den Veränderungen zufrieden, sodass er dem Publikum seine volle Aufmerksamkeit schenkte und mit einer Handbewegung um Ruhe bat.

»Bitte, meine Damen und Herren, bitte.« Er sprach die versammelten Pressevertreter direkt an. Die murmelnden Gespräche im Raum machten einer erwartungsvollen Stille Platz. »Mr. Delaney wird in Kürze zu uns stoßen. Er wird eine zehnminütige Präsentation halten, bevor wir anschließend eine kurze Frage- und Antwort-Runde durchführen werden«, erklärte der dünne Mann. Er warf den Besuchern einen prüfenden Blick zu. »Ihre Fragen sollten sich ausschließlich auf das neue Joint Venture und die Kohle-Konferenz nächsten Monat in Sydney beziehen.«

Die meisten Pressevertreter im Raum brachen in ein kollektives Raunen aus. Der große, dünne Mann blickte sie über seine Brille hinweg an.

»Meine Damen und Herren, wir sind es nicht gewohnt, Fragen zweifelhaften Charakters zu diskutieren, also verschwenden Sie damit bitte weder unsere Zeit noch die Ihrer

Kollegen.« Er zog leicht den Kopf ein. »Danke«, schloss er und verließ in einem kleinen Bogen das Rednerpult wieder.

Dan rutschte unbehaglich auf seinem Stuhl hin und her. Der Geräuschpegel im Raum begann wieder anzusteigen, als die Leute ungeduldig wurden. Nach ein paar Minuten ging ein Mann an der vorderen Reihe von Reportern vorbei und stellte sich hinter das Rednerpult. Dan beobachtete ihn dabei, wie er die Menge inspizierte.

Er sah wie ein König aus, der seine Untertanen taxierte. Groß gewachsen – ein robuster, kraftvoller Mann mit einer Mähne aus dichtem, weißem Haar. Sein Gesicht war von Falten durchzogen und gebräunt. Dan schätzte sein Alter auf irgendetwas in den Sechzigern, war sich aber nicht sicher – denn wenn der Kerl viel Zeit auf seiner Yacht in der Sonne verbrachte, dann mochte er auch durchaus jünger sein. Es war wirklich schwer zu sagen. Er bewegte sich, als ob ihm der Raum gehören würde. Angesichts der Zahl an pressefremden Teilnehmern, die ihn alle unterstützten und dem selbstbewussten Hünen am Rednerpult verpflichtet waren, schätzte Dan, dass das durchaus der Fall sein konnte. Sporadischer Beifall begrüßte ihn, bevor im Raum Stille einkehrte.

»Meine Damen und Herren, ich danke Ihnen«, sagte der Mann. Seine Stimme klang weich, beruhigend und kraftvoll zugleich – ein tiefer Bariton, der im Raum nachhallte.

»Für diejenigen von Ihnen, die mich nicht kennen, ich bin Morris Delaney und ich bin der stolze Besitzer der Delaney Energy Corporation … neben einigen anderen Unternehmen natürlich«, schmunzelte er. Vereinzelt hörte man zustimmendes Gelächter, das aber schnell wieder versiegte.

Delaney quittierte die Unterstützung mit erhobener Hand.

»Wir sind heute hier, um das neue Joint Venture zwischen mir und meinem guten Freund und Geschäftspartner Stephen Pallisder zu feiern. Gemeinsam sind wir nun in der Lage, durch unser kombiniertes Kohle- und Eisenbahnkonsortium in den kommenden zwei Jahren geschätzte siebenhundertfünfzig Millionen Dollar zusätzliches Geschäftsvolumen in diesen Staat zu bringen.«

Während Delaneys Anhänger in diesem Moment in donnernden Applaus ausbrachen, hielt die Kamera voll auf die Teilnehmer.

Dan beugte sich nach vorn und ließ seinen Blick über die Besucher schweifen. Die meisten schienen von Delaney begeistert zu sein. Er vermutete, dass fast alle von denen ein berechtigtes Interesse an Delaneys Erfolg bei diesem Projekt hatten, sowie am Erfolg der anderen Unternehmungen, die er in der Hinterhand hatte. Er konnte nicht anders, als sich zu fragen, wer in diesem Raum neben Delaney noch auf Mord zurückgreifen würde, um sicherzustellen, dass seine Investitionen erfolgreich bleiben würden.

»Das Joint Venture wird dazu beitragen, saubere Kohle-Technologie in diesem Staat dauerhaft zu etablieren«, fuhr Delaney fort. »Nicht nur, dass diese Technologie die Jobs in Australien weiter sichern wird, sie bietet uns darüber hinaus enorme Exportmöglichkeiten. Möglichkeiten, die für immer verloren gehen würden, wenn wir den Umweltpanikmachern folgen, die Solar- und Windenergie als Zukunft für unser Land anpreisen.« Er hielt inne und saugte den Applaus in sich auf.

Dan hörte kaum noch zu, als Delaney fortfuhr, das Joint Venture an die Presse zu verkaufen, und schließlich seinen

Pressesprecher heranwinkte, um eventuelle Fragen zu beantworten.

Der große, dünne Mann kehrte zum Rednerpult zurück und warf den versammelten Gästen einen warnenden Blick zu. »Meine Damen und Herren, heben Sie bitte Ihre Hände, wenn Sie irgendwelche Fragen zum Joint Venture haben. Wir werden in der uns noch zur Verfügung stehenden kurzen Zeit so viele wie möglich davon beantworten.«

Dan ließ seine Gedanken fließen. Es schien, als ob die meisten Medienvertreter Delaneys Geschäftsgebaren stillschweigend hinnahmen und sich lieber auf den Nutzen seines Projektes für den Arbeitsmarkt und die Staatseinnahmen konzentrierten.

Dans Aufmerksamkeit kehrte zurück, als Delaney seine Hände hob, in die Menge grinste und das Rednerpult verließ. Er verschwand durch eine getäfelte Tür, dicht gefolgt von seinen Begleitern.

Dan wartete, bis das Publikum aufgestanden war und aus dem Konferenzraum hinaus zurück in den Empfangsbereich strömte. Ein Streichquartett fing zu spielen an, und als er durch die Glastür blickte, entdeckte er die gleichen Kellner, die zwischen den Teilnehmern herumliefen, um sicherzustellen, dass jeder ein Getränk hatte. Er folgte den anderen Gästen durch die Tür und beschloss, für diesen Tag Feierabend zu machen. Am Haupteingang nickte er dem Sicherheitsbeamten zu und trat in die heiße, feuchte Nachtluft hinaus.

Eine plötzliche Bewegung am gegenüberliegenden Ende des Vorplatzes erregte seine Aufmerksamkeit. Er blinzelte hinüber, musste dann aber ein zweites Mal hingucken. Das musste ein Geist sein. Er starrte den Mann im T-Shirt und den Boardshorts an, der sich gegen das schmiedeeiserne Geländer gegenüber dem Regierungsgebäude lehnte.

Der Mann signalisierte Dan, nicht zu reagieren, stattdessen nickte er kurz in Richtung der Eingangstür. Dan warf einen vorsichtigen Blick über die Schulter. Ein Sicherheitsbeamter ließ seinen Blick über die kleine Gruppe von Leuten gleiten, die aus der Pressekonferenz geströmt waren und jetzt herumliefen, wobei sie Visitenkarten tauschten und sich verabschiedeten. Dan sah wieder nach vorn, doch der Mann war verschwunden. In seinem Kopf drehte sich alles.

Das war Mitch!

Er hatte ihn seit drei Jahren nicht mehr gesehen und er sah aus, als hätte er noch deutlich mehr Schläge einstecken müssen, als die, die sie zusammen im Irak erlitten hatten, doch Dan war sich trotzdem sicher. Er drehte den Kopf nach links, zurück in Richtung der Hauptstraße. Der Mann tauchte wieder auf und gab Dan ein Zeichen, ihm zu folgen.

Was zur Hölle war hier los?

KAPITEL 16

Dan bog um die Ecke. Vor sich sah er den Mann die Straße hinuntergehen. Er beschleunigte sein Tempo. Der Mann verschwand in einem verborgenen Eingang zum Park. In der einen Minute lief er noch den Bürgersteig entlang, in der nächsten war er plötzlich wie verschluckt.

Dan fing jetzt zu laufen an, sodass seine Jacke im Wind flatterte. Er erreichte den Parkeingang und trat durch das unbeleuchtete Tor. Schnell nahm er seine Krawatte ab und steckte sie in die Jackentasche. Es gab keinen Grund, einem potenziellen Angreifer eine nützliche Waffe zur Verfügung zu stellen. Er blinzelte und wartete darauf, dass sich seine Augen nach der hell erleuchteten Straße an die Dunkelheit gewöhnten.

»Hier«, flüsterte eine Stimme rechts von ihm.

Dans Kopf wirbelte herum. Er sah genauer hin und entdeckte eine schattenhafte Gestalt, die aus einem weiteren schmalen Weg heraustrat. »Mitch?«

Ein großer, schlaksiger Mann kam mit einem breiten Grinsen auf dem Gesicht auf ihn zu. »Schön, dich zu sehen, Dan. Was zur Hölle machst du denn hier in Brisbane?«

Dan lächelte und die beiden Männer schüttelten sich die Hände. »Lange Geschichte. Und du?«

Mitch tat die Frage mit einer Handbewegung ab. »Dies und das. Vor allem habe ich versucht, mich von Ärger fernzuhalten.«

»Klingt nicht nach dir«, sagte Dan.

»Nun ja. Die Zeiten ändern sich, weißt du.«

Mitch entfernte sich ein paar Schritte von Dan und spähte über die Schulter zurück zum Tor.

Dan folgte seinem Blick. »Was ist los?«

»Nichts«, sagte Mitch. »Ich wollte nur kontrollieren, dass dir niemand gefolgt ist.«

Dan sah den anderen Mann an. »Wie ist es dir ergangen, Mann? Ich habe dich nicht mehr gesehen, seit uns die Sanitäter damals evakuierten.«

Mitch zuckte mit den Schultern. »Gar nicht so schlecht, wenn man es genau nimmt. Ich hinke ein wenig und auf dem einen Auge kann ich nichts mehr sehen. Ich hätte wahrscheinlich das Spiegelbild deiner Narben bekommen, wenn ich direkt neben dir gestanden hätte.«

Dan sah auf seine Füße hinunter und fragte sich, wie kurz nach dem Einschlafen wohl in dieser Nacht die Albträume zurückkehren würden.

»Was ist mit dir, Dan? Bist du okay?«

Dan schüttelte den Kopf. »Nicht wirklich, Kumpel, nein.« Er hob seine Schultern. »Du weißt, wie es sein kann.«

Mitch nickte. »Und was machst du auf dieser Seite der Welt?«

Dan grinste. »Surfen lernen.«

Mitch schnaubte. »Blödsinn.«

Er blickte sich um, dann zurück auf Dan. »Zeit für einen Drink?«

»Immer«, antwortete Dan. »Allerdings irgendwo, wo es ruhig ist, okay? Ich fühle mich für die meisten Bars hier ein bisschen zu alt.«

Mitch grinste. »Ich weiß, was du meinst. Komm mit, es gibt da weiter unten am Fluss ein Hotel. Die haben im Innenhof eine versteckte Bar, in die nur die Stammkunden dürfen.«

»Das ist jetzt also deine Welt?«, fragte Dan, als er Mitch auf einem kurvenreichen Weg folgte, der sich parallel zur Hauptstraße schlängelte.

»Zur Hölle, nein«, grinste Mitch. »Ich weiß halt nur, dass ich so aussehen muss, als würde ich dazugehören. Mach dir keine Sorgen, verglichen mit zu Hause, sind sie hier fast überall deutlich entspannter.«

»Sieht ganz so aus«, meinte Dan und starrte auf Mitchs Outfit, das aus Hemd, Boardshorts und Sandalen bestand.

Fünf Minuten später tauchte Mitch in eine kleine Gasse hinter einer Reihe von Geschäften ein. Der Weg öffnete sich auf einen gepflasterten Hof mit einem Brunnen und einer Bronzestatue in der Mitte. Auf der linken Seite führte eine Tür zu einer kleinen Bar. Dan betrachtete das Schild über der Tür.

Nur für Stammgäste.

Mitch folgte seinem Blick und winkte mit einer Handbewegung ab. »Nun, dann sind wir jetzt also Stammgäste«, grinste er und ging zur Bar. Er bestellte zwei Flaschen Premium Lager, nachdem er entschieden hatte, dass das Fassbier eine Beleidigung für seine Geschmacksknospen sein würde. Er reichte eine Flasche Dan.

»Auf bessere Zeiten«, sagte er und hielt Dan sein Bier zum Anstoßen entgegen.

Dan stieß an, antwortete aber nichts.

»Setzen wir uns doch dort in die Ecke«, schlug Mitch vor und ging voran.

Er wählte zwei Sessel, von denen aus man die drei vorhandenen Eingänge zur Bar im Blick behalten konnte – einer vom Hof aus, einer von der Straße aus und ein weiterer, der aus dem Hotel heraus führte. Er forderte Dan auf, Platz zu nehmen. Dan grunzte zustimmend. Alte Gewohnheiten starben nie: Den Rücken immer an der Wand halten und jede potenzielle Bedrohung im Blick haben.

Dan nahm einen tiefen Schluck des eiskalten Bieres und stellte die Flasche auf den kleinen Tisch vor ihnen. »Also«, sagte er. »Du hast noch nicht erzählt, weswegen du dich hier herumtreibst. Wie kommt es, dass du dich so für die Pressekonferenz von heute Nacht interessiert hast?«

»Ich könnte dich das Gleiche fragen«, antwortete Mitch und beobachtete die anderen Leute in der Bar.

»Ich habe aber zuerst gefragt.«

Mitch lächelte. »Nachdem ich nach Hause geschickt worden war, gab es nicht mehr viel, für das ich noch zu gebrauchen gewesen wäre. Also hat mich die Army frühzeitig pensioniert. Ich konnte mir eben nicht einmal vorstellen, dort für den Rest meines Lebens in einem Büro zu versauern. Unabhängig davon, dass ich nicht derjenige sein wollte, der Leute wie dich und mich losschickte, um meinen alten Job zu machen.« Er hielt inne. »Wir waren verdammt gut, weißt du.«

Dan blickte finster vor sich hin. »Nicht gut genug.«

Mitch zuckte die Achseln. »Mag sein … aber wie ich schon sagte, ich bin nicht gut darin, auf meinem Hintern sitzen zu bleiben. Also habe ich mich hier drüben für ein paar Jobs beworben. Sicherheitsdienst und so was eben.«

Dan starrte ihn an. »Sicherheitsdienst? Welcher Art denn? Bodyguard für Delaney?«

Mitch schüttelte den Kopf und hob beschwichtigend seine Hand.

»Kannst du bitte etwas leiser sprechen? Verdammt, du würdest nicht glauben, wen dieser Mann alles in der Tasche hat.« Er nahm einen Schluck Bier und begann, das Etikett an der Flaschenseite nervös abzuknibbeln.

Dan beobachtete ihn dabei. »Du weißt aber schon, was meine alten Armee-Psychologen jetzt dazu sagen würden oder? Ein deutlicher Hinweis darauf, dass jemand der Wahrheit ausweicht oder Zeit gewinnen will.«

Mitch ließ die Flasche los und rollte mit den Augen. »Da spricht der Experte.«

Dan zuckte mit den Achseln. »Ich sag's ja nur. Ich habe in den letzten paar Jahren mit genug von denen zu tun gehabt.« Er nahm sein Bier und rieb mit dem Daumen über das Kondenswasser, das sich auf der Flasche gebildet hatte. »Erzähl einfach weiter, Mitch.«

Der sah sich um, dann legte er seine Ellbogen auf die Knie und beugte sich vor. Er senkte seine Stimme. »Geheimdienst«, murmelte er. »Ich helfe ihnen bei Überwachungen und Ähnlichem.«

Dan hob eine Augenbraue. »Jetzt echt?«

Mitch nickte.

»Wie ist das so?«, fragte Dan.

Mitch deutete auf sein Outfit. »Schlägt jede anständige Arbeit«, grinste er.

Dan brach in schallendes Gelächter aus. Während er aufstand, zeigte er auf Mitchs Bierflasche. »Noch eine davon?«

Mitch nickte. »Klar doch. Dann können wir weiter Erfahrungen austauschen.«

Dan ging zur Bar, bezahlte mit einem der roten Dollarscheine und nahm die Biere mit zurück an den Tisch. Er reichte Mitch eine Flasche und schaute reumütig auf das Wechselgeld in seiner Hand.

»Ich dachte, Bier wäre hier günstiger«, sagte er.

Mitch grinste und hielt seine Flasche hoch. »Nicht, wenn du dieses Bier trinkst. Und nicht, wenn du es hier trinkst.«

Dan steckte die losen Münzen ein und setzte sich. »Okay. Was hast du bisher über Delaney herausgefunden?«

»Ich werde mich kurzfassen. Das meiste davon wirst du ohnehin schon selbst herausbekommen haben.« Mitch rutschte bei dem Versuch, es sich etwas gemütlicher zu machen, im Sessel hin und her.

»Delaney besitzt mehrere große Bergbauunternehmen in Australien. Die hiesige Regierung erlaubt es niemandem, neue Kohlekraftwerke zu bauen, allerdings erlaubt sie es bestimmten Organisationen, Kraftwerke mit »sauberer Kohle« zu bauen. Das sind die, die überschüssiges Kohlendioxid unter der Erde lagern. Das ist im Prinzip ein Balanceakt – es macht die Bergbau-Unternehmen glücklich – jemand verbrennt immer noch ihre Kohle – und es hilft gleichzeitig, die Umweltschützer zu besänftigen, indem man es ihnen als »grüne Energie« anpreist. Am Ende des Tages ist es aber nur ein weiteres Beispiel für Politiker, die ihre Köpfe in den Sand stecken. Die Vorkommen an Kohle, Öl, oder was auch immer, werden irgendwann erschöpft sein und dann wird es erst richtig teuer. Sie können an der Oberfläche nur eine bestimmte Menge Kohle abbauen, bevor sie unter die Erde gehen müssen, das wiederum kostet mehr Geld.«

»Deswegen gibt es also Bergbau-Betreiber wie Delaney, die ihre Saubere-Kohle-Projekte ganz schnell durchdrücken können, weil niemand eine bessere Alternative auf den Tisch packen kann. Es hat schon etwas von einem Schwanengesang und dem Versuch, möglichst viel Geld zu bunkern, bevor alles den Bach runtergeht.« Mitch machte eine Pause und nahm einen Schluck Bier, dann fuhr er fort. »Dazu kommt noch, dass auf der ganzen Welt Wissenschaftler mit den Eigenschaften von supraleitenden Edelmetallen experimentieren. Natürlich lassen die Öl- und Bergbauunternehmen sie forschen, allerdings nur solange, bis ihre eigene Existenz bedroht ist. Dann werden sie jeden vernichten, der sich ihnen in den Weg stellt, sei es durch Diskreditierung der Forschungsarbeiten oder durch etwas Teuflischeres.«

Dan stellte seine Bierflasche auf den Tisch und setzte sich in seinen Sessel zurück.

»Das ist ziemlich genau das, was ich mir schon gedacht habe«, meinte er. Er berichtete Mitch grob über die Informationen, die Sarah und er bisher herausgefunden hatten.

Mitch nickte. »Ich könnte etwas Hilfe gebrauchen, wenn du interessiert bist«, sagte er.

»Was springt dabei für dich raus?«, fragte Dan.

»Sag mir, was du weißt, und ich werde dir den Rücken freihalten«, schlug Mitch vor. »Und ich könnte wahrscheinlich die von dir benötigten Informationen beschaffen, ohne allzu viel Aufsehen dabei zu erregen.«

Dan nippte an seinem Bier und dachte intensiv nach. Es ergab Sinn – er und Sarah würden nicht mehr weit kommen, bevor sie in eine Sackgasse geraten mussten, so viel war klar. Und es wäre sicherlich hilfreich, über Mitch Zugang zu geschützten Informationen zu erlangen.

»Wir müssen mit Sarah reden und ihr erklären, was wir vorhaben«, antwortete Dan schließlich. »Das ist nur fair: Immerhin war es ihr Ex-Mann, der uns überhaupt erst auf diese Spur gebracht hat.«

»Das sehe ich ein«, Mitch nickte. »Ich hätte auch nichts dagegen, mir mal seine Notizen anzusehen.«

Dan stellte seine leere Flasche auf den Tisch zurück. »Nun, so wie sie vorhin geklungen hat, klebt sie wahrscheinlich immer noch mit ihrer Nase am Computer-Bildschirm: Du kannst also genauso gut mit mir zurück ins Hotel kommen«, sagte er, während er sich aufrichtete.

Mitch leerte sein Bier, stand ebenfalls auf und streckte sich.

»Dann mal los.«

KAPITEL 17

Dan trat durch die automatischen Glastüren in den Empfangsbereich des Hotels und durchquerte ihn über den polierten Holzboden.

Mitch folgte ihm und schaute sich dabei in der Halle um. »Finanziell muss bei dir ja wohl alles in Ordnung sein, wenn du hier deine Zelte aufschlagen kannst«, sagte er.

Dan blickte über die Schulter, lächelte und schüttelte den Kopf. »Nicht im Geringsten. Sarah beabsichtigt, eine Story über unsere Ermittlungen zu schreiben, weswegen sie davon ausgeht, dass ihr Redakteur die Kosten übernehmen wird.«

Mitch schloss zu Dan auf, packte seinen Arm und brachte ihn zum Stehen. »Keiner hat irgendetwas darüber gesagt, dass sie das veröffentlichen darf, Dan.« Er sah sich um, um sicherzustellen, dass niemand zuhörte. »Nach dem, was du erzählt hast, könnten einige der Informationen in Peters Notizen als streng geheim eingestuft sein. Das verstehst du doch, oder?«

Dan beruhigte ihn. »Nun, wir sind damit ja auch nicht hausieren gegangen. Lass uns erst mal sehen, was wir überhaupt herausfinden, okay? Und dann können wir gerne darüber reden, was davon veröffentlicht werden darf und was nicht.«

Er entfernte sich zwei Schritte von Mitch, kehrte dann aber wieder zurück. »Ach, und Mitch? Ein freundschaftlicher Rat: Sag so etwas lieber nicht zu Sarah. Denn solltest du es machen, dann ist die Wahrscheinlichkeit ziemlich groß, dass du und ich diese Notizen nie wieder zu Gesicht bekommen werden.«

Mitch nickte. »Meinetwegen. Seid nur sehr vorsichtig, wer vom Inhalt dieser Unterlagen erfährt. Am besten niemandem zeigen, okay?«

Dan grinste ihn zustimmend an. »Dann komm jetzt. Ich wette, sie arbeitet immer noch an einem der Computer im Business Center.«

Mitch folgte ihm den Korridor entlang, der an einer mattierten Glastür endete. Dahinter waren die Umrisse einer Gestalt zu erkennen, die an einem niedrigen Schreibtisch saß.

»Warte kurz«, murmelte Dan und stieß die Tür auf.

»Hey«, sagte er, zog seine Jacke aus und schlenderte zu Sarah hinüber, deren Gesicht durch das Licht des Computerbildschirms angeleuchtet wurde. »Kanapees waren leider aus.«

Sarah blickte auf und lächelte. »Wenn ich mich auf dich verlassen hätte, um mich zu füttern, wäre ich jetzt zehn Kilo leichter.« Sie hielt einen leeren Teller hoch. »Zum Glück machen sie hier halbwegs anständige Sandwiches.« Sie stellte den Teller auf dem Schreibtisch und wandte sich wieder ihrer Arbeit zu.

Dan setzte sich auf einen Stuhl neben sie und blickte ihr über die Schulter. »Hattest du Glück?«

Sarah scrollte durch die Ergebnisse des letzten Suchbegriffes, den sie eingegeben hatte, drückte eine Taste und seufzte. »Ich wünschte, ich wüsste auch nur zur Hälfte, was dieses Zeug bedeutet. Es kommt mir vor, als würden wir uns ständig im Kreis drehen.«

»Vielleicht auch nicht«, sagte eine Stimme hinter ihnen.

Sarah drehte sich um und bemerkte einen dünnen, drahtigen, sonnengebräunten Mann mit einem goldenen Ohrring im linken Ohr, der Boardshorts und ein Surfer-T-Shirt trug. Er lehnte am Türrahmen und sah irgendwie genervt aus.

Sarah schaute Dan an. »Gehört er zu dir?«

Dan zuckte die Achseln.

»Ich bin dafür bekannt, dass ich ihn gelegentlich durchfüttere. Mitch, ich dachte, ich hätte gesagt, du sollst draußen warten?«

Der große Mann kam auf sie zu. »Ich weiß … ich habe mich gelangweilt.« Er streckte Sarah seine Hand entgegen. »Mitch Frazer.«

Sarah starrte Dan an und schüttelte dann Mitchs Hand. »Und du bist hier, weil …?«

Dan unterbrach sie. »Er ist unsere Geheimwaffe. Es gibt nur eine begrenzte Anzahl an Webseiten, die du durchsuchen kannst, bevor bei Delaneys Sicherheitsdienst die Alarmglocken losgehen. Du hättest die mal bei der Pressekonferenz herumwuseln sehen sollen. Gott allein weiß, wen der alles auf seiner Gehaltsliste hat. Mitch hier ist, was man einen Backdoor-Man nennen könnte. Jemand, der uns eine Hintertür zu Delaney öffnen kann.«

Sarah lächelte Mitch an, der sie angrinste, während er sich an ihren Computer setzte, dann wandte sie sich Dan zu und zog ihn in eine Ecke des Raumes.

»Woher genau kennst du Mitch?«, fragte sie leise.

»Aus Armeezeiten«, antwortete Dan, der das nicht näher ausführen wollte – ohne allerdings genau zu wissen, warum.

»Ich bin ihm nach Delaneys Presseshow über den Weg gelaufen. Und es stellte sich heraus, dass er hier für einige Leute arbeitet, die Delaney sehr genau überwacht sehen wollen. Ich dachte, wir könnten das auch gut für uns nutzen.«

Sarah verschränkte die Arme und starrte Dan intensiv an. »Und was springt dabei für ihn heraus? Wir erzählen ihm alles, was wir bisher erfahren haben?«

Dan nickte leicht. »Wir müssen Delaney stoppen, Sarah – ganz egal, was dafür notwendig ist. Wir überprüfen diese Unterlagen schon seit über einer Woche und sind bei dem Versuch, herauszufinden, was er tatsächlich vorhat, doch noch keinen Schritt weitergekommen, oder?«

Sarah ließ die Schultern hängen. »Ich weiß … wirklich, das tue ich. Es ist nur so … na ja, ich hatte gehofft, dass ich die Story allein knacken könnte.«

»Sarah, du weißt doch selbst genau, dass es hier nicht nur um eine Zeitungsstory geht. Delaney ist gefährlich. Wir müssen versuchen, ihn zu stoppen.«

»Jemand Lust auf eine Party?«

Dan und Sarah drehten sich gleichzeitig um, um Mitch verwundert anzuschauen.

Dan runzelte die Stirn. »Was?«

Mitch grinste und deutete mit dem Kopf zum Computerbildschirm. »Party. Bei Delaney. Morgen Nacht.«

Sarah sah Dan von der Seite her an. »Sollten wir?«

Dan zuckte die Achseln. »Wahrscheinlich, aber wie zum Teufel sollen wir da reinkommen?« Er warf Mitch einen Blick zu. »Was ist der Anlass?«

Mitch las vom Computerbildschirm ab. »Hier steht, dass er den Start des neuen Joint Ventures feiern will. Ist wahrscheinlich nur eine weitere Möglichkeit, den richtigen Leuten das Geld aus der Tasche zu ziehen, nachdem sie reichlich Gratisdrinks genossen haben.«

Dan ging zum Bildschirm hinüber und sah sich die Meldung an. »Wo hast du das gefunden?«

»Wichtiger noch«, warf Sarah ein, »ich dachte, du sollst uns bei unserer Recherche helfen und dich nicht auf den Klatschseiten herumtreiben?«

Mitch grinste und setzte sich an den Computer. Er scrollte die Webseite hoch, bis Dan ein vertrautes Werbebanner im oberen Teil des Bildschirms entdeckte.

»ABC-Webseite«, murmelte er und sah genauer hin. Dann warf er Sarah einen Blick zu. »Hier steht, dass Hayley diese Meldung vor einer halben Stunde online gestellt hat.«

Sarah lächelte. »Und du willst sicherlich, dass ich herausfinde, ob sie uns dort reinbringen kann, oder?« Sie hatte ihr Handy bereits aus der Tasche gezogen. »Ich hoffe nur, sie kommt nicht auf die Idee, dass wir jetzt für jede Veranstaltung in der Stadt Einladungen haben wollen.«

Dan grinste und schlug Mitch auf den Rücken. Er senkte seine Stimme, wusste, dass Sarah im Hintergrund mit ihrem Handy telefonierte. »Das wäre die perfekte Gelegenheit, sich in Ruhe umzusehen.«

Mitch nickte. Aus dem Augenwinkel schaute er zu Sarah. »Du weißt aber schon, dass es schwer bewacht werden wird?«

Dan lächelte. »Ich liebe Herausforderungen.«

KAPITEL 18

»Um Himmels willen, Mitch – wo hast du denn den Anzug her?«, lachte Dan.

Mitch schaute verletzt drein und zeigte auf Sarah. »Sie hat mich dazu gezwungen.« Er betrachtete sein Outfit. »Ich kann mich nicht daran erinnern, wann ich das letzte Mal meine Beine nicht gesehen habe.«

Sarah verdrehte die Augen, packte seinen Arm und schob ihn in Richtung Aufzug. »Auf keinen Fall lasse ich dich da in Boardshorts reinmarschieren. Wir wollen uns möglichst unauffällig verhalten, erinnerst du dich?« Sie wartete, bis alle den Fahrstuhl betreten hatten und drückte dann den Knopf für die Tiefgarage.

Mitch sah Dan an, der nur mit den Schultern zuckte.

»Sie ist der Boss. Du machst besser, was dir gesagt wird«, meinte er und betrat die Tiefgarage.

»Hilf mir«, flehte Mitch, als Sarah ihn aus dem Aufzug und zum Wagen schleppte.

Dan fuhr das Auto in nördliche Richtung und innerhalb einer halben Stunde ließen sie die hellen Lichter der Stadt hinter sich. Die zweispurige Autobahn wurde zur Landstraße und Dan überprüfte das GPS – sie fuhren nach Westen, weg von den städtischen Außenbezirken. Große Grundstücke säumten jetzt die Straßen. Nur die Briefkästen am Ende der langen, versteckten Einfahrten deuteten darauf hin, dass jemand in dieser Gegend wohnte. Er bog nach links auf eine dunkle Landstraße ab und wurde instinktiv langsamer, weil er sich fragte, welchen Schaden der Zusammenstoß mit einem Wallaby an ihrem Auto anrichten könnte. Er sagte nichts, sondern fuhr einfach und hörte, wie das Geplänkel zwischen Sarah und Mitch abebbte, als sie es sich bequem machten. Sein Adrenalinspiegel stieg an. Dan hatte keine Ahnung, wie Delaney reagieren würde, wenn er herausfinden sollte, dass gerade sie sich während der Party in seinem Haus aufhalten würden.

Mitch fing auf dem Rücksitz zufrieden zu schnarchen an. Dan lächelte. *Schlafe, wann immer sich dir die Möglichkeit dazu bietet.* Es schien, als ob Mitch die alten Regeln auch nicht vergessen hätte.

Dan entdeckte das Anwesen bereits aus einigen Kilometern Entfernung. Es war riesig – selbst aus der Distanz wirkte es das. Das Haus stand auf einem Felsvorsprung, der aus der vulkanischen Landschaft herausgeschnitten worden war, mit Blick auf das Tal und die entfernten Nachbarn. Er fragte sich, wie die Aussicht sein würde und versuchte sich vorzustellen, wie weit man die Küste entlangsehen konnte. Er reduzierte die Geschwindigkeit, bog auf eine kleine Straße ein und entdeckte das Tor zu Delaneys Grundstück nach ein paar Kilometern. Hohe Granitpfeiler hielten ein schmiedeeisernes Tor, das von zwei Sicherheitsleuten bewacht wurde. Reich verzierte Laternen, die an den Pfeilern hingen, badeten den Eingang in ein warmes gelbes Glühen. Motten und Käfer kämpften unter den Glühbirnen um die besten Positionen.

»Wach auf, Mitch. Es ist Partyzeit«, sagte er.

Mitch rührte sich auf dem Rücksitz. »Bereit, wenn du es bist.«

Dan hielt den Wagen an, ließ den Motor aber laufen und öffnete sein Fenster. Er nahm die Einladungen von Sarah entgegen und reichte sie dem Wachmann, der sich dem Auto genähert hatte.

Der Mann benutzte seine Taschenlampe, um die Einladungen zu überprüfen, dann schwenkte er den Lichtkegel vorsichtig durch das Auto, um nicht direkt in Dans Gesicht zu leuchten und ihn zu blenden. Er nickte kurz, reichte die Einladungen an Dan zurück, drehte sich um und ging wieder zum Tor. Dort drückte er auf einen Schalter und das Tor glitt lautlos auf. Schließlich winkte er das Fahrzeug durch und trat zur Seite, um sie vorbeifahren zu lassen.

Dan steuerte das Auto vorsichtig über eine gepflasterte Auffahrt, die einst ein Trampelpfad zwischen hohen Eukalyptusbäumen gewesen sein muss. Der Zufahrtsweg schlängelte sich weiter den Hügel hinauf. Er war verbreitert worden, sodass Autos aneinander vorbeifahren konnten. Eine Reihe von Sportwagen und Luxuslimousinen säumten die Auffahrt. Ihre Besitzer hatten alle auf der gleichen Seite geparkt, damit andere Fahrzeuge passieren konnten.

Dan wechselte auf die gleiche Seite und schaltete den Motor aus. Dann wandte er sich an Sarah und Mitch. »Okay, es gibt heute Abend ein paar Regeln«, sagte er. »Als Erstes, keine Risiken. Absolut keine. Zweitens, benutzt eure echten Namen. Die Leute merken, wenn ihr lügt und falls Sarah auf jemanden trifft, den sie aus der Medienbrache kennt, wird sie mit falschem Namen in Erklärungsnot geraten.«

Mitch und Sarah nickten zustimmend.

»Als Letztes«, sagte Dan. »Ich werde der Einzige sein, der Delaneys Anwesen durchsucht.«

Sarah öffnete ihren Mund, um zu protestieren, aber Dan hob die Hand, um sie zu stoppen.

»So sind die Spielregeln. Ansonsten drehen wir sofort wieder um. Falls nämlich irgendetwas schiefgeht und ich erwischt werde, brauche ich euch zwei schnellstmöglich am Auto, um hier zu verschwinden. Mitch, sobald wir drin sind, musst du versuchen, die Sicherheitsbeamten für mich im Auge zu behalten. Es wäre klasse, wenn du sie ablenken könntest, während ich von der Party verschwinde und mich umsehe.«

Mitch nickte. »Sicher.«

»Okay«, sagte Dan. »Dann lasst uns feiern gehen.«

Sie stiegen aus dem Wagen und Dan reichte Mitch die Autoschlüssel. »Pass gut auf sie auf.«

Langsam gingen sie die Auffahrt zum Haus hinauf. Verschnörkelte Töpfe voller exotischer Pflanzen säumten einen Kiesweg, der über eine breite Steintreppe zu der doppelflügeligen Eingangstür führte, die offen stand und von zwei weiteren Sicherheitsmännern bewacht wurde, die wie Rugbyspieler gebaut waren.

Dan bemerkte, dass sie Holster um ihre Taillen geschnallt hatten. Und sie sahen aus, als könnten sie ihre Waffen, falls nötig, auch benutzen. Als er hinter sich blickte, entdeckte er, dass weitere Wachleute auf dem Gelände patrouillierten und alles aus der Ferne beobachteten, und er fragte sich, ob sie zuerst schießen und dann erst Fragen stellen würden.

Das Haus war außergewöhnlich. Es türmte sich über den Gärten auf. Erbaut aus Kalksandsteinziegeln, war es zwei Stockwerke hoch und mit einer breiten Veranda ausgestattet, die sich vom Treppenabsatz aus um das gesamte

Gebäude wickelte. Die Brüstung war farblich angepasst, um sich an das natürliche Mauerwerk des Hauses anzupassen. Die Eingangstüren waren weit geöffnet, sodass sie, als sie die letzten Stufen hinaufgingen, bereits von der schieren Größe des Eingangsflures erschlagen wurden. Der polierte Holzboden glänzte im Licht der Leuchter, die von der Decke hingen. Es hatte Stil, das musste Dan zugeben.

Die Bässe einer Musikanlage begrüßten sie, als einer der Wachleute an der Tür seine Hand hob, um sie zu stoppen und ihre Einladungen zu überprüfen, bevor er sie weiter in einen Empfangsraum winkte. Dort machte ihnen ein kräftig gebauter Sicherheitsmann Platz und Dan führte Sarah und Mitch durch den überfüllten Raum. Eine bunt gemischte Menge lachte, trank und wiegte sich zur Musik. Ein paar Leute starrten sie an, als sie an ihnen vorbeigingen.

Dan lächelte, um den Eindruck zu vermitteln, dass er genauso wie sie dazugehörte. Er nickte einem Mann zu, der zur Seite trat, um sie vorbeizulassen, dann drehte er sich zu einem vorübergehenden Kellner um und nahm mehrere Getränke vom angebotenen Tablett.

»Hier«, sagte er im Flüsterton zu Sarah, als er ihr ein Glas Wein reichte, »das wird helfen, deine Nerven ein wenig zu beruhigen.«

Er drehte sich zu Mitch um und sie stießen mit ihren Biergläsern an.

»Nun«, sagte Mitch, »du bist drin. Jetzt mach was draus.«

KAPITEL 19

Dan ließ Sarah und Mitch stehen und fing an, den Raum in langsamen Runden zu erkunden. Er lächelte die Leute an, an denen er vorbeikam und machte gelegentlich Small Talk, während er sich umblickte und die Gegebenheiten genau überprüfte. Sobald alle Gäste kontrolliert waren, führten die beiden Sicherheitsleute von der Eingangstür sporadische Stippvisiten in den Raum durch und sahen nach ihrem Auftraggeber, während sie gleichzeitig versuchten, sich möglichst unauffällig zu verhalten.

Dan blickte auf die Terrasse hinaus. Ein paar Gäste lehnten an dem verzierten Geländer. Ein weiterer Sicherheitsmann zog anscheinend regelmäßig seine Kreise auf der abgeschlossenen Terrasse und um die Veranda, um die Gäste dort im Auge zu behalten. Mehrere Paare hatten die Angebote am Pool für sich entdeckt – das Geräusch von spritzendem Wasser und Gelächter wehte durch die offenen Fenster herein und übertönte die im Hintergrund spielende Musik.

Er drehte sich wieder zum Empfangsraum um, gab einer der Kellnerinnen ein Zeichen und reichte ihr sein leeres Glas. Als sie sich entfernte, lächelte er ihr zum Dank zu und blickte sich dann erneut prüfend im Raum um. Er bewegte seine Augen langsam hin und her und nahm dabei möglichst viele Details seiner Umgebung auf. Zudem ließ er seinen Blick in regelmäßigen Abständen über die feiernde Menge schweifen, um den Gesamtüberblick zu behalten. Dann trat er auf den Flur hinaus. Während er sich kurz an die Wand schmiegte, um ein kicherndes Paar an sich vorbeizulassen, überlegte er seinen nächsten Schritt.

Er dachte intensiv nach. Was auch immer er hier heute Nacht anstellte, es muss sich lohnen. Sobald Delaney nämlich herausfand, wer ihm auf den Fersen war, würden sie keine weitere Chance erhalten.

Dan hatte Delaney am anderen Ende des Empfangsraumes beobachtet, aber er selbst war noch nicht entdeckt worden. Als er den Flur hinunterschaute, bemerkte er eine Treppe, die mit pompösen Ornamenten bedeckt war – was seiner Meinung nach durchaus von schlechtem Geschmack zeugte. Er nickte einem Paar zu, das jetzt den restlichen Abend mit der Frage verbringen würde, bei welcher Gelegenheit sie ihn kennengelernt haben könnten, bevor er sich umdrehte und die Treppe hinaufstieg.

Während er so tat, als würde er die Kunstwerke an den Wänden bewundern, warf er bei seinem Aufstieg einen Blick auf die Räume auf der nächsten Etage – alle Türen waren geschlossen. Sein Blick schweifte über den Treppenabsatz und dann wieder die Treppe hinunter.

Er runzelte die Stirn, als plötzlich eine vertraute Gestalt auftauchte und die Treppe heraufkam. Noch während Sarah den Treppenabsatz betrat, war er mit zwei schnellen Schritten bei ihr und ergriff ihren Arm.

»Was zur Hölle machst du hier?«, schnappte er. »Ich dachte, ich hätte mich deutlich ausgedrückt, dass du bei Mitch bleiben sollst?«

Sarah befreite sich aus seinem Griff. »Dem geht es gut«, zischte sie. »Ich wollte dir nur helfen.«

Dan schüttelte den Kopf. »Es war nicht Mitch, um den ich mir Sorgen gemacht habe«, sagte er.

Sarah grinste. »Das weiß ich doch. Ich habe ihm gesagt, dass er eine Szene machen soll, falls einer der Wachleute den Eindruck erweckt, als würde er in unsere Richtung wollen. Wie lautet der Plan?«

Dan sah den Flur entlang. »Ich denke, wir versuchen unser Glück bei diesen Türen.«

Langsam schob er sich mit dem Rücken die Wand entlang und drehte behutsam an den Türgriffen, während er sich vorwärtsbewegte. Drei der Zimmer schienen Gästezimmer zu sein, das vierte ein Aufenthaltsraum mit Loungemöbeln und einer vollverglasten Wand, die den Blick auf den Flughafen und die Docks in der Ferne freigab.

Sarah klopfte ihm auf die Schulter. »Wonach suchst du denn?«, flüsterte sie.

Dan warf einen prüfenden Blick auf den Flur und wandte sich ihr zu. »Ein Mann wie Delaney wird nicht alle seine Geheimnisse in seinem Büro in der Stadt aufbewahren. Er muss hier zu Hause ein Arbeitszimmer oder etwas in der Richtung haben. Und ich wette, es ist verschlossen.«

Sarah nickte und gab ihm das Zeichen, weiterzusuchen, während sie die Treppe im Blick behielt. Sie passierten einen großen Medienraum, in dem die Oberflächen verschiedener technischer Geräte das Licht aus dem Flur reflektierten, bevor sie an der nächsten Tür anhielten. Dan drehte am Griff. Er ließ sich nicht bewegen. Dan wandte sich um und nickte Sarah zu.

Nachdem er ein handliches Multifunktionswerkzeug aus der Tasche genommen hatte, schob er einen kleinen Stahlstift in das Schloss und bewegte ihn gefühlvoll hin und her. Da das in den Filmen immer funktionierte, war es zumindest einen Versuch wert. Er blickte zu Sarah hinüber. Das Kleid stand ihr toll, dachte er, die Pfirsich-Töne harmonierten gut mit ihrer blassen Haut.

Sie starrte aufmerksam auf seine Hände und hielt den Atem an, während er das Schloss bearbeitete – bis sie bemerkte, dass er sie beobachtete. »Was?«

Dan deutete mit dem Kopf in Richtung des leeren Flures. »Pass weiter auf. Wir können nicht riskieren, dass uns hier jemand sieht.«

Sie nickte und wandte ihm den Rücken zu. Er riskierte einen weiteren Blick auf ihr Kleid und lächelte vor sich hin, während er weiterarbeitete.

»Dan … da kommt jemand!«, zischte Sarah.

Er sah genau in dem Moment von der Tür hoch, als das Schloss klickte. Ein Mann und eine Frau hatten gerade eines der Zimmer verlassen und kamen sich unterhaltend und lachend auf dem Flur direkt auf sie zu. Sarah warf Dan einen panischen Blick zu.

Es war Zeit, zu improvisieren.

Er packte Sarahs Hand, lachte plötzlich auf, zerrte sie hinter sich in den Raum, umarmte sie stürmisch und zog sie für einen intensiven Kuss an sich. Dabei blickte er kurz auf, zwinkerte dem Paar zu, in dem Moment, in dem sie am Zimmer vorbeikamen und schlug die Tür zu.

Als sich die Tür hinter ihnen schloss, stieß Sarah Dan verblüfft von sich. Dann schlug sie ihm hart ins Gesicht.

»Hey!«

»Was zum Teufel tust du da?«, zischte sie und schaltete das Licht an.

Dan rieb sich die Wange und blinzelte in der plötzlichen Helligkeit. »Wir wären ihnen doch verdächtig vorgekommen, wenn wir uns hier verstohlen herumgedrückt hätten. Jetzt werden sie nicht noch mal darüber nachdenken, was sie gerade gesehen haben«, sagte er. Er warf ihr einen schnellen Blick zu und kicherte los, als er ihren verwirrten Gesichtsausdruck bemerkte. »Sag mir nicht, du dachtest, ich hätte es ernst gemeint.«

Sarah starrte ihn an. »S-sorry. Ich … nein«, stotterte sie und schob sich dann an ihm vorbei in den Raum, während sie versuchte, geschäftig auszusehen.

Dan grinste in sich hinein und zuckte kurz mit den Schultern. Es war ein guter Kuss. Er sah sich in dem Zimmer um, dass tatsächlich Delaneys privates Büro zu sein schien.

»Bingo«, murmelte er. »Na gut.«Er zog zwei Paar Handschuhe aus der Tasche, wovon er eins Sarah gab. »Nimm die hier. Am besten nichts bewegen. Und wenn doch, dann stell die Sachen wieder dorthin zurück, wo du sie gefunden hast«, fügte er hinzu.

»Was suchen wir denn?«, fragte sie, zog die Handschuhe an und schlenderte zu einem Bücherregal hinüber.

Dan ging zu einem verschnörkelten Hartholz-Schreibtisch und schaltete eine kleine Lampe ein, beleuchtete damit Dokumente, Berichte und sonstige Akten. »Alles Mögliche. Fotos, Visitenkarten, einfach alles. Hat dein Handy eine Kamera?«

Sarah nickte und klopfte auf ihre Tasche.

»Okay, dann hol es raus, aber pass um Himmels willen auf, dass Ton und Blitz ausgeschaltet sind. Wir müssen einfach hoffen, dass wir die Details auch ohne erkennen können.«

KAPITEL 20

Dan richtete den Lichtkegel der Lampe so aus, dass er nicht durch die Fensterjalousien fiel. Er setzte sich hinter dem Schreibtisch auf den Chefsessel. Der Sitz verschlang seinen großen, athletischen Körper förmlich und machte ihm abrupt bewusst, über welche ungeheure Masse und Kraft Delaney verfügen musste.

Er schaute zu Sarah hinüber. Diese drehte stirnrunzelnd Dokumente um und fotografierte gelegentlich Seiten, die weitere Untersuchungen rechtfertigten. Er lächelte vor sich hin. Sarah hatte ihn nicht gefragt, woher er wusste, wie er in den Raum einbrechen konnte. Und das war auch gut so,da er selbst nicht ganz sicher war, wie das so einfach funktioniert hatte. Aber er war froh darüber, das Glück ab und zu auch mal auf seiner Seite zu haben.

Sein Blick konzentrierte sich wieder auf die Tischoberfläche. Er streckte die Hand aus und fuhr mit den Fingern über die dunkle Mahagonioberfläche. Dann schob er den Stuhl ein Stück vom Schreibtisch zurück und betrachtete diesen genauer – auf jeder Seite befanden sich drei Schubladen, deren Metallgriffe kunstvoll gearbeitet worden waren. Er fing mit der linken Seite an, nahm den Griff der oberen Schublade zwischen Finger und Daumen und zog vorsichtig daran. Abgeschlossen. Er wiederholte die Aktion mit den anderen beiden Schubladen, wandte sich dann der rechten Seite zu und machte dort weiter. Alle waren verschlossen.

Dan lehnte sich im Stuhl zurück und dachte scharf nach, wobei er den Schreibtisch konzentriert anstarrte. Und da entdeckte er etwas. Er ließ sich vom Stuhl gleiten. Ein dicker Läufer schützte den Teppich unter dem Schreibtisch und dem Stuhl, um zu verhindern, dass er durchgescheuert wurde. Dan kniete sich darauf und untersuchte den Schreibtisch genauer.

Plötzlich grinste er. Zwischen der Schreibtischplatte und der Blende der obersten Schublade ragte die Ecke eines Stücks Papier hervor. Er hob den Kopf über die Tischplatte und rief sanft: »Sarah?«

»Hmmm?«

»Wie lang sind deine Fingernägel?«

Sie erstarrte mitten in der Überprüfung eines weiteren Dokuments und sah ihn verständnislos an. »Wie bitte?«

»Komm her und schau selbst. Ich brauche deine Hilfe.«

Er tauchte wieder hinter dem Schreibtisch ab. Als sich Sarah zu ihm herunterbeugte, deutete er mit dem Kopf auf die Ecke der Seite, die aus dem Schreibtisch herausragte. »Bekommst du das rausgezogen?«

Sarah hockte sich neben ihn. »Ich kann es versuchen. Rutsch mal ein bisschen.«

Dan robbte aus dem Weg. Er beobachtete, wie Sarah ihre Hand hob und das Papierstück zwischen Zeigefinger und Daumen nahm. Sie machte eine kurze Pause. Dan hielt den Atem an.

Langsam erhöhte Sarah den Druck auf die Seite und begann, sie vorsichtig herauszuziehen. Als sie sich verhakte, bewegte Sarah das Blatt ruhig von links nach rechts, um es wieder freizubekommen. Mit einem letzten Ruck zog sie das

Dokument heraus, setzte sich auf die Fersen und sah dann Dan an.

Er atmete erleichtert auf. »Gut gemacht. Dann schauen wir uns das mal an.«

Sarah drehte das Blatt um und zeigte es ihm. Es war von schmutzig weißer Farbe mit kleinen Löchern, die sich entlang beider Längsseiten zogen. Dan erkannte schwache rote Linien, die quer über das Dokument verliefen. Er nahm Sarah das Blatt aus der Hand und las es sich aufmerksam durch. Dann betrachtete er stirnrunzelnd das Firmenlogo und die Details im Briefkopf des Dokuments. Schließlich ließ er sich erneut in den Bürostuhl zurückfallen.

»Das ist das Ladungsverzeichnis eines Schiffs«, sagte er. »Aber was zum Teufel transportiert es?«

Sarah stand auf und schaute über Dans Schulter auf das Dokument in seiner Hand. Dann deutete sie auf eine bestimmte Passage. »Da steht immerhin das Ziel«, sagte sie. »S.I.N. – steht das nicht für Singapur?«

Dan nickte. »Ich schätze ja … zumindest stand das auf dem Hinflug auf unseren Gepäckanhängern.« Er hielt die Seite gegen das Licht. »Hier steht eine Nummer … sieht aus wie zwölf, zwölf, zwanzig, elf.«

»Das Datum, an dem der Transport gestartet ist«, sagte Sarah. »Was auch immer es war, wir haben es um über einen Monat verpasst.«

Dan kratzte sich am Kinn und dachte laut nach. »Hier ist noch eine weitere Zahlensequenz … vielleicht ist das eine Referenznummer oder etwas, das Mitch für uns rausbekommen kann.«

Sarah nickte. »Vielleicht, wenn wir es schaffen …«

Sie sahen beide auf, als außerhalb des Büros plötzlich Krach und ein Schrei zu hören waren. Dan schaltete die Tischlampe aus und faltete das Ladungsverzeichnis schnell wieder zusammen. Während er aus dem Stuhl aufstand, steckte er das Dokument in die Hosentasche und schob Sarah um den Schreibtisch.

»Schnell«, flüsterte er. »Pack die fotografierten Unterlagen wieder dahin, wo du sie her hast. Und schnapp' dir alle deine Sachen … lass ja nichts zurück.«

Sarah lief zur anderen Seite des Raumes und versuchte die Dokumente so gut es ging wieder an ihren ursprünglichen Platz zurückzulegen.

Dan packte sie unterbrechend am Arm. »Vergiss es. Wir haben keine Zeit.«

Er ging zur Tür und winkte Sarah zu sich heran. »Komm her. Ich werde die Tür öffnen, um zu sehen, was da los ist. Bleib nah bei mir.«

Sarah nickte.

Er drückte sanft ihre Hand. »Tu mir einen Gefallen – mach einmal das, was dir gesagt wird. Okay?«

Sie nickte erneut. »Okay.«

Er schlug auf den Lichtschalter und der Raum wurde in Finsternis getaucht. Er ergriff den Türknauf und drehte ihn langsam, dann begann er, vorsichtig die Tür zu öffnen. Dan stand mucksmäuschenstill und lauschte angestrengt. Er konnte hören, wie Mitch am Fuß der Treppe mit jemandem sprach. Es klang wie eine Diskussion mit einem der Wachleute.

Dan streckte seinen Kopf aus dem Türrahmen und schaute den Flur hinunter. Während er die Tür weiter öffnete, zog er Sarah mit sich in den Flur hinaus und schob anschließend die Tür wieder zu. Sie gab ein dumpfes Klicken von sich, als sie ins Schloss fiel. Dan und Sarah erstarrten, sahen sich gegenseitig an und hielten den Atem an.

Als nichts geschah, nickte Dan kurz und ging langsam den Flur in Richtung Treppe zurück. Vorsichtig näherte er sich dem Geländer am Treppenabsatz und spähte hinunter. Er konnte einen Teil von Mitchs Kopf sehen, sowie die Köpfe von zwei Sicherheitsleuten. Einer der Wachmänner diskutierte gerade heftig mit Mitch.

»Im ersten Stock befindet sich der Privatbereich, Sir. Sie dürfen nicht nach oben gehen. Die Gäste haben heute Abend nur Zutritt zum Erdgeschoss.«

Mitch hob beschwichtigend die Hände. »Es tut mir leid, Jungs. Ich habe einen von euch die Treppe hinaufgehen sehen und dachte, es wäre schon in Ordnung. Ich wollte nur einen Blick auf Mr. Delaneys Kunstsammlung werfen. Da sind ja schließlich ein paar schöne Stücke dabei. Offensichtlich kennt er sich damit aus.«

Dan bemerkte, wie Mitch die Aufmerksamkeit der Sicherheitsleute von der Treppe abzog und sie wieder in Richtung des Empfangsraumes verlagerte. Er wandte sich um und zog Sarah zu sich heran.

»Hör mir gut zu. Du gehst jetzt da runter, schnappst dir Mitch und ihr lauft beide zum Auto und macht es startklar. Ich glaube, wir sind aufgeflogen. Wenn ich in fünf Minuten nicht bei euch bin, macht, dass ihr wegkommt. Hast du das verstanden?«

Sarah ergriff seinen Arm. »Wir können dich doch nicht in Stich lassen!«

Dan löste sanft ihren Griff. »Ihr könnt. Und ihr müsst. Macht es einfach – ich werde so schnell wie möglich wieder bei euch sein. Und jetzt geh!«

Er trieb sie über den Flur vor sich her und die ersten Stufen hinunter. Sie sah sich noch einmal kurz nach ihm um, dann wandte sie sich der Treppe zu und lief Mitch entgegen.

Dan hörte ihr Improvisationstheater eine Minute später.

»Darling, da bist du ja! Es ist wohl höchste Zeit, dass wir gehen.« Es folgte eine kurze Pause. »Ja, ich muss mich entschuldigen. Er kann nach einigen Drinks wirklich fürchterlich anstrengend sein ...«

Die Stimmen wurden leiser. Dan wartete, bis er über das Gemurmel der verbleibenden Gäste das Geräusch der zufallenden Eingangstür hörte. Dann hechtete er ebenfalls die Stufen hinunter.

Er hatte fast den Boden erreicht, als ein Wachmann aus einer Catering-Küche auftauchte, sich umdrehte und Dan direkt in die Augen sah.

»Was machen Sie denn da?«, fragte er mit Nachdruck.

Dan blieb wie angewurzelt stehen. »Mir die Kunstwerke anschauen?«, versuchte er es.

Er warf durch den Empfangsraum einen Blick nach links. Die Terrassentüren zur Veranda und zur Terrasse waren weit geöffnet. Er schaute zurück zum Wachmann. Der erkannte einen Sekundenbruchteil zu spät, was Dan plante und versuchte ihn noch am Arm festzuhalten.

Aber Dan machte einen schnellen Schritt rückwärts, drehte sich um und stürzte auf die Terrasse zu. Er bahnte sich zielstrebig seinen Weg durch die Gäste im Empfangsraum, stieß die Leute dabei einfach zur Seite. Er konnte jedoch spüren, wie ihm der Wachmann auf den Fersen blieb.

Dan lief auf die Terrasse hinaus und schaute schnell in beide Richtungen. Sicherheitsleute kamen über die Veranda von jeder Seite des Hauses auf ihn zugerannt. Ein kurzer Blick zurück zeigte ihm, dass der erste Sicherheitsmann gerade durch die Menge brach.

Dan drehte sich wieder um und sprintete los.

Er schwang sich über das verzierte Steingeländer am Rand der Terrasse und spürte die kalte Luft an seinem ganzen Körper vorbeiziehen.

KAPITEL 21

:

Dan stürzte kopfüber in ein Gebüsch. Dabei schützte instinktiv sein Gesicht mit den Armen, damit seine Augen nicht verletzt wurden. Er rollte sich ab, um den Sturz abzufangen, und grunzte, als er schließlich am Rand eines Schotterpfades liegen blieb. Stöhnend richtete er sich auf und schaute zur Terrasse zurück. Während er sich den Staub abklopfte, grinste er den Wachmann an, der zu ihm hinunterstarrte.

Das Lachen verschwand aus seinem Gesicht, als er bemerkte, dass der Sicherheitsmann nach seinem Walkie-Talkie am Gürtel griff.

Dan blickte sich schnell umher und stellte fest, dass ihm bis zum Auftauchen der angeforderten Verstärkung nur wenige Sekunden bleiben würden, bevor man ihn eingeholt hätte. Alsbald rannte er den Kiesweg entlang auf die Einfahrt zu. Nachdem er um eine Kurve gebogen war, blieb er abrupt stehen. Ein weiterer Sicherheitsmann kam fröhlich pfeifend und mit gesenktem Kopf aus Richtung eines Baumes unmittelbar auf ihn zugeschlendert. Dan zwang sich, entspannt zu wirken und lässig auf den Wachmann zuzugehen.

»'N Abend«, ließ er fallen, als er näher kam.

»Guten Abend, Sir. Sie verlassen uns schon so zeitig?«, fragte der Wachmann.

»Ja, muss morgen früh raus«, antwortete Dan achselzuckend.

Plötzlich erwachte das Funkgerät des Mannes knisternd zum Leben. »Jimmy? Halt Ausschau nach einem Typen – etwa eins neunzig groß, braunes Haar, schwarzer Anzug und Krawatte. Wahrscheinlich sieht er aus, als ob er in eine Hecke gefallen ist. Ist er auch. Wenn du ihn siehst, nimm den Kerl fest und bringe ihn zum Haus zurück.«

Der Sicherheitsmann musterte Dan verdutzt. Dan machte das Beste aus dieser Schrecksekunde. Gerade als der Wachmann halbherzig nach seinem Jackett griff, duckte er sich unter ihm weg und rannte weiter den Kiesweg entlang. Er sprang über das Absperrband, mit dem man das Ende des Weges blockiert hatte und lief mit Blick nach unten die Stufen zum gepflegten Garten hinunter.

Als er den Zierrasen erreichte, blickte er kurz auf, um zu überprüfen, ob das Auto auf der Auffahrt geparkt war. Und tatsächlich – dort stand es. Mitch hatte es direkt zwischen den Säulen der Einfahrt abgestellt, damit das Sicherheitstor nicht geschlossen werden konnte, bevor Dan sie erreichte.

Als er nach rechts sah, entdeckte Dan zwei Wachleute, die zwischen den Bäumen den Fahrweg heruntergerannt rannten und ihm den Weg abschneiden wollten. Er sprintete auf das Auto zu. Plötzlich bog das Fahrzeug eines anderen Gastes aus Richtung des Hauses um die Kurve. Er konnte nicht riskieren, langsamer zu werden, da die beiden Wachleute bereits bedenklich nah waren. Also stürzte er weiter vorwärts, und als das Auto auf gleicher Höhe war, rutschte er über die Motorhaube der kleinen Limousine. Der Fahrer des Wagens machte schockiert eine Vollbremsung und schlug mit der Hand auf seine Hupe.

Dan rappelte sich aus dem Gras hoch, stolperte auf seine Füße und begann, die letzten Meter bis zum Wagen über den Rasen zu stürmen. Er spürte, wie seine Lungen brannten, wie seine Beine bei jedem Schritt schmerzten. Rutschend kam er neben dem Fahrzeug zum Stehen. Er riss die Wagentür auf, warf sich kopfüber auf den Rücksitz und ließ die Tür hinter sich zuknallen.

»Los, los!«, drängte er und wurde in den Sitz gepresst, als das Auto beschleunigte und auf die schmale Straße hinausschoss.

Dan richtete sich auf und spähte durch die Windschutzscheibe. »Langsamer werden und dort hinten wenden. Wir können nicht noch mehr Aufmerksamkeit gebrauchen«, sagte er und fuhr sich mit der Hand über die Augen. »Zum Teufel, Mitch, deine Fahrkünste haben sich auch nicht verbessert, oder? Immer wenn ich mit dir im Auto unterwegs bin, habe ich das Gefühl, ich würde die verdammte Rallye Paris-Dakar fahren.«

»Da gebe ich dir vollkommen recht«, sagte Mitch trocken, als er sich vom Beifahrersitz aus nach hinten beugte. »Deswegen überlasse ich das Steuer auch lieber anderen, während ich mich aufs Navigieren konzentriere.«

Dan schaute ein zweites Mal nach vorn, diesmal gezielt auf den Fahrersitz. »Sarah? Was zur Hölle machst *du* da?«

Sie lachte. »Mitch hatte keine Gelegenheit, dir zu sagen, dass er nicht mehr fahren darf. Sieht also so aus, als ob du mit mir vorliebnehmen müsstest.«

»Ich schätze mal, es könnte schlimmer sein«, sinnierte Dan, nur um gleich darauf loszuschreien, als Sarah den Berg hinunterraste. »Hey, ruhig Blut!«

Delaney starrte auf die Computermonitore, sein Blick irrte suchend hin und her. »Dort. Stoppen Sie die Wiedergabe.«

Der Chef der Sicherheitsmannschaft gehorchte.

Delaney stach mit dem Finger auf ein Standbild von Sarah. »Wer zum Teufel ist das?«

Der andere Mann drückte auf einige Tasten und das Bild wurde größer. »Das werden wir gleich herausfinden.«

Delaney folgte ihm, als er aufstand und zu einer Reihe von Schreibtischen ging, von denen jeder mit einem eigenen Computer ausgestattet war. Er ignorierte den jungen Wachmann, der jetzt niedergeschlagen vor der Wand von Monitoren zusammengesackt zurückblieb. Er hatte die Ereignisse des Abends nicht mitbekommen, weil er stattdessen lieber auf seinem Handy gespielt hatte – nun bedauerte er seine Faulheit.

Nachdem er sich gesetzt hatte, holte der Sicherheitschef eine Kopie des Standbildes auf seinen Bildschirm und startete dann eine spezielle Software.

Delaney blickte auf den Monitor, auf dem Bilder vorbeiflitzten. »Woher haben wir das?«, fragte er und meinte damit die Software.

Der Sicherheitschef kicherte. »Ist wohl am besten, wenn Sie das nicht wissen, Sir.«

Delaney nickte. Solange es funktionierte, interessierte ihn das eigentlich auch nicht.

»Und los geht's.«

Das Computerprogramm meldete sich mit einem leisen Ping, als zwei Bilder nebeneinander auftauchten. Einmal das Bild von Delaneys Überwachungskamera und ein anderes, das einige Jahre zuvor bei einer Outdoor-

Medienveranstaltung aufgenommen worden war. Das Haar der Frau wehte ihr ums Gesicht, als sie lachend neben ihren Kollegen stand. Der Sicherheitschef gab einen Suchbefehl ein und Delaney wartete, während der Computer durch seine gewaltige Datenbank jagte. Plötzlich erschien ein Text und der Leiter der Sicherheitsmannschaft fing an, ihn zu überfliegen.

»Hier steht, sie ist eine Reporterin beim *Telegraph* in Großbritannien. Merkwürdig … eigentlich scheint sie recht produktiv zu sein, aber in den letzten Wochen hat sie keine einzige Story veröffentlicht. Warten Sie mal kurz.« Der Mann öffnete die nächste Seite des Textes. »Aha … ihr Ex-Mann ist anscheinend im letzten Monat getötet worden.«

Delaney hörte auf, im Raum auf und ab zu gehen, und wandte sich um, damit er die beiden Bilder auf dem Bildschirm anschauen konnte. »Wie heißt sie?«

Der Sicherheitschef drückte eine Taste, woraufhin die Kopie eines Führerscheins auf dem Monitor erschien. »Sarah Edgewater.«

Delaney blies lautstark Luft aus den Wangen. Er blickte auf das Holster, das am Gürtel des Sicherheitschefs hing. Plötzlich griff er nach unten und zog die Waffe heraus. »Ist die brauchbar?«, fragte er und drehte die Pistole in den Händen.

Der Mann sah ihn an. »Ich würde keine andere verwenden.«

Delaney knurrte aggressiv. Er entsicherte die Waffe und stampfte zu dem jungen Wachmann hinüber. Dann schoss er ihm zwischen die Augen. Delaney wandte sich wieder dem Bildschirm zu, der Sarahs Bild zeigte und deutete auf sie.

»Ruf Charles an.«

KAPITEL 22

Hayley lief durch die Tiefgarage und kramte in ihrer Handtasche nach den Schlüsseln. Im Keller hallten die Geräusche von zuknallenden Autotüren und startenden Motoren wider, als sich die letzten Pendler des Tages für den Weg nach Hause bereit machten.

Während sie sich ihrem Auto näherte, drückte Hayley auf die Fernbedienung und schaltete die Alarmanlage aus. Sie öffnete die Tür, warf ihre Handtasche auf den Beifahrersitz und startete den Wagen.

Der Motor hustete kurz, dann starb er wieder ab.

Fluchend drehte Hayley den Zündschlüssel erneut und trat dabei leicht auf das Gaspedal. Der Motor erwachte brüllend zum Leben und Hayley atmete erleichtert auf. Der Wagen war schon alt und hatte seine Macken, aber sie besaß nicht genug Geld, um sich einen neuen zu kaufen. Außerdem hatte sie eine Schwäche für ihn – es war ein kleiner zweitüriger Geländewagen, ideal, um in der Stadt voranzukommen, ohne dabei ein Spritfresser zu sein.

Während sie darauf wartete, dass der Motor Betriebstemperatur erreichte, zog Hayley ihre acht Zentimeter hohen High Heels aus, schlüpfte in ein paar flache Sandalen und löste dann die Handbremse.

Während sie darauf aus dem Parkhafen herausfuhr, musste sie plötzlich eine Vollbremsung machen. Ein Mann ging, offensichtlich in Gedanken versunken, direkt vor ihrem

Wagen vorbei und polierte dabei seine Brille. Hayley gab ihm ein Zeichen, dass er sich beeilen solle, und der Mann hob entschuldigend die Hand, bevor er schneller wurde und hinter ihr in der Tiefgarage verschwand.

Während sie mit ihrem Auto über das Parkdeck und die Auffahrt hinauffuhr, bemerkte Hayley einen Strom von einfahrenden Fahrzeugen – überpünktliches Theaterpublikum – begierig darauf, einen Parkplatz zu ergattern, damit sie ihr Abendessen rechtzeitig vor Vorstellungsbeginn zu sich nehmen konnten.

Als sie die Ausfahrt erreichte, lehnte sich Hayley aus dem Fenster und schob ihr Prepaid-Ticket in den Automaten. Sie klopfte gedankenverloren mit den Fingern auf das Lenkrad, um die Zeit zu überbrücken, bis sich die Schranke hob. Während sie die Parkhausausfahrt hinausfuhr, drängelte sich eine weiße Mietlimousine an einer Reihe von Fahrzeugen vorbei, ignorierte dabei die frustrierten Gesten der anderen Fahrer und schlüpfte in die Schlange direkt hinter Hayley, die darauf wartete, dass die Ampel auf grün umsprang.

Hayley bog nach rechts ab, fuhr über die Flussbrücke und schaltete das Radio ein. Auf dem Asphalt glänzte immer noch der Regen, der am frühen Nachmittag aus den Wolken eines leichten Sommergewitters gefallen war. Unmittelbar hinter ihr hielt die weiße Limousine den Sicherheitsabstand haargenau ein, wobei der Fahrer die ganze Zeit über dafür sorgte, dass sich kein anderes Auto dazwischenschieben konnte. Ohne das Hayley etwas von ihrem Verfolger bemerkte, stoppte sie an der nächsten roten Ampel, bevor sie die Caxton Street entlang bis hoch nach Paddington fuhr.

Nach dem Regen war die Temperatur leicht gefallen. Hayley ließ ihr Fenster herunter, schaltete die Klimaanlage aus und genoss die Brise, die durch das Auto wehte. Während sie an einem Fußgängerübergang anhielt, warf sie einen Blick auf die Restaurants auf ihrer rechten Seite, die sich bereits mit den Gästen fürs Abendessen füllten. Als die Ampel auf Grün schaltete, fuhr sie flott an und bog nach rechts in Richtung Ashgrove ab. Traurig dachte sie daran, dass es für sie heute Abend keinen Restaurantbesuch geben würde. Sie hatte einfach noch zu viel Arbeit zu erledigen. Sie schmunzelte. Zumindest wartete eine gute Flasche Verdelhoe im Kühlschrank auf sie.

Ihr Haus auf dem Mount Nebo lag gute zwanzig Kilometer außerhalb der Stadt und es überraschte sie immer wieder aufs Neue, dass sie sich innerhalb einer Stunde den Berg hinaufwinden und in den Busch hinausfahren konnte, weg von dem hektischen Trubel der Stadt. Sie überquerte die letzte Ampel bei The Gap, und während sie das Gaspedal nun ein wenig stärker durchtrat, entspannte sie sich. Währenddessen warf sie dabei einen Blick in ihren Rückspiegel und runzelte die Stirn. Seitdem sie die Stadt verlassen hatte, haben sich die Autoscheinwerfer hinter ihr in keiner Weise verändert.

Hayley lenkte den Wagen um eine Linkskurve und beschleunigte dann so stark, dass der Motor ihres kleinen Autos protestierend gegen die heftige Steigung der Bergstraße aufröhrte. Roter Sand bedeckte beide Seiten des schmalen Asphalt-Highways, bevor die Begrenzung in eine scharfe Kante aus Granitfelsen und dahinter in einen vertrockneten Regenwald überging.

Sie erreichte die erste Kuppe und warf einen erneuten Blick in den Rückspiegel – die Scheinwerfer des anderen Wagens hingen immer noch an ihrer Stoßstange. Ihr Herz schlug schneller, als sie sich die nächsten Kurven vorzustellen versuchte. Diese Straße war die einzige Durchgangsstraße, die am Berg entlang führte – auf den nächsten acht Kilometern endeten alle abgehenden Straßen nur an malerischen Aussichtspunkten und Picknickbereichen.

Die Grundstücke entlang der Straße hatten lange Zufahrtswege, die oft mit Stahltoren verschlossen waren. Sie wagte es nicht, auf der Suche nach Hilfe von der Straße herunterzufahren und auf irgendein privates Grundstück abzubiegen, denn wenn sich herausstellte, dass niemand zu Hause war, würde sie nirgends wenden können und hätte auch keine Möglichkeit mehr, ihrem Verfolger zu entkommen.

Hayley zwang sich, etwas Gas wegzunehmen, als sie sich einer Doppelkurve näherte, die für eine hohe Unfallrate berüchtigt war. Die kleinen Gedenkkreuze an der Kurve, die von Freunden und Familienangehörigen der früheren Unfallopfer errichtet worden waren, erinnerten nur zu sehr an diesen makabren Ruf.

Als sie aus der Kurve herausfuhr, beschleunigte das Auto hinter ihr urplötzlich extrem und rammte ihren kleinen Geländewagen. Hayley wurde in ihrem Sitz nach vorne geschleudert. Nun konnte sie nicht anders und gab schreiend Vollgas. Als sie um die nächste Kurve schlitterte, fuhr sie fast in einen entgegenkommenden Wagen hinein. Sie zwang sich, wieder langsamer zu werden, ihre Hände zitterten, als sie einen Gang runterschaltete.

Hayley musste schließlich in die Eisen treten, als sie versuchte, ihren Wagen um eine weitere scharfe Kurve zu lenken. Doch noch während sie das tat, beschleunigte das Fahrzeug hinter ihr erneut, knallte mit voller Wucht in den Kofferraum ihres Wagens und schob sie unbarmherzig auf den steinbegrenzten Abhang zu. Hayley schrie und riss das Lenkrad nach rechts, versuchte verzweifelt, einen Absturz zu vermeiden, doch das Heck ihres Autos brach auf dem nassen Asphalt aus. Instinktiv gab sie wieder Gas, bemühte sich, das Schleudern unter Kontrolle zu bringen, aber ihr Wagen rutschte weiter auf die Straßenbegrenzung zu.

Hayley kreischte und riss die Hände schützend vor ihr Gesicht, als sich das Auto um die eigene Achse drehte, unaufhaltsam in die Barriere am Rand der Schlucht krachte und den Abhang hinunter auf die Bäume zustürzte, die die Bergstraße säumten.

Der Wagen überschlug sich mehrmals, bevor er auf dem Dach liegend gegen einen alten Eukalyptusbaum knallte. Die Reifen drehten sich noch langsam weiter, bis der Motor schließlich stotternd seinen Geist aufgab.

Der Fahrer der Limousine fuhr ein paar Meter die Straße hinunter auf einen kleinen Parkplatz und schaltete seine Scheinwerfer aus.

Nachdem er die Tür geöffnet hatte, stieg Charles aus und griff nach seiner Jacke. Er legte sie sich lässig über die Schultern und drückte nur die beiden oberen Druckknöpfe zu. Mit einem prüfenden Blick in beide Richtungen stellte er fest, dass er momentan allein auf der Straße war, und schaltete dann eine extrem helle LED-Taschenlampe ein. Er zog ein

Paar Handschuhe an, stülpte sich Einweg-Überschuhe aus Plastik über seine Schuhe und ging zur Straßenbegrenzung hinüber. Verräterische Bremsspuren zeigten, wo Hayleys Auto von der Straße abgekommen war. Der Gestank verbrannten Gummis ihrer Autoreifen hing in der Luft und überdeckte sogar den klebrig-süßen Duft der Eukalyptusbäume.

Charles stieg über die Bremsspuren und den aufgewühlten Grünstreifen, wobei er darauf achtete, möglichst keine Fußabdrücke zu hinterlassen. Die Plastik-Überschuhe sorgten nur dafür, dass das Profil seiner Sohlen ein wenig unkenntlich gemacht wurde. Während er sich über den Rand der Schlucht beugte, leuchtete er mit seiner Taschenlampe zu der Stelle, an der das Auto lag, auf dem Dach liegend. Die Motorhaube hatte sich in einen Baum gebohrt und die Seitenteile waren durch den Absturz vollkommen verbeult und zerkratzt. Um das Fahrzeug herum glänzte Glas auf dem Boden, verschiedene Fahrzeugteile lagen in der Schlucht verstreut und zeichneten den Weg des Absturzes nach.

Charles hörte Geräusche aus dem Fahrzeug unter sich und spitzte die Ohren. Es war Hayley, die schwach um Hilfe rief. Er richtete die Taschenlampe auf das Wrack, als plötzlich eine Hand erschien, die verzweifelt aus dem zersplitterten Fahrerfenster winkte.

Charles nahm die kleine Taschenlampe in den Mund und hielt sie mit den Zähnen fest, während er in seine Tasche griff. Er zog ein Sturmfeuerzeug heraus und betätigte das Reibrad, um es anzuzünden. Vorsichtig hielt er die Flamme nahe an sein Gesicht, fasziniert von deren Hitze und Farbe. Während er das Feuerzeug mit aller Ruhe senkte, nahm er die Taschenlampe aus seinem Mund und leuchtete mit dem

Lichtstrahl nach unten. Mit einer raschen Bewegung warf er das Feuerzeug auf Hayleys umgedrehtes Fahrzeug, wobei er auf den Treibstoff zielte, der von der Rückseite des Wracks herabtropfte.

Die Kraft der Explosion ließ das Auto einen Moment in die Luft abheben, bevor es wieder am Baumstamm zum Liegen kam. Die Flammen breiteten sich sofort im Unterholz und in den umliegenden Büschen aus.

Charles blieb stehen und beobachtete die Flammen dabei, wie sie das Auto verschlangen. Hayleys Schreie gellten schrill durch die Nachtluft. Er lächelte, als sie allmählich schwächer wurden und schließlich verstummten. Dann schwenkte er den Strahl seiner Taschenlampe über den Grünstreifen zu seinen Füßen, verwischte im Matsch die schwachen Fußabdrücke seiner Schuhe und sorgte damit dafür, dass ihm kein forensisches Team der Welt auf die Schliche kommen konnte. Er schaltete die Taschenlampe aus, lief zurück zu seinem Wagen, startete den Motor und lenkte das Fahrzeug die Bergstraße hinunter.

Als er die Vorstädte von Brisbane erreichte, rasten zwei Feuerwehrfahrzeuge an seinem Wagen vorbei in Richtung des Unfallorts.

KAPITEL 23

:

Der Anrufer wählte eine sechzehnstellige Telefonnummer. Dann hielt er das Handy ans Ohr und hörte den Standard-Freizeichenton eines ausländischen Anschlusses.

Mit unruhigen Schritten ging er durch den Park, während er darauf wartete, dass man auf seinen Anruf reagierte. Als ein Flughund nur knapp über seinem Kopf hinwegsauste, schaute er ihm hinterher und beobachtete, wie das Tier kreischend in einen Baum flog. Die Lichter der Stadt schimmerten durch die Bäume, die die Grenze des Parks bildeten. Er ging tiefer in den Park hinein, entfernte sich von dieser Lichtquelle und suchte den Schatten in der Nähe des Flusses. Dabei folgte er einem asphaltierten Radweg, der um den Park herum bis zum Universitäts-Campus führte.

Während er ging, sah er sich mehrmals suchend um, um sich zu vergewissern, dass ihm niemand folgte. Schließlich wurde die Telefonverbindung hergestellt.

»Philippa Price.«

»Pip, ich bin es«, sagte der Anrufer. »Ist diese Leitung sicher?«

»Ist sie.«

»Wir haben Gesellschaft.«

Am anderen Ende der Leitung herrschte Stille.

Der Anrufer wartete auf Philippas Antwort und schritt währenddessen weiter den Weg entlang, der um den Park herumführte. Um einen einsamen Radfahrer an sich vorbei zu lassen, blieb er stehen und machte den Weg frei. Bevor er weiterlief, blickte er sich noch einmal kurz um und überprüfte die bereits zurückgelegte Strecke.

Schließlich meldete sich Philippa wieder. »Wie viel weiß sie?«

»Nicht nur sie, es sind inzwischen zwei«, korrigierte der Anrufer. »Und sie machen gute Fortschritte.«

»Wer ist ihr Komplize?«

Der Anrufer grinste. »Sag David, es ist ein alter Freund von ihm. Er wird es schon herausfinden, wenn du es nicht schaffst.« Er lächelte in sich hinein, weil er wusste, dass Philippa alles daran setzen würde, das Rätsel zu lösen, bevor sie ihrem Chef davon erzählte.

Der Anrufer konnte Philippa über die Leitung atmen hören. Ruhig und berechnend. »Hat sie die Vorlesungsunterlagen?«

»Ja. Und Fotos. Und Unterlagen, die nach Ansicht ihres Ex-Mannes nicht für die Öffentlichkeit bestimmt waren. Das ist explosives Zeug, Pip. Ich möchte nicht, dass sie irgendetwas davon veröffentlicht.«

»Was hat sie vor?«

»Im Moment sind sie hinter einem Seefracht-Container her, der Brisbane in Richtung Singapur verlassen hat. Ich schätze, sie werden in den nächsten Tagen nach Singapur fliegen, um herauszufinden, was er enthält.«

»Ein Seecontainer?«

»Jap. Glaubst du, das Delaney einen Container benutzen würde?«

Schweigen. Dann zögern. »Vielleicht. Kannst du irgendetwas herausfinden, um das zu bestätigen?«

»Ich kann es zumindest versuchen.«

»Wirst du ihnen nach Singapur folgen?«

»Nicht, solange David das nicht befiehlt. Es könnte sie misstrauisch machen.«

»Da hast du recht.« Erneut breitete sich am anderen Ende der Leitung Stille aus.

Der Anrufer blieb stehen, sah sich kurz um und setzte sich auf eine Parkbank. Seine Augen schmerzten. Er rieb sie mit der freien Hand und gähnte. Dann versuchte er, auf der rauen Oberfläche der Bank eine komfortable Sitzposition zu finden. »Wie weit seid ihr inzwischen gekommen?«

Er hörte am anderen Ende einen Seufzer, bevor Philippa antwortete. »Es fühlt sich so an, als ob wir auf der Stelle treten würden. Im Moment wühle ich mich durch Fusionen und Übernahmen, um herauszufinden, an welchen Goldminen Delaney ebenfalls interessiert ist. Trotzdem haben wir immer noch nicht herausgefunden, was er wirklich damit vorhat. Wir denken, dass es etwas mit dem Effekt zu tun haben könnte, der entsteht, wenn man das Weißes-Gold-Pulver wieder in metallisches Gold umwandelt – eine Art Kernreaktion.«

»Wie eine schmutzige Bombe?«

»Genau, so etwas Ähnliches. David versucht, Informationen von den anderen hiesigen Geheimdiensten zu bekommen, aber leider sind die Chancen, dass sie zurzeit selbst an der Sache dran sind, ziemlich groß, weswegen sie nicht besonders hilfsbereit sein dürften.«

»Das glaube ich dir gern.«

»Hör mal, ich muss gehen. Wir haben in einer halben Stunde ein Briefing mit dem Minister, auf das ich mich vorbereiten soll. Gibt es sonst noch etwas, was du brauchst?«

»Nein, zurzeit nicht. Haltet in ein paar Tagen nach den beiden in Singapur Ausschau. Ich rufe dich wieder an, wenn ich etwas herausgefunden habe.«

»Okay, pass auf dich auf, Mitch.«

Die Aufzugkabine rumpelte den Schacht hinauf. Dan warf einen Blick in die verspiegelten Wände und stellte überrascht fest, wie müde sie beide aussahen. Er konnte das Adrenalin in seinen Adern spüren, das ihn trotz der Erschöpfung anfeuerte. Still lächelte er vor sich hin. Er erinnerte sich nicht daran, wann er das letzte Mal so voller Energie gewesen war, so konzentriert. Als der Aufzug zum Stillstand kam, holte Sarah ihre Zimmerkarte heraus und winkte ihm damit zu.

»Schlummertrunk bei mir?«, fragte sie und hob eine Augenbraue.

Er grinste. »Wenn sich dein Spesenkonto die hiesigen Minibar-Preise leisten kann, dann bin ich definitiv dabei.«

Er folgte ihr den Flur hinunter und wartete, während sie die Tür zu ihrem Zimmer öffnete.

Sie schaltete das Licht an und warf ihre Tasche neben den Fernseher. »Ich bin ohnehin zu aufgeregt, um jetzt zu schlafen«, erklärte sie. »Ich habe das Gefühl, das wir endlich weitergekommen sind. Nimm dir was zu trinken … ich will mich nur schnell von diesem Kleid befreien.« Sie schloss die Badezimmertür hinter sich.

Dan ging zum Kühlschrank und nahm zwei Biere heraus. Er öffnete sie und reichte eines davon Sarah, als sie in Jeans und T-Shirt aus dem Bad zurückkam. Sie stießen ihre Bierflaschen aneinander und prosteten sich zu.

Sarah drehte sich um und griff nach ihrer Tasche. Nachdem sie ihr Handy herausgeholt hatte, fasste sie erneut hinein und zog ihren Laptop heraus. »Da kann ich gleich noch einen genaueren Blick auf die Dokumente werfen, die ich fotografiert habe«, sagte sie. Sie setzte sich auf das Bett und schaltete den Laptop ein.

Dan plumpste auf das kleine zweisitzige Sofa, seine Beine baumelten über der Lehne. Er ließ sie träge hin und her schwingen, während er an seinem Bier nippte und das Ladungsverzeichnis ins Licht hielt, um es erneut zu studieren.

Sarah nahm einen Schluck aus ihrer Flasche und wartete darauf, dass der Laptop den Startvorgang abschloss. Sie griff hinter sich und schob sich das Kissen in den Rücken. Nachdem sie die Beine unter sich gekreuzt hatte, lehnte sie sich zurück und seufzte, während sie durch die Fotos scrollte, die sie von ihrem Telefon herunterlud. »Ich habe ein paar Bilder von Rechnungen gemacht«, erklärte sie. »Es sieht so aus, als wären sie für kleinere Mengen von Chemikalien. Könnte uns das weiterhelfen?«

Dan blickte kurz von dem Ladungsverzeichnis hoch und las dann weiter. »Ich bin mir nicht sicher. Harry vermutete, dass man eine Unmenge an Ausrüstung braucht, um es herzustellen. Ich denke aber auch, wir lassen dabei noch irgendetwas unberücksichtigt.«

Sarah arbeitete sich weiter durch die Bilder, wobei sie jedes sorgfältig betrachtete, sobald es auf dem Bildschirm erschien. »Das hier könnte vielleicht etwas sein. Briefe an Regierungsmitglieder. Welche von hier, aber auch aus Großbritannien. Es sieht so aus, als wäre Delaney intensiv damit beschäftigt, sie davon zu überzeugen, dass sie lieber die

Bergbau-Industrie als die Umweltschützer unterstützen sollten. Ich frage mich, ob er …«

Sie zuckten beide zusammen, als plötzlich das Telefon auf dem kleinen Schreibtisch klingelte.

Dan sah Sarah an. »Hast du irgendwem diese Nummer gegeben?«

Sie schüttelte den Kopf. »Sollten wir da rangehen?«

Dan lief zum Telefon, seine Hand schwebte über dem Hörer. Dann wandte er sich an Sarah. »Du gehst ran.«

Er trat zur Seite und winkte sie zum Telefon. »Schnell.«

Sarah stolperte durch den Raum. »Warum ich?«

»Weil du eine bekannte Journalistin bist, die Freunde in dieser Stadt hat … ich nicht. Wer auch immer da dran ist, weiß wahrscheinlich noch nichts von meiner Existenz und ich möchte, dass das auch so bleibt, solange es geht.«

Sarah nickte. »Okay … dann gib mir den Notizblock und einen Stift. Falls es etwas Wichtiges sein sollte, möchte ich nichts vergessen.«

Sie nahm den Hörer ab. »H-hallo?«

Ein Kichern drang an ihr Ohr. »Gut, gut. Sie sind also doch da. Eine Minute lang dachte ich, Sie würden mich ignorieren.«

Sarah umklammerte den Hörer. »Wer sind Sie?«

»Sie wären aber keine besonders fähige Journalistin, wenn Sie das nicht selbst herausfinden würden.«

Sarah hörte ein langes Ausatmen, als ob es sich der Anrufer für ein längeres Gespräch bequem machte.

Dann fuhr er fort. »Okay, ich werde das Folgende nur einmal sagen, weil Sie eine intelligente Frau sind und wahrscheinlich einen guten Rat annehmen, wenn er Ihnen angeboten wird.«

»Ersparen Sie sich die Schmeicheleien«, unterbrach ihn Sarah. »Was zur Hölle wollen Sie?«

Wieder das Kichern. »Okay, wenn Sie es nicht zivilisiert haben wollen, dann komme ich gleich zur Sache.«

»Endlich«, sagte Sarah.

»Was machen Sie am nächsten Mittwoch?« Der Anrufer hielt inne, wartete auf eine Antwort.

»Nächsten Mittwoch? Warum? Was passiert am Mittwoch?«, fragte Sarah und schnappte sich Notizblock und Stift, die ihr Dan vor die Nase hielt.

»Ich nehme an, als Journalistin notieren Sie sich alles?«, fragte der Anrufer.

»Ja.«

»Gut. Ich hasse es, mich zu wiederholen.«

»Reden Sie weiter«, drängte Sarah.

»Dann schreiben Sie sich Folgendes auf: Nächsten Mittwoch, um zwei Uhr. Ein Ort namens Pinaroo auf der Albany Creek Road.«

Sarah notierte sich die Daten.

»Was ist dort?«, fragte sie, während sie Dan den Notizblock hinhielt, damit er die Nachricht lesen konnte. Er schüttelte den Kopf, konnte also mit der Anschrift auch nichts anfangen.

»Das ist ein Krematorium«, sagte der Anrufer. »Sie wollen doch nicht zu spät zu Hayleys Beerdigung kommen, oder?«

Die Verbindung brach ab und Sarah ließ im gleichen Moment den Hörer fallen, um die Hände vor ihrem Mund zusammenzuschlagen.

»Was ist? Was hat er gesagt?«, fragte Dan verwundert, griff nach Sarah und drehte sie zu sich um.

Unfähig zu antworten, schüttelte sie als Reaktion nur den Kopf. Sie fegte seine Hand von ihrer Schulter und stolperte zur Toilette. Zuerst wollte er ihr folgen, doch als er hörte, wie sie sich erbrach, blieb er stehen. Hilflos blickte er sich im Zimmer um, fuhr sich mit den Fingern durch die Haare und wusste nicht, was er tun konnte. Was zur Hölle war da gerade passiert?

Er wartete, bis die Geräusche im Badezimmer aufhörten, dann nahm er ein Wasserglas aus der kleinen Küchenzeile und füllte es mit kaltem Wasser. Anschließend ging er zum Bad und öffnete die Tür vorsichtig ein Stück.

»Hallo?«

Als er die Tür ganz öffnete, waberte der Geruch von Erbrochenem durch den kleinen Raum. Er ignorierte ihn, stattdessen starrte er auf die Gestalt auf dem umgeklappten Toilettensitz, die den Kopf in den Händen hielt.

»Sarah?«

Dan hockte sich neben sie und stellte das Wasserglas auf dem Boden ab.

»Sprich mit mir, Sarah. Wer war das? Was ist gerade passiert?«

Er beugte sich hinüber, nahm ihren Kopf in seine Hände und hob ihn so weit an, bis er in ihre Augen schauen konnte.

»Sarah, rede mit mir. Wer war da am Telefon? Was hat er zu dir gesagt?«

Sie schüttelte den Kopf, schloss ihre Augen und weigerte sich, ihn anzusehen.

»Bitte.«

Sanft ließ er sie los, wollte sie mit dieser Geste davon überzeugen, dass sie mit ihm sprechen sollte.

Sarah nahm einen tiefen, keuchenden Atemzug, drehte sich dann um. Sie riss mehrere Blätter Toilettenpapier von der Rolle neben sich und putzte sich die Nase. Während sie immer noch das durchweichte Papier in der Hand hielt, sah sie ihn kurz direkt an und dann durch ihn hindurch.

»Sie haben Hayley getötet.«

Dan setzte sich wie betäubt auf den Fliesenboden zurück.

»Ich weiß nicht, wer da am Telefon war«, fuhr Sarah fort. »Aber ich könnte es mit Raten probieren, so wie du sicherlich auch.«

Dan strich sich mit der Hand übers Gesicht. »Oh mein Gott, Sarah.«

»Na ja, leider bringt uns der im Moment nicht viel … hat er nie und wird es auch nie werden«, erwiderte Sarah, stand auf und hob den Klodeckel an. Dann warf sie das Toilettenpapier in die Schüssel und drückte den Spülknopf.

Dan reichte ihr das Glas Wasser. »Hier.«

Sarah nahm es und leerte seinen Inhalt in zwei Zügen. Sie gab ihm das Glas zurück und stand auf.

»Sarah, ich glaube nicht, dass Hayley wollte, dass du jetzt aufhörst – wir sind zu nah dran, herauszufinden, was wirklich los ist«, sagte er und folgte ihr zurück ins Wohnzimmer. »Wenigstens haben wir bekommen, was wir brauchen. Wir können diese Spuren morgen weiterverfolgen. Wir buchen Flüge nach Singapur und finden heraus, wo der Container steckt.«

Sarah drehte sich abrupt um und starrte ihn wütend an. »Was hast du gerade gesagt?«

Er zuckte mit den Schultern. »Hayley war auch Journalistin. Sie würde wissen wollen, warum das alles passiert. Wir können jetzt nicht einfach aufgeben … das hätte sie nie von uns verlangt.«

Sarah stemmte ihre Hände in die Hüften und blitzte ihn weiter an. »Oh, ist das so? Nun, wenn ich wieder in Großbritannien zurück bin und ihre Eltern sehe, werde ich ihnen das bestimmt genauso sagen können. Und ich bin mir sicher, dass sie verdammt froh sein werden, das zu hören.«

Sie schnappte sich ihre Handtasche vom Tisch. »Weißt du was, Dan? Manchmal gibt es mehr im Leben, als immer alle Antworten zu kennen. Ich habe gerade eine wirklich gute Freundin verloren, weil ich mich bereit erklärt habe, dir zu helfen, herauszufinden, was Peters Forschungsaufzeichnungen bedeuten. Die gleichen verdammten Aufzeichnungen, die *ihn* getötet haben.«

Dan wollte nach ihr greifen, doch sie wich knurrend zurück.

»Wage es nicht! Wie viele Menschen müssen noch sterben, Dan? Wie viele?« Sie schluckte. »Scheiße, ich wünschte, ich hätte dich nie getroffen. Ich wünschte, ich hätte nie zugestimmt, dir zu helfen.«

Sie fegte an ihm vorbei.

»Sarah … geh nicht … es ist nicht sicher!«, befahl Dan und wollte nach ihrem Arm greifen.

»Fick dich«, zischte sie und schüttelte seine Hand ab.

Dan drehte sich um und schlug frustriert gegen die Wand. Er spürte den Luftzug, als Sarah aus dem Zimmer stürmte, und schloss die Augen, als sie die Tür hinter sich zuschlug. Fassungslos strich er sich mit der Hand über das Gesicht, voller Wut auf sich selbst. Er legte den Kopf in den Nacken und blinzelte heftig.

»Verdammt«, flüsterte er. »Verfluchte Scheiße.«

Wutentbrannt trat er gegen das Ende des Hotelbettes, ließ dabei Splitter auf den billigen Teppich regnen, dann sackte er auf der weichen Matratze zusammen und fuhr sich verzweifelt mit den Fingern durchs Haar.

Dan zuckte wie von der Tarantel gestochen zusammen, als nach ein paar Momenten sein Telefon klingelte. Er stand auf und zog das Handy aus der Tasche.

»Hallo?«

Der Anrufer schniefte heftig.

»Sarah?«

»Du Bastard. Du kompletter und vollkommen rücksichtsloser Idiot!«

Er hielt das Handy von seinem Ohr weg und wartete, bis die Tirade zu Ende war, bevor er tief Luft holte. »Es tut mir leid.«

»Es tut dir leid?«, fragte Sarah mit erstickter Stimme, »Hast du überhaupt eine Ahnung …?«

Er schloss die Augen. »Ich hab's versaut.«

»Das hast du definitiv.«

Dan fing an, im Zimmer auf und ab zu laufen. »Sarah, du musst zurückkommen, ich brauche dich hier. Wir müssen jetzt in Bewegung bleiben … sonst wird es zu gefährlich. Delaney hat herausgefunden, wer du bist … was der Grund dafür sein dürfte, dass Hayley ermordet wurde. Das war eine Warnung für uns …«

Ein heftiges Klopfen an der Zimmertür unterbrach ihn. Dan riss die Tür auf. Sarah stand auf dem Flur – das Handy in der Hand.

Er hob eine Augenbraue. »Fertig?«

Sie nickte.

»Geht's dir jetzt besser?« Er machte einen Schritt zur Seite, als sie an ihm vorbei in das Zimmer stürmte.

»Arschloch.«

Er lächelte. Zumindest befanden sie sich nun wieder auf vertrautem Territorium.

KAPITEL 24

:

London, England

Philippa lief in einem grauen Hosenanzug durch das Großraumbüro. Der Teppich dämpfte ihre Schritte kaum, während sie zu einem der vollverglasten Besprechungsräume am anderen Ende des Großraumbüros eilte, wobei sie noch einmal einen Blick auf die Dokumente in ihrer Hand warf.

Sie wich einer gestressten Sekretärin aus, bevor sie das Büro auf der rechten Seite erreichte und durch dessen Glaswand blickte. Der Raum lag im Dunkeln, nur das Licht einer Präsentation auf der gegenüberliegenden Wand beleuchtete die andächtigen Gesichter der Anwesenden. Sie drückte den Rücken durch, klopfte einmal, betrat den Raum und schaltete das Licht ein, was kurzerhand eine Protestwelle auslöste.

»Hallo!«

»Philippa! Mach das Licht aus!«

Philippa ignorierte die Forderung und war mit wenigen Schritten am Besprechungstisch, wo sie begann, jedem Teilnehmer Kopien der Dokumente auszuhändigen.

David Ludlow unterbrach seine Präsentation, stand auf und griff über den Besprechungstisch nach dem Bündel Papiere, mit dem Philippa vor ihm hin und her wedelte. »Was ist das?«

Philippa nahm sich einen freien Stuhl und setzte sich. Dann schob sie sich mit den Absätzen näher an den Tisch heran und verschränkte die Arme. »Ein alter Freund von dir ist wieder aus der Versenkung aufgetaucht.«

David ließ sich in seinen Stuhl zurückfallen und blätterte die Dokumente durch. Seinem Beispiel folgend begannen die vier anderen Anwesenden ebenfalls die Unterlagen durchzulesen, während Philippa in Davids Gesicht nach irgendeiner Gefühlsregung suchte.

Im nächsten Moment warf David seine Kopie auf den Tisch, legte die Hände hinter den Kopf und starrte gedankenversunken an die Decke.

Einer der Anwesenden – ein junger Mann, frisch von der Universität und mit einem Teenager-Akne-Problem gestraft – hörte auf zu lesen und blickte zuerst Philippa und dann seinen Vorgesetzten verwirrt an. »Tut mir leid, Sir, aber was genau sehen wir uns gerade an?«

David kicherte und senkte die Hände. »Steve, das hier ist ein Weg, um näher an Delaney heranzukommen, ohne tatsächlich involviert zu werden.«

Philippa nickte. »Dieser Kerl hat neben seiner militärischen Ausbildung auch noch einen Background als Geologe, was bedeutet, dass er, sobald er erkennt, zu was Weißes-Gold-Pulver in der Lage ist, uns dabei helfen wird, Delaney zu stoppen. Ganz egal, was dafür getan werden muss.«

David stand auf und gab den vier Analytikern, die um den Tisch herum saßen, ein Zeichen. »Wir werden dieses Treffen morgen früh fortsetzen. Aktualisieren Sie Ihre Berichte um die neuesten Fakten, gehen Sie die einzelnen Szenarien erneut durch und legen Sie mir eine einseitige Zusammenfassung auf den Tisch, bevor Sie heute Abend nach Hause gehen.«

Als er die Tür öffnete, wandte er sich an Philippa. »Finde heraus, was Dan Taylor getan hat, seitdem er vor drei Jahren die Armee verlassen hat. Ich will einfach alles wissen.«

Philippa klopfte an Davids Bürotür und trat ein. David saß an seinem Schreibtisch und telefonierte gerade. Er gab Philippa ein Zeichen, dass sie sich setzen sollte. Während sie darauf wartete, dass ihr Vorgesetzter sein Telefonat beendete, schweifte ihr Blick im Raum umher. An der Wand rangelten eingerahmte Auszeichnungen mit Fotografien um die besten Plätze. Bilder von David während seiner vielfältigen militärischen Karriere – im Dschungel, in der Wüste, Belize, Irak, Zypern und dazwischen an ein paar nicht identifizierbaren Orten.

Und dann noch Fotos aus der Zeit danach. Die Tapferkeitsmedaille, die Entlassung aus der Armee, ein kurzer Abstecher zu den Geheimdiensten und ein guter Ruf, der auf schnelle Ergebnisse mit minimalem Wirbel fußte.

Philippa fragte sich, wie viele Politikerkarrieren in Fetzen zurückblieben, falls David jemals in die Enge getrieben oder von seinen Vorgesetzten kompromittiert werden würde. Sie drehte sich um, als David den Hörer auf die Gabel zurückwarf.

»Probleme?«

Er schüttelte den Kopf. »Nein … er ist nur bereits weiter, als ich bisher gedacht habe. Seine Reporterfreundin macht offensichtlich einen guten Job.«

Philippa runzelte die Stirn, für einen Moment drang ihr natürliches Konkurrenzdenken an die Oberfläche, bevor sie es wieder herunterschluckte. Sie änderte das Thema. »Ich habe herausgefunden, was dein Freund in den letzten drei

Jahren gemacht hat.« Sie warf einen dünnen Aktenordner auf Davids Schreibtisch.

Er nahm ihn und wog ihn schätzend in der Hand, bevor er sie anblickte. »Ich nehme an, die Antwort ist: Nicht viel?«

Philippa verdrehte die Augen. »Es scheint, als ob wir uns hier über einen hoffnungslosen Fall unterhalten.« Sie schob den Stuhl zurück und streckte ihre Beine aus. »Es sieht ganz so aus, als wäre er wieder beim Erkunden von Mineralienvorkommen gelandet, nachdem er aus der Armee entlassen wurde. Allerdings nur als eine Art Lohnarbeiter … nichts Dauerhaftes.«

Sie beobachtete David dabei, wie er den Inhalt der Akte durchblätterte, und fuhr fort, die Kurzbiografie aus dem Gedächtnis zu wiederholen. »Zwischen den geologischen Aufträgen scheint er rund um den Globus unterwegs gewesen zu sein. Arbeitete in einer Bar in Marsaxlokk in Malta für vier Monate, dann als Koch für eine Firma, die auf den griechischen Inseln Touristentouren veranstaltete. Es scheint, als ob er aus den meisten Jobs, die er in den letzten paar Jahren hatte, gefeuert worden ist. Ich habe Nachweise dafür gefunden, dass sein Pass in Kanada, Brasilien, Argentinien und Neuseeland eingesetzt wurde … ziemlich überall dort, wo es lukrative Bergbau-Industrien gibt …«

David schüttelte verwundert den Kopf. »Scheint mir, als ob sein Leben nach jedem Job als Geologe völlig aus den Fugen geraten ist«, sagte er, als er die Unterlagen sichtete. »Manche Dinge ändern sich nie. Er versucht immer noch aus dem Schatten seines Vaters herauszutreten«, murmelte er.

Philippa runzelte die Stirn. »Was meinst du damit?«

David zuckte die Achseln. »Sein Vater war ein bekannter Mineralienexperte. Er verbrachte den größten Teil von Dans Kindheit damit, für Bergbauunternehmen um die Welt zu reisen. Er war verantwortlich für die Entdeckung einiger der größten Mineralvorkommen in den Siebzigerjahren des letzten Jahrhunderts und machte damit ein ziemliches Vermögen. Ich erinnere mich, wie Dan einmal sagte, dass er das Gefühl habe, er würde nie aus dem Schatten seines Vaters heraustreten können. Was wirklich schade ist, denn wenn ich das hier so lese, scheinen sie beide die gleiche Lust am Abenteuer zu besitzen.«

Er warf die Akte auf den Schreibtisch.

»Also, was ist der nächste Schritt? Folgen wir ihnen?«, fragte Philippa.

David nickte. »Wir beide fliegen nach Singapur. Ich möchte ihn genauer beobachten können. Außerdem will ich nicht, dass er Delaney zu sehr auf die Pelle rückt. Bevor wir tatsächlich eingreifen, müssen wir erst herausfinden, ob es Delaney in der Tat gelungen ist, aus diesem Zeug eine Art Waffe zu schaffen.«

Ehe Philippa weitersprach, beobachtete sie David scharf und wählte dann ihre Worte sorgfältig. »Was auch immer er entwickelt hat – wir müssen alles davon in unseren Besitz bekommen«, sagte sie. »Es gibt keinen Grund, etwas um seiner selbst willen zu zerstören. Die Technologie könnte … nützlich sein.«

»Oberste Priorität ist, diese *Waffe* zu finden und zu verhindern, dass sie gegen uns eingesetzt werden kann«, korrigierte David sie. »Erst wenn diese beiden Vorgaben zu meiner Zufriedenheit erfüllt worden sind – und wirklich erst dann – werde ich anfangen, mir über die Technologie dahinter Gedanken zu machen.«

Philippa verzog die Miene, als David aufstand und zu der Wand mit den Fotos hinüberging. Er nahm eines davon ab und starrte die vier Männer an, die grinsend inmitten einer kargen Wüstenlandschaft neben ihrem gepanzerten Fahrzeug standen, während eine leichte Brise ihre Hemdsärmel aufblähte. David hatte seinen Arm um die Schultern eines anderen Mannes gelegt. Beide lachten den Fotografen an und zeigten dabei auf etwas, das sich außerhalb des Aufnahmebereichs befand.

Philippa trat zu ihm und starrte auf das Foto. »Glaubst du, dass er es machen wird?«

David seufzte und hängte den Bilderrahmen sorgfältig wieder zurück. »Ich glaube, dass er es tun wird, sobald er erkennt, wie schlecht die Chancen für uns stehen. Er ist unglaublich loyal. Er lässt seine Kumpel niemals in Stich, ganz egal, was er von ihnen denkt.«

Philippa machte einige Schritte und nahm ihr Notizbuch vom Schreibtisch. »Ich gehe dann besser, um dafür zu sorgen, dass unsere Flüge noch rechtzeitig gebucht werden.«

KAPITEL 25

:

Singapur

Nachdem sie die Check-in-Formalitäten abgeschlossen hatten, stellten Dan und Sarah ihre Koffer im Hotelzimmer ab und beschlossen, dass, von gelegentlichen Überfällen auf die Mini-Bar des Zimmers mal abgesehen, der Balkon der beste Ort war, um den schwülen Abend zu verbringen.

Sie saßen an einem kleinen Tisch, Dan auf einem Stuhl, den er in einer Ecke zwischen dem Balkon und dem Zimmer verkeilt hatte. Schritt für Schritt ging er noch einmal Peters Notizen und die Ausdrucke der Fotos, die Sarah in Delaneys Arbeitszimmer aufgenommen hatte, durch.

Dan rieb sich mit der Hand über die Augen. »Einiges von diesem Zeug ist einfach unglaublich. Im Grunde kann man sich gar nicht vorstellen, wie viel Einfluss die Industrie auf die Politik eigentlich hat, oder?«

Sarah nickte. »Ich weiß. Und ich kann mich nicht entscheiden, ob ich deshalb nun wütend oder deprimiert sein soll. Die Sache ist die – Peter hatte recht, es wird viel zu selten darüber berichtet. Ich meine, schau dir das an …«, sagte sie und hielt ihm einen Zeitungsausschnitt entgegen. »Hier ist ein Bericht darüber, wie die großen Öl- und Gaskonzerne Interessenvertretungen dafür benutzt haben, um Protestmärsche gegen umweltpolitische Veränderungen in den USA zu organisieren. Sie haben für den Fall, dass irgendein Emissionshandelssystem realisiert werden sollte, als Abschreckungstaktik den Verlust von Arbeitsplätzen in der Branche an die Wand gemalt.« Angeekelt warf sie den Ausschnitt auf den Boden. »Kein Wunder, dass die Öffentlichkeit das Interesse verloren hat.«

»Ja, aber wenn diese Leute bereit sind, zu töten, nur um zu verhindern, dass Menschen wie Peter etwas publik machen, dann sollte die Öffentlichkeit vielleicht doch besser Notiz davon nehmen«, ergänzte Dan.

»Glaubst du das wirklich?« Sarah legte das Dokument ab, das sie gerade in der Hand hielt.

Dan schob die Notizen wieder zusammen. »Nun, wenn Peter herumgelaufen ist und jedem von diesem Wunder-Treibstoff erzählt hat, der die Öl-, Gas- und Kohleindustrie tatsächlich aus dem Geschäft drängen könnte, dann ja.« Er lehnte sich zurück und kippelte mit dem Stuhl gegen die Wand. »Jemandem da draußen ist es äußerst ernst, den Einsatz dieser Technologie zu verhindern, und es sieht mehr und mehr danach aus, als wäre dieser Jemand Delaney.« Er schüttelte den Kopf. »Ich dachte, alle gehen davon aus, dass saubere Kohle-Technologie der beste Kompromiss ist.«

»Das wird ja auch als schnelle Lösung für den Klimawandel durchgedrückt«, sagte Sarah. »Aber saubere Kohle-Technologie ist teuer – ganz zu schweigen davon, dass sie ineffizient ist. Klar, die CO2-Emissionen werden reduziert, doch um die gleiche Leistung wie eines der alten Kohlekraftwerke zu erzielen, muss bis zu 40 Prozent mehr Kohle verbrannt werden.«

»Das verfehlt dann ja wohl den Anspruch, *sauber* zu sein, gewaltig«, sagte Dan.

»Ganz zu schweigen davon, dass die Kohle-Produzenten sich ihre Hände bereits voller Vorfreude reiben. Stell dir nur vor, wie hoch die Nachfrage nach Kohle sein wird, wenn diese sogenannte *saubere* Technologie erst einmal perfektioniert worden ist – vor allem in Ländern wie Indien und China.« Sarah legte ihr Notizbuch beiseite. »Nein, die Wahrheit ist, dass, im Vergleich zu allen Alternativen, Kohle immer noch ein billiger und bewährter Energielieferant für stromerzeugende Unternehmen ist.«

»Okay, aber was glaubst du, wann dieses Weißes-Gold-Pulver ins Spiel kommt?«, grübelte Dan.

Sarah blätterte durch die Forschungsnotizen. »Soweit ich das verstehe, hat Peter genau das als Ausgangspunkt für seine Vorträge genommen. Es entsteht, wenn man Gold bei hoher Temperatur durch ein Gerät schickt, das Spektroskop genannt wird. Allem Anschein nach kann es ein Pulver aus Weißem Gold erzeugen, das für Unternehmen aus der Verteidigungsindustrie interessant sein könnte, aber eben auch für Energieunternehmen. Wenn sie sich diese Kraft zunutze machen könnten, bräuchten wir keine Kohle und kein Öl mehr.« Sie gähnte und streckte sich. »Kannst du mir noch einmal erklären, warum wir nur ein Zimmer haben?«

Dan lächelte. »Weil ich mir Sorgen um dich machen würde, wenn du woanders wärst.« Er stand auf, lehnte sich über die Balkonbrüstung und betrachtete die Lichter auf dem Boat Quay unter sich. »Allerdings darfst du dir aussuchen, welches Bett du willst.«

»Ah, der perfekte Gentleman, richtig?«, lachte Sarah.

Dan zwinkerte. »Nein, ich weiß nur, dass ich die Diskussion ohnehin verlieren würde, also steige ich, solange ich noch kann.« Er ging zur Mini-Bar zurück und nahm ein weiteres Bier heraus, bevor er auf den Balkon zurückkehrte. »Schlaf gut.«

Staub, Blut, Geschrei, ein Höllenlärm …

Dan wurde mit schweißnasser Stirn aus dem Schlaf gerissen. Das Licht war angeschaltet. Er sah sich im Raum um und versuchte, sich zu orientieren. Sein Herz raste und er keuchte, als ob er gerannt wäre. Er rieb sich die Augen und konzentrierte sich auf die Gegenwart. Und sah Sarah auf seinem Bettrand sitzen.

»Was ist los?«, fragte er und blinzelte im Licht der kleinen Nachttischlampe.

Sarah lächelte leicht. »Nichts … ich meine, mir geht es gut.« Sie sah zur Seite. »Du hast im Schlaf geschrien … es klang angsteinflößend.«

Dan fuhr sich mit der Hand über die Augen und setzte sich auf. »Tut mir leid … ich muss geträumt haben.«

Sarah ließ ihren Blick über die Narben, die kreuz und quer auf seiner Brust und den Armen verliefen, gleiten, bevor sie schnell wegschaute und weitersprach. »Es klang eher wie ein Albtraum.«

Dan nickte. »Immer der gleiche, mindestens zweimal pro Woche.« Er seufzte. »Obwohl das schon ein Fortschritt ist.«

»Würde es dir helfen, darüber zu sprechen?«

Dan schüttelte den Kopf. »Zwölf Monate Behandlung durch die Armee-Psychiater konnten es nicht in Ordnung bringen – also nein, das würde es wohl nicht.«

Er hob seine Hand nach oben und berührte ihre Wange, sie war warm und weich. Sarah lächelte und ließ ihren Blick auf ihm ruhen. Er streichelte mit der Hand ihre Schulter und strich dann sanft mit dem Daumen über einen blauen Fleck auf Sarahs Arm. Sie fuhr zusammen.

»Tut mir leid«, lächelte er. »Ich wusste nicht, dass es noch weh tut.«

Sie zuckte die Achseln. »Ich bin nicht so hart wie du.«

Dan sah sie an und hielt dabei ihr Handgelenk umfasst. »Ich weiß nicht … du hältst dich bisher ganz gut.«

Sarah zog ihre Hand zurück, stand auf und durchquerte das Zimmer. Sie stöberte in den kleinen Flaschen, die neben dem Wasserkessel aufgereiht standen, und wählte zwei aus. Dann schraubte sie die Verschlüsse ab und warf sie in den Papierkorb. Einer landete auf dem Rand des Korbes und hüpfte auf den billigen Teppich. Sie ignorierte ihn. Stattdessen drehte sie sich zu Dan um und hielt die beiden kleinen Flaschen hoch. »Brandy oder Whiskey?«

»Whiskey.«

Sarah reichte ihm das Fläschchen und setzte sich dann wieder auf das Ende seines Bettes. Sie nahm einen Schluck Brandy, fast so, als ob sie sich damit selbst beruhigen wollte, und sah Dan nachdenklich an. »Ich weiß absolut nichts über dich, oder?«

Dan lächelte sanft. »Geht mir genauso. Und du möchtest garantiert keine solchen Träume haben.«

»Vertraust du überhaupt jemandem?«

Er schüttelte den Kopf. »Nicht wirklich. Um ehrlich zu sein, habe ich es aufgegeben. Nach meiner Erfahrung führt das nur zu Enttäuschungen.«

Sarah sah wieder zur Seite.

Dan trat sie sanft durch die Bettdecke hindurch.

»Nimm das nicht persönlich. Es ist einfach so.«

Sie nickte und beobachtete Dan dabei, wie er einen Schluck vom Whisky nahm. Er verzog das Gesicht und starrte das Etikett an.

»So schlimm?«, fragte Sarah.

»Absolut widerlich«, grinste er. »Was wahrscheinlich bedeutet, dass er wirkt.«

KAPITEL 26

:

Die Skyline von Singapur schimmerte im Dunst des frühen Abends. Sarah regelte die Klimaanlage im Auto etwas höher und schaute anschließend wieder nach vorn durch die Windschutzscheibe, während Dan den Wagen die belebte Autobahn entlang steuerte. Sie warf einen prüfenden Blick auf die Karte auf ihrem Schoß und zeigte dann nach links.

»Hier«, sagte sie. »Da ist Keppel Harbour. Der Eingang zu den Docks müsste etwa eine Meile hier runter auf der linken Seite sein.«

Sarah studierte die Karte. »Achte auf ein Schild nach Pasir Panjang. Bevor wir Brisbane verlassen haben, hab ich mit einem Kerl von der Frachtfirma gesprochen, er meinte, dass der Container wahrscheinlich dort entladen worden ist.«

Dan verringerte das Tempo und bog nach links ab. »Hast du dir Gedanken darüber gemacht, wie wir durch die Tore kommen?«, fragte er. »Ich vermute nämlich, dass sie bewacht werden.«

Sarah kramte in ihrer Tasche und hielt einen Ausweis hoch. »Presseausweis. Ich werde ihnen erzählen, dass ich für eine Reisezeitschrift an einer Geschichte über den Schifffahrtshafen schreibe. Hoffentlich werden sie nicht allzu viele Fragen stellen.«

Dan fuhr langsamer, als die Einfahrt zu den Docks vor ihnen auftauchte.

»Da ist das Hinweisschild für das Terminal«, sagte Sarah und deutete nach links.

Ein kleiner, stämmiger Mann lehnte sich aus einem winzigen Beton-Wächterhäuschen. Er bemerkte, wie sich das Auto näherte und trat neben die rot-weiß gestreifte Schranke, die ihnen den Weg blockierte. Er gab Dan ein Zeichen, zu stoppen.

Dan ließ das Fenster herunter und brachte den Wagen zum Stehen. Dann lehnte er seinen Ellenbogen aus dem Fensterrahmen und versuchte sein Bestes, um lässig auszusehen.

»Kann ich helfen?«, fragte der Wächter. Nicht freundlich und erst recht nicht hilfsbereit. Eben so, als würde er das Tag für Tag unzählige Male sagen.

Sarah beugte sich über Dan hinweg und lächelte den Wachmann an, als sie ihren Presseausweis kurz in seine Richtung aufblitzen ließ. »Hallo! Ich komme aus England. Ich schreibe für ein Kreuzfahrtmagazin einen Artikel über den Versandhafen. Mein Redakteur müsste eigentlich angerufen haben.«

Der Wächter hielt den Kopf schräg und grunzte. Überlegte. »Und er?«, fragte er dann und deutete auf Dan.

»Ich bin der Fotograf«, grinste Dan. »Wir sollten nachher bei Sonnenuntergang ein paar tolle Schüsse hinbekommen.«

Der Wächter nickte. »Warten Sie hier.« Er ging zu seinem Wächterhaus zurück. Die Schranke blieb unten.

»Was macht er?«, flüsterte Sarah.

»Wahrscheinlich sucht er nach einer Mitteilung, wann dein *Redakteur angerufen hat.*«

Sie beobachteten den Wachmann durch das Fenster seiner Betonhütte. Sein Kopf war gesenkt. Während er hektisch das Wachbuch durchblätterte, konnten sie die Ecken der Seiten aufblitzen sehen. Schließlich blickte er auf. Er schaute aus dem Fenster direkt zu Dan und Sarah, die mit hoffnungsvollen Gesichtern im Auto saßen. Dan lächelte und winkte ihm zu.

»Was ist los?«, fragte Sarah. »Denkst du, dass er uns hereinlässt?«

»Keine Ahnung«, murmelte Dan, als der Wachmann seine Hütte verließ und erneut auf ihr Auto zukam.

Nach einem prüfenden Blick auf das Klemmbrett in seiner Hand runzelte der Mann die Stirn. »Wann, sagten Sie, hat Ihr Redakteur angerufen?«, fragte er.

»Ich habe kein Datum genannt«, antwortete Sarah immer noch lächelnd, »aber ich denke, es muss irgendwann in der letzten Woche gewesen sein. Ich weiß es wirklich nicht … ich war zu beschäftigt, um einen günstigen Last-Minute-Flug zu bekommen.«

Der Wachmann richtete sich auf und blickte über die Schranke auf die Docks hinaus. Dan und Sarah folgten seinem Blick. Sie waren verführerisch nah.

Der Mann schien eine Entscheidung zu treffen. Vielleicht wollte er in dem Artikel nicht als Beispiel für übereifrige Bürokraten erwähnt werden, vielleicht war es aber auch nur das Ende seiner Schicht. Er bückte sich zu Dans offenem Fenster und hielt ihm das Klemmbrett entgegen.

»Okay. Unterschreiben Sie beide hier.«

Dan nahm den auf dem Klemmbrett befestigten Vordruck entgegen und schrieb seinen Namen so unleserlich wie möglich, bevor er ihn an Sarah weitergab. Versteckt gab er ihr ein Zeichen, dasselbe zu tun. Sie bemerkte den Hinweis, kritzelte ihren Namen in das nächste freie Feld und reichte das Klemmbrett an Dan zurück. Der gab es durch das Fenster an den Wachmann weiter.

Nachdem die Formalitäten erledigt waren, warf der Wachmann einen kurzen Blick auf das Klemmbrett und runzelte bei den Einträgen für einen Moment erneut die Stirn. Er hielt inne, überlegte kurz, die beiden Leute noch einmal unterschreiben zu lassen, änderte dann aber seine Meinung. Der Schichtwechsel war in weniger als einer Stunde und es war ihm egal – man bezahlte ihm nicht genug dafür, dass er auch noch überprüfte, ob die Schönschreib-Fähigkeiten der Besucher ausreichend waren.

»Fahren Sie durch, wenn ich die Schranke gehoben habe«, wies er an und ging weg.

Dan atmete erleichtert aus, während er das Autofenster schloss. Sarah konnte ihre Aufregung kaum zügeln.

»Wir haben es geschafft … wir sind drin!«, stieß sie hervor.

»Ja, gut, aber beruhige dich jetzt, sonst fragt er sich noch, warum um alles in der Welt du so begeistert von deinem Auftrag bist, und wir enden damit, wieder herausgewunken zu werden.« Dan beobachtete, wie die Schranke sich hob, und fuhr langsam darunter hindurch. Kein Grund für Hektik.

Sarah biss sich auf die Lippe und hielt den Atem an, bis sie am Wächterhaus vorbei und unter der Schranke durch waren, dann begann sie, mit ihren Fäusten in die Luft zu stoßen. »Ja! Und jetzt lass uns diesen Container finden!«

Dan steuerte das Auto sorgfältig über den pockennarbigen Asphalt. Die Sonne neigte sich dem Horizont entgegen und es wurde zunehmend schwieriger, im verblassenden Licht irgendetwas zu erkennen. Der Schalter für die Scheinwerfer befand sich an ungewohnter Stelle, doch er fand ihn. Der Lichtstrahl beleuchtete Hinweisschilder für diverse Docks, die in verschiedene Richtungen zeigten. Er riskierte einen Blick nach rechts auf einen gewaltigen Frachter, der unter Flutlicht entladen wurde. Ein riesiger Kran hob jeden Container hoch, als ob er eine Streichholzschachtel wäre. Dann platzierte er ihn auf einem Tieflader, der geduldig unter ihm ausharrte. Dan nahm Gas weg und blickte zur Seite, um eine Prozession von Lastwagen zu betrachten, die entlang des Docks aufgereiht standen und warteten, bis sie an der Reihe waren.

»Meine Güte, wie groß ist dieser Ort denn?«, rief Sarah aus.

»Er ist riesig«, antwortete Dan. »Gut über die Hälfte des weltweiten Seefrachtverkehrs läuft hier durch.«

Sarah zeigte auf ein Schild, das an einer Straßenkreuzung an einem Pfosten befestigt war. »Dort … nimm diese Straße.«

Dan fuhr einen breiten Betonweg hinunter und parkte den Wagen schließlich hinter einem Container. »Dann mal los«, sagte er und stieg aus.

Sie gingen langsam um die hoch aufragenden Containerstapel herum. Niemand sagte ein Wort – sie waren zu sehr vom schieren Ausmaß dieses Frachthafens eingeschüchtert – wie auch von der Aufgabe, die sie sich gestellt hatten.

»Es schien so einfach, als wir das in Brisbane besprochen haben«, sagte Sarah. »Ich hatte ja keine Ahnung, dass dieser Hafen so groß sein würde.«

»Ich auch nicht. Allerdings bin ich dem Typen von der Frachtfirma jetzt noch dankbarer, dass er dir verraten hat, dass das Terminal auf dem Ladungsverzeichnis dieses hier ist.« Dan drehte sich einmal um die eigene Achse und starrte auf die Containerstapel, die sich in alle Richtungen so weit erstreckten, wie er sehen konnte. »Ansonsten wären wir hier ewig unterwegs.«

»Schauen wir uns das Verzeichnis noch einmal an. Ich bin mir sicher, dass es darauf einen Identifikationsstempel oder einen anderen Hinweis in der Art gibt. Vielleicht hilft uns das ja weiter.«

Dan griff in seine Hemdtasche und zog das abgegriffene Dokument heraus. Er faltete es auseinander und starrte es hilflos an. Ein Geräusch hinter ihm ließ ihn herumfahren.

Zwei Dockarbeiter schwatzten auf malaysisch miteinander und lachten dabei.

»Warte hier«, sagte Dan zu Sarah und wandte sich dann an die beiden Männer.

»Hey«, sagte er, hob winkend die Hand und lächelte. Die Dockarbeiter blickten verschüchtert zu ihm hoch, vergaßen dabei ihre Zigarettenpause.

»Sorry, Leute«, sagte Dan, »könnt ihr mir sagen, welche von diesen Containern erst nach Silvester angekommen sind?«

Die Männer betrachteten ihn misstrauisch.

»Warum wollen Sie das wissen?«, fragte der kleinere der beiden und schützte seine Augen vor dem blendenden Licht der Sonne, die mittlerweile hinter Dan unterging.

Dan zuckte mit den Achseln, wirkte vollkommen entspannt. Er deutete mit einem Nicken auf Sarah.

»Meine Frau und ich sind gerade aus England hergezogen.« Verschwörerisch senkte er die Stimme. »Ich werde mächtig

Ärger bekommen, wenn unsere Möbel nicht in einem Stück angekommen sein sollten.« Er zwinkerte.

Die Männer nickten lachend. Der größere der beiden nahm einen tiefen Zug von seiner Zigarette und blickte die lange Reihe der Container entlang.

»Haben Sie die Nummer des Containers?«

Dan zeigte ihm die Nummer auf dem Ladeverzeichnis. Der Mann nickte. Er legte Dan die Hand auf die Schulter und drehte ihn in Richtung des Hafens herum.

»Das wären dann die da. Die sind nach ihrer Ankunft nicht sofort auf Trucks verladen worden. Die letzten drei Reihen dort unten.«

Dan dankte den beiden Männern und kehrte grinsend zu Sarah zurück.

»Bingo«, sagte er. »Folge mir.«

KAPITEL 27

:

Dan machte sich auf in Richtung der Container, auf die die Dockarbeiter gezeigt hatten.

»Ich hoffe, Sie genießen Ihren Aufenthalt hier!«, rief ihm der Kleinere hinterher.

Sarah drehte sich zu Dan. »Was hat er gesagt?«

»Ist nicht so wichtig. Geh einfach weiter«, sagte er, drehte sich um und winkte den Dockarbeitern zu.

Sie erreichten die letzten paar Reihen der hochgestapelten Container.

»Okay«, sagte Dan. »Nach Auskunft unserer Freunde dort hinten, sind das die letzten Container, die eingetroffen sind. Dann lass sie uns mal überprüfen. Hast du einen Stift?«

Sarah öffnete ihre Handtasche und kramte darin. Sie gab ihm einen Kugelschreiber und beobachtete interessiert, wie er die Referenznummer des Manifests auf seine Handfläche schrieb, bevor er ihr das Dokument zurückgab. Er blickte auf, bemerkte, wie Sarah ihn anstarrte.

»Nein, ich habe kein fotografisches Gedächtnis«, erklärte er. »Ich bin nur ein stinknormaler Typ.« Er grinste und gab ihr den Stift zurück.

Sie teilten sich auf. Dan wies Sarah an, sich den linken Stapel vorzunehmen, während er den rechten durchsuchte. Langsam ging er um die farbigen Container herum. Es schienen sechs Farben zur Verfügung zu stehen: Rot, grün, blau, weiß, rostig und richtig verrostet. Er hielt den Kopf schräg nach oben, um die seitlich angebrachten Seriennummern lesen zu können. Ab und zu schaute er wieder nach unten, um dem Schmerz etwas entgegenzuwirken, der seinen Nacken heraufkroch. Ein plötzlicher Aufschrei ließ ihn herumfahren.

»Dan! Schau dir das an!«

Er drehte sich einmal um die eigene Achse, versuchte herauszufinden, aus welcher Richtung ihre Stimme kam. »Wo bist du?«, schrie er.

»Geh zum Hauptkorridor zwischen den Containern, ich finde dich dann schon.«

Er lief den Weg zurück, den er gekommen war. Als er um eine Ecke bog, rannte er fast in Sarah hinein. Dan umfasste ihre Schulter.

»Ist bei dir alles okay?«

»Ja, klar«, antwortete sie nickend. »Komm her und schau dir das.«

Sie nahm seine Hand und dirigierte ihn durch die Containerstapel auf der anderen Seite, bis sie vor einem hellblauen, verrosteten Container anhielten. Die Klapptür stand weit offen. Sie gab Dan das Ladeverzeichnis.

»Das ist er.« Dan starrte erst auf das Dokument, dann auf die Nummer, die auf der Klappe des Containers aufgedruckt war. »Scheiße. Wir kommen zu spät.« Frustriert schlug er gegen die Seite des Containers. Sie waren so nah dran gewesen.

Sarah sah ihn fragend an. »Und was machen wir jetzt?«

Dan zuckte mit den Achseln, gab Sarah das Dokument zurück, steckte die Hände in die Hosentaschen und betrat dann den offenen Container. Er stellte sich in die Mitte, dorthin, wo das Licht der Flutlichtstrahler gerade noch hinreichte, drehte sich einmal um die eigene Achse. Dann fing der Boden seinen Blick. Plötzlich runzelte er die Stirn und ging er in die Knie, um sich den Boden des Containers genauer anzusehen. Ein freudiges Grinsen breitete sich auf seinem Gesicht aus.

»Schau dir das an«, rief er und wandte sich der offenen Tür zu.

Sarah starrte ihn fragend an, kletterte dann aber doch in den Container und betrachtete die Stelle, auf die Dan zeigte.

»Sieht aus wie … wie Motoröl«, stellte sie verwundert fest.

Dan lächelte noch immer. »Sieht so aus, als ob er ein Auto hätte, oder?«

Sarah blickte ihn an. »Und … wo ist es?«

Dan schlüpfte an ihr vorbei und ging schnell zwischen den Containern zurück. Dann schaute er sich so lange um, bis er eine verräterische Rauchwolke entdeckte, auf die er zulief.

»Hallo«, sagte er.

Die beiden Dockarbeiter zuckten zusammen, stießen mit den Füßen ein Kartenspiel unter den nächstgelegenen Container und drehten sich gleichzeitig zu Dan um.

»Ja?«, fragte der Kleinere.

Dan hielt seine Hände beschwichtigend in die Höhe. »Ist okay für mich – kein Problem.«

Die beiden Männer entspannten sich und lächelten.

Dan warf einen Blick auf die Container hinter sich und dann auf die zwei Dockarbeiter.

»Habt ihr in den letzten paar Wochen beobachtet, dass aus einem der Container da hinten ein Auto herausgefahren wurde?«, fragte er.

Der Größere grinste. »Ah! Toller Wagen!«, rief er.

Dan nickte lächelnd und versuchte dabei, seine Aufregung in Schach zu halten. »Hört mal«, sagte er und senkte die Stimme, »meine Frau hat gemeint, dass der Wagen eigentlich als Geschenk für meinen Geburtstag in der nächsten Woche gedacht ist, aber …«, fügte er hinzu, wobei er sich kurz umblickte, so als wolle er sicherstellen, dass Sarah nicht in Hörweite war. »Habt ihr eine Ahnung, von welchem Hersteller der Wagen ist?«

Der Mann kicherte, er schien hocherfreut zu sein, das Geheimnis teilen zu dürfen. »Ja, ja. Schwarze Limousine … vier Türen. Deutscher Hersteller, neuestes Modell.« Er grinste. »Sie sind wirklich ein Glückspilz.«

Dan stieß vor Freude die Faust in die Luft. »Irgendeine Ahnung, wo es hingefahren wurde?«, fragte er.

Der Dockarbeiter zog Dan mit sich und ging zwischen zwei Reihen von Containern hindurch. Als sie deren Rand erreicht hatten, deutete er auf einen Punkt vor ihnen.

»Die haben ihn dort reingefahren.«

Dans Blick folgte dem Finger des Mannes und entdeckte eine Reihe von Lagerhäusern. Er dankte dem Dockarbeiter und hastete zu Sarah zurück.

»Komm und schau dir das an. Es sieht so aus, als ob wir endlich Glück hätten.«

Sie liefen schnell zu den Lagerhallen, deren Silhouetten sich im Licht der untergehenden Sonne abzeichneten. Dan blickte sich um, als plötzlich ein automatischer Timer ein Flutlichtstrahler nach dem anderem einschaltete, wodurch die Terminals und Docks in oranges und weißes Licht getaucht wurden. Selbst in der Nacht schienen die Aktivitäten auf den Docks weiterzugehen – Containerschiffe und Frachter wurden von Schleppern zu den Terminals gezogen, während Kräne hin und her geschwenkt wurden.

Dan und Sarah verlangsamten ihre Schritte, als sie sich den Lagerhallen näherten. Nach der Enttäuschung mit dem leeren Container konnte Dan seine Aufregung kaum in Zaum halten, als er vor der ersten Hallentür stehen blieb.

»Hat er gesagt, in welche Halle der Wagen gebracht wurde?«, fragte Sarah.

»In die Drittletzte. Anscheinend haben die Hallen auch auf der Rückseite Türen, die zu den Docks führen. Aber der Dockarbeiter meinte, er hätte er auf jeden Fall gesehen, wie ein Auto aus dem Container in diese Lagerhalle durch diese Türen hier gefahren wurde.«

Dan ging zielstrebig auf die Halle zu.

»Warte mal«, Sarah griff nach seinem Arm. »Meinst du nicht, dass sie bewacht wird?«

Dan blieb stehen. »Das glaube ich eigentlich nicht. Ich vermute, Delaney ist so arrogant, dass er eine Bewachung für unnötig hält.« Er machte eine kurze Pause. »Aber vermutlich sollten wir unsere Augen trotzdem offen halten.«

Sarah nickte zustimmend. »Okay, g geht klar.«

Sie bewegten sich eng an der Vorderseite der Gebäude entlang und versuchten dabei, mit dem Schatten zu verschmelzen, den die Vordächer warfen, um sich so unbemerkt der dritten Halle zu nähern. Kurz bevor sie diese erreichten, schob Dan Sarah plötzlich hinter sich und hob warnend die Hand. *Warte.*

Ohne sie schlich er zum dritten Gebäude weiter, bis er schließlich vor der riesigen Flügeltür stand. Sie war aus

Wellblech gefertigt, die Griffe wurden durch eine Kette gesichert, an der ein Vorhängeschloss hing. Sarah kam ihm vorsichtig hinterher. »Bekommst du das Schloss mit dem gleichen Trick geknackt, den du in Delaneys Büro benutzt hast?«, wisperte sie.

Dan verdrehte die Augen. Er hatte geahnt, dass er irgendwann mal für diesen Glücksfall würde bezahlen müssen. Achselzuckend griff er in der Tasche seiner Jeans nach dem kleinen Multifunktionswerkzeug und ließ es aufschnappen.

»Gib mir Rückendeckung«, sagte er zu Sarah. »Das dürfte jetzt ziemlich verdächtig aussehen.«

Sie nickte und wandte sich von ihm ab. Dan schloss die Augen und stieß ein kurzes Stoßgebet an einen Gott, an den er nicht glaubte, aus, bevor er sich ans Werk machte. Er drehte das kleine Metallwerkzeug im Vorhängeschloss einige Male hin und her und hob erstaunt die Augenbrauen, als es im Mechanismus plötzlich klickte und sich das Schloss öffnete. Mit stillem Dank blickte er zum Himmel und drehte sich dann zu Sarah. »Wir sind drin.«

Er drückte gegen die Griffe der Hallentür, die sich ächzend öffnete. Als die ersten Strahlen der Flutlichtlampen in den dunklen Innenraum fielen, schnappte Sarah nach Luft. Die Lagerhalle war voller Fahrzeuge – hunderte davon. Kurzerhand traten sie in das Lagerhaus.

Sarah stemmte die Hände in die Hüften und wandte sich dann an Dan. »Na gut, und was machen wir jetzt?«

Verzweifelt fuhr er sich mit den Fingern durch die Haare. »Scheiße! Aber irgendwo hier drin muss der Wagen sein!« Er kniff die Augen zusammen, versuchte, das Dämmerlicht zu durchdringen. »Okay, zuerst brauchen wir mehr Licht.«

Sarah lief zur Hallentür zurück und suchte den Bereich nach Lichtschaltern ab.

»Das hier könnte was sein … warte mal.«

Eine Reihe von Leuchtstofflampen begann nacheinander an der Hallendecke aufzuflammen. Es schien eine Ewigkeit zu dauern. Als endlich alle Lampen brannten, starrte Sarah keuchend zur Decke hinauf. »Verdammt … diese Halle ist ja riesig, Dan. Da werden wir ewig brauchen!«

»Am ehesten finden wir den Wagen, wenn wir uns aufteilen«, antwortete er. »Ruf mein Handy an und bleib dran. Falls es Probleme geben sollte oder du irgendetwas findest, kannst du mir sofort Bescheid sagen.«

Sarah nickte, wandte sich der linken Hallenseite zu und setzte sich in Bewegung, um die Fahrzeuge auf ihrer Seite zu überprüfen.

Dan drehte sich um und begann, die rechte Seite der Halle abzugehen. Während er ging, warf er prüfende Blicke nach links und nach rechts. Der Wagen musste hier irgendwo sein, er musste einfach. Er sah hoch und beobachtete Sarah dabei, wie sie die gegenüberliegende Hallenwand abschritt. Vermutlich teilte sie den gleichen leicht geschockten Ausdruck wie er auf ihrem Gesicht. Es waren eben wahnsinnig viele Fahrzeuge. Die verschiedensten Hersteller, Modelle, Karosserieformen und Farben. Reihe um Reihe, von einem Ende der Halle bis zum anderen.

Sarahs Stimme war leise aus dem Lautsprecher seines Handys zu hören. Er hielt es sich dichter ans Ohr. »Kannst du das noch mal sagen?«

»Ich fragte … alle diese Fahrzeuge sind wirklich in Privatbesitz?«

Er sah sich um. »Ja. Die Wagen, die für die Händler bestimmt sind, werden nach ihrer Ankunft direkt bei den Hafenarbeitern geparkt, damit sie gleich auf die Autotransporter geladen werden können.«

Er ließ das Handy in die Brusttasche seines Hemdes zurückgleiten und sah sich weiter um. Sarah machte gute Fortschritte, allmählich verschwand sie in den dämmrigen Tiefen an ihrem Ende der Lagerhalle. Dan betrachtete seufzend die Autos um ihn herum und träumte davon, mit einem von ihnen eine Testfahrt machen zu dürfen.

Langsam schlurfte er den schmalen Weg zwischen den Fahrzeugen entlang, wobei er vorsichtig darauf achtete, keines davon zu berühren, um nicht versehentlich einen Alarm auszulösen. Er runzelte die Stirn, als er eine tiefergelegte silberne Sportlimousine entdeckte. Sie schien mehr Platz um sich herum zu haben als die anderen Fahrzeuge.

Als er sich dem Sportwagen näherte, sah er, dass das Auto zwei Parkbuchten beanspruchte. Er ging um das Fahrzeug herum und überprüfte alle Ecken. Dann ging er in die Knie und spähte unter den Wagen.

Eine dunkle Pfütze hinter dem rechten Vorderrad erregte seine Aufmerksamkeit, als sich die Lichter der Lagerhalle darin spiegelten. Dan ging auf Hände und Knie hinunter, streckte seine linke Hand unter das Fahrzeug und tupfte mit der Fingerkuppe etwas von der dicken Flüssigkeit auf. Er zog die Hand zurück und betrachtete seinen Finger.

Motoröl.

Er warf einen weiteren Blick unter die silberne Limousine. Das Öl war an der falschen Stelle. Sie stimmte nicht mit der Lage des Motorblocks darüber überein.

»Was bedeutet, dass dieses Fahrzeug hier abgestellt wurde, um zu verbergen, dass die schwarze Limousine bereits abgeholt worden ist«, murmelte er.

»Wie immer eine deduktive Glanzleistung, Dan«, ertönte plötzlich eine Stimme hinter ihm, einen Sekundenbruchteil bevor er den kalten Stahl eines Pistolenlaufs in seinem Nacken spürte und das scharfe Klicken hörte, als die Waffe entsichert wurde.

KAPITEL 28

Im Süden des Japanischen Meeres

Miles Brogan nahm seine Hände von den Steuerungselementen und überprüfte den Bericht, der ausgedruckt vor ihm lag. Für die Gewässer jenseits Socotra Rocks gab es eine Warnung vor einem Sturm, der sich auf das Japanische Meer zubewegte. Die Warnung war weiterhin aktuell und Brogan hatte seine Mannschaft angewiesen, dafür zu sorgen, dass die Ladung fest verzurrt war, damit das Schiff bei hoher See nicht ins Rollen kam.

Mit sechsundfünfzig hatte Brogan mehr als dreißig Jahre Erfahrung als Seemann. Sein braunes Haar war von der Sonne ausgeblichen und zeigte nur wenig Grau, während seine Haut die tiefe Bräune von jemandem besaß, der die meiste Zeit seines Lebens im Freien verbrachte.

Ohne dass seine Crew es wusste, sollte diese Fahrt mit dem Frachter namens *World's End* seine letzte werden. Ein Kunde hatte in letzter Minute darauf bestanden, seine Luxuslimousine als Fracht nachzumelden und fürstlich für die beiden Abteile bezahlt, die sein Auto jetzt in Anspruch nahm. Es war nichts Ungewöhnliches, das Leute nach dieser Dienstleistung fragten und Brogan musste nicht besonders viele Vorschriften brechen, um dem Kunden seinen Wunsch zu erfüllen. Der Klient war beeindruckt gewesen und Brogan wusste den Bonus zu schätzen, auf den der Auftraggeber als Honorierung seines persönlichen Einsatzes bestanden hatte. Er beabsichtigte nicht, seinen Arbeitgeber davon zu erzählen, denn die Prämie würde ihm den Ruhestand finanzieren. Er plante, mit seiner Frau die nächsten Jahre um die Welt zu segeln, bevor er sich an einem ruhigen Ort niederlassen wollte.

Der Eigentümer hatte hartnäckig gefordert, dass rund um das Fahrzeug ein bestimmter Sicherheitsabstand eingehalten wurde, und war deswegen auch bereit gewesen, zwei Ladungsplätze anzumieten. Er bestand sogar darauf, einen seiner Angestellten zu schicken, der die Limousine persönlich auf den Frachter fahren sollte. Vermutlich vertraute er den hochqualifizierten Schiffsbeladern im Hafen von Singapur nicht.

Brogan zuckte mit den Achseln. Der Kunde zahlte einen Höchstpreis dafür, dass das Fahrzeug nach Südkorea transportiert wurde, und konnte daher auch, soweit es ihn betraf, machen, was er wollte. Nachdem die Limousine verladen worden war, hatte Brogan versucht, durch die verdunkelten Scheiben einen Blick ins Innere zu werfen, hatte aber nichts erkennen können.

Und zu versuchen, die Türen zu öffnen, würde auch zwecklos sein, der Angestellte des Auftraggebers hatte nämlich die Wagentüren abgeschlossen und Brogan angelächelt, während er die Schlüssel in seiner Hosentasche verschwinden ließ.

»Die werden Sie nicht brauchen«, hatte der Mann zu ihm gesagt, während er seine Brillengläser polierte, »ich werde Sie am Zielhafen erwarten.«

Brogan hatte das Geld genommen und keine weiteren Fragen gestellt. Er musste nichts anderes machen, als zum

Hafen von Busan in Südkorea zu fahren, so wie es die ganze Zeit über geplant war. Nur mit einem zusätzlichen Fahrzeug an Bord. Ganz einfach.

Er rollte in seinem Sitz auf die Steuerungsinstrumente zu und machte es sich für die nächste Etappe ihrer Fahrt bequem. Die *World's End* fuhr mit einer Besatzung von neun Mitgliedern inklusive Brogan. Es gab keine großen Hierarchien an Bord. Die meisten der Crewmitglieder waren ohnehin Techniker und Mechaniker, die lediglich dafür sorgten, dass die Maschinen des Frachters während ihrer Fahrt problemlos funktionierten.

Brogan gähnte. Es wurde langsam Zeit für den Schichtwechsel mit dem Ersten Maat. Er grübelte über Chris Westons Reaktion nach, als der von der zusätzlichen Ladung erfahren hatte. Brogan hatte ihm dafür keine Erklärung gegeben und Chris hatte auch nicht nach einer gefragt, obwohl er Brogan dabei ertappt hatte, wie er die im Laderaum abgestellte Limousine anstarrte. Er hatte lediglich mit den Schultern gezuckt, als sein Kapitän ihn aufforderte, sich gefälligst um seine eigenen Angelegenheiten zu kümmern.

Brogan griff nach dem Mikrofon für das Tannoy-System, das mit Lautsprechern auf dem gesamten Schiff verbunden war.

»Hey, Chris? Bring uns auf dem Weg nach oben einen Becher Kaffee mit, danke.«

Brogan lehnte sich wieder in seinen Stuhl zurück und legte die Füße auf das Steuerungspult. Das stand zwar bestimmt nicht in der Dienstvorschrift, aber dafür war es bequem.

Seine Augen wanderten automatisch über den Horizont. Die Sonne begann, an Backbord unterzugehen und dabei

Wolken und Kondensstreifen mit sich zu ziehen. Brogan ließ seinen Blick über den Horizont schweifen – die pinken und gelben Farbtöne des Sonnenuntergangs warfen Schatten auf das Schiffsdeck. Entspannt überlegte er, welche Art von Jacht er sich bei seiner Rückkehr kaufen würde. Zuhause. Im Ruhestand.

Brogan hörte, wie die Tür hinter ihm geöffnet wurde, ein Windstoß ließ die Seekarten rascheln. Er wusste, dass er sich auf das GPS und das Radar verlassen konnte, aber er mochte die altmodischen Navigationskarten – sie schienen viel mehr Geschichte zu enthalten als der Computer. Allein schon wegen der unzähligen Knicke und Falten in den Karten, die durch jahrelangen Gebrauch entstanden waren. Seufzend nahm er die Füße vom Pult und rollte mit dem Stuhl zurück.

Brogan fuhr zusammen, als Weston ihm auf die Schulter tippte und eine Pistole aus seinem Gürtel zog, die er auf ihn anlegte.

»Planänderung, Captain«, sagte der Erste Maat.

Brogan setzte sich langsam gerade auf. »Was zur Hölle machst du da, Weston?«, fragte er.

Sein Stellvertreter zuckte mit den Achseln. »Die haben mir eben mehr als dir bezahlt. Und sie haben sich entschieden, dass sie dir nicht vertrauen können, wenn es darum geht, den Wagen geheim zu halten.«

Er griff in seine Tasche und zog ein Handy heraus. Dann scrollte er durch die Liste seiner Textnachrichten, bis er die richtige gefunden hatte.

»Ändere unseren Kurs auf die Koordinaten Nordnordost, fünfundvierzig Grad«, befahl er.

Brogan runzelte die Stirn. »Da gibt es doch nichts außer kahler Küste.«

»Mach es einfach.«

»Wo ist der Rest der Mannschaft?«

Weston grinste. »Im Schutzraum. Ich gehe davon aus, dass sie in ein paar Tagen zu stinken anfangen werden.«

Brogan spürte, wie ihm ein Schauer über den Rücken jagte. *Was zur Hölle war hier los?*

Er deckte instinktiv mit seiner Hand die Kontrollen für den Transponder ab – das System, das den Kurs des Schiffes verfolgte und permanent entsprechende Informationen an andere Schiffe in der Umgebung sandte.

»Geh da weg«, befahl Weston. Er zielte mit der Pistole auf die Konsole und feuerte.

Während Brogan mit seinen Stuhl von der Explosion wegrollte, ließ der Krach in dem engen Raum seine Ohren klingeln.

Weston grinste. »Nun weiß niemand mehr, wo wir sind. Und jetzt ändere den Kurs.«

Brogans Hand schwebte über den Steuerungselementen. Als er den Kurs, den Weston genannt hatte, eingab, bemerkte er, dass seine Hände zitterten. Dann breitete sich das Zittern in seinem gesamten Körper aus, als er erkannte, dass er auf sich allein gestellt war, auf einem großen Schiff mitten im Nirgendwo, mit einem Psychopathen als Besatzungsmitglied.

Plötzlich schien der Ruhestand unendlich weit entfernt zu sein.

KAPITEL 29

:

Singapur

»Schön langsam die Hände hochnehmen«, sagte die Stimme.

Dan tat, wie ihm befohlen wurde.

»Und jetzt aufstehen.«

Dan richtete sich auf und wandte sich um, schließlich ließ er seine Arme leicht sinken und schnaubte überrascht.

»Bist du erfreut, mich zu sehen?«, fragte David.

»Das erfährst du noch früh genug«, antwortete Dan. »Was machst du hier?«

David trat einen Schritt zurück und hielt die Pistole weiterhin auf Dan gerichtet.

»Ich finde es am besten, wenn ich hier die Fragen stelle«, sagte er, dann drehte er sich leicht zur Seite und rief über die Schulter. »Philippa?«

Eine Gestalt löste sich aus dem Schatten eines Wagens – Sarah, gefolgt von einer Frau, die mit ihrer Waffe auf Sarahs Rücken zielte.

Dan wandte sich an David. »Lass sie gehen.«

Der schüttelte den Kopf. »Tut mir leid, das kann ich nicht.«

»Was willst du?«

David lächelte. »Nun, für den Anfang könntest du mir erklären, warum du zusammen mit einer Journalistin in Privateigentum einbrichst.«

»Warum … arbeitest du jetzt für eine private Sicherheitsfirma?«

Davids Gesicht verfinsterte sich. »Sehr witzig. Beantworte einfach die Frage. Ich verfüge über genug Autorität, um euch beide für eine ziemlich lange Zeit verschwinden zu lassen. Also strapaziere dein Glück nicht zu sehr.«

Sarah warf Dan einen furchterfüllten Blick zu. »Dan? Kennst du diesen Kerl? Sag ihm doch einfach, was er wissen will, okay?«

Dan ignorierte sie und sah den anderen Mann an. »Wie lange bist du uns schon auf den Fersen?«

David hob die Schultern. »Eine ganze Weile. Ihr habt uns einige Lauferei erspart. Ich sag es mal so: Wir wollten Delaney unser Blatt nicht zu früh zeigen, aber jetzt ist es an der Zeit, euch zwei aus dem Spiel zu nehmen.«

Er wandte sich an Philippa. »Bleib mit unserer Freundin, der Journalistin, hier. Ich werde mit Mr. Taylor einen kleinen Spaziergang machen.«

Philippa nickte, lehnte sich gegen eines der Autos und verschränkte die Arme, während sie ihre Pistole weiter auf Sarah gerichtet hielt.

David nahm Dan am Arm und schob ihn die Gasse hinunter, die durch die Fahrzeugreihen gebildet wurde. Dan blickte nach vorn und bemerkte eine Stahltreppe, die zu einem einsamen Büro hinaufführte. David wies Dan an, vor ihm die Treppe hochzusteigen. Der grunzte. Er würde das Gleiche tun, wenn ihre Rollen vertauscht wären.

Als er den Treppenabsatz erreichte, drehte er sich und öffnete die Tür zum Büro. David folgte ihm und schaltete die Beleuchtung ein. Trübe Leuchtstoffröhren erwachten flackernd zum Leben. Dan ließ seinen Blick einmal durch den Raum schweifen. Im Büro herrschte das komplette Chaos. Links von der Tür standen an vier Aktenschränken die Schubladen offen, ihr gesamter Inhalt war über den Boden verteilt. Sein Blick wanderte weiter. Ein Schreibtisch stand gegenüber der Tür mitten im Büro. Er war ebenfalls ausgeräumt worden. Der Inhalt seiner Schubladen lag über die Tischoberfläche und den Boden verstreut.

»Warst du beschäftigt?«, fragte Dan, als er David anblickte.

»Du würdest nicht glauben, wie sehr«, antwortete David. Er setzte sich in den Bürostuhl hinter dem Schreibtisch, sicherte seine Pistole und legte die Waffe auf den Tisch.

»Schließe die Tür«, sagte er und deutete auf einen Stuhl auf der anderen Seite des Schreibtisches.

Dan schloss die Tür und ließ sich dann in den Stuhl sinken. Er sah David an und bemerkte, wie erschöpft er aussah. »Du versuchst ihn auch zu stoppen?«

David nickte, sagte aber nichts.

»Also, was hast du?«

»Wir wissen, dass Peter einige Unterlagen an Sarah geschickt hat, bevor er starb. Und wir wissen auch, dass ihr diese benutzt habt, um so weit zu kommen. Beeindruckend«, sagte David. »Ich frage mich, was da sonst noch in diesen Notizen steht?«

Dan zuckte mit den Schultern. »Nicht so viel, wie du dir vielleicht vorstellst. Ich vermute, dass Mitch für dich arbeitet?«

David nickte.

Dan grunzte. »War ja klar. Ihr könnt unmöglich allein herausgefunden haben, dass wir hier sind.« Er lehnte sich zurück. »Vergiss die Notizen. Wenn wir nicht in Delaneys

Haus eingebrochen wären und das Ladeverzeichnis gefunden hätten, wären wir nie so weit gekommen. Und jetzt haben wir herausgefunden, dass er aus irgendeinem Grund ein Auto benutzt. Aber wir wissen nicht, wo es hingebracht wurde.«

Er sah zu dem anderen Mann hinüber. »Was soll das alles, Dave? Was ist so wichtig an diesem Pulver aus Weißem Gold? Warum jagt ihr alle danach?«

David seufzte und beugte sich vor. »Diverse wissenschaftliche Berater in Großbritannien haben unsere Regierung bereits seit einiger Zeit darauf hingewiesen, dass die bestehende Ökostromtechnologie nach wie vor Jahrzehnte hinter der Nachfrage herhinkt. Sollten die alten Kohlekraftwerke stillgelegt werden, wären Wind- und Solarenergie nicht in der Lage, deren Platz einzunehmen. Man geht davon aus, dass es in diesem Fall noch vor 2020 zu landesweiten Blackouts kommen würde«, erklärte er.

»Die Kohleabbau- und Ölförderbetriebe greifen dieses Szenario begierig auf – sie wissen, dass ihnen trotz der Proteste der grünen Lobbyisten immer noch mindestens dreißig Jahre bleiben, in denen sie Milliarden verdienen können. Und diese Gelegenheit lassen sie sich nicht kampflos entgehen. Delaney ist nur einer von ihnen … allerdings ein besonders widerlicher. Da gibt es viele, die seinen Platz einnehmen würden, wenn sie die Möglichkeit dazu hätten. Jedes dieser Unternehmen verdreht und verschleiert die Wahrheit für seine eigenen Zwecke, sodass die breite Masse nicht weiß, wem sie glauben soll … und ehrlich gesagt, ist es ihr inzwischen wohl auch egal. Man könnte es als eine Art Apathie bezeichnen – verursacht durch Informationsüberflutung.«

Dan nickte und gab David ein Zeichen, fortzufahren. »Und wie kommt das Weißes-Gold-Pulver ins Spiel?«

David lächelte und stand auf. Nachdenklich ging er im Raum auf und ab. »Weißes Gold ist die Antwort, mit der wir uns zusätzliche Zeit erkaufen können – eine Menge Zeit sogar – ohne dass wir die Atomenergie weiter berücksichtigen müssten. Etwas, was uns die zusätzlichen dreißig Jahre verschafft, die wir brauchen, um erneuerbare, alternative Formen der Energieerzeugung zu erschließen und zu entwickeln.«

»Was die Kohle- und Ölförderungsgesellschaften natürlich nicht wollen.«

»Exakt. Bis hin zu dem Punkt, dass einige von ihnen erhebliche Summen an zweifelhafte Gesellen zahlen, um den Mantel des Schweigens über das gesamte Konzept zu legen.«

Dan beugte sich vor. »Und was hat dein Verein damit zu tun?«

David zuckte die Achseln. »Wir wollen nur sicherstellen, dass es nicht in die falschen Hände gerät. Oder aus falschen Gründen verwendet wird. Weißes Gold muss in einer sicheren, kontrollierten Umgebung hergestellt werden.«

Dan lachte. »Mit *kontrolliert* meinst du, dass ihr die Kontrolle darüber haben wollt. Die Regierung und keine private Organisation, richtig?«

David sah ihn intensiv an. »Glaub mir, das ist der sicherste Weg. Es gibt noch andere Aspekte am Weißen Gold, Dan, die über dein Begriffsvermögen hinausgehen dürften. Und selbst wenn … ich bin ohnehin nicht befugt, dich darüber zu informieren.« Er stand auf. »Trotzdem wirst du mir dabei helfen, Delaneys Fahrzeug ausfindig zu machen.«

»Muss ich erst drüber nachdenken. Ich bin mir nicht mal sicher, ob ich dir überhaupt helfen will.«

»Da ist nichts, worüber du nachdenken könntest«, antwortete David bestimmt. »Du wirst mir helfen, ganz egal, ob es dir gefällt oder nicht.«

Dan starrte ihn an.

»Was meinst du damit?«

David fegte einige Papiere vom Tisch. Sie flatterten zu Boden, als er sich zurücklehnte und seine Arme verschränkte. »Es ist mir gleich, ob du den Auftrag zusammen mit der Journalistin erledigst, aber du wirst mir helfen, Delaney zu stoppen. Du hast die Fähigkeiten, die Kenntnisse ... und du schuldest es mir.«

»Ich schulde es dir?«, fragte Dan. »Was zur Hölle ...?«

»Weil du dich selbst aufgegeben hast«, antwortete David. »Ich tue dir einen Gefallen. Ich gebe dir einen Anstoß und ein Ziel.«

»Ich brauche kein Ziel.«

»Ach, wirklich? Was hast du denn in den letzten paar Jahren gemacht?«, fragte David.

Dan starrte finster vor sich hin. Er stand auf und ging zum großen Bürofenster, von dem aus man die komplette Halle überblicken konnte. Er entdeckte Philippa und Sarah, die sich bewusst gegenseitig ignorierten und an zwei gegenüberstehenden Autos lehnten.

»Das ist nicht gesund, Dan«, fuhr David fort. »Ich habe zu viele gesehen, die Abend für Abend ihren Kopf in einer Flasche begraben haben.«

»Hast du mir nachspioniert?«, fragte Dan, während er sich wieder dem anderen Mann zuwandte.

»Nur nach dir gesehen«, sagte David. »Wie es jeder Kumpel machen würde.«

»Bullshit. Du willst doch nur, dass ich dieses Problem für dich löse, damit du den ganzen Ruhm ernten und eine weitere Auszeichnung an deine Bürowand hängen kannst.«

David zuckte mit den Achseln und trat näher an Dan heran. Dann schlug er ihm hart in den Magen.

Dan stürzte vollkommen überrascht zu Boden. Keuchend griff er nach der Tischkante. Ein höllisches Feuer brannte in seinem Bauch.

David bückte sich und grinste ihm spöttisch ins Gesicht. »Ich gebe dir eine Woche. Entweder du hilfst mir oder ich fange an, Hayleys Tod ein wenig genauer zu untersuchen. Man weiß ja nie, in welchem Zusammenhang der eigene Name auftauchen könnte.« Er ging an Dan vorbei und stieg die Treppe hinunter.

Dan schaute ihn mit tränenden Augen hinterher und während er angestrengt nachdachte, hielt er sich seinen Bauch.

KAPITEL 30

:

Orono-Shima, Japan

Während die Landmasse immer näher kam, spähte Brogan aus dem Fenster des Frachters. Bis auf ein vereinzeltes Licht, das in der Dunkelheit blinkte, war die Küstenlinie kohlrabenschwarz.

»Jetzt langsamer werden«, wies Weston ihn an. »Und schön den Kurs so halten, dass die Küste auf unserer Backbordseite bleibt.«

Brogan gehorchte und hoffte inständig, dass niemand anderes sie rammte. Weston hatte die Fahrtlichter des Schiffes sowie alle Lampen in den Kabinen und im Kontrollraum komplett ausgeschaltet. Brogans Gesicht glühte grün im schwachen Licht der Radar- und GPS-Systeme.

»Okay. Jetzt stoppen«, befahl Weston und trat einen großen Schritt von Brogan zurück. Er blickte auf seine Uhr und nickte zu sich selbst.

Brogan schüttelte ungläubig den Kopf. Der Erste Maat wusste genauso gut wie er, dass es nahezu unmöglich war, ein Schiff von der Größe ihres Frachters abrupt anzuhalten. Brogan griff nach vorn und zog den Drosselhebel für jeden einzelnen Motor zurück. Er tat das Stück für Stück, schließlich war er sich der irreparablen Schäden bewusst, die er an den gewaltigen Antriebsaggregaten verursachen könnte, wenn er versuchte, zu schnell zu stoppen. Als das

Schiff langsamer wurde, steuerte er hart nach Backbord, um zusätzliche Bremskraft zu erhalten, und richtete dann den Frachter wieder gerade zur Küstenlinie aus, bevor die Maschinen schließlich ganz abschalteten.

Weston ging zur Tür hinüber und öffnete sie. Kalte Luft wehte durch den Raum. Brogan zitterte – nicht wegen der Kälte. Seine Gedanken rasten. Es musste etwas mit der geheimnisvollen schwarzen Limousine im Frachtraum zu tun haben. Weston hatte diese Vermutung bereits mehr oder weniger bestätigt. Aber für was zum Teufel war er bezahlt worden?

Brogan riskierte einen Blick über seine Schulter. Sein Stellvertreter starrte zur Küstenlinie, als ob er nach etwas suchen würde. Brogan folgte seinem Blick. Kein Leuchtturm weit und breit, keine Lichtsignale, die von der Küste herüberstrahlten.

Er wusste, dass das Bremsmanöver einen guten Kilometer gedauert hatte. Das Schiff würde jetzt nur noch treiben, in der Strömung hin und her schwanken.

Brogan drehte sich mit seinem Stuhl zur Seite und spitzte die Ohren. Er konnte einen Motor hören. Etwas kam aus der Dunkelheit näher und fuhr auf den Frachter zu. Er stand auf.

Weston sah ihn an und grinste. »Verstärkung«, erklärte er.

Brogans Herz raste. Er schaute sich im Kontrollraum um und suchte nach etwas, irgendetwas, was er als Waffe benutzen konnte.

Weston beobachtete ihn aus dem Augenwinkel und lachte. »Spare dir die Mühe«, sagte er. »Ich habe hier heute Nachmittag gründlich aufgeräumt. Du wirst nichts finden, was du als Waffe gegen mich verwenden kannst.« Er wandte sich wieder ab, um das Meer zu beobachten.

Brogan ging zur Tür und starrte hinaus. Als die Wolken aufrissen, entdeckte er ein Schlauchboot mit einem kräftigen Außenbordmotor, das unmittelbar auf den Frachter zuhielt. Während es sich näherte, griff Weston hinter die Tür und warf ein aufgerolltes Seil über Bord. Es fiel seitlich am Schiff hinunter und spannte sich, als es in voller Länge herunterhing.

Brogan starrte entsetzt auf die Reling, als er hörte, wie der Motor des Schlauchbootes abgeschaltet wurde und fünf Gestalten eine nach der anderen das Seil heraufkletterten, um den Frachter zu betreten. Er stolperte in den Kontrollraum zurück und hob seine Hände als Zeichen der Kapitulation.

Brogan musste hilflos mit ansehen, wie die Entführer sein Schiff in Besitz nahmen. Soweit er erkennen konnte, hatten sie einschlägige Erfahrungen auf See. Befehle wurden effizient und schnell ausgeführt. *Special Forces,* dachte er. *Söldner.*

Er beobachtete, wie einer der Männer einen Schalldämpfer auf seine Pistole schraubte und dann die Reling hinunterfeuerte. Der Mann drehte sich grinsend zu Weston um. »Ich glaube nicht, dass wir das Schlauchboot noch brauchen werden«, sagte er.

Der Erste Maat lächelte nicht zurück. Brogan bemerkte, dass er seit der Übernahme aufgehört hatte, so zu tun, als hätte er die Kontrolle. Stattdessen ordnete er sich einem Mann unter, der mit dem Rücken zu Brogan stand und den vier anderen Eindringlingen Anweisungen erteilte. Er wandte sich an Weston.

»Wo ist der Schutzraum?«

Weston deutete in die Richtung der Treppe. »Sie sind alle da unten.«

Der Mann nickte und schickte die vier Männer los. Brogan erstarrte, als die vier schnell über das Deck liefen und anschließend durch eine Tür verschwanden. Nach wenigen Sekunden hörte er Rufe, dann Schüsse – dann nur noch Stille.

Seine Aufmerksamkeit richtete sich zurück auf den Mann, der sich zu Weston hinunterbeugte, um ihn besser verstehen zu können. Brogan beobachtete, wie der Mann Weston zunickte und einen Befehl bellte.

»Starte die Maschinen. Wir müssen hier vor Sonnenaufgang weg sein.«

Brogan wurde von Weston aus dem Weg gedrängt, als dieser erneut den Kontrollraum betrat und einen Schalter umlegte. Brogan fühlte das Rumpeln der enormen Motoren, während sie brüllend erneut zum Leben erwachten. Er nahm einen kräftigen Atemzug und starrte auf die Küstenlinie, deren dunkler Umriss sich vor der tief hängenden Wolkendecke abzeichnete. Er schauderte. Irgendwie glaubte er nicht daran, dass er noch einmal die Chance bekommen würde, ihr einen weiteren Besuch abzustatten.

Er fuhr zusammen, als in einigen Metern Entfernung eine Tür aufgestoßen wurde. Ein Mann stieg aus der Türöffnung und bückte sich, um eine schwere Last hinter sich herzuziehen.

Brogan brach in kalten Schweiß aus, als er erkannte, was da gerade geschah. Er lehnt sich gegen die Reling, die das Deck einfasste. Der Entführer bemerkte die Bewegung aus dem Augenwinkel. Er drehte sich um und grinste Brogan gehässig ins Gesicht. Ein Ruf aus der Türöffnung ließ ihn zurückblicken und den Körper weiterziehen. Ein zweiter Mann kam durch die Tür, folgte ihm. Sobald die Kidnapper den Körper über das Deck zur Reling geschleift hatten, traten sie so lange gegen ihn, bis er unter dem Geländer hindurch von Deck fiel.

»Noch sechs übrig«, sagte der eine, dann verschwanden sie wieder durch die Tür, die sie hinter sich zuschlugen.

Brogan wandte sich von ihnen ab und schloss die Augen. Seine Hände ergriffen ein weiteres Mal die Reling. Er konnte nicht mehr klar denken. Als von hinten nach ihm gerufen wurde, öffnete er wieder seine Augen. Brogan starrte den Mann an, der auf ihn zukam. Sein Gesicht war fürchterlich entstellt. Eine Hälfte war von irgendwas zerfetzt worden – fleckige, rosafarbene neue Haut wucherte aus alten Narben heraus. Brogan erschauderte. Ein böswilliges Flackern leuchtete in den gelblich-braunen Augen des Entführers. So, als ob er wüsste, dass die Welt ihm noch etwas schulde.

Der Mann blieb vor dem Kapitän stehen. Er grinste und hielt ein Handy so in die Höhe, dass Brogan den Bildschirm sehen konnte.

»Schauen Sie ganz genau hin«, sagte er und drückte dann einen Knopf.

Brogan spürte, wie ihm die Tränen über die Wangen rollten, als er sich die Aufnahme ansah. Es gab keinen Ton. Er brauchte auch keinen. Seine Frau, seine arme Frau.

Der Mann ließ das Handy sinken und steckte es in seine Hosentasche. »Wenn Sie sich weigern, zu kooperieren, werden wir als Nächstes Ihrer Tochter einen Besuch abstatten«, sagte er. »Verstanden?«

Brogan schloss die Augen und nickte.

»Gut«, sagte der Mann. »Und jetzt zeigen Sie mir, wo das Auto abgestellt ist.«

KAPITEL 31

:

Singapur

Dan rieb sich den Bauch. Nichts gebrochen, nur sein Stolz war angekratzt. Er knurrte vor sich hin.

»Alles okay?«, fragte Sarah.

Dan zuckte die Achseln. »Ich lebe noch.« Er wandte sich um und ging das Dock entlang. Der Lärm vom Kai war während des Schichtwechsels leiser geworden. Eine leichte Brise zerzauste seine Haare. Weiter vorn überspannten helle Bogenlampen ein großes Containerschiff, das gerade entladen wurde. Die Container wurden von einem Kran direkt auf Trucks geladen, die für deren Weitertransport bereitstanden. Er lehnte sich gegen das Geländer und kehrte dem Treiben den Rücken zu. Nachdenklich blickte er auf die Lagerhalle.

Sarah ging langsam auf ihn zu und rieb sich dabei den Ellenbogen.

Dan sah sie an. »Bist du verletzt?«

Sie schüttelte den Kopf und lächelte verlegen. »Ist meine eigene Schuld. Als Philippa ihre Waffe auf mich richtete, bin ich so erschrocken, dass ich buchstäblich einen Satz gemacht habe. Bin dabei mit dem Arm gegen die Tür eines abgestellten Autos geknallt. Sie sind überraschend hart.«

»Ich hätte wissen müssen, dass wir nicht als Einzige herausfinden wollen, was Delaneys Pläne sind«, sagte Dan.

Sarah zuckte mit den Achseln. »Zumindest stehen sie auf unserer Seite. Obwohl es schon ein ziemlicher Zufall ist, dass sie im gleichen Moment wie wir hier auftauchen …«, sie verstummte und sah ihn vorwurfsvoll an.

Er verzog das Gesicht. »Ja, ich weiß … wir wurden verfolgt. Es ist gut möglich, dass sie uns eine Weile beobachtet haben, um zu sehen, wie wir vorankommen.« Dan rieb sich gedankenverloren das Kinn.

»Ich bezweifle, dass sie sich wirklich angestrengt haben, um an irgendwelche Informationen heranzukommen«, fuhr Sarah fort. »Ich meine, falls ihre einzige Spur darin bestand, uns zu folgen.«

»Ich glaube eher, dass sie schon wissen, was Delaney vorhat … oder zumindest eine ziemlich genaue Vorstellung davon haben«, antwortete Dan. »Sie haben nur noch nicht herausfinden können, *wie* er vorgehen will.«

»Bis jetzt«, fügte Sarah hinzu. Sie lehnte sich gegen das Geländer und blickte das Dock entlang. Sie konnte in der Dunkelheit gerade noch bis zu der Stelle sehen, an der ihr Auto geparkt stand. »Komm jetzt. Lass uns von hier verschwinden.«

Dan stieß sich vom Geländer ab und sah auf seine Uhr. Fast vier Uhr. Morgengrauen. »Okay. Frühstück unterwegs auf dem Rückweg?«

»Klingt gut.«

Sie gingen zum Wagen zurück. Dan rutschte hinter das Steuer und startete den Motor. Sarah kletterte auf den Beifahrersitz. Der Motor hustete einmal. Dan spürte seinen Herzschlag. Er pochte heftig. Dann stieß er Sarah aus der Beifahrertür, während er seine öffnete.

»*Lauf!* Weg vom Auto … es ist verkabelt!«

Er sprang aus dem Wagen, rannte zur Beifahrerseite und nahm Sarahs Hand. Sie war wie gelähmt. So schnell er konnte zog er sie mit sich in Richtung der Docks.

»Beeil dich!«, schrie er.

Sie sprinteten vom Fahrzeug weg. Dans prüfender Blick glitt über die Gebäude auf ihrer linken Seite, bis er das entdeckte, wonach er suchte.

»Hier!«

Er zog Sarah in eine enge Gasse und lehnte sich dann keuchend an die Wand einer Lagerhalle.

Sarah stützte sich mit den Händen auf den Knien ab und schnappte nach Luft. Langsam hob sie ihren Kopf, um Dan anzustarren. »Bist du dir sicher?«

Er nickte. »Ich denke …«

Seine Worte gingen im Lärm der Explosion unter. Sarah schrie, als die Druckwelle an der schmalen Gasse vorbeifegte. Dan presste sie an sich und drehte sich mit dem Rücken zum Dock, versuchte, sie beide vor den Trümmern und Schrapnellen zu schützen, die zusammen mit einem heißen Windstoß vorbeischossen.

Als das Dröhnen der Explosion verstummt war, hörte Dan ein Klingeln in den Ohren. Es dauerte ein paar Sekunden, bis er erkannte, dass es kein Tinnitus, sondern ein Handy war. Er sah auf Sarah herunter und hob eine Augenbraue.

Sie hielt ihre Tasche hoch. »Das ist meins.«

Dan sah sie ungläubig an. »Wir sind gerade nur knapp einer Bombe entkommen und du hast an deine *Handtasche* gedacht?«

Sarah zuckte die Achseln. »Ich konnte sie doch nicht zurücklassen. Da sind Peters komplette Notizen drin. Moment.«

Dan wartete, während Sarah in ihrer Tasche herumwühlte und das Handy herausholte. Sie hielt es Dan hin.

»Soll ich?«

Es klingelte weiter. Dan griff danach und drückte auf *Annehmen.* »Hallo?«

»Glück gehabt«, sagte eine Stimme. Dann wurde die Verbindung beendet.

Dan schaute in Richtung der Container, die gegenüber der Lagerhalle gestapelt waren, als das Geräusch von kreischenden Reifen durch den Komplex schallte. Eine große Limousine schoss unter den Lichtbogenlampen hindurch und beschleunigte auf der Ausfahrt, bis nach wenigen Sekunden nur noch ihre Rückleuchten in der Ferne schienen. Dan gab Sarah das Telefon zurück.

»Es war der Kerl mit der Brille, oder?«, fragte sie.

Er nickte nur.

Sarah verstaute das Telefon wieder in ihrer Tasche. »Ich glaube, ich werde das Frühstück ausfallen lassen.«

»Ist schon okay, wir essen etwas am Flughafen«, sagte Dan.

»Flughafen?«, fragte Sarah.

Er sah sie an und nickte. »Es ist Zeit, dich nach Hause zu bringen. Das hier ist zu gefährlich geworden. Sollen David und sein Team sich darum kümmern.«

Sie schüttelte den Kopf. »Nicht zu fassen. Denkst du wirklich, dass ich nach allem, was ich durchgemacht habe, einfach so aufgebe?«

Dan zog sie aus der Gasse und zeigte auf das brennende Wrack.

»Du hättest beinahe nicht mehr die Möglichkeit dazu gehabt.«

Sarah spürte, wie ihre Knie weich wurden. Das Auto war nicht mehr wiederzuerkennen. Es sah aus, als wäre eine Abrissbirne darauf gelandet und hätte Türen, Fenster und Räder in alle Richtungen katapultiert. Die Trümmer lagen auf dem gesamten Dock verstreut. Sie schaute hinter sich – die Explosion hatte auch Metallstücke und Glasscherben einige Meter an ihnen vorbei die Gasse hinuntergejagt. Weitere Metallsplitter ragten aus der Vorderseite der Lagerhalle.

In der Ferne erklangen Sirenen. Vom Dock her hörte man Stimmen. Gestalten zeigten auf das Wrack. Auf der anderen Hafenseite wurde ein Motorboot gestartet und begann auf sie zuzufahren. Ein blaues Licht blinkte grell an seinem Heck.

Sarah wandte sich an Dan. »Bring mich weg von hier.«

Er nickte. »Dann los.«

Sie gingen erschöpft mehrere Meilen, bevor Dan es für sicher genug hielt, anzuhalten und ohne Verdacht zu erregen, um ein Taxi zu nehmen. Als sie das Hotel erreichten, bezahlte Dan den Fahrer und dirigierte Sarah durch das Foyer direkt zu den Aufzügen, ohne die Empfangsdame zu beachten. Während sie zu ihrem Zimmer hinauffuhren, erteilte Dan Anweisungen.

»Pack alles ein. Wir hauen sofort ab. Ruf niemanden an. Und geh auch nicht ans Telefon. Wir regeln das mit den Flügen am Flughafen. Wir sagen ihnen nur, dass es einen Notfall in der Familie gegeben hat und wir deswegen früher zurückfliegen müssen.«

Sarah nickte und sagte nichts.

Die Aufzugtüren öffneten sich.

»Gib mir den Zimmerschlüssel«, bat Dan.

Sarah beobachtete ihn dabei, wie er die Tür öffnete und das Zimmer überprüfte. Sie betrat den Raum nach ihm. Dan ging ins Badezimmer, kam aber gleich wieder zurück. »Okay. Alles klar. Du packst als Erste.«

Sarah warf ihre Kleidung einfach in den Koffer. Sie riss Blusen und T-Shirts von den Bügeln, fegte Kosmetik vom Badregal und stopfte alles zusammen. Keine Zeit, irgendetwas davon sauber zusammenzulegen. Sie blickte sich im Raum um, überprüfte, ob sie etwas übersehen hatte, und klappte den Koffer zu.

»Hast du alles?«, fragte Dan, während er an der Tür lehnte.

Sarah nickte. »Ja.«

Dan richtete sich auf.

»Okay … dann bin ich jetzt dran.«

Er machte es wie Sarah, warf die Kleidung einfach nur in seinen Seesack. Zusammen überprüften sie das Zimmer ein letztes Mal und schlossen die Tür hinter sich. Dann trugen sie ihr Gepäck zu den Aufzügen und fuhren zur Rezeption hinunter.

Sarah bezahlte die Rechnung und Dan bestellte mit dem Telefon der Empfangsdame ein Taxi. Zehn Minuten später standen sie am Bordstein, während ein blaues Taxi vor ihnen hielt.

Vierzig Minuten später betraten sie das Terminal für internationale Flüge und buchten den Rückflug nach Großbritannien.

Dan stützte seine Ellbogen auf den Knien ab und versuchte, es sich irgendwie auf dem harten Sitz in der Flughafen-Lounge bequem zu machen. Er sah auf, als Sarah an ihn herantrat und nahm dankbar einen der Coffee-to-go-Becher von ihr entgegen.

Sie setzte sich neben ihn. »Wir müssen noch eine Stunde warten.«

Dan grunzte nur als Antwort. Er hasste es, von Termin- und Fahrplänen abhängig zu sein, und wollte einfach so schnell wie möglich in der Luft zu sein.

Sarah rutschte in ihrem Sitz herum, um ihn anzusehen. »Dan, war es wirklich richtig, nach Brisbane zu kommen? Ich meine, wir haben Hayley damit in Gefahr gebracht, oder?«

Dan lehnte sich im Sitz zurück und streckte seine Beine aus, bevor er antwortete. »Wir hätten nicht halb so viel herausgefunden, wenn wir in England geblieben wären. Hayley wusste, was sie tat, genauso wie du. Es tut mir leid, dass sie tot ist, das kannst du mir glauben, aber ohne ihre Hilfe hätten wir nichts erreicht.« Er unterbrach sich, nippte an seinem Kaffee und verzog das Gesicht, bevor er fortfuhr. »Außerdem hätten wir Mitch nicht gefunden. Ihn um Hilfe zu bitten, wäre zwar mein letzter Gedanke gewesen … doch selbst wenn, hätte ich überhaupt nicht gewusst, wo ich nach ihm suchen sollte.«

Sarah antwortete nicht. Sie betrachtete die Menschenansammlung vor ihnen, die sich ständig veränderte. Fluggäste, die einem letzten Aufruf zum Einsteigen folgten, andere, die ihre Kinder beruhigten oder die Angaben zu den Gates und Abflugzeiten überprüften. Dan beobachtete sie dabei aus dem Augenwinkel.

»Du musst dich nicht schuldig fühlen, Sarah. Jeder hat die Wahl. Du hättest bestimmt das Gleiche für sie getan. Wenn du jemandem die Schuld geben willst, dann gib sie Delaney.«

Sarah stand auf und ließ ihren Kaffeebecher in einen Mülleimer fallen. Als sie sich wieder Dan zuwandte, zuckte sie die Achseln. »Ich weiß ja, dass du recht hast. Ich wünschte nur, ich hätte schon früher erkannt, was für eine schreckliche Bedrohung Delaney ist. Ich meine, bis zu diesem Punkt hatten wir doch immer noch nur vermutet, dass er für Peters Tod verantwortlich gewesen ist. Es ist schockierend, dass es da draußen wirklich Leute gibt, die so weit gehen würden, um sich selbst zu schützen.«

»Nichts und niemand kann mich noch überraschen«, sagte Dan und trank seinen Kaffee aus.

Sarah lächelte. »Bist du wirklich der Welt so überdrüssig?«

»Jepp.« Er stand auf, warf seinen Kaffeebecher weg und streckte sich, während er die Menschenmenge um sie herum beobachtete. Instinktiv überprüfte er stichprobenartig die anderen Fluggäste und suchte nach bereits vertrauten Gesichtern für den Fall, dass sich jemand an ihre Fersen geheftet hatte.

Sarah folgte seinem Blick. »Glaubst du, sie verfolgen uns?«

Dan zuckte mit den Achseln und beobachtete den ständigen Strom der Fluggäste. »Ehrlich? Nein. Nein … ich denke, Delaney will bei der Operation möglichst unauffällig bleiben. Je weniger Menschen über seine Pläne wissen, umso besser. Das bedeutet nämlich, dass er die größtmögliche Kontrolle behält. Solange unser Freund mit der Brille nicht auftaucht, können wir meiner Ansicht nach davon ausgehen, dass Delaney glaubt, er hätte uns verscheucht.«

Sarah stand auf, griff nach ihrem Koffer und reichte Dan seinen Seesack. »Dann komm … Showtime. Lass uns den Flug nehmen und dann aus und vorbei.«

Auf dem Weg zu ihrem Gate durchquerten sie den riesigen Flughafen, während die frühe Morgensonne, die durch die Fenster glitzerte, einen Dunstschleier über die gesamte Anlage und Singapurs Silhouette im Hintergrund legte.

Als das Flugzeug von der Startbahn abhob, spähte Dan durch das Fenster auf den stetigen Strom von Frachtschiffen, die aufgereiht darauf warteten, in den geschäftigen Hafen unter ihnen einzufahren oder ihn zu verlassen.

Und fragte sich gleichzeitig, wie um alles in der Welt er Delaneys Auto ausfindig machen sollte.

KAPITEL 32

:

London, England

Dan warf Sarahs Koffer und seinen abgewetzten alten Seesack neben Sarah auf den Rücksitz des Taxis und setzte sich dann auf den Beifahrersitz.

»Wo soll es hingehen?«, fragte der Fahrer.

Gute Frage, dachte Dan.

»Willesden Green«, antwortete Sarah.

Dan drehte den Kopf und blickte sie über die Schulter an. Sie lächelte. »Pete und ich haben unsere Wohnung in London niemals verkauft«, erklärte sie. »Ich benutze sie immer, wenn ich weiß, dass ich nicht rechtzeitig aus dem Büro komme oder wenn ich am Wochenende arbeiten muss.«

Dan nickte und entspannte sich. Keiner von ihnen hatte Lust, die Stille während der Fahrt zu unterbrechen, nur um Small Talk mit dem Taxifahrer zu machen.

Stattdessen verbrachte Sarah die Fahrt damit, aus dem Fenster zu starren, während Dan die Augen schloss. Alte Gewohnheiten legte man nur schwer ab. *Schlafe, wann immer sich dir die Möglichkeit dazu bietet.*

Die Taxifahrt verlief ereignislos. Nachdem sie sich eine halbe Stunde lang durch die üblichen Fahrzeugkolonnen auf dem nördlichen Ring gekämpft hatten, bog der Taxifahrer nach rechts von der Hauptstraße ab und begann, sich seinen Weg durch den nördlichen Vorort von Willesden Green zu bahnen.

Sarah beugte sich vor, sagte dem Taxifahrer, wo er anhalten sollte und bezahlte, während Dan bereits ausstieg, sich reckte und dann nach ihrem Gepäck auf dem Rücksitz bückte, um es zu nehmen. Er stellte es auf dem Bürgersteig neben seinen Füßen ab und betrachtete das Gebäude.

Es war ein fünfstöckiges, ehemaliges Fabrikgebäude aus dunklen Backsteinziegeln, das man in Wohnungen umgebaut hatte. Nur ein einziger Eingang, mit einer Reihe von Namen und Türklingeln auf der linken Seite der massiven Doppeltüren, führte in das Gebäude. Dan sah die Straße entlang. In etwa zweihundert Metern Entfernung machte eine Tankstelle rege Vorabendgeschäfte mit den Pendlern, während gegenüber eine oberirdische Station der Londoner Untergrundbahn zwischen den Häusern hervorlugte.

Er blickte zurück, als das Taxi wegfuhr.

Sarah ging zu ihm hinüber.

»Alles Okay?«

Er nickte. »Ich denke schon.«

Sie lächelte. »Dann komm. Es dauert nicht lange, um die Wohnung warm zu bekommen. Und du wirst dich nach einer heißen Dusche sicher besser fühlen.«

Dan griff nach ihrem Gepäck und folgte ihr. Das hier war vollkommen außerhalb seiner Komfortzone.

»Oh«, sagte Sarah, als sie ihm die Haustür öffnete. »Hab ich doch glatt vergessen. Es gibt keinen Aufzug und wir wohnen in der obersten Etage.«

»Kein Problem«, grunzte Dan, als er durch die Haustür stolperte. Er grinste und ließ Sarahs Koffer vor ihren Füßen fallen. Dann schulterte er seinen Seesack und begann, die Treppe hochzusteigen.

»Bastard«, flüsterte Sarah, als sie nach ihrem Koffer griff und ihm folgte.

Dan erreichte die oberste Etage ein paar Minuten vor Sarah. Er betrachtete die breite, mit Teppich ausgelegte Treppe, auf der er gerade hochgekraxelt war und das verzierte Holzgeländer, das noch von einer frischen Politur glänzte. Dann wandte er sich um und blickte durch das Flurfenster auf die Szene unter sich. Ein Regenschauer begann gegen das Fenster zu prasseln und die Bremslichter der Autos spiegelten sich in den Tröpfchen, die die Scheibe hinunterkrochen. Dan seufzte und fühlte sich deprimiert, schließlich hatte er gerade einige Zeit unter dem offenen blauen Himmel der südlichen Hemisphäre verbracht. Er fragte sich, ob er dort wie Mitch dauerhaft leben könnte. Und stellte fest, dass das für ihn wohl kein Problem wäre.

Sein Tagtraum wurde durch Sarah unterbrochen, die krachend ihren Koffer auf dem vorletzten Treppenabsatz fallen ließ.

»Okay, ich gebe auf. Hilfe«, rief sie nach oben.

Dan grinste und ging die Treppe hinunter, um ihr zu helfen. »Du weißt aber schon, dass du die einzige Person bist, die ich kenne, die in einer Appartementanlage ohne Aufzug die Dachgeschosswohnung nehmen würde«, sagte er.

Sarah lächelte. »Genau das Gleiche hat Peter auch gemeint, als ich ihm vorschlug, die Wohnung zu kaufen«, antwortete sie. »Nun mach schon. Ich will einfach nur die Wohnungstür hinter mir zu machen und für eine ganze Weile das Reisen sein lassen.«

Als sie die oberste Etage erreichten, nahm Dan seinen Seesack und folgte Sarah zu einer unauffälligen Wohnungstür mit einem einzigen Riegelschloss. Er wartete, während sie einen Schlüsselbund aus ihrer Tasche herauszog, und folgte ihr dann in die Wohnung.

»Stell das Gepäck einfach neben der Tür ab«, sagte Sarah. »Entspann' dich. Ich werde uns einen Kaffee machen. Fühl' dich einfach wie zu Hause.«

Dan beobachtete, wie sie auf dem schmalen Korridor nach rechts abbog und in einem Raum am anderen Ende verschwand, der vermutlich die Küche war.

Er wandte sich nach links und betrat ein kleines Wohnzimmer. Allerdings wirkte das Zimmer durch die deckenhohen Fenster, durch die man die Zuggleise vor dem Haus und sogar die Skyline der Stadt überblicken konnte, etwas größer.

Zwei Sessel standen einem kleinen Fernseher, einem Gasofen und einem Couchtisch gegenüber. Die Wände verzierten einige geschmackvolle Kunstdrucke.

Dan ging auf den Flur zurück und öffnete leise mehrere unverschlossene Türen. Er entdeckte das Gästeschlafzimmer, in dem lediglich ein Einzelbett, ein Kleiderschrank und ein kleiner Schreibtisch mit Computer und Drucker standen. Er schloss die Tür und ging am Bad vorbei. An der nächsten Tür zögerte er und warf einen kurzen Blick auf den Flur. Er konnte hören, wie Sarah in der Küche leise summte.

Er betrachtete die geschlossene Tür vor sich, atmete tief durch und öffnete sie dann. Offensichtlich hatte sich Peter seit der Trennung vor achtzehn Monaten nicht mehr in der

Wohnung aufgehalten. Das Schlafzimmer zeigte sowohl hinsichtlich der Dekoration, als auch durch die Utensilien, die auf einem niedrigen Schminktisch standen, eine deutlich weibliche Note.

Dan machte einen Schritt zurück, zog die Tür hinter sich zu und schlenderte zur Küche, die zwar auch nicht groß, aber hell und funktionell eingerichtet war. Ein kleiner Gasherd stand in einer Ecke und ein altmodischer Kessel pfiff auf dem Kochfeld.

Als er den Raum betrat, drehte sich Sarah um und lächelte. »Ich habe gestern meiner Nachbarin eine SMS geschickt, um ihr zu sagen, dass ich heute ankommen werde und sie hat freundlicherweise die Vorräte etwas aufgefrischt«, erklärte sie. »Bist du hungrig?«

Dan nickte. »Und wie.«

»Okay«, sagte Sarah. »Gib mir eine halbe Stunde. Dann haben wir auch heißes Wasser, falls du dich frisch machen willst.«

Dan nickte und setzte sich an den kleinen Küchentisch. Er fühlte sich plötzlich sehr erschöpft. Wie sollte er das hier jemals wieder in Ordnung bringen? Er sah auf, als Sarah um den Tisch herumging, ihre Hand auf seine Schulter legte und sie sanft drückte.

»Ist schon okay, Dan«, sagte sie. »Ich meine es ernst. Entspann' dich. Gönn' deinem Verstand eine Pause. Ich mache uns eine Flasche Wein auf, wenn du willst?«

Er lächelte, sah zu ihr hoch und nahm ihre Hand von der Schulter. Er hielt sie für einen kurzen Moment fest, dann drückte er sie und ließ los. »Das ist das Beste, was du zu mir gesagt hast, seit wir aus dem Flugzeug gestiegen sind.«

Sarah schlug ihm mit dem Handrücken sanft auf die Schulter und ging zum Weinständer. Sie blickte aus dem Fenster.

»Rotweinwetter«, sagte sie und zog eine Flasche Shiraz heraus.

KAPITEL 33

:

Arktischer Ozean

Chris Weston überprüfte das GPS und drosselte die Maschinen. Miles Brogan suchte derweil methodisch den dunklen Horizont ab. Irgendwo da draußen wartete ihr Ticket durch das arktische Eis auf sie. Und angesichts dessen, was auf dem Spiel stand, wäre es nicht besonders klug, einen Fehler zu machen, wie zum Beispiel das Rendezvous mit einem russischen Schiff zu verpassen, das unter einer Billigflagge fuhr.

»Dort!«

Weston ließ sein Fernglas sinken und zeigte auf einen Lichtschimmer in der Dunkelheit des arktischen Winters. »Da ist es.«

Brogan nahm das angebotene Fernglas und spähte hindurch. Als der Mond schwach durch die Wolken schien, richteten sich zwei grelle Suchscheinwerfer auf sie. Die Lichter näherten sich. Plötzlich schnappte Brogan nach Luft. Blendend weiße Haifischzähne in einem weit aufgerissenen roten Maul sprangen aus der Dunkelheit auf ihn zu. Vor Schreck ließ er das Fernglas fallen.

Weston lachte. »Nervös, Captain? Ist doch nur ein Schiff.«

Brogan hob das Fernglas wieder an die Augen. Der Effekt war atemberaubend. Der schwarze Rumpf eines Eisbrechers schob sich aus der Dunkelheit, auf dessen Bug wie bei einem alten Kampfflugzeug eine Reihe von Zähnen aufgemalt worden war.

Der Anführer der Entführer befahl Weston, den Frachter abzubremsen, und holte dann sein Handy heraus. Brogan starrte fasziniert weiter durch das Fernglas, während der andere Mann seinen Anruf erledigte.

Der Anführer ging zu Brogan hinüber. »Okay. Geben Sie Signal. Ich habe ihnen gesagt, dass wir nicht vorhaben zu stoppen, deswegen sollen sie schon vorausfahren, wenn wir näher kommen. Um den Austausch von Nettigkeiten kümmern wir uns, sobald wir sicher in Sewernaja Semlja angekommen sind.«

Brogan sah durch die Windschutzscheibe der Kommandozentrale auf die düstere Meerlandschaft hinaus. Er versuchte, das graue, windgebeutelte Meer auf der Suche nach gefährlichen Eisbergen zu überwachen. Sogar mit dem Eisbrecher als Eskorte war der Frachter verwundbar. Als die winterliche Dunkelheit einer bleichen, halbherzigen Morgendämmerung wich, spiegelte sich das Licht in den Grautönen des Wassers wider und machte es fast unmöglich, Eisberge zu entdecken, bevor sie gefährlich nahe waren. Brogan wusste, dass die Besatzung des Eisbrechers dafür bezahlt wurde, ihren Job gut zu erledigen, aber jahrelange Erfahrung hatte ihn gelehrt, dass es auf alle Fälle sicherer war, wenn auch er selbst den Horizont im Blick behielt. Es war besser, vorbereitet zu sein, als plötzliche Ausweichmanöver machen zu müssen, vor allem mit einem Schiff von der Größe der *World's End*.

Er nahm einen Schluck Kaffee und warf Weston einen Blick zu. »Hast du einen Wetterbericht empfangen?«

Sein ehemaliger Stellvertreter nickte. »Es ist zwar nicht der perfekte Lauf, den wir erhofft hatten, aber um ehrlich zu sein, ich dachte, es würde viel schlimmer als das hier werden. Dieser Sturm sollte morgen früh vorüber sein, damit wir zumindest sehen können, wohin wir fahren. Es dürfte nicht viel Spaß machen, hier nachts herumzukurven.«

Brogan deutete mit seiner Kaffeetasse auf den Eisbrecher. »Wie bist du denn zu einer Eskorte unter russischer Flagge gekommen?«

Weston zuckte die Achseln. »Am besten nicht fragen.«

Brogan murmelte zustimmend. Er spähte durch die eisbedeckten Fenster auf die graue Fläche vor sich. Der riesige Frachter buckelte sanft über die von weißem Schaum gekrönten Wogen, als er dem Kielwasser des Eisbrechers folgte. Er warf einen Blick auf die Instrumententafel unter ihm. Normalerweise hätte er sowohl GPS als auch Radar, um ihn zu führen, aber seine neuen Chefs beharrten darauf, diese nicht einzuschalten.

Brogan fragte sich, was zur Hölle sie vor den Behörden versteckten. Irgendwie hatte es etwas mit der schwarzen Limousine im Frachtraum zu tun, aber bis jetzt hatte er noch nichts Näheres herausfinden können. Er hielt den Kopf unten und seine Ohren gespitzt, um zu versuchen, mehr zu erfahren. Er fuhr blind. Die schießwütigen Kerle ließen nicht einmal zu, dass er die Wetterberichte für ihre Position empfing. Stattdessen musste er sich auf die Informationen verlassen, die von dem russischen Schiff vor ihnen weitergegeben wurden. Er fragte sich, was passieren würde, wenn sie ihr Ziel erreichten. Planten die Entführer, noch weiter zu fahren?

Brisbane, Australien

Delaney legte das Telefon auf den Tisch, schenkte seine Aufmerksamkeit wieder den beiden anderen Männern im Zimmer und lächelte. »Ein Update von meinem Teamleiter. Wir sind im Zeitplan.«

Die zwei Männer grinsten und applaudierten spontan.

»Das sind gute Nachrichten, mein Freund«, sagte Uli Petrov. »Ich hatte immer Vertrauen in Sie und in meine Investition.«

Delaney beugte den Kopf und genoss das Lob.

Pallisder nahm einen Schluck von der bernsteinfarbenen Flüssigkeit in seinem Glas, blickte aus dem Fenster auf die Lichter der Stadt unter ihnen und wandte sich dann an Delaney. »Warum entwickelst du das eigentlich nicht in einer deiner eurasischen Minen, Morris? Vor allem ist es ein höllisches Risiko, das zu verschiffen – wir können nicht riskieren, dass der Frachter auf See entführt wird. Diese Idioten, die im Golf von Suez ihr Unwesen treiben, interessiert doch nicht, was sie erbeuten. Zur Hölle, eine japanische Firma hat vor sechs Monaten viertausend Autos verloren. Wie kommst du darauf, dass unser Schiff sicher ist?«

Delaney lehnte sich in den Ledersessel zurück. »Wir müssen uns keine Sorgen um somalische Piraten machen.«

Pallisder wandte den Kopf, zuerst zu ihm und dann zu Uli. Petrov lächelte nachsichtig und schaute zu Delaney.

»Erzähl mir nicht, dass du planst, auch noch gleich alle Piraten an dieser Küstenlinie einzukassieren«, lachte Pallisder und sah die beiden Männer an.

Delaney lächelte zurück und schüttelte den Kopf. »Wir sind überhaupt nicht auf dieser Strecke unterwegs.«

Pallisder setzte sich und stützte sich mit den Armen auf den Besprechungstisch. »Ich höre.«

Delaney stand auf und begann, im Raum auf und ab zu gehen. »Vor ein paar Jahren haben zwei Schiffe unter deutscher Flagge die arktische Nord-West-Passage erfolgreich befahren. Sie verließen Südkorea, reisten nach Norden und fuhren dann durch das arktische Eis nach Westen.«

»Das ist nicht möglich!«

Delaney lächelte. »Einmal zumindest schon.«

»Moment mal«, sagte Pallisder. »Sie haben die Tour bestimmt im arktischen Sommer gemacht. Keine Chance, dass man jetzt dort durchkommt.«

Delaney verschränkte die Arme. »Dank eines wenig bekannten Phänomens, das als globale Erwärmung bezeichnet wird«, er lächelte und erfreute sich am gedämpften Lachen im Raum, »ist es jetzt möglich, die Strecke die meiste Zeit des Jahres über zu befahren.«

Er nickte Uli zu. »Wir haben einen russischen Eisbrecher, der uns führt und wir haben sichergestellt, dass die Besatzung über Erfahrungen auf dieser Route verfügt.«

KAPITEL 34

:

In der Nähe von Uffington, Oxfordshire, England

Dan ging den vereisten Gartenweg hinauf und klopfte laut an die Haustür. Er steckte seine Hände in die Jackentaschen und stampfte mit den Füßen, dann drehte er sich um, um die weitläufige Aussicht zu betrachten, während er wartete.

Er verzog das Gesicht. Ein gelblich-grauer Himmel hing über dem Berghang, was bedeutete, dass dem Thames Valley ein weiterer Schneesturm bevorstand. Als sich die Tür öffnete, drehte er sich schnell wieder um, während die Wärme aus dem Inneren des Hauses an seinen Beinen vorbeiströmte.

Harry grinste ihn an. »Und … schon akklimatisiert?«

Dan schüttelte den Kopf und lächelte. »Nein … also lass mich rein, bevor ich Hypothermie bekomme.« Er stieg die kleine Treppe hinauf und hängte seine Jacke an das Treppengeländer, während Harry die Tür hinter ihm schloss.

»Was hast du denn herausgefunden?«, fragte er.

Dan erklärte ihm alles. »Und wir können einfach nicht herausbekommen, was er mit dem Zeug anstellen will … oder wohin er es bringt«, schloss er.

Harry ging den Gang hinunter und öffnete eine Tür, die zu einem kleinen Esszimmer führte. Dan blieb an einer Wand stehen, während Harry den Esstisch freimachte, indem er Kreuzworträtsel und ein halb fertiges Puzzle zur Seite schob.

»Ruhestandsspiele«, kommentierte er, zuckte mit den Achseln und streckte Dan die Hände entgegen, der einen

Stapel Unterlagen aus seinem Rucksack genommen hatte. »Mal sehen, was du mir mitgebracht hast.«

Dan übergab ihm die aktualisierten Notizen und beobachtete, wie Harry sie sorgfältig Seite für Seite auf dem Tisch ausbreitete. Nachdem er damit fertig war, bedeckten die Dokumente den größten Teil der Tischoberfläche. Harry beugte sich über jedes einzelne Blatt, wobei er gedankenversunken mit dem Finger gegen sein Kinn klopfte. Dan ging währenddessen zum Fenster hinüber, starrte die Landstraße entlang und ließ seinen Gedanken freien Lauf. Als Harry hinter ihm etwas murmelte, wandte er sich um.

»Entschuldige, was hast du gesagt?«

Harry grinste ihn an. »Brennstoffzellen.«

Dan kehrte zum Tisch zurück und starrte die Unterlagen an. »Kannst du das noch mal sagen?«

»Brennstoffzellen. Das ist es, was er will.«

Dan sah Harry an. »Bist du sicher? Wie kommst du drauf?«

Harry griff nach Peters Vorlesungsunterlagen und hielt sie Dan entgegen.

»Von Anfang an hat Peter die Schlagworte *Weißes Gold* und *alternative Energie* verwendet, richtig? Wir haben lediglich an der falschen Stelle gesucht. Wir haben nach etwas richtig Großem gesucht. Und genau da lag unser Fehler.«

Harry legte die Vorlesungsnotizen zurück und deutete auf die Finanzunterlagen.

»Delaney und seine Gruppe haben Goldminen aufgekauft … aber wenn man genauer hinschaut, zeigt sich, dass sie darüber hinaus auch noch in Minen investiert haben, die alle möglichen Platinmetalle produzieren – Gold, Platin und den ganzen Rest.«

Er schob die Unterlagen zusammen und schaute Dan in die Augen. »Wir haben herausgefunden, dass Delaney ein Fanatiker ist, der alles tun würde, um sein wahres Interesse zu schützen – Kohle, von der er mehr als genug hat.«

Harry fasste Dan an der Schulter, drehte ihn zum Fenster und zeigte nach draußen. In der Ferne waren durch den grauen Nachmittagsdunst die Kühltürme des Didcot-Kraftwerks zu sehen. »Wir wissen auch, dass, unabhängig davon, was uns die Politiker erzählen, das Vereinigte Königreich seine alten kohlebefeuerten Kraftwerke in Kürze stilllegen muss, um unsere Herren und Meister in Europa glücklich zu machen. Wir haben allerdings nichts, was ihren Platz einnehmen könnte, Dan. Keine der sogenannten *Alternativen Energien* ist bereit dafür. Wir verfügen nicht über genug Windparks oder Solarwärmekraftwerke und niemand will ein Atomkraftwerk in seinem Hinterhof haben.«

Harry wandte sich wieder dem Tisch zu und fing an, die Unterlagen zusammenzulegen. »Hast du eine Ahnung, wie kurz wir in den letzten drei Wintern davorstanden, keinen Strom mehr zu haben? Wir mussten Gas aus Russland kaufen, um den Bedarf irgendwie decken zu können. Und das, obwohl die Kohlekraftwerke noch in Betrieb sind.«

Dan verschränkte die Arme vor der Brust. »Also, was denkst du?«

Harry lächelte und schob Dan aus dem Zimmer. »Komm mit … Wohnzimmer. Wir sollten uns etwas Wärmendes zu trinken suchen. Ich glaube, das habe ich mir verdient.«

Dan folgte Harry in den nächsten Raum und sank in einen der Sessel neben dem Kamin. Die Katze hob in ihrem

Katzenbett kurz den Kopf, öffnete ein Auge, um Dan zu mustern, und legte sich gleich wieder schlafen.

Harry nahm eine Flasche und zwei Kristallgläser von einem Beistelltisch, reichte eines der Gläser Dan und goss beide voll. Er stellte die Flasche auf den Boden neben seinem eigenen Sessel und setzte sich.

»Cheers«, prostete er Dan zu.

Sie nahmen beide einen Schluck der bernsteinfarbenen Flüssigkeit und Dan gab Harry ein Zeichen, fortzufahren.

»Ich denke«, sagte Harry, »unsere eigene Regierung war ein bisschen heimlichtuerisch. Wie gewöhnlich. Hier und in den USA erforschen und perfektionieren Unternehmen seit den 1950er-Jahren die Brennstoffzellentechnologie. Es ist kein großes Geheimnis. Die NASA hat immer auf diese Technologie gebaut, das Space-Shuttle-Programm mit einbezogen. Es ist die einzige Möglichkeit, Brennstoff zu erzeugen, um die Raketen anzutreiben und gleichzeitig Wasser für die Besatzung und das Fahrzeug zu produzieren. Was wäre, wenn unsere Regierung das Gleiche getan hat, aber dabei versucht hat, die Brennstoffzellentechnologie in großem Maßstab zu perfektionieren, sodass sie, wenn die Kohle für die Haushalte nicht mehr ausreicht, stattdessen erfolgreich auf Brennstoffzellen umsteigen können?«

»Aber was hat das mit Delaney zu tun – ganz zu schweigen von seiner Entourage? Was haben die für ein Interesse daran?«, fragte Dan.

Harry lächelte. »Viele verschiedene Organisationen und Firmen haben daran gearbeitet, größere Brennstoffzellen herzustellen – einige davon waren bereits ganz erfolgreich, aber erst jetzt geht es richtig los. Ich hätte gleich zu Beginn zwei und zwei zusammenzählen müssen. Ich habe es einfach nicht gesehen«, sagte er.

»Harry … ohne deine Kenntnisse und Erfahrung wären wir nie so weit gekommen, also suche nicht bei dir die Schuld«, sagte Dan sanft. »Hilf mir einfach, diese Nuss zu knacken, damit ich Delaney aufhalten kann.«

Harry nickte. »Ich weiß. Es ist nur so verdammt frustrierend. Ich bin einfach eingerostet.« Er zuckte die Achseln, nahm einen weiteren Schluck von seinem Getränk und fuhr dann fort. »Brennstoffzellen verwenden Platinmetalle.«

»Die gleichen, die sich Delaney zusammengekauft hat?«, unterbrach ihn Dan aufgeregt.

»Genau diese«, bestätigte Harry. »In einer Brennstoffzelle wird das Platingruppen-Metall, Gold, wie wir in diesem Fall vermuten, verwendet, um den Katalysator zu beschichten … quasi der Treiber der Brennstoffzelle, könnte man sagen.«

Dan hielt seine Hand in die Höhe. »Warte mal, nicht so schnell. Ich habe nicht Physik studiert, erinnerst du dich?«

Harry grunzte. »Das hast du sehr wohl. Ich meine mich sogar daran erinnern zu können, dass du durchgefallen bist.«

»Danke für diesen Hinweis«, funkelte ihn Dan an. »Gib mir einfach den Brennstoffzellentechnologie-Führer für Dummies.«

Harry lächelte »Das ist einfach. Man benötigt einen reagierenden Brennstoff … zum Beispiel Wasserstoff. Der Katalysator trennt die Protonen und Elektronen innerhalb des Brennstoffs und die Elektronen werden durch einen Stromkreis gedrängt. Mit diesem Vorgang werden sie in elektrische Energie umgewandelt. Sobald die Reaktion stattgefunden hat, bringt der Katalysator die Elektronen wieder mit den Protonen zusammen, wobei Abfallprodukte wie Wasser entstehen. Sehr effektiv.«

Er machte eine kurze Pause. »Im Laufe der Jahre haben sich allerdings ein paar Probleme gezeigt. Es ist teuer – was offensichtlich ist, wenn man Metalle der Platingruppe verwendet – und man muss sicherstellen, dass die Membran um die Brennstoffzelle hydratisiert bleibt, damit sie nicht austrocknet. Denn wenn sie das macht, wird zu viel Wärme erzeugt und die Brennstoffzelle selbst wird beschädigt. Gleichzeitig muss man jedoch sicherstellen, dass das Wasser in einem bestimmten Verhältnis verdunstet. Wenn es zu langsam verdunstet, wird die Brennstoffzelle überflutet, was dazu führt, dass der Wasserstoff nicht mehr den Katalysator erreicht.«

Harry nahm einen Schluck von seinem Getränk und beobachtete dann, wie die Flüssigkeit beim Schwenken im Glas herumwirbelte. »Falls jemand herausgefunden hat, wie man die Herstellung von Weißem-Gold-Pulver in großem Rahmen perfektioniert, werden sie in der Lage sein, selbst in einer winzigen Brennstoffzelle höllisch viel Energie für einen Bruchteil der Kosten zu produzieren, die gegenwärtig anfallen.«

Dan schloss gedankenversunken seine Augen. Dann öffnete er sie wieder. »David scheint zu denken, dass Delaney einen Weg gefunden hat, daraus eine atombombenähnliche Waffe herzustellen. Was denkst du?«

Harry starrte ins Feuer. Die Katze stand auf und streckte sich faul, dann gähnte sie und legte sich wieder in ihr Bett. Harry sah zu Dan hinüber.

»Damit könnte er nicht ganz Unrecht haben. Wenn man versucht, Weißes-Gold-Pulver zurück in metallisches Gold zu verwandeln, kann dabei eine kleine Menge Strahlung entstehen. Falls Delaney diesen Teil des Prozesses perfektioniert hat, könnte er genauso gut den Wasserstoff dazu benutzen, die Reaktion des Weißen Goldes voranzutreiben und vermutlich eine Atomexplosion erzeugen. Insbesondere, wenn er die Brennstoffzelle austrocknen lässt, sodass genug Wärme erzeugt wird, um die Reaktion auszulösen.«

Dan nickte. »Ich denke, das ist es, was er beabsichtigt. Er nimmt sich eine alternative Energie vor, wahrscheinlich die beste, die wir haben, und schreckt die Leute davon ab, sie zu benutzen«, sinnierte er halblaut vor sich hin. »Glaubst du, dass ein inszenierter Vorfall ausreichen könnte, um sein Kohlegeschäft zu schützen?«

»Hängt davon ab, wie heftig der Vorfall ist«, antwortete Harry. »Wenn er Erfolg hat und es irgendwo eine Explosion gibt, müssen die Medien nur einmal den Begriff *Atombombe* verwenden und man bekommt eine Massenhysterie.«

»Und in der Zwischenzeit haben wir ein Auto auf einem Schiff, das irgendwo hinfährt. Mehr wissen wir immer noch nicht«, stöhnte Dan und ließ sich in den Sessel zurücksinken. Plötzlich setzte er sich wieder gerade auf. »Wie kann Delaney eigentlich sicherstellen, dass die Bombe erst zündet, wenn sie ihr Ziel erreicht? Können sich Brennstoffzellen nicht auch entladen?«

»Alles was er tun muss, ist dafür zu sorgen, dass die Brennstoffzellen permanent aufgeladen werden – vermutlich, indem er sie an die Autobatterie anschließt«, sagte Harry. »Solange er nicht den Schalter umlegt oder was auch immer die Reaktion zwischen dem Weißes-Gold-Pulver und dem Wasserstoff auslöst, können sie sicher transportiert werden.«

»Die schwarze Limousine ist der Schlüssel«, stimmte Dan zu. »Wir müssen sie unbedingt finden.«

KAPITEL 35

:

London

Dan parkte das Auto am Straßenrand, stieg aus und drückte am Schlüsselanhänger den Knopf für die Alarmanlage. Schnell schloss er seine Jacke und zog den Reißverschluss wegen des kalten Windes bis ganz nach oben. Er steckte die Schlüssel in seine Jeans, schaute nach dem Verkehr auf der Straße und lief dann zum Eingang des Appartementhauses.

Im Treppenhaus nahm er jeweils zwei Stufen auf einmal. Kurz vor dem Treppenabsatz im fünften Stock blickte er nach oben und hielt abrupt an. Er griff nach dem Treppengeländer und machte einen weiteren vorsichtigen Schritt, wobei er unter der Balustrade am Treppenabsatz hindurch zu Sarahs Wohnung hinüberspähte.

Die Wohnungstür war nur angelehnt.

Er hielt sich nun nahe an der Wand und schlich weiter nach oben. Dann warf er einen Blick über den Treppenabsatz und lauschte auf eine Bewegung oder irgendein anderes Geräusch.

Nichts.

Als er den Treppenabsatz erreichte, konzentrierte er sich auf die angelehnte Tür. Er schob sich näher heran und hielt den Atem an. Vorsichtig trat er auf den Teppich im Hausflur. Trotz der ganzen Modernisierungsarbeiten war das Gebäude alt und er traute den Dielen nicht. Das Letzte, was er jetzt gebrauchen konnte, war, dass eine von ihnen theatralisch knarrte und jeden warnte, der sich vielleicht noch in der Wohnung befand.

Er atmete tief und langsam durch den Mund ein. Sein Herz schlug heftig, eine Ader an seinem Hals pulsierte vor lauter Adrenalin, das durch seinen ganzen Körper raste. Er starrte auf den zersplitterten Türrahmen. Wer auch immer sich Zutritt zu Sarahs Wohnung verschafft hatte, verfügte über beträchtliche Kraft … und eine Brechstange.

Dan schob sich an der Wand entlang, bis er die Wohnungstür erreicht hatte. Die Tür stand nur wenige Zentimeter offen. Dan ging in die Knie. Es war unnötig, jemandem die Chance für einen freien Kopfschuss zu geben, falls der Eindringling bewaffnet war. Er streckte die Hand aus und drückte die Tür sanft auf. Sie schaukelte im beschädigten Rahmen zurück und schwang dann nach innen.

Dan reckte seinen Hals, spähte um den Türrahmen herum und blickte hinein. Sein Herz machte einen Satz.

Die Wohnung war komplett verwüstet. Er richtete sich auf und horchte konzentriert. Es war nichts zu hören. Er schlich in den Flur und schob die Tür leise hinter sich zu, um keine neugierigen Nachbarn anzulocken.

Zunächst wandte er sich nach links in Richtung Wohnzimmer und wahrte damit den kürzesten Abstand zwischen sich und der Wohnungstür. Vorsichtig spähte er am Türrahmen vorbei in das Zimmer. Jemand hatte den Fernseher heruntergestoßen und dabei Glasscherben über den Kaminvorleger verstreut, während der kleine Couchtisch umgedreht auf der Tischplatte lag. Einer der Kunstdrucke war auf die Beine des Tisches aufgespießt worden.

Er ging zum Couchtisch und riss eines der Tischbeine heraus. Während er dessen Gewicht prüfte, blickte er sich im Raum um und zog schnuppernd die Luft ein. Zumindest trat kein Gas aus. Vielleicht hatte er den Eindringling vertrieben.

Dan umklammerte die behelfsmäßige Waffe fester, drehte sich dann um und schlich den Flur entlang zur Küche. Auf seinem Weg überprüfte er kurz die beiden Schlafzimmer und das Bad. Alle waren auf den Kopf gestellt und hastig durchsucht worden.

Er schulterte das Tischbein, bevor er vorsichtig die Küchentür öffnete. Die Schränke waren geleert worden, jemand hatte ihren Inhalt über den gesamten Boden verstreut. Die Mikrowelle lag in einer Ecke, die Tür hing nur noch in den herausgerissenen Scharnieren, während der Kühlschrank auf die Seite gekippt worden war und Tauwasser über den Fliesenboden verteilte.

Dan drehte sich einmal um die eigene Achse, um den Schaden zu begutachten. Dann blieb er ruckartig stehen und starrte die Wand an. Vier Worte, die mit einer roten Flüssigkeit über die Wand gespritzt worden waren.

Du bist die Nächste.

Dans Magen zog sich zusammen. *Sarah.*

Dan fühlte, wie sein Herz zu rasen begann und kalter Schweiß seine Schulterblätter hinunterkroch. *Bitte nicht!*

Er ging das Appartement erneut vollständig ab und suchte unter den Verwüstungen des Einbruchs verzweifelt nach Anzeichen eines heftigen Kampfes. Sein ruheloser Blick überprüfte jeden der Räume, während er den Flur hinunterging, Türen öffnete und unter zerbrochenen Möbeln nachschaute.

Von Sarah keine Spur. Doch was war mit ihrem Computer?

Dan lief zurück zum Gästezimmer, in dem er am Tag zuvor einen kleinen Schreibtisch und einen Drucker entdeckt hatte. Er stürmte durch die Tür. Alles war in Stücke zerschlagen worden.

Er verstärkte den Griff um das Tischbein und ging zurück in die Küche. Dort blieb er stehen, starrte erneut die Wand an, bis er schließlich die Augen schloss und ihn seine Gedanken fesselten.

Sein Herz machte einen Satz, als er hörte, wie die Haustür aufgeschoben wurde. Er öffnete seine Augen, prüfte noch einmal das Gewicht des Tischbeins und hob es dann auf Schulterhöhe. Jemand bewegte sich den Flur entlang vorsichtig auf die Küche zu und schlich fast lautlos über den Teppich.

Als sich die Küchentür in seine Richtung langsam öffnete, hob Dan die Waffe.

Doch ließ sie überrascht wieder sinken, als Sarah den Raum betrat, ihr Gesicht angesichts der Verwüstungen bleich wie der Tod.

Sie starrte Dan an. »Warst du fleißig?«

Er trat über die auf dem Boden verstreuten Trümmer auf sie zu und umarmte sie fest.

»Ich dachte, sie hätten dich entführt«, flüsterte er.

Sarah hielt ihn ebenfalls umklammert und sah sich dabei die Verwüstung um sie herum an. Dann blieb ihr Blick an der Botschaft auf der Wand hängen. »Was ist passiert?«

Dan folgte ihrem Blick. »Ich glaube, dass sie nach uns gesucht haben … und nach den Notizen.« Er begann, die Möbel wieder richtig hinzustellen, nur um sich mit irgendetwas zu beschäftigen.

Plötzlich wandte er sich wieder an Sarah, sein Herz schlug unangenehm schnell. »Wir müssen los und sicherstellen, dass mit Harry alles in Ordnung ist. Die Bastarde könnten auch ihm einen Besuch abstatten.«

Sie nickte. »Lass uns gehen.«

Dunkelheit kroch über die Landschaft, als Dan das Gaspedal voll durchdrückte und das Auto die Fernstraße entlangraste. Je weiter sie die Stadt hinter sich ließen, desto mehr nahm der Verkehr um sie herum ab. Ihre Scheinwerfer strahlten nur noch kahle Bäume und Hecken an. Dan sagte kein Wort. Sein einziger Gedanke war, so schnell wie möglich zu Harry zu gelangen. Er würde es sich niemals verzeihen, wenn seinem Mentor, seinem Freund, irgendetwas passieren würde.

Als sie sich Oxford näherten, bog Dan nach links auf die Ringstraße ab und nahm die Hauptstraße in Richtung Swindon.

Sarah blickte auf ihre Uhr. »Es sind schon zwei Stunden, Dan«, sagte sie.

»Ich weiß, ich weiß«, murmelte er und gab wieder Vollgas.

Er bremste ab, um eine scharfe Linkskurve zu nehmen und den Wagen in Richtung Uffington zu lenken. Die Straßen wurden jetzt kleiner, waren voller Kurven. Dan fuhr trotz der engen Straßen immer noch schnell, schaltete die Scheinwerfer auf Fernlicht und konzentrierte sich ganz auf die Straße. Er bemerkte, dass seine Knöchel weiß hervortraten, während er das Lenkrad umklammert hielt, und versuchte, seinen Puls wieder etwas zu beruhigen.

Dan bog in die kleine Straße ein, die zu Harrys Haus führte und hielt mit dem Auto am Straßenrand.

»Oh, nein«, flüsterte Sarah.

Dans Blick folgte ihrem zitternden Zeigefinger. Die Haustür stand weit offen. Doch die Fenster waren unbeleuchtet.

»Komm«, sagte er und sprang aus dem Wagen.

KAPITEL 36

:

Dan schritt langsam den Gartenweg entlang, starrte auf die offene Tür und runzelte die Stirn. Er benutzte seinen Ellbogen, um die Tür zu öffnen, und fuhr zusammen, als die Scharniere knarrten.

»Harry?«

Dan blieb auf der Schwelle stehen. Er konnte Gas riechen – kräftig und stechend. Dann hörte er eine Bewegung hinter der Wohnzimmertür. Ein Kratzen und Schaben.

»Harry?«

Ein Stöhnen hinter der Tür antwortete ihm. Vorsichtig betrat Dan das Wohnzimmer.

»Zur Hölle, Harry. Was ist passiert?«

Er kniete sich auf den Boden, wo Harry in einer geronnenen Blutlache lag. Verwundet, aber lebendig.

»Hol mich hier raus … und dreh um Himmels willen die Gashähne ab, ich bin nicht versichert«, murmelte er, bevor er das Bewusstsein verlor.

Dan blickte zur Eingangstür, wo Sarah gegen die Wand gelehnt stand und eine Hand erschrocken über den Mund legte.

»Fass bloß keinen Lichtschalter an«, rief er. »Geh mindestens hundert Meter die Straße hinunter und ruf mit dem Handy einen Krankenwagen.«

Sie nickte, wandte sich um und lief los.

Dan nahm Harry auf die Schulter und trug ihn, gebückt unter dem Gewicht des älteren Mannes, aus dem Haus heraus in eine sichere Entfernung. Neben ihrem Wagen ließ er Harry sanft auf das Gras gleiten und lehnte ihn gegen das Fahrzeug. Dann wandte er sich um, rannte schnell ins Gebäude zurück und fand den Gasanschluss auf der Rückseite des Hauses neben der Hintertür. Nachdem er ihn zugedreht hatte, ging er durch das Haus, öffnete alle Türen und Fenster und ließ die durchziehende Brise das Gas und den Gestank aus dem Gebäude treiben. Anschließend lief er den Gartenweg zurück und hockte sich neben Harry. Er hob einen Arm an, hielt Harrys Handgelenk zwischen Daumen und Zeigefinger und fühlte nach dem Puls. Er war schwach, aber vorhanden.

Harry murmelte etwas in seiner Bewusstlosigkeit und wachte dann ruckartig auf. Er öffnete die Augen und sah sich mit wildem Blick um.

»Es ist okay, Harry, ich bin hier«, sagte Dan und legte seinen Arm um den älteren Mann. »Das Gas ist abgestellt. Der Krankenwagen ist auf dem Weg.«

Harry nickte und schloss die Augen wieder. »Ich danke dir.«

»Kannst du mir sagen, was passiert ist?«, fragte Dan.

Harry schluckte. »Der Bastard ist bei mir eingebrochen. Hat mich mit etwas Hartem auf den Kopf geschlagen und dachte wahrscheinlich, ich sei tot. Ich vermute, das Gas hat er aufgedreht, um es wie einen Unfall aussehen zu lassen.«

Dan nickte. »Kommt mir bekannt vor. Kannst du dich erinnern, wie er aussah?«

»Groß, dünn … sah aus wie ein Akademiker und trug eine Brille«, hauchte Harry.

Der Klang einer Sirene aus der Ferne durchdrang die anschließende Stille.

»Du hattest unheimliches Glück, weißt du das?«, sagte Dan. »Mit *der* Platzwunde am Kopf kannst du dich glücklich schätzen, dass du nicht verblutet bist.«

Harry lächelte und griff in die Tasche seiner Strickjacke. Er zog eine kleine Flasche heraus und schüttelte sie. »Medizin fürs Herz. Vertraue mir, so schnell würde ich nicht verbluten. Dieses Zeug könnte eine Flut stoppen.«

Dan grinste. »Du fährst aber trotzdem noch mit ins Krankenhaus.«

Harry verzog das Gesicht. »Verdammt«, fluchte er und verlor erneut das Bewusstsein.

Dan rutschte hin und her, versuchte, es sich auf dem harten Plastikstuhl so bequem wie möglich zu machen und gleichzeitig den Geruch von Antiseptikum in der Luft zu ignorieren. Er erschauerte.

In Dans Ohren echoten seine eigenen Schmerzensschreie, die er von sich gab, als er in die Notaufnahme eines Unfallkrankenhauses am anderen Ende der Welt gebracht worden war. Der Gestank seines eigenen Blutes und seiner Scheiße. Glühende Schrapnelle in klaffenden Wunden, die seine Glieder eitern ließen. Die Schreie seiner Freunde, als das medizinische Personal ihr Bestes tat, um ihr Leben zu retten, den Schmerz zu stoppen.

Dan schüttelte den Kopf, rieb sich die Augen und stand auf. Er ging zu einem Anschlagbrett hinüber und las sich jeden einzelnen Zettel durch, in dem verzweifelten Versuch, die Erinnerungen zu verdrängen. Als er das Geräusch von Absätzen auf dem Fliesenboden hörte, wandte er sich um. Sarah kam auf ihn zu.

»Wie geht es ihm?«, fragte Dan und umklammerte ihren Arm, als sie ihn erreichte.

»Er kommt wieder in Ordnung. Sie haben ihn auf eine niedrige Sauerstoffdosis gesetzt, um das Gas aus seinem Blutkreislauf herauszubekommen und ihm ein mildes Beruhigungsmittel gegeben, damit er sich ausruhen kann.«

Dan umarmte sie voller Erleichterung. »Hast du ihnen erzählt, was passiert ist?«

Sarah schüttelte den Kopf. »Nicht genau. Ich sagte ihnen, er lebt allein und neigt in letzter Zeit dazu, ein bisschen vergesslich zu sein.« Sie zuckte die Achseln. »Ich bin davon ausgegangen, dass weder du noch Harry angesichts der Umstände einen großen Wirbel darum machen wollen.«

Dan nickte. »Richtig gedacht.«

Sarah sah sich um. »Also ist uns der Mann mit der Brille *doch* aus Singapur gefolgt.«

»Es sieht so aus. Er bewegt sich ziemlich schnell. Delaney fängt wohl an, sich wegen uns Sorgen zu machen.«

»Glaubst du, Harry ist hier sicher?«

»Wahrscheinlich«, sagte Dan. »Sie haben Sicherheitskräfte an den Haupteingängen. Die Krankenschwestern auf der Station werden niemanden ohne eine Anordnung und eine Identifizierung zu Besuch lassen. Und ich werde mit jemandem sprechen, den ich kenne und ihn bitten, ebenfalls ein Auge auf Harry zu haben.« Er sah auf die Uhr und nickte dann vor sich hin.

Sarah unterbrach seine Gedanken. »Was ist los?«

Dan blickte den Krankenhausflur entlang und anschließend auf Sarah. »Komm mit«, sagte er und eilte zum Besucherparkplatz hinaus.

In der Nähe von Denchworth, Oxfordshire

Dan lenkte das Auto nach links und stoppte vor zwei großen Torpfosten. Ein verrostetes schmiedeeisernes Tor, das mit einer Kette und einem Vorhängeschloss gesichert war, blockierte ihren Weg.

»Wo sind wir hier?«, fragte Sarah und richtete sich im Sitz auf.

»Zuhause«, antwortete Dan, als er seine Wagentür öffnete und in die frostige Luft hinausstieg.

Sarah runzelte die Stirn und wandte sich um, um ihn zu fragen, was er damit meinte, stutzte allerdings, als er wortlos die Fahrertür zuschlug. Sie hörte das gedämpfte Geräusch seiner Stiefel auf der Kiesauffahrt und beobachtete ihn, während er zum Tor ging und einen Schlüsselbund aus seiner Hosentasche herauszog. Er drehte sich zum Auto um und hielt die Schlüssel ins Scheinwerferlicht. Als er den Passenden gefunden hatte, machte er sich wieder am Tor zu schaffen und steckte den Schlüssel ins Vorhängeschloss. Nachdem er die Kette entfernt hatte, öffnete er zuerst einen Torflügel, dann den anderen und kam anschließend zum Auto zurück.

Dan glitt auf den Fahrersitz und warf die Kette und das Vorhängeschloss auf den Boden vor Sarahs Füße. Nachdem er die Handbremse gelöst hatte, fuhr er den Wagen langsam durch das Tor. Auf der anderen Seite stoppte er erneut, griff nach dem Vorhängeschloss und der Kette, stieg aus und verschloss das Tor nun hinter ihnen. Er ging zum Fahrzeug zurück, steckte die Schlüssel in die Hosentasche und stieg ein.

»Es ist arschkalt da draußen«, sagte er, ließ die Handbremse los und fuhr das Auto auf die Auffahrt.

Sarah blieb schweigsam und beobachtete, wie das Scheinwerferlicht über Bäume und verwachsene Sträucher strich, durch die sich die Kiesauffahrt hindurchschlängelte. Nach ein paar hundert Metern gingen die Sträucher in etwas über, was einst ein gepflegter Rasen gewesen sein muss. Er war jetzt vollkommen verwildert – überwucherte Blumenbeete verloren sich in einem Dschungel aus Grün.

Dan lenkte das Fahrzeug durch eine langgezogene Rechtskurve, bis die Scheinwerfer ein eindrucksvolles Haus beleuchteten. Es war ein Backsteingebäude, das mit seinen großen Erkerfenstern, die zur Auffahrt hinausgingen, bedrohlich aussah.

Dan warf Sarah einen Blick zu. »Am Tag sieht es besser aus.«

»Tatsächlich?« Sie schaute die Fassade hinauf, während Dan den Wagen anhielt. »Ich hoffe, es hat wenigstens eine Heizung«, sagte sie, als sie ihren Sicherheitsgurt löste.

»Spätestens dann, wenn ich Feuer angezündet habe«, antwortete er und öffnete seine Tür. »Bis der alte Ölofen in die Gänge kommt, würde es ewig dauern.«

Er ging um das Heck des Wagens herum, griff hinein und nahm ihr Gepäck vom Rücksitz. Dans Schritte knirschten auf dem Kies, als er zum Hauseingang lief – eine große Doppelflügeltür unter einer überdachten Veranda. Er ließ die Taschen zu seinen Füßen fallen, holte erneut den Schlüsselbund aus der Jackentasche und schloss die Tür auf. Direkt hinter der Tür drückte er auf einen Schalter und eine Reihe von Lichtern flammte im Korridor auf. Dann schaute er Sarah an und deutete eine ironische Verbeugung an.

»Bitte nach dir.«

Sarah warf ihm einen kurzen Blick zu und schlüpfte an ihm vorbei ins Haus, fasziniert von dem Gedanken, dass das *tatsächlich* Dans Haus war. Er folgte ihr, zog seine Jacke aus, hängte sie auf einen Kleiderständer und stellte ihr Gepäck vor einer kunstvoll verzierten Freitreppe ab.

»Wir werden uns später darum kümmern. Lass uns erst ein Feuer machen, dann führe ich dich herum.«

Sarah schlang ihren Mantel enger um sich und rümpfte wegen des muffigen Geruchs nach lange ungelüfteten Räumen die Nase. Sie folgte Dan durch eine Tür auf der rechten Seite des Flurs. Er legte einen weiteren Schalter um und eine Reihe von Wandlampen erwachte flackernd zum Leben. Ein paar Glühbirnen waren kaputt und bildeten in dem Raum kleine Inseln aus Schatten. Dan betrat das Zimmer, beugte sich über einen Sessel und schaltete eine Tischlampe an. Dann drehte er sich um, ging auf das große Erkerfenster zu und zog schwere Samtvorhänge vor die Scheiben.

»Das wird helfen, die Kälte draußen zu lassen«, sagte er.

Sarah sah sich erstaunt im Raum um. Es war offensichtlich ein Wohnbereich, aber der Großteil des Zimmers wurde von Bücherregalen eingenommen. Sie schlenderte zu einem hinüber und ließ, nachdem sie Staub und Spinnweben weggewischt hatte, ihren Blick über die Titel wandern. *Die Geologie Schottlands, Die Juraküste von Dorset, Die versteinerten Wälder Papua-Neuguineas.* Zeitschriften und Artikel füllten den Platz zwischen den Büchern. Sie ging an den anderen Bücherregalen vorbei und ließ dabei den Blick von links nach rechts wandern, um die Buchrücken zu lesen – verblasste Goldprägungen, die das Licht einfingen.

An manchen Stellen machten Fossilien und Gesteinsproben den Büchern den Platz streitig und verstreuten Krümel mineralischer Ablagerungen über die Regale, die sich mit dem Staub vermischten. Sarah nahm eine der Proben in die Hand, einen großen schwarzen, glänzenden Steinklumpen, dessen Oberfläche mit kleinen Löchern wie von Nadelstichen übersät war.

»Tektit«, rief Dan von der anderen Seite des Raumes herüber. »Die trockenste Gesteinsart auf unserem Planeten.«

»Hmm«, reagierte Sarah und legte die Probe zurück. Sie schaute über die Schulter, um Dan dabei zu beobachten, wie er eine alte Zeitung zerriss und zusammen mit einem kleinen Haufen Anmachholz auf dem Kaminrost stapelte.

Er rollte seine Ärmel hoch, griff auf den Kaminsims und suchte dort etwas, bis seine Finger eine Streichholzschachtel fanden. Dann zündete er das Papier an und schob das Kleinholz so lange hin und her, bis es Feuer fing. Er beugte sich vor, nahm ein paar Holzscheite aus einem Korb neben dem Kamin und schichtete sie ordentlich über den Flammen auf.

»So, das sollte reichen«, sagte er und richtete sich auf, dann wandte er sich an Sarah. »Was?«

Sie sah ihn mit vor der Brust verschränkten Armen an. »Was du nicht sagst. Wann hattest du eigentlich vor, mir von diesem Ort zu erzählen?«

Er zuckte mit den Schultern. »Wahrscheinlich nie. Aber wir brauchten einen sicheren Ort zum Unterkommen und ich glaube nicht, dass uns hier irgendjemand finden wird. Bis vorhin im Krankenhaus hatte ich selbst noch gar nicht daran gedacht.«

Sarah ließ sich in einen der Sessel am Kamin fallen und betrachtete die Staubwolke, die dabei in die Luft aufstieg. »Wann warst du das letzte Mal hier?«

»Keine Ahnung. Warte kurz.« Dan griff nach unten ins Feuer und zog ein Stück Zeitung heraus, dessen Ende glühte. Während er in dem schwachen Licht die Augen zusammenkniff, wedelte er mit der Seite durch die Luft, um die Flammen zu löschen, und suchte dann nach dem Erscheinungsdatum. »Bitte sehr. Der zwölfte Januar.«

Sarah sah sich um. »Vor zwei Monaten? Und du hast seitdem hier nicht mehr sauber gemacht?«

Dan lachte. »Der zwölfte Januar … *letzten Jahres.*«

Sarah starrte ihn an. »Ist hier sonst noch irgendjemand?«

Er schüttelte den Kopf. »Nein. Außer die Nachbarkatze jagt immer noch in der Scheune.«

KAPITEL 37

März 2012

:

London, England

Dan verließ die U-Bahn-Station und ging die Straße hinunter. Die Gehwege waren glitschig vom Regen und dem Dreck aus der Luft. Bei jedem Schritt lief man Gefahr, auszurutschen. Dan verzog das Gesicht. Es war eine schmutzige Stadt, in der Kaugummi und Hundescheiße mit dem auf den Gehwegen und in den Rinnsteinen verstreuten Abfall um jede freie Fläche wetteiferten. Während er seinen Jackenkragen hochschlug, um sich vor dem feinen Nieselregen zu schützen, der waagerecht gegen seinen Hals wehte, wich er einer leeren Fastfood-Verpackung aus und bog um die Ecke.

Davids Team hatte mit seinen Büros ein unauffälliges Gebäude aus den Sechzigerjahren des letzten Jahrhunderts in Beschlag genommen, dessen Zugangsstufen von zwei Obdachlosen belegt wurden, die unter Decken den deprimierenden Morgen verschliefen. Als er die Stufen hinaufging, erregte Dan die Aufmerksamkeit von einem der beiden. Er kramte in seiner Hosentasche nach ein wenig Geld, das er dem Mann im Vorbeigehen in die Hand drückte. Der nickte dankbar und zog seine Wollmütze wieder über die Ohren. Dan bückte sich, um ihm etwas zuzuflüstern.

»Lass dir einen Bart wachsen oder irgendwas in der Art. Du fällst eine Meile gegen den Wind auf.«

Die Augen des Mannes öffneten sich weit und starrten Dan hinterher, während der die Eingangstür aufdrückte und hindurch trat. Dan grinste vor sich hin, als er zu dem gepflegten Empfangsschalter hinüberging und wartete, während der Wachmann ein Telefonat führte. Er sah sich im Eingangsbereich um, betrachtete die sandfarbenen Marmorwände und die Kunstinstallationen, die das Atrium zierten. Er fragte sich, ob er an einem solchen Ort arbeiten könnte. Vermutlich eher nicht.

Als der Wachmann sein Telefonat beendet hatte, wandte sich Dan wieder um. Er nickte dem Mann zu und reichte ihm Davids Visitenkarte. »Guten Tag. Würden Sie ihm sagen, dass Dan Taylor hier ist.«

Der Wachmann starrte ihn an. »Haben Sie einen Termin?«

Dan starrte zurück. »Nein. Ich brauche keinen.« Er drehte sich um und setzte sich auf einen der Stühle, der gegenüber des Empfangsschalters stand. Dann nahm er sich eine sechs Monate alte Zeitschrift und ignorierte den Wachmann, der den Hinweis verstand und zum Telefonhörer griff.

Minuten später warf Dan das Magazin auf den Stuhl neben sich und stand auf, als sich eine der Aufzugtüren öffnete. Er wartete, während David Ludlow durch den Eingangsbereich auf ihn zukam. Sie taxierten einander schweigend, bevor David ihm die Hand reichte.

»Ich bin froh, dass du es geschafft hast.«

Dan schüttelte die Hand und nahm das Friedensangebot vorläufig an.

David dirigierte ihn zum Aufzug und sie traten ein. Als David einen Schlüssel umdrehte, schlossen sich die Türen und er sprach Dan an.

»Warum hast du deine Meinung geändert?«

Dan zuckte die Achseln. »Es wurde persönlich, als Delaney Sarah und Harry angriff.«

David nickte und sagte nichts weiter. Die beiden Männer schwiegen während der restlichen Fahrt. Als sich die Türen öffneten, ging David den Weg zu seinem Büro voraus, schloss die Tür hinter Dan und trat an seinen Schreibtisch. Philippa stand in der Mitte des Raumes und betrachtete Dan argwöhnisch.

»Was genau ist Ihr Fachgebiet?«, fragte sie.

Dan grinste. »Dies und das. Und Ihres?«

Philippa hob eine Augenbraue. »Ich bin mir nicht sicher, ob ich Ihnen das beantworten sollte.«

Dan zuckte lächelnd die Achseln. Er wandte sich an David. »Ist die immer so?«

David nickte. »Ja … also sieh dich vor.«

Dan zog sich einen Stuhl heran und setzte sich darauf, ohne zu fragen. »Also, verrätst du mir, was du hier machst? Was ist das … MI5?«

David setzte sich ebenfalls, schwenkte seinen Bürostuhl herum, um Dan ins Gesicht sehen zu können, und schüttelte den Kopf. »Nichts, was auf dem Radar ist. Meistens schützen wir die Energievorräte und Kraftwerke des Vereinigten Königreichs vor terroristischen Organisationen. Ich bin unmittelbar dem Energieminister untergeordnet und erstelle darüber hinaus Berichte und Empfehlungen für das Verteidigungsministerium. Manchmal informiere ich auch direkt den Premierminister. Die meiste Zeit sind wir nur beratend tätig, halten unsere Augen und Ohren offen und unterstützen die anderen Agenturen. Aber hin und wieder stoßen wir auf jemanden wie Delaney und die Regeln werden über Bord geworfen.«

Er stand auf und ging im Raum auf und ab, wobei er einen Stift zwischen den Fingern drehte. »MI5 und MI6 sind sich unserer Existenz bewusst, ebenso unsere Kollegen in den USA und in Australien. Wir sind wählerisch, mit wem wir zusammenarbeiten. Am Ende des Tages bin nämlich ich dafür verantwortlich, dass die Wirtschaft dieses Landes vor jedem, der eine Bedrohung sein könnte, geschützt wird.«

Er blieb stehen und sah Dan an. »Ich muss dich das fragen. Was für eine Rolle hat Sarah in diesem Spiel?«

»Ich glaube, sie versucht nur herauszubekommen, warum Peter sterben musste«, antwortete Dan.

»Und sie hat dabei offensichtlich herausgefunden, dass das Ganze eine höllisch gute Story abgeben könnte«, fügte David hinzu. Er warf den Stift auf den Schreibtisch. »Richte ihr von mir aus, dass dieses Büro jeden Artikel, den sie zu veröffentlichen beabsichtigt, zuerst genauestens überprüfen wird. Ich werde dieses Projekt von niemandem kompromittieren lassen – vor allem nicht von einer Reporterin.«

Dan zuckte mit den Achseln. »Ich werde es versuchen.«

David schlug mit der Handfläche auf den Schreibtisch. »Du wirst es nicht nur versuchen, Dan. Du wirst dafür sorgen, dass sie spurt. Es gibt Leute über mir, die alles tun würden – *wirklich* alles, um sicherzustellen, dass Informationen über diese Technologie so lange nicht an die Öffentlichkeit gelangen, bis wir bereit dazu sind. Wenn Sarah etwas

Unautorisiertes drucken lässt, werde ich nicht für ihre Sicherheit bürgen. Oder für deine.«

Dan nickte. »Ich werde mit ihr sprechen.«

David schüttelte den Kopf, drehte sich um und ging zur Bürowand, die mit Notizen, Fotos, Satellitenbildern und Karten vollständig behangen war. Er winkte Dan heran und tippte auf das Foto, auf dem sie beide und zwei andere neben einem kriegerisch gepanzerten Fahrzeug zu sehen waren.

»Erinnerst du dich?«

Dan trat näher und betrachtete das Bild. Es schien eine Ewigkeit her zu sein. Ihn durchlief ein Schauder. »Ich wünschte, ich hätte vorher gewusst, dass es das letzte Mal war, an dem wir alle zusammen sein würden«, sagte er. »Nach all dem, was wir durchgemacht haben, hat es uns letztendlich doch wie einen Haufen naiver Amateure erwischt.« Er musste seinen Blick abwenden. Die Erinnerungen waren immer noch zu schmerzhaft.

David musterte ihn sorgfältig, nahm dann das Foto von der Wand und hielt es Dan direkt vor das Gesicht. »Wenn du an diesen Tag zurückdenkst, woran erinnerst du dich noch?«

Dan drehte sich um und stierte David an. »Warum?«

David ging zu seinem Schreibtisch zurück und setzte sich. Dann signalisierte er Dan, ebenfalls Platz zu nehmen, und legte das Foto zwischen sie. »Es könnte wichtig sein.«

Dan ließ sich in den Stuhl sinken und sah David ein paar Sekunden lang an, bevor er sprach. »Ich erinnere mich an den Anruf, dass es auf der Nordstraße zu Aktivitäten gekommen war – du weißt schon – diese einspurige Straße, die aus der Stadt hinausführte. Also schickten sie uns los, um nachzusehen. Zwei vorne im Truck, vier von uns hinten. Du, ich, Terry, Mitch, Dicko und H.«

»Erzähl weiter.«

»Wir erreichten die Stelle, bestätigten unseren Standort per Funk und stiegen aus. Es gab keine Scharfschützenaktivitäten. Wir sind davon ausgegangen, dass die Gebäude dafür zu wenig geeignet waren. Da gab es ein Haus auf der linken Seite der Straße … gebaut aus Lehm und Ziegelsteinen, mit einer niedrigen Mauer, hinter der eine Ziege und einige Hühner eingepfercht waren. Ein altes Ehepaar starrte uns von diesem Haus aus an. Du hast Terry befohlen, die alte Dame ins Haus in Sicherheit zu bringen.«

Dan zog das Foto zu sich heran und nahm es in die Hand, bevor er fortfuhr. »Ich und Mitch fingen dann mit der Entschärfungsroutine an. Du, Terry, Dicko und H, ihr habt damit begonnen, die Gegend zu überprüfen und nach Scharfschützen Ausschau zu halten. Ich erinnere mich, dass du Terry zu dem Haus mit der Ziege geschickt hast, um sicherzustellen, dass das alte Ehepaar keinen Angreifer versteckt hatte. Dicko und H sind die Straße abgegangen. Das Kind auf dem Dreirad … es fuhr mitten auf der Straße. Dicko und H liefen zu ihm, schickten den Jungen zurück. Dann nahmen sie sich die Dünen vor, die links und rechts von der Straße lagen, um sicherzustellen, dass von dort aus kein Überfall erfolgen konnte.«

Er rieb sich mit der Handfläche über das Gesicht, zu lebhaft war die Erinnerung daran, was als Nächstes passierte. »Mitch sah etwas – vielleicht eine Bewegung, ich weiß es nicht. Jedenfalls hat es ihn dazu gebracht, zu Dicko und H und anschließend zum Haus hinüber zu gucken. Dann wandte er sich mir zu und … verflucht noch mal, sein Gesicht war so verdammt blass. Er sagte noch: *Das war nicht die richtige Bombe,* und dann ging die Scheiße richtig los.«

Dan legte das Foto vorsichtig wieder hin. Er erinnerte sich an den Lärm, an die Schreie. Dicko … wo war er? H lag in Stücke zerfetzt mitten auf der Straße, schrie nach Hilfe, obwohl er wusste, dass er stirbt. Schreie in einer fremden Sprache und dann nur noch Dunkelheit. Er sah zu David auf.

»An mehr kann ich mich nicht erinnern.«

David nickte. »Du hast ein paar Tage lang ununterbrochen im Koma gelegen. Ich glaube, sie dachten, das würde dir mehr bei deinem Trauma helfen als bei den sonstigen Verletzungen.«

Dan schnaubte verächtlich. »Ja, hat es aber nicht. Ich würde alles dafür geben, um die Albträume loszuwerden.«

David beugte sich vor und nahm das Foto in die Hand. Er blickte darauf und sah dann Dan an.

»Was, wenn ich dir sagen würde, dass Terry nicht gestorben ist?«

KAPITEL 38

Dan spürte, wie sein Kiefer herunterklappte.

»Was?«

David sagte nichts und beobachtete Dan dabei, wie sein Gehirn die Informationen verarbeitete.

»D…das heißt … *fuck* … wir haben ihn einfach dort gelassen?«

David nickte langsam. »Nachdem wir dich und Mitch sicher im Hubschrauber hatten, suchten wir die Gegend ab. Es herrschte natürlich das reinste Chaos und es war unmöglich herauszufinden, ob irgendetwas von der zerfetzten Kleidung zu uns gehörte. Die Explosion hatte eine Wand in dem Gebäude gegenüber eingedrückt.«

»Da, wo Terry gestanden hatte«, fügte Dan hinzu.

»Ja. Nun, wir durchsuchten auch diesen Bereich … alles, was wir fanden, waren Schutt, Ziegelsteine, Staub, Blut und etwas versengte Kleidung. Kein Zeichen von Terry. Wir mussten davon ausgehen, dass er das Gebäude schon verlassen und deswegen die Explosionsdruckwelle voll abbekommen hatte.«

David stand auf, nahm eine Fernbedienung von seinem Schreibtisch mit und ging zu einem kleinen Fernseher in der Ecke. Er schaute über die Schulter zu Dan. »Komm her und sieh selbst.«

Dan folgte seiner Anweisung und blieb vor zwei Sesseln stehen. »Was ist das?«

»Vor ein paar Wochen fragte ich mich, ob wir in diesem ganzen Chaos vielleicht irgendeinen Hinweis übersehen haben. Wie um alles in der Welt kann es sein, dass jemand wie Delaney mit Bombenbau zu tun hat? Wir wissen, dass er größenwahnsinnig ist und besessen davon, seine Vermögenswerte um jeden Preis zu schützen, aber wer ist sonst noch an dem Projekt beteiligt? Jemand muss ihm dabei helfen, das zu finanzieren. Die ganze Forschung und Entwicklungsarbeit wäre viel zu leicht zurückzuverfolgen, wenn sie nur aus seinen Firmen heraus betrieben werden würde. Aber wer baut die Bombe für ihn? Es ist fast so, als würde er Hilfe von außerhalb bekommen – was keinen Sinn ergibt, denn Delaney vertraut niemandem.«

»Also vermutest du, dass jemand einen Groll gegen die britische Regierung hegt und Delaney das zu seinem Vorteil ausnutzt?«

David nickte. »Was wäre, wenn Delaney jemanden gefunden hätte, der seine eigenen Ziele verfolgt und Delaney ihn zu seinem Vorteil unterstützt?«

»Was willst du damit sagen?«, fragte Dan und runzelte die Stirn.

David lächelte. »Schau dir das an.« Er drückte die Start-Taste auf der Fernbedienung und der Fernseher zeigte eine Nachrichtensendung. »Die ist von vor drei Jahren«, erklärte er und zeigte auf den Bildschirm. Er drehte den Ton lauter und die dunkle Stimme des männlichen Reporters setzte ein.

»… Bombenentschärfungsteam traf an der Stelle ein und begann, die Vorrichtung mit einem Roboter zu entschärfen. Bedauerlicherweise ahnten sie nicht, dass die Bombe, die sie entschärften, ein Köder war …«

Die Kamera zoomte auf den Hintergrund. Hinter dem Reporter schwebten immer noch Staub und Rauch von der Explosion durch die Luft, eine Hausruine tauchte auf der linken Seite des Bildschirms auf. Menschen liefen im Hintergrund umher, schrien und weinten, während sie in den Trümmern nach Familienmitgliedern und Freunden suchten. Der Reporter ignorierte sie und setzte seinen Bericht fort.

»… Eine zweite Bombe explodierte, während die Soldaten noch arbeiteten, und tötete mindestens fünf Zivilisten und zwei Armeemitglieder. Zwei Soldaten befinden sich momentan in kritischem Zustand in einem Krankenhaus, dessen Standort nicht bekannt gegeben wurde …«

»Oh Gott«, sagte Dan und ließ sich schwer in einen der Sessel fallen. Es war das erste Mal, dass er irgendwelche Nachrichten über die Explosion sah. Seine Nackenhaare sträubten sich, während er die Reportage weiter verfolgte.

Die Kamera schwenkte nach links und fing die schiere Verwüstung der Explosion ein, während der Reporter weiter berichtete: »… die britische Regierung hat zugesichert, die Truppenstärke vor Ort trotz der anhaltenden Probleme weiter zu reduzieren, denn bei diesem Vorfall hätte es sich lediglich um einen Einzelfall gehandelt und die Angriffe auf die Soldaten würden weiterhin abnehmen. Allerdings fragt sich die hiesige Bevölkerung, wer sie vor inländischen Bedrohungen schützen wird, wenn die westlichen Truppen erst einmal abgezogen sind …«

David hielt das Band an. »Hast du es gesehen?«

Dan sah ihn an. »Was genau?«

David lächelte und drückte die Taste für den Rücklauf. Er hielt die Aufnahme an, als sie die Stelle erreichte, an der sich die Kamera vom Gesicht des Reporters entfernte und die Explosionsszenerie einfing. Dann drückte er auf die Start-Taste, die Stimme des Reporters ertönte erneut über der Szene.

»... die Truppenstärke vor Ort trotz der anhaltenden Probleme ...«

David drückte schnell die Pause-Taste. »Dort.«

Er deutete auf den Bildschirm und schaltete den Film Bild für Bild weiter.

Dan stand auf und trat näher an den Bildschirm heran. Hinter der Hausruine erschien eine Gestalt. Dan blinzelte. »Man kann einfach nichts erkennen.«

»Pass auf.«

Groß, zerlumpt, wie eine Silhouette vor der Sonne, die es kaum noch schaffte, die staubige Luft zu durchdringen, schien die Gestalt zu schwanken, bevor sie sich umwandte und wieder hinter dem Gebäude verschwand.

Dan stand auf und sah David an. »Auf keinen Fall.«

David hielt seinem Blick stand. »Wie nah waren wir an der Grenze?«

Dan musste überlegen. »Ungefähr fünfzehn Meilen. Er hätte es nie geschafft, nicht, nachdem er das überlebt hatte.«

David ging zurück zu seinem Schreibtisch. »Du gehst davon aus, dass er bei der Explosion verletzt wurde?«

Dan nickte und folgte ihm. »Es muss so gewesen sein. Alle von uns waren verletzt – auf die eine oder andere Art. Ich erinnere mich, dass er direkt neben diesem Gebäude stand, bevor Mitch zu Schreien anfing.«

»Ja, aber blieb er auch dort stehen, als Mitch schrie, oder rechnete er mit dem Schlimmsten und suchte sich Deckung?«, grübelte David.

Dan zuckte die Achseln. »Ich denke, möglich wäre es. Aber für mich reicht das als Motiv nicht aus.«

David griff nach einem Aktendeckel auf seinem Schreibtisch und öffnete ihn schwungvoll. Er ging die Papiere kurz durch, nahm ein zweiseitiges Dokument heraus und schob es über den Tisch zu Dan hinüber, der es umdrehte und zu lesen begann.

»Heilige Scheiße.«

»Kann man wohl sagen. Die Militärpolizei war im Begriff, Terry wegen Drogenhandels auf der Basis zu verhaften. Sie hatten noch nicht genug Beweise, um die ganze Sache bis vor das Militärgericht zu bringen, deswegen wollten sie den richtigen Augenblick abwarten«, erklärte David. »Terry muss das herausgefunden und seine Flucht geplant haben. Die Verwirrung nach der Straßenbombe kam ihm da gerade recht.«

Dan lehnte sich in seinem Stuhl zurück. »Aber dann müsste er unglaubliches Glück gehabt haben. Es ist quasi unmöglich, dass er es allein durch die Wüste geschafft hat. Wir wissen doch noch nicht einmal, ob er die Explosion überlebt hat, also sind das alles nur Vermutungen.«

David nickte. Er nahm ein Foto aus dem Ordner und ließ es über den Schreibtisch schlittern. Dan ergriff es und sah zuerst das Foto an, dann wieder David. Das Foto war von einem Standbild aus der Nachrichtensendung abfotografiert und mithilfe des Computers vergrößert und geschärft worden, um die Gestalt besser erkennen zu können.

»Scheiße.«

David nickte. »In der Tat.«

»Das ist jetzt aber drei Jahre her … und reicht nicht aus, um zu beweisen, dass er Delaneys Bombenbauer ist.«

»Das ist richtig«, gab David zu. Er griff erneut in den Aktenordner. »Aber was ist hiermit?«

Er warf ein weiteres Foto über den Tisch zu Dan hinüber. »Es wurde im Dezember am Flughafen von Bangkok aufgenommen.«

Dan starrte auf das Foto. »Was zum Teufel … und er hat sich nicht einmal die Mühe gemacht, sich irgendwie zu tarnen.«

»Wozu auch. Er ist tot, erinnerst du dich?«

KAPITEL 39

Oxford, England

Sarah warf Dan einen zweifelnden Blick zu und schob ihre Hände in die Jackentaschen. »Was zur Hölle machen wir hier?«

Dan sperrte das Auto ab und ging vor ihr her, bis er schließlich auf den Weg abbog, der zum Fluss Cherwell führte. Während er sich die Bäume anschaute, von deren Ästen Eiszapfen wie Stalaktiten herabhingen, seufzte er. »Ich vermisse Peter genauso wie du, Sarah. Irgendwie dachte ich, wenn wir hierherkommen, würde mich das inspirieren. Das ist alles. Ich verstehe einfach nicht, warum er den Behörden nicht mitgeteilt hat, was er wirklich wusste … und zwar, solange er noch die Möglichkeit dazu hatte. Ich meine, es ist ein einsamer Ort zum Sterben, oder?« Er ließ die Schultern sinken, drehte sich zur Seite und stampfte vom Pfad weg in die Baumreihen hinein, vorsichtig darauf achtend, nicht auf den eisbedeckten Pfützen auszurutschen.

Sarah senkte den Kopf und blies in ihre Jacke, versuchte damit verzweifelt, irgendeine Art von Wärme zu erzeugen. Trotz ihrer Stiefel und der warmen Socken konnte sie spüren, wie ihre Zehen langsam zu Eis gefroren. Sie hob den Kopf, blinzelte ins helle Sonnenlicht, das durch die kahlen Bäume strahlte, und begann Dan zu folgen, wobei ihre Schritte auf dem eisbedeckten Unterholz knirschten. Beim

Laufen stampfte sie mit den Füßen auf und versuchte, ihre Blutzirkulation wieder auf Trab zu bringen.

Dan hatte ein paar Meter vor ihr angehalten und starrte nun gedankenverloren in die Baumkronen.

Sarah wurde beim Näherkommen langsamer, bis sie schließlich neben ihm stehen blieb. »Und was jetzt?«

Dan schüttelte leicht den Kopf und blickte sie an – fast erschrocken, sie neben sich zu sehen. »Tut mir leid. Ich war in Gedanken.« Er hackte mit dem Fuß in die gefrorene Erde, bevor er weitersprach. »Hat Peter jemals erwähnt, dass er von jemandem aus meiner alten Armeeeinheit kontaktiert worden ist?«

Sarah runzelte die Stirn. »Nein. Also … nicht, dass er so etwas je mit mir besprochen hätte … und weshalb auch? Warum in aller Welt sollte jemand Peter wegen dir kontaktieren?«

Dan grunzte vor sich hin und ging weiter.

Sarah warf verzweifelt ihre Arme in die Luft und folgte ihm. »Es tut mir leid … das hast du falsch verstanden. Warte.« Sie lief schneller, um ihn einzuholen, und packte seinen Arm. »Warte bitte.«

Dan blieb stehen und drehte sich zu ihr um. »Es ist okay … ich weiß das ja. Warum sollte tatsächlich jemand, mit dem ich mal zusammengearbeitet habe, mit Peter sprechen wollen? Aber irgendjemand hat es getan. Da bin ich mir sicher.« Er fuhr sich mit den Fingern durch die Haare.

Sarah verschränkte die Arme. »Okay, da gibt es etwas, was du mir nicht erzählst. Also raus mit der Sprache.«

Dan grinste. »Gehen Journalisten so mit potenziellen Interviewpartnern um?«

Sarah schubste ihn heftig. Dan rutschte auf dem vereisten Pfad aus und konnte gerade noch einen jungen Baum packen, um sich festzuhalten.

»Hey, pass doch auf!«

»Hör auf, das Thema zu wechseln. Was weißt du?«

Dan nahm ihre Hand und zog sie zu einem großen, umgestürzten Baumstamm. Er wischte das Eis von der Oberfläche, setzte sich und forderte Sarah auf, sich ihm anzuschließen. Als sie sich hinsetzte, wandte er sich ihr zu.

»Ich habe mich mit David Ludlow getroffen, nachdem wir letzte Woche zurückgekommen sind.«

Sie starrte ihn an. »War das klug?«

Er lächelte. »Das habe ich mich zu dem Zeitpunkt auch gefragt, aber seien wir ehrlich – wer sonst würde uns noch helfen?«

Sarah nickte. »Okay, erzähl weiter.«

»Er glaubt, dass einer der Jungs aus unserem Team, von dem wir dachten, dass er im Irak getötet worden ist, in Wirklichkeit überlebt hat.«

Sarahs Atem bildete in der Winterluft eine kleine Wolke, als sie tief ausatmete und die Konsequenzen überdachte.

Dan ließ seinen Blick über den eisbedeckten Wald gleiten. »Falls er recht hat, denke ich, dass wir ein Motiv gefunden haben könnten – zumindest aus der Sicht des Bombenbauers.«

Sarah umarmte sich selbst. Ihre Augen schimmerten, als sie die Landschaft um die Lichtung herum betrachtete, während sie die Information verarbeitete. Schließlich räusperte sie sich kurz. »Warum in aller Welt bist du dort hingegangen, Dan? In den Irak, meine ich. Es scheint mir so untypisch für dich zu sein.«

Dan lächelte. »Ich musste einfach weg. Wollte etwas machen, was ein wenig bedeutungsvoller war als das, was jeder von mir erwartete. Ich glaube, es war meine ganz eigene Art von Rebellion. Ich bereue es auch nicht. Vielleicht später mal, aber nicht im Moment.«

Sarah sah ihn an. »Und was ist mit den Albträumen, die dich offensichtlich nicht loslassen?«

»Woher weißt du das?«

Sarah streckte die Hand aus und ergriff seine, wobei sie bemerkte, dass seine Hand trotz der Eiseskälte viel wärmer war als ihre. »Ich habe dich letzte Nacht wieder im Schlaf schreien hören. Es tut mir leid.«

Dan drückte ihre Hand, bevor er seine aus ihrem Griff löste. »Das ist schon okay.« Er stand auf und reckte sich. »Ist dir endlich kalt genug?«

Sarah lächelte. »Mir ist arschkalt!«

Er grinste und streckte die Hand nach ihr aus. »Dann komm … lass uns einen Pub mit einem schönen warmen Kamin suchen.«

Sarah stand auf und klopfte die Rückseite ihrer Jeans ab. »Das ist die beste Idee, die du heute hattest.«

Sarah blickte auf, als Dan von der Theke zurückkam und in jeder Hand ein Getränk hielt. Am Tisch angekommen stellte er eines der Gläser vor Sarah ab.

»Das ist für dich … Glühwein. Der sollte dich wieder auftauen.«

Sarah hielt das Glas in beiden Händen und wärmte sich die Finger. »Oh, das tut gut … die reinste Wonne«, hauchte sie.

Dan grinste und setzte sich neben sie auf den gepolsterten Sitz. »Du bist so ein Weichei.«

»Das weiß ich. Aber ich bin glücklich damit, ein Weichei zu sein.« Sie trank einen Schluck. Das mit dem Rotwein vermischte Zimt-Aroma wärmte sie von innen. Sie nahm ihren Schal ab und legte ihn zusammen mit den Handschuhen auf den Sitz neben sich. Sarah blickte aus dem Fenster und auf das Kondenswasser, das die Scheibe herunterlief, während sich die Sonne draußen hinter unheilvollen Wolken versteckte. Sie seufzte. »Irgendwie werde ich das Gefühl nicht los, dass wir manipuliert werden.«

Dan nahm einen Schluck von seinem Wein, bevor er das Glas wieder auf dem Tisch abstellte. »Geht mir auch so. Ich hatte ein gutes Gespräch mit David – beinahe freundlich. Das Problem ist, er spielt schon so lange in der Politik mit, dass man nur schwer erkennen kann, ob er es ehrlich meint oder nicht.«

Sarah lehnte sich zurück, streckte sich aus und klopfte mit dem Fuß den Rhythmus der Musik mit, die leise im Hintergrund spielte. »Ich will jetzt nicht aufgeben, Dan. Du wirst vielleicht sagen, dass es daran liegt, dass ich Journalistin bin, aber es ist mehr als das. Ich habe das Gefühl, dass ich es Pete schulde. Und mir selbst auch.«

Dan nickte. »Ich weiß. Du musst dich vor mir nicht rechtfertigen.« Er drückte ihre Hand.

Sarah wollte ihre Hand instinktiv aus seinem Griff lösen, entspannte sich dann aber wieder.

»Was denkst du?«, fragte er.

Sie lächelte vor sich hin. »Nur, dass wir einfach weitermachen müssen. Wir müssen diesen Kerl aufhalten.

Ich weiß, dass wir ihm eigentlich nicht gewachsen sind, aber ich habe dieses Bauchgefühl, das wir uns auf dem richtigen Weg befinden. Wir können jetzt nicht aufgeben.«

KAPITEL 40

:

London, England

Dan lächelte Sarah einladend an, damit sie ihm durch die Tür folgte. Anschließend ging er zu Davids Schreibtisch hinüber und stellte einen Stuhl für sie bereit. Sarah blieb kurz auf der Türschwelle stehen und blickte Dan mit hochgezogener Augenbraue an, bevor sie eintrat. Als sie sich dem Schreibtisch näherte, machte Dan die beiden offiziell miteinander bekannt. Sarah schüttelte Davids angebotene Hand nur kurz und setzte sich dann. Dan schloss die Bürotür, zog seinen Stuhl neben Sarahs und nickte David auffordernd zu.

David hielt Sarahs Blick stand und schob ihr ein Blatt Papier über den Schreibtisch zu. »Bevor wir anfangen, muss ich Sie bitten, dies zu unterschreiben.«

Sarah blickte auf das Dokument hinunter. »Gesetz über die Wahrung von Staatsgeheimnissen?« Sie schob das Blatt zurück und stand auf. »Ich glaube nicht, danke.«

»Hinsetzen.«

Sie starrte Dan verblüfft an. »Was?«

»Setz dich … und unterschreibe es.«

»Was zur …«

»Tu es einfach … bitte.«

Er nickte ihr beruhigend zu. *Es ist in Ordnung.*

Sarah setzte sich wieder und fing an, das Dokument noch einmal gründlich zu lesen.

»Reine Formalität«, erklärte David. »Ich muss nur in der Lage sein, zu kontrollieren, was Sie der Öffentlichkeit mitteilen. Vor, während und nach der Operation. Das Letzte, was wir brauchen, ist eine Massenhysterie. Sie können es entweder jetzt unterschreiben und weiterhin an den Ermittlungen teilnehmen oder ich kann Sie solange einsperren lassen, bis die Operation vorbei ist. Es liegt an Ihnen.«

Sarah nickte. Dann unterschrieb sie das Dokument.

»Danke«, sagte David und nahm den Kugelschreiber entgegen. Sein Gesicht wurde weicher. »Ich glaube, vor ein paar Monaten hätten Sie das nicht getan.«

»Vor ein paar Monaten hatte ich auch noch keinen toten Ex-Mann, keine tote Freundin und nicht den schleichenden Verdacht, dass Sie viel mehr wissen, als Sie bisher erzählt haben«, sagte Sarah trotzig. Sie verschränkte die Arme und starrte zuerst David an, dann Dan.

»Jetzt, wo wir die kleinen Nettigkeiten hinter uns haben, wie wäre es, wenn mich jemand auf den neuesten Stand bringt, was ihr beiden hinter meinem Rücken ausgeheckt habt?«

David streckte sich nach einer Akte auf seinem Schreibtisch und zog sie zu sich heran. Er öffnete sie, nahm er ein großes Foto heraus und drehte es dann so herum, das Dan und Sarah es betrachten konnten.

»Was ist das?«, fragte Sarah.

»Spurensicherung von der Explosion in Singapur«, antwortete er.

Sarah starrte ihn an.

David zuckte mit den Achseln. »Wir waren ganz in der Nähe. Ich hätte euch eine Mitfahrgelegenheit zum Flughafen anbieten können, wenn ihr noch zehn Minuten länger gewartet hättet.«

Dan griff nach dem Foto und studierte es, bevor er David ansah. »Was zur Hölle haben sie benutzt?«, fragte er. »So etwas habe ich noch nie gesehen.«

David überflog die Notizen in der Akte. »Nichts Konventionelles. Unsere Technikfreaks vermuten, dass es eine neue Form von Brennstoff gewesen sein könnte. Sie haben die Untersuchungen aber noch nicht abgeschlossen. Was für mich so viel bedeutet wie …«, sagte er und schloss die Akte angewidert wieder, »… dass sie keine Ahnung haben.«

David stand auf und deutete Dan und Sarah mit einem Winken an, ihm zu folgen. Er drückte die Tür auf und ging durch das Großraumbüro zu einem separaten Raum.

»Hier können Sie sich einrichten«, erklärte er. »Wenn Sie irgendetwas brauchen, fragen Sie Philippa – sie ist ziemlich einfallsreich.« Er wandte sich an Dan. »In fünf Minuten in meinem Büro. Mal sehen, ob du mir helfen kannst, einige der Lücken zu schließen, die bei unseren Ermittlungen aufgetaucht sind.«

Dan nickte, ließ sich auf ein Sofa in der Ecke des Raumes sinken und begann, den Bericht der Techniker über die Autobombe zu lesen. Er war erschreckend kurz. Dan fragte sich, ob er noch etwas anderes herausgefunden hätte, wenn er die Möglichkeit dazu gehabt hätte. Doch damals war seine oberste Priorität gewesen, Sarah in Sicherheit zu bringen.

Er blickte zu ihr hinüber, während sie ihren Laptop auf den leeren Schreibtisch stellte, die Anschlusskabel entwirrte und überprüfte, ob die Telefonleitungen funktionierten. Er lächelte. Sie war härter, als er zuerst gedacht hatte – total fixiert auf die aktuelle Story, von der sie hoffte, dass sie sie zu einer ruhmreichen Journalistin machen würde.

Dan ordnete die Fotos in der Akte neu, anschließend klammerte er sie wieder zusammen und stand auf. »Ich werde mir einen Kaffee holen und dann zu David gehen«, sagte er. »Wir sehen uns später.«

Sarah nickte. »Okay. Ich nehme mir zuerst einige Arbeits-Emails vor und danach werde ich ein bisschen herumgraben. Ich will versuchen, etwas über die Schiffsbewegungen aus Singapur herauszubekommen, um zu sehen, ob ich dieses Auto finden kann.«

David sah auf, als Dan das Büro betrat, schob beim Aufstehen den Bürostuhl nach hinten und ging zum White Board an der Wand. »Komm her und wirf mal einen Blick darauf. Vielleicht kannst du ja irgendeine dieser Lücken für uns schließen.«

Dan stellte seinen Kaffeebecher auf dem Schreibtisch ab und trat zu David. Er überflog die Beweise, die Davids Team bisher zusammengetragen hatte. Plötzlich zeigte er auf ein Foto an der Wand – ein Mann, stämmig gebaut, mit einem dunkelgrauen Anzug und einer Brille.

»Wer ist das?«

David sah genauer hin. »Ein ziemlich übler Charakter namens Charles Moore. Wir vermuten, dass er ein Profikiller ist, obwohl wir im Moment nichts in der Hand haben, um das zu beweisen. Warum fragst du?«

»Er ist derjenige, der Peters Haus zerstört hat. Wir haben ihn vor Sarahs Haus gesehen, bevor wir nach Australien geflogen sind. Ich wette, er ist auch für Peters und Hayleys Tod verantwortlich.«

David nahm das Foto vom Board und reichte es Philippa. »Lässt du bitte ein paar Kopien davon machen?«

Sie nickte und verließ das Zimmer.

David wandte sich wieder an Dan. »Noch etwas?«

»Ich glaube, Delaney hat ihn angeheuert. Er ist ein Auftragsmörder. Sehr schlau. Scheint ein Händchen dafür zu haben, seine Mordanschläge wie Unfälle aussehen zu lassen. Als letzten Monat Sarahs Freundin Hayley getötet wurde, während wir in Brisbane waren, sollte es wie ein Autounfall aussehen. Sie half uns dabei, mehr über Delaney herauszufinden, und es hat ihm offensichtlich nicht gefallen, dass wir herumgestochert haben.«

»Was denkst du, hat Delaney vor?«, fragte David.

Dan rieb sich das Kinn. »Nachdem ich Peters Notizen inzwischen mehrfach durchgesehen habe, gehe ich davon aus, dass es etwas mit dem Weißes-Gold-Pulver zu tun haben muss, über das Peter Vorträge gehalten hat. Es scheint die Fähigkeit zu besitzen, ein zukunftsträchtiger Energieträger zu sein. Umweltfreundlicher als Atomenergie oder fossile Brennstoffe und dabei viermal so ergiebig.«

David warf ihm einen prüfenden Blick zu, bevor er übernahm. »Delaney wurde immer besessener von dem Gedanken, sein Kohlegeschäft vor jeglichen Umweltschutzvorschriften schützen zu müssen. Wir wissen, dass er hier in Großbritannien Einfluss auf Politiker genommen hat und seine Kontakte dazu benutzt, dasselbe in Australien zu tun. Aber machen wir uns nichts vor – da ist er nicht der Einzige.«

Dan nickte. »Er ist wahrscheinlich nur um einiges radikaler als die anderen.«

»Gelinde gesagt«, stimmte David zu. »Er scheint fanatisch an dem Gedanken zu hängen, dass Weißes-Gold-Pulver sein Imperium zerstören wird, da es ja bereits für die Brennstoffzellentechnologie genutzt wird und viel weniger Energie als Kraftstoffe auf Ölbasis verbraucht. Zuerst streckte das britische Verteidigungsministerium seine Fühler aus, um herauszufinden, ob diese Kraft genutzt werden könnte, um Militärflugzeuge auf Überschallgeschwindigkeit zu beschleunigen. Kurz danach stellte aber auch unsere Regierung erste Überlegungen an, ob man nicht Kraftwerke mit Weißes-Gold-Pulver anstelle von Kohle betreiben könnte.«

Dan grinste. »Ich wette, dass sich dein Verein schon mehrmals dafür in den Arsch getreten hat, dass er in den neunziger Jahren einen Großteil der britischen Goldbarren verkaufte.«

David ignorierte die Bemerkung und fuhr fort. »Die letzten paar Winter haben gezeigt, dass unsere Gasvorräte nicht ausreichen und das wir Gas dazukaufen müssen. Unsere Ölbestände sind deutlich geringer, als wir es der Öffentlichkeit gegenüber zugeben. Natürlich ist das Delaney irgendwie zu Ohren gekommen und er scheint alles zu tun, um sich selbst zu schützen.«

Dan griff nach seiner Kaffeetasse und nahm einen Schluck. »Also, was denkst du? Was plant er? Erzählst du es mir?«

David setzte sich an seinen Schreibtisch zurück. »Wir haben Grund zu der Annahme, dass Delaney in den vergangenen fünf Jahren gezielt Goldminen gekauft hat, um die Herstellungsmethode für Weißes-Gold-Pulver zu verfeinern. Alles nur, um die wissenschaftliche Entwicklung, die wir erforschen, in Misskredit zu bringen. Anscheinend ist es ihm gelungen, radioaktives Material dadurch zu erzeugen, dass er das weiße Pulver in metallisches Gold zurückverwandelt.«

Dan sah David entsetzt an. »Willst du damit sagen, dass er mit diesem Zeug eine Waffe entworfen hat?«

David nickte. »Wir glauben sogar, dass er dabei sehr erfolgreich gewesen ist. Wenn er der Welt beweisen kann, dass Weißes-Gold-Pulver zu gefährlich ist, um als alternative Brennstoffquelle Verwendung zu finden, wird er sich damit etliche Jahre Zeit verschaffen, um die Kohle- und Ölmärkte weiter ausschlachten zu können. Niemand wird mit Weißes-Gold-Pulver zu tun haben wollen. Denk doch nur an Wasserstoff – seit der Hindenburg-Katastrophe ist kein Luftfahrzeug mehr konstruiert worden, das diesen Treibstoff verwendet – man würde nicht genug Passagiere zusammen bekommen, um es zu einem rentablen Projekt zu machen.«

Er stoppte kurz. »In der Zwischenzeit nutzt er Gewinne aus seinen Bergbauunternehmen, um Goldminen zu kaufen. Wahrscheinlich hat er vor, in zwanzig Jahren das Konzept von Weißes-Gold-Pulver als alternative Energiequelle selbst erneut aufs Tapet zu bringen und die Belohnungen dafür einzustreichen.« Dan runzelte die Stirn. »Wie kann er erwarten, dass er damit durchkommt?«

David zuckte die Achseln. »Ach komm. Es braucht doch für die Medien und die Öffentlichkeit nicht viel, um davon überzeugt zu werden, dass jeder Angriff auf die westliche Welt von den üblichen Extremisten ausgeht. Warum sollte man ihnen diesen Anschlag nicht auch in die Schuhe schieben? Es sei denn, du und ich können die Waffe aufspüren, bevor sie hochgeht, und beweisen, dass Delaney dahintersteckt«, sagte er, »auch wenn die Chancen dafür im Moment verschwindend gering aussehen mögen.«

KAPITEL 41

:

Brisbane, Australien

Morris Delaney warf den Whiteboard-Marker auf den Schreibtisch und grinste seine Besucher an. Er nahm einen kräftigen Schluck des zwanzig Jahre alten Single Malt und genoss das warme Brennen in seinem Hals.

»Du bist absolut sicher, dass das funktionieren wird?«, fragte Petrov. »Wir werden keine zweite Chance bekommen.«

Delaney nickte. »Wir haben ein kleineres Exemplar gebaut und es als Test in einem meiner Minenschächte detonieren lassen.«

Uli lächelte. »Ich mag, wie du die Dinge angehst. Ich vermute, der Versuch fand in einer abgelegenen Gegend statt?«

»Ja … mitten im Nirgendwo.«

Pallisder starrte das Foto in seiner Hand an, dann legte er es schnell auf den Schreibtisch zurück, als er bemerkte, dass seine Hände anfingen zu zittern. »Wie habt ihr die Kammer konzipiert?«

»Es ist einfacher, wenn ich es dir zeige, als es zu beschreiben«, erklärte Delaney und gab Pallisder ein Zeichen, sich hinzusetzen. Mit einem Textmarker zeichnete er die groben Umrisse eines Kanisters auf einen Block, dann fügte er eine kleinere Box mit einer Reihe von Punkten darum hinzu.

»Das supraleitende Edelmetall – in diesem Fall Weißes-Gold-Pulver – befindet sich in diesem Borosilikatglaszylinder. Der Glaszylinder sitzt auf einer Seite dieses verkleideten Gehäuses. Auf der anderen Seite ist der Zeitzünder platziert.« Er zeichnete einen groben Schaltplan und verband die Drähte durch Striche miteinander. »Sobald der Timer seinen Countdown beginnt, hat man etwa neun Minuten, um das Areal zu verlassen … sonst ist man Toast. Der Zylinder dient nur zum Schutz. Je kleiner wir den Glaszylinder halten, desto besser ist das Material geschützt und desto genauer können wir die Explosion mit dem Timer kontrollieren.«

»Warum der Glaszylinder?«

Delaney grinste.

»Er ist der einzige Weg, um das Weißes-Gold-Pulver davon abzuhalten, sich durch den Tunneleffekt einen Ausweg in die Atmosphäre zu suchen, bevor wir fertig sind. Wir sind die Ersten, die mit diesem Zeug eine Waffe gebaut haben. Die meisten Leute interessieren sich mehr dafür, es wieder in Gold zurückzuverwandeln, weil sie sich dadurch eine höhere Energieausbeute versprechen. Sowohl die britische als auch die amerikanische Regierung versuchen, Flugzeuge zu bauen, die sich seine Antigravitations-Eigenschaften zunutze machen sollen. Es als Waffe zu verwenden, ist wohl noch niemandem eingefallen.«

Er warf auch den Textmarker auf den Schreibtisch und setzte sich Pallisder und Petrov gegenüber. Er deutete auf die Skizze des Glaszylinders. »In diesen neun Minuten verursachen wir eine Kettenreaktion, die das Weißes-Gold-Pulver wieder in metallisches Gold verwandelt.«

Petrov sah ihn an und hob die Augenbraue. »Als ich zustimmte, dieses Projekt mitzufinanzieren, bin ich davon ausgegangen, dass wir damit eine große Wirkung erzielen würden. Die Straßen mit Gold zu pflastern, war nicht gerade das, was ich dabei im Sinn hatte.«

Delaney kicherte. »Du musst dir keine Sorgen machen. Wir sind weit davon entfernt, das in irgendeinem größeren Maßstab zu schaffen. Aber als wir versuchten, Weißes-Gold-Pulver zurück in metallisches Gold zu verwandeln, entstand dabei radioaktives Material. Jetzt haben wir die Mengen gerade so weit erhöht, dass, wenn die beiden Elektroden im Kanister zu glühen anfangen …«

»… man das Äquivalent einer Atombombe hat«, beendete Pallisder.

Delaney nickte. »Nur eine kleine im Vergleich zu anderen. Aber sie liefert uns den Effekt, den wir haben wollen.«

Pallisder studierte die Zeichnung sorgfältig. »Wie groß ist der Explosionsradius?«

Delaney überflog ein paar Notizen. »Hier steht es – wir haben ein bisschen mehr genommen als bei der Testvorrichtung. Ich denke, du solltest lieber darauf verzichten, irgendwelche Immobilien innerhalb eines Zwanzig-Meilen-Radius zu kaufen.«

Petrov und Delaney brachen in Gelächter aus. Keiner der beiden bemerkte, das Pallisders Gesicht bleich geworden war.

»Es ist die Supraleitfähigkeit dieses Materials, die eine Bedrohung für die Kohle-, Gas- und Ölindustrie darstellt«, sagte Petrov. »Wenn es irgendjemandem gelingt, mit Weißem Gold in großem Maßstab Energie zu erzeugen, sind wir erledigt.«

Delaney lachte, stand auf und schlug dem anderen Mann auf den Rücken. »Ich glaube nicht, dass du dir darüber

Sorgen machen musst. Mit unserer Bombe aus supraleitendem Weißes-Gold-Pulver können wir jede weitere Forschung dazu für Jahre, wenn nicht sogar für Jahrzehnte, scheitern lassen.«

Uli rutschte auf seinem Platz hin und her. »Ja, aber wird es auch die Wirkung haben, die wir beabsichtigen?«

»Unbedingt. Erinnerst du dich an die alten Schwarz-Weiß-Filmaufnahmen dieser Zeppelinkatastrophe? Das ist etliche Jahrzehnte her und trotzdem hat seitdem niemand Wasserstoff als Alternativkraftstoff für Luftschiffe jemals wieder in Betracht gezogen. Wenn die Leute Wasserstoff hören, denken sie sofort an die Hindenburg oder an Wasserstoffbomben.«

Pallisder blickte aus dem Fenster. Die Sonne stand hoch über der Stadt und reflektierte den Flussverkehr auf die Scheiben des gegenüberliegenden Wolkenkratzers. Er schob den Stuhl nach hinten und streckte sich, versuchte dabei, sich vor den beiden anderen Männern entspannt zu geben.

»Nun«, sagte er, »Anscheinend hast du alles unter Kontrolle, Morris. Wann, schätzt du, kannst du uns ein weiteres Update geben?«

Delaney führte die beiden Männer zum Rezeptionsbereich. Pallisder blinzelte in dem hellen, offenen Raum. Er konnte spüren, wie eine Kopfschmerzattacke hinter seinen Schläfen zu pulsieren begann.

»In ein paar Tagen werde ich mehr wissen«, lächelte Delaney. »Ich warte nur darauf, dass mir einer meiner Kontakte bestätigt, dass unser Plan immer noch sicher ist, dann werde ich mich wieder melden.«

Pallisder nickte, schüttelte beiden Männern die Hände und ging zum Aufzug.

Er trat durch den Haupteingang des Bürogebäudes hinaus ins Freie und lief zu der wartenden Limousine hinüber. Der Fahrer blieb neben der Beifahrertür stehen, bis Pallisder das Fahrzeug erreicht hatte, um ihm dann die Tür zu öffnen. Pallisder stieg ein und genoss die von der Klimaanlage erzeugte Kühle. Es war eindeutig ein heißer Sommer.

»Fahren Sie mich nach Hause«, sagte er und lehnte sich im Ledersitz zurück.

London, England

Dan drehte sich um, als Sarah mit hochrotem Gesicht in Davids Bürotür erschien. »Ihr beide – kommt mit und schaut euch das an.«

Und schon war sie wieder verschwunden. Dan sah David fragend an. Die beiden Männer zuckten gleichzeitig mit den Achseln und gingen Sarah schnell hinterher, die sie bereits am Ersatzschreibtisch erwartete und eine Reihe von Ausdrucken in ihrer Hand hielt.

»Okay, setzt euch«, sagte sie. »Ich möchte eine Theorie mit euch durchgehen.«

Sarah wartete, bis Dan und David ihr die volle Aufmerksamkeit schenkten.

»Was hast du herausgefunden?«, fragte Dan.

Sarah händigte jedem eine Kopie der Unterlagen aus. »Ich habe mich durch die Meldungen auf einer der Nachrichtenseiten geklickt, die ich für meine Recherchen nutze, als ich plötzlich auf diesen Bericht hier stieß. Jemand ist Anfang Januar gewaltsam in ein Haus in Ramsgate in Kent eingedrungen. Es wurde nichts gestohlen, aber das Haus wurde total verwüstet – vermutlich, um es wie einen Einbruch aussehen zu lassen.«

Dan öffnete den Mund, um sie zu unterbrechen, doch Sarah hob ihre Hand.

»Warte. Während des Vorfalls befand sich eine Frau im Haus. Die Polizei geht davon aus, dass es mehr als ein Eindringling gewesen sein muss. Als sie schließlich mit ihr fertig waren, hatte die Frau kaum noch einen heilen Knochen im Leib.« Sie schauderte. »Im Polizeibericht steht, dass sie vermutlich in Folge des Blutverlusts gestorben ist.«

Dan beugte sich vor.

»Aber was hat das mit uns zu tun?«

Sarah sah ihn mit einem grimmigen Ausdruck an. »Ich habe etwas weiter gegraben«, erklärte sie. »Und es stellte sich heraus, dass die Frau mit dem Kapitän eines Frachters namens *World's End* verheiratet ist … sorry, war.« Sie hielt inne. »Er und sein Schiff sind nicht mehr gesehen worden, seit sie Singapur im Januar verlassen haben.«

David runzelte die Stirn. »Ich hasse Zufälle. Das Schiff müsste einen Transponder an Bord haben. Damit sollten wir in der Lage sein, den aktuellen Standort zu lokalisieren.«

Sarah nickte. »Daran habe ich auch schon gedacht.«

Sie wandte sich wieder ihrem Laptop zu. Ihre Hände flogen über die Tastatur, ein Befehl nach dem anderen floss in den Computer. Sie öffnete zwei Webseiten und drehte den Computermonitor so, dass die beiden Männer etwas erkennen konnten.

»Okay, wir haben mehrere Möglichkeiten, um der Spur des Schiffs zu folgen. Als Erstes das Verzeichnis bei Lloyds. Das wird uns sagen, wem es gehört und wofür es verwendet wird. Als Zweites können wir die Website des Transponderherstellers nutzen, um die Fahrt des Frachters nachzuvollziehen.«

Dan scrollte durch die geöffneten Tabs. »Das ist ein guter Anfang«, gab er zu, »aber das zeigt uns nur, wo sich dieses *Schiff* befindet. Wir wissen aber, dass Delaney ein *Auto* benutzt, das in einem Container versteckt sein könnte. Also, wie werden wir das verfolgen?«

Sarah lächelte. »Du hast gerade das ausgesprochen, was die westliche Zivilisation schon seit einiger Zeit beschäftigt.«

Sie zog die Tastatur auf ihre Seite des Schreibtisches zurück und gab ein paar Befehle ein. »Hier, schaut euch das an. Vor ein paar Jahren forderten mehrere westliche Regierungen, dass es möglich sein sollte, Versandcontainer auf Schiffen weltweit besser überwachen zu können. Dank einer in Singapur ansässigen Finanzierungsinitiative namens MINT-Fund entwickelten und produzierten verschiedene Systemdesigner Tracking-Vorrichtungen für Container.«

Sie klickte sich durch mehrere Webseiten. »Alle derzeit eingesetzten Vorrichtungen sind ziemlich erfolgreich darin, den Diebstahl von Gütern von Containerschiffen zu verhindern. Gleichzeitig sollen sie auch dafür sorgen, dass die Container nicht von terroristischen Organisationen genutzt werden können, um Waffen und Sprengstoffe zu transportieren.«

Dan stand auf und streckte den Rücken. »Wie funktionieren sie?«

Sarah schwang ihren Stuhl herum, um ihn dabei zu beobachten, wie er im Raum auf und ab ging. »Soweit ich herausgefunden habe, verfügen die Geräte über Sensoren, die Temperaturschwankungen überwachen. Man stellt die Temperatur ein, sobald der Container versiegelt wird und bei jeder Veränderung – egal ob warm oder kalt, oder ob der Container vor der eingestellten Zeit geöffnet wird oder der Stellwinkel sich massiv verändert – wird ein Alarm ausgelöst.«

»Auf dem Schiff oder an anderer Stelle?«, fragte Dan.

Sarah warf einen Blick auf den Bildschirm. »Hier steht, dass die Vorrichtungen für die elektronische Verfolgung konzipiert sind. Es sieht so aus, als ob die meisten Geräte ihre Informationen per Satellit zu einer zentralen Datenbank schicken, auf die die Schifffahrtsunternehmen Zugriff haben und darüber die Daten auch in Echtzeit abrufen können. Das spricht also für einen zentralen Alarm. Obwohl ich davon ausgehe, dass der Alarm gleichzeitig auf der Brücke des Schiffs ausgelöst wird. Das wäre zum Beispiel bei Fällen von Piraterie sinnvoll. Es würde der Besatzung Zeit verschaffen, sich selbst zu bewaffnen oder in einen Schutzraum zu flüchten.«

Dan setzte sich auf die Schreibtischkante und betrachtete nachdenklich den Computerbildschirm. »Ich frage mich, wie zuverlässig sie sind?«

Sarah klopfte sich mit einem Stift gegen die Stirn, während sie fortfuhr, die Webseiten durchzublättern. »Ich vermute, die Geräte sind in Ordnung. Es sei denn, sie werden ausgeschaltet.« Sie warf ihren Stift auf den Schreibtisch.

»Okay«, sagte David. »Hier ist der Plan. Durchsuchen Sie die Webseiten der Hersteller. Die sollten Datenbanken für

Abonnenten haben, bei denen man sich anmelden kann. Geben Sie den Schiffsnamen ein und versuchen Sie herauszufinden, ob Transpondersignale für den Frachter oder die Container an Bord vorhanden sind.«

Sarah nickte. »Ich werde mein Bestes geben.«

David zeigte auf Dan. »Du und ich werden jetzt einen Plan erstellen, was wir machen, wenn wir dieses verdammte Schiff gefunden haben. Komm mit.«

Es war schon spät. Die Reinigungskräfte hatten ihre Runden fast abgeschlossen und die Kaffeemaschine hatte vor zwei Stunden ihren Geist aufgegeben.

Sarah schob sich die Haare aus dem Gesicht und nahm die Arbeit wieder mit schnellen Tastenanschlägen auf. Die Reihe von Daten, die sie auf dem Computerbildschirm erzeugte, beleuchtete ihr Gesicht. Sie seufzte und fuhr sich mit den Fingern durch die Haare – wobei sie feststellte, dass die bereits im letzten Monat einen neuen Schnitt gebraucht hätten. Plötzlich stoppte sie und starrte auf den Bildschirm. Sie atmete laut aus.

»Was zum Henker …?«

Sie tippte die Zeichenfolge erneut ein, dieses Mal etwas langsamer, dann lehnte sie sich zurück und beobachtete, wie das Bild neu aufgebaut wurde. Sarah schüttelte ungläubig den Kopf und schaltete ihr Handy ein. Nachdem sie eine Kurzwahltaste gedrückt hatte, stand sie auf und reckte sich.

»Hallo?«, antwortete eine Stimme.

»Dan, ich bin es, Sarah. Wir haben ein Problem.«

»Was meinst du damit, es ist weg? Wohin denn?«

Dan saß an Sarahs Schreibtisch, durchsuchte die Datenbank und warf einen Blick auf ihre Arbeit.

»Wenn ich wüsste, wohin es verschwunden ist, dann hätte ich dir das am Telefon gesagt. Und schau mich nicht so an, ich hatte die Information bereits zweimal gecheckt, bevor ich dich anrief. Siehst du – nirgendwo ein Signal des Transponders. Die Entführer müssen ihn zerstört haben.«

Sie deutete auf den Computerbildschirm, auf dem noch einmal der Suchlauf durch die Datenbank zu sehen war. Als er schließlich stoppte, starrten beide gebannt auf den Bildschirm. Nichts. Dan ließ seinen Stift auf den Schreibtisch fallen und seufzte. »Wir sind am Arsch.«

»Vielleicht auch nicht.« Philippa kam ins Zimmer, ging zu Sarahs Schreibtisch und warf einen Blick auf den Bildschirm. »Es gibt Möglichkeiten, mehr herauszufinden.«

»Genau«, sagte Sarah wenig überzeugt. »Nun, wenn Sie einen vermissten Frachter finden können, gehört die ganz Ihnen«, fügte sie hinzu und schob die Computertastatur zu ihr hinüber.

Philippa setzte sich hinter den Schreibtisch und ließ ihre Knöchel knacken. Sarah warf Dan einen Blick zu und verdrehte dabei die Augen. Lächelnd legte der einen Finger auf die Lippen.

»Ihr zwei habt euch etwas Ruhe verdient. Ich kümmere mich schon darum«, sagte Philippa. »Die Sache ist nämlich die«, erklärte sie, »auf den Abonnenten-Webseiten bekommt man nur gefilterte Informationen. Wir wollen aber alles sehen, was vom Tracking-System aufgenommen und zum Satelliten hochgeladen wurde.«

»Und wie soll das funktionieren?«, fragte Sarah, inzwischen fasziniert.

Philippa grinste. »Einfach den Satelliten anrufen und nachfragen – schön freundlich, versteht sich.«

KAPITEL 42

:

Arktischer Ozean

Brogan trank einen Schluck Kaffee und lehnte sich gegen die Schiffswand. Die Sonne durchbohrte die grauen Wolken mit hellen Streifen, die einzelne Wellen einfingen und Schatten über das Wasser verteilten. Er blinzelte kurz und blickte dann zu dem Eisbrecher hinüber, der immer noch vor ihnen fuhr. Bisher waren sie gut vorangekommen, aber er vermutete, dass die Schiffe langsamer werden mussten, sobald sie Sewernaja Semlja erreichten. Er drehte sich zur Seite, als sich die Tür neben ihm öffnete.

Einer der Entführer trat auf das Deck hinaus und zündete sich eine Zigarette an. Brogan ignorierte ihn, nahm einen weiteren Schluck Kaffee und betrachtete die endlose graue Landschaft.

Dann trat er durch die Metalltür und in den Laderaum hinein, in dem das Geräusch der Maschinen das tiefste Innere des Schiffes durchdrang und die Wände zum Schwingen brachte.

Der Laderaum ähnelte einer großen Tiefgarage. Die Hafenarbeiter in Singapur hatten die Fahrzeuge möglichst eng beieinander geparkt. Vier Stahlseile hielten jedes Auto sicher in Position – zwei an der Vorderseite und zwei an der Rückseite des Fahrzeugs, um damit eventuelle Bewegungen während der Fahrt zu verhindern.

Brogan ging zwischen den Fahrzeugreihen hindurch. Gelegentlich hielt er an, um die Spannung der Stahlseile zu überprüfen. Falls sich die Autos bei rauer See losrissen, würden sie sich im Laderaum hin und her bewegen und die gleichzeitige Verlagerung des Schwerpunktes könnte den Frachter zum Kentern bringen. Die Aufnahmen für die Stahlseile knarrten mit jeder Bewegung des Schiffes. Brogan nickte zufrieden vor sich hin.

Er arbeitete sich langsam bis in die Nähe der Ladetüren an der Vorderseite des Frachtraums vor. Während er sich um jedes Fahrzeug herumschlängelte, bückte er sich immer wieder und prüfte den Boden darunter.

»Was machst du da?«

Brogan zuckte zusammen. Ein weiterer Entführer stand plötzlich hinter ihm. Er klemmte ein Sturmgewehr zwischen den verschränkten Armen. Stöhnend richtete sich der Kapitän auf.

»Ich prüfe nur, ob wir keine Treibstofflecks haben. Diese Fahrzeuge sind alle mit vollen Benzintanks aufs Schiff verladen worden. Und wir wollen doch keine Havarien, oder?«

Der Mann gab einen grunzenden Laut von sich und ließ Brogan seine Überprüfung fortsetzen. Der Kapitän arbeitete sich bis zu der schnittigen schwarzen Limousine vor, die separat quer über zwei Stellplätze geparkt stand. Er warf noch einmal einen prüfenden Blick über die Schulter und hockte sich dann neben das Vorderrad des Wagens.

Vorsichtig griff er unter seinen dicken Pullover und in den Hosenbund seiner Jeans, aus dem er ein kleines, flaches Objekt herauszog. Nachdem er einen Schalter an der Seite des Gerätes hochgeschoben hatte, wartete er, bis ein rotes

LED-Licht neben dem Schalter zu blinken begann. Er griff nach unten und suchte mit der Hand im Radkasten, bis er ein Stück unlackiertes Metall fand, auf dem er das Gerät befestigte.

Dann zog er seine Hand zurück und öffnete einen Schnürsenkel. Er wippte in seiner hockenden Position leicht hin und her, um etwas Zeit zu schinden, bevor er ihn wieder zuband und anschließend langsam aufstand. Wie beiläufig sah er sich im Laderaum um und bemerkte dabei einen der Entführer, der ihn intensiv beobachtete.

Er nickte dem Mann grüßend zu.

»Ich kann hier keine offenen Schnürsenkel brauchen«, meinte Brogan achselzuckend. »Auf dieser Fahrt lauern schon genug Gefahren.«

Der andere Mann nickte und gab dem Kapitän mit gehobener Waffe das Zeichen weiterzugehen. Brogan schlenderte zufrieden durch die Autoreihen zurück bis zur Haupttreppe. Der Schiffstransponder mochte zerstört worden sein, dachte er, aber falls jemand nach dem Schiff suchen sollte, würde er jetzt das Signal der Limousine irgendwo in der Mitte der Arktis entdecken.

Brisbane, Australien

Stephen Pallisder zog die Tür zu seinem Arbeitszimmer zu, setzte sich in den Ledersessel hinter seinem Schreibtisch und schloss die Augen. Draußen spielten seine beiden Kinder im Garten, die Geräusche ihrer Rufe und ihres Lachens waren deutlich durch die Fenster zu hören. Er öffnete seine Augen wieder und griff nach dem Familienporträt, das auf seinem Schreibtisch stand. Vorsichtig hielt er es in beiden Händen und lächelte dabei. Es hatte eine halbe Stunde gedauert, bis die Kinder endlich still saßen, sodass selbst der Fotograf erleichtert gewesen war, als alle die Tortur überstanden hatten.

Nachdem er den Fotorahmen auf den Schreibtisch zurückgestellt hatte, öffnete er eine Schublade und nahm eine Visitenkarte heraus. Der Engländer hatte gemeint, er könne jederzeit anrufen, um mit ihm zu reden. Pallisder fuhr sich mit der Hand über das Gesicht und spürte dabei die Feuchtigkeit, die von dem kalten Schweiß auf seiner Haut herrührte. Seine Hände zitterten, als er das Handy aus der Jackentasche zog und zu wählen begann. *Zu spät, um jetzt noch einen Rückzieher zu machen.*

Der Anruf wurde innerhalb von Sekunden entgegengenommen.

»Mr. Pallisder, ich hoffe, es geht Ihnen gut?«, fragte der Mann am anderen Ende der Leitung.

»Ich muss mit Ihnen sprechen, Mr. Frazer«, sagte Pallisder. »Jetzt. Bevor ich es mir anders überlege.« Er atmete tief aus und versuchte, seinen Herzschlag etwas zu beruhigen.

»Ich höre«, antwortete Mitch.

»Ich muss sicher sein, dass es meiner Familie gut gehen wird.«

»Wir werden sie an einem sicheren Ort unterbringen, bis das alles vorbei ist. Also, was wissen Sie?«

Pallisder holte tief Luft und warf die Visitenkarte auf den Schreibtisch. »Er hat eine Bombe gebaut. Ich … ich hatte keine Ahnung, dass es so ernst werden würde. Ich dachte, wir würden nur ein paar Anti-Umweltschutz-Aktionen organisieren, einige Leute erschrecken, damit sie uns unterstützen. Ich hätte ihm doch niemals das Geld gegeben, wenn ich gewusst hätte, was er vorhat. Er ist verrückt. Er hört auf niemanden mehr. Sie müssen etwas tun!«

»Beruhigen Sie sich«, bat Mitch. »Sie sind für uns wertlos, wenn Sie einen Herzinfarkt bekommen.«

Pallisder schloss die Augen und schnappte nach Luft. Er löste seine Krawatte und warf sie auf den Schreibtisch.

»Wer weiß sonst noch davon?«, fragte Mitch.

»Ich habe keine Ahnung … und er wird mir auch nicht verraten, wer außer mir beteiligt ist. Aber ich glaube, er könnte jemanden in der Regierung näher kennen.«

»Ihre oder unsere?«

»Ihre.«

London, England

David tigerte mit finsterem Gesichtsausdruck durch das Großraumbüro. Seine Angestellten änderten spontan ihre Laufrichtungen und taten ihr Bestes, um seinen Blick zu vermeiden, nur für den Fall, dass es ihr Hintern war, der einen Tritt bekommen könnte.

Philippa blickte über ihre Brille, als er sich ihrem Schreibtisch näherte. »Probleme?«

»Komm mit«, befahl er, als er ohne Unterbrechung auf dem Weg zu seinem Büro an ihr vorbeirauschte.

Philippa stand auf, sperrte ihren Computer und griff nach ihrem Notizbuch. Sie folgte David und schloss seine Bürotür hinter sich. David ging im Raum auf und ab. Plötzlich blieb er stehen und drehte sich um, packte die Schnur für die Fensterjalousien und zog diese zu, um sie vor den neugierigen Blicken der anderen Mitarbeiter im Großraumbüro zu schützen.

Philippa schlenderte ruhig zu dem zweisitzigen Sofa, setzte sich und schlug die Beine übereinander. Dann warf sie ihr langes Haar über die Schulter und sah zu ihm hoch. »Was ist los?«

Er lehnte sich an seinen Schreibtisch. »Wir haben einen Maulwurf.«

Philippa erbleichte. »Aber ich habe jeden unserer Agenten da draußen selbst überprüft. Sie sind zuverlässig. Sie sind …«

David schüttelte den Kopf. «Es ist keiner von ihnen.«

»Wer ist es?«

David seufzte und wischte sich erschöpft mit der Hand über das Gesicht. »Der Energieminister. Der gottverdammte Energieminister.«

»Heilige Scheiße.«

David nickte. »Du sagst es.«

Philippa ließ sich auf das Sofa zurücksinken. »Wer weiß sonst noch davon?«

David richtete sich auf, ging um seinen Schreibtisch herum und setzte sich in seinen Ledersessel. »Bisher nur der Premierminister, der Innenminister und der Leiter des Verteidigungsministeriums. Sie halten natürlich solange den Deckel drauf, bis alles auf die eine oder andere Art und Weise vorbei ist. Wir werden den Minister in Sicherheitsverwahrung nehmen und ihn noch heute Abend in ein sicheres Haus in Brecon bringen. Mit etwas Glück werden sie ihn in einem Raum einsperren und den verdammten Schlüssel wegwerfen.« David schlug mit der Faust auf den Schreibtisch.

»Wie viel weiß er?«, fragte Philippa. »Wir haben doch Dans oder Sarahs Namen in den Berichten an ihn nicht erwähnt, sodass die beiden nicht kompromittiert sind, oder?«

David schüttelte den Kopf. »Nein … aber Delaney wird jetzt wissen, dass wir hinter ihm her sind.«

Philippa malte gedankenversunken kleine Blumen auf eine Seite ihres Notizbuches. »Was willst du den Medien über den Minister erzählen? Wir können ihn nicht einfach verschwinden lassen.«

»Morgen früh um fünf wird man eine Pressemitteilung veröffentlichen, nach der beim Minister Krebs diagnostiziert und ihm aufs Dringendste empfohlen wurde, sich auszuruhen.«

Philippa sah prüfend in Davids Gesicht. »Ist es ein hoffnungsloser Fall?«

Er nickte grimmig. »Absolut. Er wird es wahrscheinlich nicht mal mehr bis zum Ende des Monats schaffen.«

Brisbane, Australien

Delaney warf die Tür hinter sich zu. Er biss sich auf den Knöchel seines rechten Zeigefingers, um nicht laut loszuschreien. Drei Jahre voller Planung – und jetzt drohte alles auseinanderzufallen.

Stampfend durchquerte er den Raum, blieb bei seinem Schreibtisch stehen und bückte sich. Er packte sich den Papierkorb und schleuderte ihn quer durch das Büro. Der

Korb traf ein Gemälde an der gegenüberliegenden Wand und riss ein Loch in das Millionen-Dollar-Meisterwerk. Danach stürzte er auf ein Schränkchen aus Mahagoni, zerschmetterte einen Kristall-Dekanter und sechs Gläser, bevor er auf den Boden fiel. Dort blieb er liegen, während das Gemälde auf ihn herunterkrachte.

Delaney starrte ihn an und versuchte keuchend den Schaden zu überblicken. Er zog ein Taschentuch aus der Hosentasche und wischte sich die Stirn ab, dann drehte er sich um und ließ sich in den Schreibtischstuhl fallen. Delaney konnte spüren, wie sein Herz schnell in der Brust schlug. Er ignorierte den Schmerz hinter seinen Rippen und konzentrierte sich darauf, tief einzuatmen, um genug Sauerstoff zu bekommen. Er rieb seine Nase und schloss die Augen. *Denk nach.*

Als er den Minister angerufen hatte, hätte er höchstens erwartet, dass ihm dessen Assistent mitteilen würde, der Minister sei zu beschäftigt. Die Botschaft, dass der Minister nicht mehr auf seinem Posten war und keiner seinen Aufenthaltsort kannte, hatte Delaney aus der Bahn geworfen. Niemand konnte ihm sagen, wo sich der Minister derzeit aufhielt.

Er schaltete den Fernseher in der Ecke seines Büros ein und suchte nach dem 24-Stunden-Nachrichtensender für das Vereinigte Königreich. Die Schlagzeile, die am unteren Rand des Bildschirms in Endlosschleife entlanglief, bestätigte seine Befürchtungen. Der Minister hatte einen Fehler gemacht. Jemand war ihm auf die Schliche gekommen.

Er griff nach dem Telefon und wählte eine Telefonnummer aus dem Vereinigten Königreich, dann klopfte er nervös mit dem Fuß auf den Teppich, während er darauf wartete, dass der Anruf entgegengenommen wurde. Schließlich meldete sich eine Stimme. »Charles … haben Sie die Nachrichten gesehen? Richtig, buchen Sie sofort einen Flug nach Sewernaja Semlja«, sagte Delaney, »ich will, dass Sie dort persönlich an Bord des Schiffes gehen und sicherstellen, dass es pünktlich ankommt.«

Er hielt inne und hörte zu.

»Na, dann sagen Sie ihnen doch, dass Sie eine Kreuzfahrt machen«, knurrte er. Er knallte das Telefon auf den Tisch, stand auf und schaute aus dem Bürofenster auf den Fluss unter sich. Auf keinen Fall würde er zulassen, dass der Plan fehlschlug.

KAPITEL 43

:

In der Nähe von Denchworth, Oxfordshire, England

Dan wachte mit schweißbedeckter Stirn auf. Sein Herz raste. Er fuhr sich mit der Hand über die Augen. *Wie lange denn noch?*

Er bemerkte, dass die Lampe neben dem Bett leuchtete und runzelte die Stirn.

»Bist du in Ordnung?«

Beim Klang von Sarahs Stimme zuckte er leicht zusammen. »Was?«

Sie stand mit sorgenerfülltem Blick an seinem Bettende. »Der gleiche Traum wie immer?«

Er nickte. »Tut mir leid, wenn ich dich aufgeweckt habe.«

Sie zog ihre Schulter hoch, ihre Arme vor der Brust verschränkt. Er bemerkte, dass sie zitterte. Das T-Shirt, das sie trug, war alles andere als ausreichend für die kalte Winternacht.

»Hier, komm, bevor du noch erkältest«, sagte er und schlug die Decken zurück.

Sie verdrehte die Augen und lächelte. »Ich habe ja schon einige Ausreden gehört …«

Dan rollte zur Seite und Sarah schlängelte sich neben ihn. Er zog die Decken um sie beide herum und stützte sich auf einen Ellenbogen. Sarah blickte ihn an. Seine blauen Augen durchbohrten die Dunkelheit. Dan näherte sein Gesicht dem ihren und sie hob den Kopf leicht an.

Plötzlich zögerte Sarah. »Dan … ich weiß nicht, ob ich das tun kann.« Sie legte ihre Hand auf Dans Brust und schloss die Augen.

Er berührte mit seinem Kinn ihre Stirn, atmete ihr Parfüm ein, dann lehnte er sich zurück und nahm ihr Gesicht in beide Hände. »Es ist alles in Ordnung.«

Er beugte sich zu ihr hinunter und küsste ihren Hals, seine Lippen liebkosten ihr Schlüsselbein.

Sie stöhnte auf und lehnte sich zurück. »Dan …«

Er schlang seine Arme um sie und zog sie zu sich heran. Sie küsste ihn wild in dem Verlangen seinen ganzen Körper zu spüren.

»Gott, Sarah, du fühlst dich so wunderbar an«, Dan ließ seine Hand mit streichelnden Bewegungen über ihren Körper wandern.

Sarah grub die Fingernägel in seine Schulterblätter und genoss seine Berührung. Sie zog an seinen Haaren, versuchte, ihn so nah wie möglich zu spüren.

Dann klingelte ihr Handy.

Sie fuhren beide erschrocken zusammen. Sarah biss sich auf die Lippe. Sie setzte sich auf, war hin und her gerissen zwischen dem Wunsch, einfach weiterzumachen und dem, die Identität des Anrufers herauszufinden. Sie entschied sich für Letzteres.

»Verdammte Handys«, flüsterte Dan, hielt sie aber nicht auf.

Er konnte hören, wie sie im Gästezimmer herumtappte, um das Licht einzuschalten und ihr Handy zu finden, bevor es zu klingeln aufhörte. Er stöhnte und ließ den Kopf auf das Kissen zurückfallen. *Soviel zum Thema schlechtes Timing.*

Er hörte, wie Sarah den Anruf entgegennahm, dann, während des kurzen Gesprächs, Gemurmel und schließlich, wie sie ins Zimmer zurückkam.

»Das war Philippa«, sagte sie, während sie auf einem Bein balancierend im Türrahmen stehen blieb und versuchte, ihre Jeans anzuziehen. »David braucht uns im Büro. Jetzt. Sie sagt, sie haben eine Spur entdeckt, wo der entführte Frachter gewesen ist.«

Dan drückte die Tür zum Konferenzraum auf und ging schnell zu Philippa hinüber, die hoch konzentriert vor ihrem Computerbildschirm saß.

»Wo?«

»Die Karasee, nördlich von Russland. Ist in einem archivierten Bericht aus einer dieser Satellitendatenbanken aufgetaucht, von denen ich euch erzählt habe.« Philippa reichte ihm den Bericht und starrte dabei demonstrativ Sarah an, die sich errötend setzte.

»Und …«, fuhr Philippa fort, »wir haben gerade eine Meldung von der japanischen Küstenwache erhalten. Sie haben die Besatzung des Frachters gefunden. Nun, zumindest das, was von ihr übrig ist.«

»Wo denn?«, fragte Sarah und lehnte sich auf den Schreibtisch.

»Orono-Shima – eine kleine Insel vor der Küste Japans«, antwortete David. »Die Körper wurden vor zwei Tagen angespült. Die Fische haben zwar nicht viel von ihnen übriggelassen, aber unsere Leute in Singapur haben den ersten Maat des Frachters anhand der Dokumente seines Zahnarztes identifiziert – daher die logische Schlussfolgerung, dass es sich bei den anderen Körpern um die übrigen Besatzungsmitglieder handelt.«

Dan blickte über Davids Schulter auf das Fax. »Was ist mit dem Kapitän?«

Philippa schüttelte den Kopf. »Kein Zeichen von ihm. Wir nehmen an, dass sie ihn am Leben gelassen haben.«

»Er ist für sie noch von Nutzen«, fügte Sarah hinzu, die inzwischen einen Teil ihrer Fassung wiedererlangt hatte.

Philippa nickte. »Das denke ich auch.«

David durchquerte den Raum und riss die Tür auf. Er blieb stehen und wandte sich um. »Pip, organisiere uns in den nächsten zwanzig Minuten einen größeren Besprechungsraum – einen mit einer elektronischen Tracking-Karte. Und hol noch zwei Analysten zur Hilfe. Uns läuft die Zeit davon.«

David klopfte mit der flachen Hand auf die Tischoberfläche und brachte damit die verschiedenen Gespräche um ihn herum zum Erliegen. »Okay, Leute. Ich brauche jetzt eure volle Aufmerksamkeit.«

Fünf Gesichter blickten ihn erwartungsvoll an.

»Lasst uns zur Sache kommen. Wir haben inzwischen die Bestätigung, dass Delaney ein Frachtschiff entführt hat.« Er griff nach einer Fernbedienung und drückte einen Knopf. Ein Teil der Konferenzwand wurde in weißes Licht getaucht. David betätigte einen weiteren Knopf und eine Karte erschien. Er dimmte die Beleuchtung herunter und wandte sich dann an Dan. »Jetzt bist du an der Reihe.«

Dan nickte, stand auf und drehte sich so, dass er den Raum überblicken konnte. Er benutzte die Fernbedienung und rief den Live-Feed des Satelliten auf. Der Bildschirm an der Wand flackerte, bis schließlich eine Reihe von Punkten und Linien auf dem oberen Teil der Karte erschien. »Okay, alle hören jetzt zu«, sagte er. »Mal sehen, ob wir unseren Frachter entdecken können.«

Er tippte auf der Tastatur eine Reihe von Befehlen ein und das Satellitenbild veränderte sich. Es zoomte auf die Oberfläche der Erde hinab und zeigte die Nordküste Russlands.

»Wir wissen, dass das Schiff Singapur im Dezember verlassen hat und nach Norden gefahren ist. Dank des Geheimdienstberichts, den Philippa beschafft hat, wissen wir inzwischen auch, dass der Frachter im Januar Busan passierte. Und schließlich gibt es eine bestätigte Sichtung aus Sewernaja Semlja an der Nordküste Russlands. Das Schiff scheint durch das nördliche Polarmeer gefahren zu sein.«

Sarah blickte von ihrem Notizbuch hoch. »Wie in aller Welt kann ein Frachter zu dieser Jahreszeit das Nordpolarmeer durchqueren?«

»Weil das Meer nicht mehr in dem Umfang zufriert wie früher«, erklärte Philippa. »In den letzten paar Jahren war die Eisschicht während der Wintermonate nicht annähernd so dick wie in der Vergangenheit. Trotzdem sind Delaneys Chancen immer noch verschwindend gering.«

»Allerdings könnte er von dort aus überall hinfahren«, sagte David. »Also, wann verraten wir unseren amerikanischen Freunden, dass sich möglicherweise so etwas wie eine Atomwaffe auf dem Weg zu ihnen befindet?«

Dan schüttelte den Kopf. »Ich glaube nicht, dass Delaney den Frachter in diese Richtung schickt«, antwortete er. »Er hatte dort bisher keine geschäftlichen Interessen und will bestimmt nicht einen Markt gefährden, der für ihn zukünftig interessant werden könnte.« Er wandte sich dem Großbildschirm zu, als die Satellitenkamera wieder aus dem Bild herauszoomte. »Ich habe eher das Gefühl, dass er zu uns will«, murmelte er.

Er blickte das Team an. »Das Transpondersignal fiel vor zwei Wochen aus. Wir wissen nicht, ob das Gerät gefunden wurde, oder ob der Kapitän eine batteriebetriebene Version benutzte, die möglicherweise den Geist aufgegeben hat. Also, meine Damen und Herren, der einzige Weg, dies zu erledigen, ist auf die harte Tour.«

Die Menschen, die um den Konferenztisch versammelt saßen, verstummten erneut, während sie den Verlauf des Satellitenbildes auf dem Bildschirm verfolgten. Es bewegte sich die Küstenlinie entlang und zoomte dann heran, bis Dan den Befehl gab, zu stoppen. Er tippte eine Reihe von Befehlen ein und auf der linken Bildschirmseite erschien eine Liste von Daten. Sie enthielt Koordinaten sowie Informationen über verschiedene Termine, Zeitangaben und Temperaturen.

»So«, sagte Dan. »Das ist das erste einer Reihe von archivierten Bildern, die täglich in den letzten drei Monaten erfasst wurden. Wir wissen, dass der Frachter mindestens vier Wochen unterwegs war, um von Busan nach Sewernaja Semlja zu fahren, also können wir diesen Zeitraum ausschließen.« Er gab den Zeitraum in eine Suchmaske ein und drückte die Enter-Taste.

»Wir beginnen also ab Mitte Januar«, fuhr er fort, »und werden uns die Küste entlang arbeiten, bis wir das Schiff entdecken. Danach können wir seinen Kurs weiterverfolgen.

David, kannst du jedem ein Bild des Frachters aus dem Archiv geben, damit sie eine Vorstellung bekommen, wonach wir suchen?«

David griff über den Tisch nach einem Schnellhefter, öffnete ihn und verteilte an jeden ein 20 x 30 cm großes Foto.

Dan warf einen Blick auf das vertraute Bild in seinen Händen. Er hatte das Gefühl, als würde er bereits jede Ecke des Schiffes kennen. Er fragte sich, an welcher Stelle des Laderaums die schwarze Limousine wohl geparkt war. Nachdenklich wandte er dem Bildschirm den Rücken zu und sprach die Teilnehmer im Raum direkt an.

»Ich weiß, das wird nicht einfach. Allerdings glauben wir, dass der Frachter auch bei den ungewöhnlich warmen Wassertemperaturen in diesem Winter noch einen Eisbrecher als Eskorte benötigt. Delaney wird keinesfalls riskieren, den Frachter zu verlieren, nur um diese Abkürzung nehmen zu können. Also haltet nach allem Ausschau, was auch nur annähernd wie unser Schiff aussieht. Sobald ihr was habt, gebt Bescheid, damit wir es uns aus der Nähe ansehen und überprüfen können, ob ihm eine Eskorte vorausfährt.« Er holte tief Luft.

»Okay, dann lasst uns loslegen. Beginnend ab Januar werden wir uns auf die Schifffahrtsroute nördlich der Karasee konzentrieren. Sie müssen dort durch, also dürften wir sie nicht verpassen«, sagte er und drückte eine Tastenfolge. Sechs Gesichter starrten konzentriert auf den Bildschirm, als die Satellitenbilder langsam von Datum zu Datum wechselten.

KAPITEL 44

:

Barentssee, Norwegen

Brogan warf einen prüfenden Blick auf seine Uhr und starrte auf die Steuerbordseite des Frachters. Er fröstelte und zog instinktiv den Jackenkragen um seinen Hals enger zusammen.

Soweit er wusste, hatte bisher noch niemand den Transponder gefunden, den er am Radlauf der schwarzen Limousine versteckt hatte. Er war sich sicher – wenn sie ihn gefunden hätten, dann wäre er bereits da, wo der Rest seiner Crew war. Doch nun, wo sie ohne Zwischenfälle die arktischen Gewässer wieder verlassen hatten, war ihm klar geworden, dass seine Zeit ohnehin begrenzt war. Er war wütend und frustriert, dass er nicht mehr tun konnte. Und alleingelassen. Obwohl er mit dem Anbringen des Transponders sein Leben riskierte, schien niemand seinen Hilferuf gehört zu haben.

Als sie kurz in Sewernaja Semlja angedockt hatten, um aufzutanken und ihre Eskorte zurückzulassen, musste der Kapitän schockiert mit ansehen, wie der Mann mit der Brille an Bord gebracht wurde. Er hatte gegrinst, als er Brogans Gesichtsausdruck bemerkte.

»Wie geht es meinem Auto?«, hatte er spöttisch gefragt, bevor er mit dem Anführer, den die anderen Männer Terry nannten, den Laderaum betrat.

Brogan hatte das Schlimmste befürchtet – bestimmt würden sie den Wagen überprüfen und den Transponder finden. Doch der Mann mit der Brille und Terry schienen stattdessen mit etwas *im Inneren* des Fahrzeugs beschäftigt gewesen zu sein. Sie waren beide eine Stunde später mit zufriedenen Gesichtern wieder aufgetaucht.

Das Schiff hatte den Hafen eine halbe Stunde später verlassen und der Mann mit der Brille übernahm für den Rest der Fahrt die Kabine eines getöteten Besatzungsmitgliedes.

Brogan riskierte einen kurzen Blick auf den Anführer der Entführer, der sich über den Kartentisch beugte, um zu überprüfen, ob tatsächlich jeder Schritt der Reise nach Plan verlief.

Er zuckte unwillkürlich zusammen, als der Mann ihn plötzlich ansprach.

»Wie lange noch, bis wir das Ziel erreichen?«

Brogan sah erneut auf seine Uhr und stellte die Berechnungen im Kopf an. »Falls wir diese Geschwindigkeit beibehalten, werden wir am späten Samstagnachmittag dort sein. Sobald wir uns der Küste nähern, müssen wir allerdings langsamer fahren und dann brauchen wir noch ungefähr eine Stunde, bis wir die Docks erreichen.«

Terry grunzte zufrieden. »Gut. Genau nach Zeitplan.«

»Nehmen wir die Schleuse?«

Terry nickte. »Und es versteht sich von selbst, dass du den Piloten nicht warnst, wenn er an Bord kommt.« Er lächelte bösartig. »Denk einfach nur an deine Tochter.«

Brogan fröstelte und wandte sich ab.

London, England

Dan ging um den Konferenztisch herum und sah die handgeschriebenen Pläne durch, die das Team in der Zwischenzeit entworfen hatte. Philippa hatte für sie herausgefunden, wo der Frachter bis jetzt gewesen war. Jetzt musste das Team nur noch versuchen, seinen aktuellen Standort zu finden und vorherzusagen, wohin es fuhr und wann es an seinem Ziel ankommen würde.

»Unter Berücksichtigung der aktuellen Geschwindigkeit, mit der das Schiff unterwegs ist, seitdem er den russischen Eisbrecher verlassen hat, sollte er bald die Nordsee erreichen.« Dan hielt inne.

Er hob seine Hand, um das plötzlich aufkommende Gemurmel zum Schweigen zu bringen. »Lasst uns das konzentriert angehen – ich möchte keinen einzigen Vorschlag verpassen.« Er ging um den Tisch herum, wobei die restlichen Anwesenden jeden seiner Schritte verfolgten. »Was ist sein Ziel?«

Dan blieb stehen und sah sie reihum direkt an. »Denkt darüber nach. Was ist Delaneys Ziel? Was versucht er zu beweisen?«

Er ging erneut los und dachte dabei weiter laut nach.

»Wir wissen, dass er eine Gruppe von Gleichgesinnten um sich geschart hat, die jede Art von Untersuchung finanziert, mit der man die wissenschaftliche Forschung zur globalen Erwärmung torpedieren kann. Wir wissen außerdem, dass er alles tun würde, um seine Organisation zu schützen, und dabei jeden zu stoppen, der Nachforschungen zu ihrem aktuellen Projekt anstellt. Und wir wissen, dass es auf eine Art

Machtdemonstration hinauslaufen soll, die katastrophale Konsequenzen haben könnte.«

Er kam wieder bei seinem eigenen Stuhl an, setzte sich und legte seine Hände auf den Schreibtisch, bevor er jeden einzelnen der Besprechungsteilnehmer nacheinander betrachtete. »Also … was ist das Ziel und wie will er das Auto unauffällig vom Schiff herunterbekommen?«

Einer der Analysten meldete sich zu Wort. »Ende Juli starten bei uns die Olympischen Spiele. Wenn er dort angreifen würde, wäre ihm die Aufmerksamkeit der Weltöffentlichkeit sicher.«

Dan wandte sich an David. »Was denkst du?«

Der andere Mann zuckte die Achseln. »Angesichts des enorm hohen Bedrohungspotenzials dieser Veranstaltung gibt es natürlich eine große Anzahl von Sicherheitsmaßnahmen vor Ort. Aber andererseits passt Delaney nicht in das Profil von organisiertem Terrorismus, den wir dabei im Blick haben, ein solcher Angriff würde uns also definitiv aufrütteln und entsprechende Aufmerksamkeit erregen.«

Dan runzelte die Stirn. »Allerdings müsste er das Schiff dann für die nächsten vier Monate irgendwo verbergen. Ich kann mir nicht vorstellen, dass er riskiert, es jetzt schon den ganzen Weg bis zu uns zu bringen.« Er wandte sich an die Analysten im Raum. »Setzen Sie sich mit ihren Kollegen in den Ländern in Verbindung, die ebenfalls an die Nordsee angrenzen. Finden Sie heraus, ob die irgendetwas haben, was uns weiterhelfen könnte.«

Er beobachtete, wie die Agenten schnell den Konferenzraum verließen und zu ihren Schreibtischen eilten. Dan wartete, bis sie verschwunden waren, ging zur Tür, schloss diese und sah dann die anderen an. »Ihr wisst, dass wir uns hier nur an einem Strohhalm festhalten?«

David nickte. »Das gehört nun mal zum Job, Dan. Gewöhne dich dran.«

Vierzig Minuten später zuckten alle zusammen, als einer der Analytiker durch die Tür gestürmt kam und mit einem Fax winkte. »Gefunden!«

Er reichte David das Dokument. Die anderen beobachteten ihn ungeduldig, während er das vollgedruckte Blatt las. Und dann zu lächeln begann. »Unsere Freunde in Norwegen haben die *World's End* in Echtzeit gefunden«, grinste er.

»Wie haben sie das so schnell geschafft?«, fragte Sarah.

Der Analytiker antwortete. »Wir haben ihnen die Koordinaten der letzten archivierten Daten gegeben, die Philippa besorgt hat. Sie besitzen ein Satellitensystem, das die automatischen Identifikations-Transponder verfolgen kann – das Gerät, dass der Kapitän irgendwo auf dem Schiff platziert haben muss.«

Philippa nickte. »Das kann ich mir gut vorstellen. Norwegen hat in Europa das größte zu überwachende Meeresgebiet.« Sie sah auf das Fax, das David ihr reichte. »Sie scheinen die Software soweit perfektioniert zu haben, dass sie, auch wenn der Transponder nicht mehr aktiv sendet, trotzdem die Signatur des Schiffes weiter verfolgen können«, erklärte sie. »Dank ihres Systems können sie uns die Position, den Kurs und die Geschwindigkeit des Frachters mitteilen.« Sie lächelte. »Wir sind wieder im Geschäft.«

»Gehen wir also davon aus, dass der Kapitän das Tracking-Gerät aktivierte«, sagte Dan. »Er hat offensichtlich allein herausgefunden, dass Delaney nichts Gutes im Schild führt und dass irgendjemand, irgendwo nach diesem Schiff suchen wird.«

»Außerdem muss er davon ausgehen, dass das, was mit der Crew passierte, wahrscheinlich auch ihm zustoßen wird, sobald der Frachter seinen Bestimmungsort erreicht«, sagte Sarah.

Die Gespräche im Raum verstummten.

David stand auf. »Nun, er ist ein höllisches Risiko eingegangen, also lasst uns die Information nicht verschwenden.« Er wandte sich an Philippa.

»Wenn wir von dem Punkt, an dem sich das Schiff nach unserer Kenntnis befunden hat, und von seiner aktuellen Position ausgehen, könnten wir möglicherweise nachvollziehen, wohin es fährt, was uns etwas mehr Zeit verschaffen würde.«

Dan nahm die Fernbedienung und warf eine Karte der Nordsee auf den Bildschirm an der Wand. »Okay, dann lasst uns diese Koordinaten hier eintragen, und schauen, ob wir herausfinden können, wo die Fahrt hingeht.«

Schnell machten er und Philippa sich an die Arbeit. Dan tippte die Informationen ein, sobald Philippa sie ihm diktiert hatte. Als sie fertig waren, drückte er die Enter-Taste und jeder starrte erwartungsvoll den Bildschirm an.

Sarah keuchte.

Nach stundenlanger Suche hatten sie die *World's End* schließlich doch gefunden. Das Schiff war viel näher, als es jeder von ihnen für möglich gehalten hätte. Nachdem es seine Eisbrecher-Eskorte bei Sewernaja Semlja zurückgelassen hatte, war es im rasenden Tempo durch die nördlichen norwegischen Gewässer gefahren und hatte nun direkten Kurs auf England genommen.

David sah die anderen nacheinander an. »Gut. Danach *müssen* wir wohl davon ausgehen, dass das Ziel des Schiffes die Mündung der Themse.«

KAPITEL 45

:

Dan zog seine Jacke an und schritt durch die Eingangstüren ins Freie. Ein bitterkalter Wind blies ihm auf der schwach beleuchteten Straße entgegen und gelegentlich fuhr ein Auto spritzend durch die regengefüllten Schlaglöcher im Asphalt.

Er schob seine Hände in die Taschen und ging los. Er hatte keine Ahnung, wohin er wollte – um den Kopf wieder klar zu bekommen, musste er einfach nur eine Weile aus dem Konferenzraum.

Dan legte ein scharfes Tempo vor, sodass ihm bald warm wurde. Er konzentrierte sich auf das Pflaster vor ihm und schaute nur gelegentlich auf, um die Umgebung zu betrachten. Ihm fehlte das warme Wetter und er fragte sich, ob er nach all dem jemals wieder in die Stadt zurückkehren würde. Alles erschien ihm so deprimierend und grau. Er lächelte, als er an seinen Vater dachte – inzwischen verstand er, warum der Mann so viel Zeit in Übersee verbracht hatte, um weit entfernte Orte zu erforschen.

So viele Jahre lang glaubte er, dass sich sein Vater von ihm abgewandt hatte. Doch jetzt erkannte er, dass ihn nur ein schlimmer Fall von Fernweh angetrieben hatte und das Bedürfnis nach Abenteuern. Sie waren sich ähnlicher, als er sich jemals hätte vorstellen können.

Dan erreichte eine Ampel und bog nach links ab. Der Wind wurde schwächer und Dan verlangsamte sein Tempo ein wenig. Er hörte ein flatterndes Geräusch und sah erschrocken nach oben. Dann entspannte er sich wieder – ein Plakat hing vor ihm von der Straßenlaterne herab, es warb für irgendein Festival. Er senkte erneut den Blick und ging weiter.

Frustriert ließ er die Szenarien in seinem Kopf noch einmal Revue passieren. Es fühlte sich einfach nicht richtig an. Irgendetwas war ihnen bisher entgangen. Er wurde langsamer, als er sich den Stufen zu Davids Büros näherte und stieß dann die Tür zum Eingangsbereich auf. Dan nickte dem Wachmann zu, ging schnell zu den Aufzügen und stieg ein.

Als er die Etage mit dem Konferenzraum erreichte, schlenderte er langsam durch den Korridor, dann hielt er an und lehnte sich neben dem Wasserspender an die Wand. Er schloss die Augen. Schwach konnte er das Gemurmel von Stimmen aus dem Konferenzraum hören. Er bewegte seinen Kopf hin und her, lockerte seine Nackenmuskeln und ließ die Schultern etwas kreisen. Er hatte das Besprechungszimmer verlassen, um etwas frische Luft zu schnappen und eine kurze Auszeit zu nehmen, doch Delaneys Gründen für einen Angriff war er damit keinen Deut näher gekommen.

Wenn Delaneys Plan wirklich darin bestand, die Olympischen Spielen für seine Aktion zu nutzen, warum hatte er den Frachter dann jetzt schon losgeschickt? Monate im Voraus? Die Schifffahrtsrouten und Häfen, die an der Nordsee lagen, waren so stark frequentiert, dass es für Delaney unmöglich sein würde, den Frachter oder das Auto solange zu verstecken, bis der Zeitpunkt für die Zündung der Bombe gekommen war. Außerdem bedurfte es einiger Anstrengung, um das Weißes-Gold-Pulver stabil zu halten – es konnte jederzeit unkontrolliert in die Luft gehen.

Dan öffnete die Augen wieder. Irgendetwas störte ihn an der Geschichte. Er runzelte die Stirn und überlegte, wo er gewesen war. Dann fiel es ihm wie Schuppen von den Augen. *Die Werbebanner an den Laternenpfosten!*

Fünf Gesichter wandten sich ihm zu, als er in den Konferenzraum stürzte.

»Es sind nicht die Olympischen Spiele«, sagte Dan, während er zum Konferenztisch eilte und Fotos und Dokumente zur Seite fegte. »Wo ist der Plan der bisherigen Frachterroute?«

»Hier«, antwortete Philippa und schob ihm eine Kopie der ausgedruckten Karte entgegen.

Dan drehte die Karte herum und winkte David näher. »Auf Grundlage seiner aktuellen Geschwindigkeit und vorausgesetzt, er würde diese beibehalten, wann würde der Frachter die Themsemündung erreichen?«

David nahm einen Permanentmarker und schrieb einige Berechnungen auf die Karte, bevor er eine Linie von der norwegischen Küste nach Tilbury zog. Als er fertig war, ließ er den Stift auf den Tisch fallen und sah Dan an.

»Am sechsundzwanzigsten März.« David warf einen weiteren Blick auf die Satellitenkarte. »Das wäre an diesem Samstag.«

Dan nickte. »Es sind nicht die Olympischen Spiele. Dafür ist er viel zu früh dran.«

Sarah sah sie verwirrt an. »Und was ist dann das Ziel?«

Dan schaute sie ernst an. »Die *Earth Hour.*«

Schockiertes Schweigen breitete sich im Raum aus.

»Die *Earth Hour?*«, fragte Sarah. »Wie kommst du denn auf diese Idee?«

Dan nickte in Richtung der Tür. »Ich war vor der Tür, um meinen Kopf klar zu bekommen – und da draußen hängen die Plakate überall an den Straßenlaternen.«

»Aber warum die *Earth Hour?*«, fragte David. »Was könnte deiner Ansicht nach der Grund dafür sein?«

»Die öffentliche Wirkung wäre enorm«, antwortete Dan. »Wenn Delaney eine Bombe zündet, die Weißes-Gold-Pulver verwendet, dann wirft er damit die Forschung nach alternativen Energieformen um mindestens fünfzig Jahre zurück.«

»Wie will er das anstellen?«

Dan setzte sich und fuhr sich mit den Fingern durch die Haare. »Ich bin bisher davon ausgegangen, dass er die Bombe mit einem Auto transportiert, weil das Pulver aus Weißem Gold so instabil ist. Das ist es auch, aber inzwischen denke ich, dass der Wagen *selbst* die Bombe sein soll. Weißes-Gold-Pulver wird ja bereits in der Brennstoffzellen-Technologie für Fahrzeuge verwendet und Unternehmen setzen viel Zeit und Geld ein, um zu erforschen, ob es das Potenzial besitzt, zukünftig in großem Maßstab als Wunder-Treibstoff dienen zu können.«

David nickte zustimmend. »Wenn Delaney also einen *Unfall* mit dieser Technologie inszeniert, bleibt es bei der Verwendung von Öl und Kohle, bis die Vorräte endgültig aufgebraucht sind. Ganz zu schweigen davon, dass der Wert seiner Anteile an den europäischen Gasgesellschaften in die Höhe schießen wird.«

Dan nickte heftig. »Genau so ist es. Gibt es einen besseren Weg, die gewünschte Wirkung zu erzielen, als den, eine umweltfreundliche Brennstoffquelle zu nehmen und diese während der *Earth Hour* in die Luft zu jagen?«

David lehnte sich in seinem Stuhl zurück. »Wir müssen sie zu uns kommen lassen. Es ist unmöglich, das Schiff mitten auf der Nordsee zu entern.« Er wandte sich an die beiden Analysten. »Macht eure Berichte fertig und legt sie mir innerhalb einer Stunde auf den Schreibtisch.«

Die beiden Männer nickten, sammelten ihre Notizen ein und hasteten aus dem Raum. David beobachtete sie dabei und wandte sich dann an Philippa. »Stell mehrere Teams für den Einsatz zusammen. Dan soll eines davon leiten.«

Dan sah ihn erstaunt an. »Tatsächlich?«

David lächelte. »Ja, tatsächlich. Ich vermute, du erinnerst dich noch, wie das geht?«

Dan nickte. »Da kannst du drauf wetten. Um nichts in der Welt lasse ich mir das entgehen.«

»Gut. Wir brauchen drei Teams, die von Land aus operieren und eines, das vom Wasser aus eingreift, um sicherzustellen, dass niemand das Schiff verlässt, während wir es entern.«

Philippa schrieb einige Zeilen in ihr Notizbuch und stand dann vom Tisch auf. »Uns bleibt nur ein Tag zur Vorbereitung«, sagte sie, »also werde ich mit Steve reden und sehen, wer vor Kurzem im Außeneinsatz war. Ich will Experten – wir können uns keine Fehler leisten.«

Auch David erhob sich. »Gut so – auf geht's!«

KAPITEL 46

Terry schaute aus dem Fenster auf der Brücke, als der Frachter langsam die Themse hochfuhr. In der Ferne konnte er bereits die Spitzen der vertrauten Sehenswürdigkeiten Englands Hauptstadt sehen – die Tower Bridge, den Telecom Tower, das London Eye.

Er wandte sich schnaubend an Charles. »Weißt du, dass es früher mal Zeiten gab, als große Städte noch von ihren Kirchen und Kathedralen überragt wurden«, sagte er und zeigte dabei durch das Fenster nach draußen. »Inzwischen ist es viel wichtiger, wie groß ihr Hamsterrad ist.«

Charles rang sich ein nervöses Lächeln ab, unsicher darüber, wie er auf Terrys Vertrauen und Humor reagieren sollte.

Terry griff nach dem Geländer und starrte aus dem Fenster. »Bald«, versprach er sich. »Bald.«

Dan sah sich in der Operationszentrale um, während sich das Einsatzteam zum Ausrücken fertigmachte. Er schaute zum Konferenzraum hinüber und bemerkte Sarah, die ihn von der Tür aus beobachtete. Lächelnd ging er durch die kleine Menge auf sie zu.

»Du genießt jede Minute davon, nicht wahr?«, fragte sie.

Dan blickte nachdenklich zum Einsatzteam, dann wandte er sich ihr zu und nickte. »Es fühlt sich vertraut an. Und ich will Delaneys Bombe aufhalten.«

David gesellte sich zu ihnen. »Zeit aufzubrechen, Dan«, sagte er. »Sarah, du kannst im Hubschrauber mitfliegen. Ich hätte es zwar lieber, wenn du hier bleiben würdest, aber da ich weiß, dass du diesen Rat ohnehin ignorierst, kann ich dich genauso gut gleich dort hinsetzen, wo ich halbwegs sicher bin, dass du nicht in Schwierigkeiten gerätst.«

Sarah grinste und begann, ihre Sachen zusammenzuklauben.

Dan lachte. »Du musst mit leichtem Gepäck fliegen – es gibt kaum Platz im Chopper. Der ist ein wenig anders als die, mit denen ihr Journalisten normalerweise herumgondelt.«

Sarah verzog das Gesicht und legte ihre Laptop-Tasche wieder auf den Tisch zurück. Dan beobachtete sie dabei, wie sie der Tasche noch einen wehmütigen Blick zuwarf. Dann schob er sie aus der Tür und in das Großraumbüro hinein, wo David sein Team für ein letztes Briefing zum Angriff auf den Frachter versammelt hatte.

»Okay, Leute. Hört zu. Dan wird den Angriff vom Bug des Schiffes aus führen. Mein Team wird vom Heck aus zugreifen. Das See-Team geht nicht an Bord. Sie werden uns vom Wasser aus Deckung geben, falls wir sie brauchen und jeden daran hindern, den Frachter zu verlassen. Das letzte Team wird den Kai abdecken, um sicherzustellen, dass niemand über die Gangways flüchten kann, sobald wir an Bord sind.« David drehte sich einmal im Kreis, um sicherzugehen, dass ihm wirklich jeder im Raum zuhörte. »Wir wissen, dass mit Ausnahme des Kapitäns die gesamte Mannschaft bereits tot ist, also müssen wir uns nur noch um ihn Sorgen machen. Okay, dann los.«

David begann, das Einsatzteam aus der Operationszentrale zu treiben. Während sie die Treppe zur Tiefgarage hinunterliefen, zog Dan Sarah zur Seite. Er nickte, als David an ihnen vorbeikam. Dan wartete, bis sie allein waren und sprach sie dann mit gesenkter Stimme an.

»Ich weiß, dass dir das bestimmt nicht gefällt, aber du musst heute Abend unbedingt machen, was ich dir sage. Das ist mein Ernst, Sarah. Es wird wahrscheinlich Verletzte geben. Und ich hoffe, dass es Delaneys Leute sein werden und nicht unsere.«

Sie nickte. »Ich weiß.« Sie sah sich um, um sicherzugehen, dass niemand sie sehen konnte, dann umarmte sie Dan. »Pass auf dich auf.«

Er grinste. »Immer.« Er ließ sie los. »Und jetzt komm. Wir wollen sie doch nicht warten lassen.«

Sie liefen durch die Tiefgarage bis zu der Stelle, an der die Einsatzteams in vier schwarze Minivans einstiegen. Die Fenster waren abgedunkelt, die Räder schwarz gestrichen und als Sarah dem Piloten nach draußen zum Kampfhubschrauber folgte, bemerkte Dan, dass keines der Fahrzeuge Nummernschilder besaß.

David zog Dan zur Seite. »Hier, die kannst du vielleicht gebrauchen«, sagte er und hielt ihm eine Pistole hin.

»Ah, meine Lieblingswaffe – woher wusstest du das?«, fragte Dan lächelnd, während er die Sig Sauer in seinen Gürtel steckte.

Er folgte David zum Führungsfahrzeug und klemmte sich den Akku für das Funkgerät an seinen Gürtel. Dann steckte er den In-Ear-Kopfhörer ins Ohr, testete die Lautstärke und nickte David zu. *Bereit.*

Er öffnete die Schiebetür an der Seite des Fahrzeugs, kletterte hinein und begrüßte die Männer, die bereits saßen, mit einem Nicken. David sprang auf den Beifahrersitz. Dan schob die Tür zu, der Fahrer gab kräftig Gas und führte die Fahrzeuge aus der Tiefgarage hinaus.

Dan beobachtete durch das getönte Glas, wie der Kampfhubschrauber in die Luft stieg, bereit, jederzeit Unterstützung zu bieten. Er lehnte sich nach vorn und klopfte David auf die Schulter. »Weiß die Polizei, dass wir kommen?«

David nickte. »Die Polizei in Tilbury ist alarmiert. Für die Docks haben sie einen eigenen Zuständigkeitsbereich.«

»Solange sie dort keine Panik verursachen«, meinte Dan. »Das Letzte, was wir gebrauchen können, ist, dass Delaneys Leute verschreckt werden.«

»Das sollte kein Problem werden«, erwiderte David. »Sie arbeiten alle weit vom Frachter entfernt, sodass sie außer Gefahr sein müssten. Die einzigen Polizisten, die sich eventuell in der Nähe aufhalten werden, tarnen sich als Hafenarbeiter.«

Dan lehnte sich im Ledersitz zurück und beobachtete, wie die Stadt an ihnen vorbeiflog. Er drehte sein Mikrofonkabel zwischen den Fingern, unfähig, ruhig zu bleiben. Plötzlich verwandelte sich das Stadtbild vor seinen Augen in eine Wüste. Dan blinzelte mehrmals und schüttelte heftig den Kopf, um seine Vision wieder von seinem inneren Auge verschwinden zu lassen.

»Alles in Ordnung?«

Dan sah den Mann an, der neben ihm saß und nickte. »Sicher.«

Als sie sich dem Dock näherten, schaltete der Fahrer die Scheinwerfer des Transporters aus. Das Fahrzeug bewegte sich jetzt im Schritttempo vorwärts und blieb dabei im Schatten.

Dan blickte hinter sich und bemerkte, dass die anderen drei Fahrzeuge noch folgten. Er schaltete sein Mikrofon ein. »Nicht die Bremsen benutzen«, sagte er. »Achtet darauf, dass ihr in einem niedrigen Gang bleibt und nehmt die Handbremse.«

Eine Reihe von Doppelklicks über das Funkgerät signalisierte die Bestätigung der anderen Fahrer. Dan richtete sich in seinem Sitz auf – beruhigt, da die Bremsleuchten das Team jetzt nicht mehr verraten würden. Schließlich hielten die Minivans unter dem Vordach eines Gebäudes an.

Dan blickte zu dem Dock, das in einiger Entfernung lag. »Okay, das entführte Schiff ist das, das man dahinten unter den Bogenlampen sehen kann«, erklärte er mit leiser Stimme dem Team in seinem Wagen. »Wir warten, bis David meldet, dass das See-Team Stellung bezogen hat.«

Er warf David einen Blick zu, der mit dem Finger am Kopfhörer angespannt auf seine Uhr starrte und auf die Bestätigung wartete, dass das Einsatzboot den Frachter erreicht hatte. Das See-Team näherte sich dem Schiff ohne Motor. Schall breitete sich über dem Wasser viel weiter aus und das Team kommunizierte mithilfe einer Reihe von vorher abgesprochenen Klicks und Klopfen auf die Mikrofone. Um den Angriff nicht zu gefährden, sagt niemand ein Wort.

Dan blickte auf, als David seine Uhr senkte und ihm zunickte.

»Gut, wir müssen los«, sagte Dan und schob die Fahrzeugtür vorsichtig auf.

Er stand im Schatten und starrte auf den Frachter. Irgendwo dort drinnen wartete Delaneys Waffe aus Weißem Gold auf ihn. Vom Kai aus beleuchteten Laternen Teile des Schiffes. Dan stellte sich vor, um wie viel heller es wäre, wenn die Polizei nicht zur Unterstützung des Angriffs dafür gesorgt hätte, dass um das Schiff herum so wenig Beleuchtung wie möglich angeschaltet blieb. Gerade genug, damit auf dem Frachter kein Verdacht aufkam.

David trat an ihn heran. »Fast wie in alten Zeiten. Du erinnerst dich noch, was zu tun ist?«

Dan nickte. »Ja. Ist wie meine zweite Natur. Als hätte es die letzten paar Jahre nicht gegeben.«

David grinste. »Ist mir auch schon aufgefallen – du bist der geborene Anführer. Gut, dass du wieder da bist.«

Dan beobachtete ihn dabei, wie er zu dem Minivan hinter ihnen ging und die letzten Anweisungen erteilte, bevor seine Stimme über das Headset zu hören war.

»Packen wir's an.«

Dan signalisierte seinem Team, ihm zu folgen. Während sie den Schatten der Gebäude als Deckung nutzten, schlichen sie sich näher an das Schiff heran. Bei der letzten Lagerhalle hielt Dan sein Team zurück und blickte zu der Gangway hinüber, die den Bug hinaufführte. Er entdeckte zwei Gestalten, die nebeneinander hergingen, doch sie schienen in ein Gespräch vertieft zu sein und beachteten deshalb die Aktivitäten auf dem Dock nicht. Die riesigen Ladeklappen am Heck standen offen, eine Rampe führte in die Eingeweide des Schiffes hinein. Die als Hafenarbeiter verkleideten Polizisten hatten die Entladearbeiten erfolgreich soweit verzögert, wie sie es riskieren konnten, ohne Verdacht zu erregen.

Dan bemerkte einen salzigen Geruch in der Luft. Eine kühle Brise wehte von der Flussmündung her über die Docks.

Davids Stimme meldete sich leise über das Funkgerät. »Alle in Position?«

Dan klopfte zweimal an sein Mikrofon. Er hörte entsprechende Bestätigungen vom Rest des Teams.

»Auf mein Zeichen«, sagte David. »Drei. Zwei. Eins. *Los!*«

Dan lief mit gezogener Waffe gebückt voran und sorgte dafür, dass sein Team im Schatten zwischen den Laternen blieb. Als er die Gangway erreichte, warf er einen kurzen Blick über die Schulter und checkte, ob seine Männer einsatzbereit waren. Er nickte ihnen zu, wandte sich wieder um und begann, die Gangway hochzurennen.

Sein Herz raste, nicht wegen der Anstrengung, sondern weil Unmengen von Adrenalin durch seine Adern jagten. Er wollte derjenige sein, der Terry aufspürte, um herauszufinden, warum er all das tat.

Er erreichte das obere Ende der Gangway zur gleichen Zeit wie Davids Team auf der Heckgangway. Der Zugang zur Schiffsbrücke befand sich links von ihm. Dan spähte zu den Fenstern hoch, während seine Männer hinter ihm ausschwärmten. Plötzlich ertönte auf dem Deck ein Schrei und Dan duckte sich instinktiv, als eine Kugel in die Metallverkleidung über seinem Kopf einschlug. Sein Team antwortete mit präzisen, vorsichtigen Schüssen, um zu vermeiden, dass Querschläger eventuell die Falschen treffen würden.

Die beiden Männer, die er auf der Gangway gesehen hatte, fielen getroffen auf das Deck.

»Zwei am Boden«, sagte er über das Funkgerät. »Feuert nur, wenn auf euch geschossen wird. Wir wollen noch mit einigen dieser Leute reden. Wenn möglich, zielt tief, nur verletzen, nicht töten.«

Als Antwort war eine Reihe von Doppelklicks über das Funkgerät zu hören.

Dan schob sich weiter das Deck entlang, bis er eine Tür auf seiner rechten Seite entdeckte. Er signalisierte seinem Team, Abstand zu halten, dann drehte er langsam den Griff und zog die Tür sanft auf. Eine Metalltreppe führte nach oben.

Dan konzentrierte sich auf seine Atmung und versuchte damit seine Herzfrequenz zu reduzieren. Er zog die Tür ganz auf und riskierte einen Blick die Stufen hinauf. Als eine Kugel direkt neben ihm auf dem Boden einschlug, machte er einen Satz zurück, einen Sekundenbruchteil später hörte er auch den Schuss.

Dan sah den Mann rechts von sich an. »Hast du eine von diesen Blendgranaten?«

Der nickte und reichte Dan eine Granate.

Dan grinste. »Dann knöpfen wir uns den Bastard mal vor.«

Er zog den Sicherungsstift, öffnete die Tür und schleuderte die Granate ins Treppenhaus. Schnell warf er die Tür wieder zu und hielt sie zugedrückt, während er seinen Kopf abwandte und die Augen schloss. Eine laute Explosion ließ die Tür im Rahmen erzittern, danach folgte das Geräusch von etwas Metallischem, das die Treppe herunterfiel.

Dan öffnete die Tür und spähte hinein. Ein Sturmgewehr lag auf dem Treppenabsatz. Dan trat durch die Tür, blickte nach oben und schnappte sich das Gewehr.

»Los, los!«, befahl er seinem Team und führte sie die Metalltreppe hinauf.

Als sie sich dem Treppenende näherten, wurde Dan langsamer und signalisierte seinen Männern, direkt hinter ihm zu bleiben. Er bewegte sich auf eine offene Tür zu, von der er vermutete, dass sie zum Kontrollraum des Schiffes führte. Dan schulterte die Waffe und spähte am Türrahmen vorbei. *Ihm rutschte das Herz in die Hose!*

Der Mann mit der Brille stand ihm direkt gegenüber, hielt Brogan als Schutzschild vor sich und drückte eine Pistole an den Hals des Kapitäns.

»Waffe fallen lassen«, befahl er.

Dans Verstand raste. Er sah Brogan an.

»Sind Sie in Ordnung?«

Der Kapitän nickte und beobachtete dabei Dan sorgfältig.

»Wir haben Ihre Tochter. Sie ist in Sicherheit«, sagte Dan.

Brogan sackte merklich in sich zusammen. Die plötzliche Bewegung brachte Charles aus dem Gleichgewicht. Er ließ den Kapitän einen Wimpernschlag lang los, um ihn wieder besser in den Griff zu bekommen, doch Dan erkannte seine Chance.

Er feuerte. Einmal. Tief.

Charles brüllte, als die Kugel seinen Knöchel zerschmetterte und sich in den Tisch hinter ihm bohrte. Er ließ zuerst seine Waffe fallen, dann Brogan und krachte mit schmerzverzerrtem Gesicht auf den Boden. Dan stürzte auf ihn zu und trat seine Pistole zur Seite. Dann beugte er sich runter und stellte dabei den Fuß auf den Hals des Mannes.

»Du Bastard. Ich sollte die nächsten fünf Kugeln auf deine anderen Körperteile verteilen.«

Er wandte sich an das Teammitglied, das neben Brogan auf dem Boden kniete.

»Wird er wieder in Ordnung kommen?«

Der Mann nickte. »Wir bringen ihn ins Krankenhaus. Er scheint stark dehydriert zu sein und steht unter Schock. Seine Tochter ist vor Ort und wartet schon auf ihn.«

»Gut.«

Dan wandte seine Aufmerksamkeit erneut Charles zu. »Es ist vorbei. Wo ist der Bombenmacher?«

Charles lachte. Dan trat ihm gegen den zerschmetterten Knöchel und der Mann brüllte sich vor Schmerzen die Seele aus dem Leib.

»Wo ist Terry?«, fragte Dan erneut. »Und wo ist das Auto?«

»Sie sind weg.«

Dan drehte sich blitzschnell herum. Brogan richtete sich auf den Ellenbogen auf und starrte ihn an. »Sie haben es vom Schiff gebracht, kurz bevor ihr aufgetaucht seid. Der Anführer fährt es selbst.«

»Sir!«

Dan blickte auf. Einer seiner Männer zeigte aus dem Fenster. »Ich glaube, das sollten Sie sich ansehen, Sir!«

Dan stürzte hinüber. Ein Auto, dessen Scheinwerfer quer über den Kai strahlten, ließ den Motor aufheulen, wendete schnell und beschleunigte dann in Richtung der Hafenausfahrt.

Dan rannte die Treppe hinunter auf das Deck, fast in David hinein. Ungläubig mussten sie vom Deck des Schiffes aus mit ansehen, wie die schwarze Limousine auf einen der Polizisten zuhielt, der als Hafenarbeiter getarnt war. Nur ein Sprung ins eiskalte Wasser rettete den Mann davor, überrollt zu werden. Prustend schwamm er zurück zu seinen Kollegen.

David wandte sich an Dan, dann schaltete er sein Funkgerät ein.

»Hubschrauber«, schrie er.

KAPITEL 47

Dan und David drehten sich um und rannten auf dem Deck in Richtung der Heck-Gangway. Dan blickte auf. Von den Stufen aus konnte er sehen, wie das Auto sich seinen Weg über den Dockkomplex suchte. Er hörte das Kreischen der Reifen, als es durch eine Barrikade rauschte und Fahrt in Richtung Stadt aufnahm.

David sprach bereits über Funk mit dem Helikopterpiloten. »Wir kommen zu zweit. Bring uns so schnell wie möglich hoch.«

Dan sprang in den Sitz neben Sarah und schloss seinen Sicherheitsgurt. Er sah sie an. Ihr Gesicht war kreideweiß. Er beugte sich nach vorn und drückte ihre Hand. »Hast du dir das auch alles notiert?«

Sie öffnete den Mund, um etwas zu sagen, drehte sich aber nach vorne, als sich David neben dem Piloten in den Sitz fallen ließ.

»Los, los!«, schrie er. »Hinterher!«

Der Hubschrauber schoss schnell in die Luft.

Dan beobachtete durch das Fenster, wie der Helikopter vom Fluss wegschwenkte und die Verfolgung des Fahrzeugs aufnahm, das bereits rasend in eine der Hauptverkehrsstraßen in die Stadt abbog. Er hörte, wie David über Funk jemandem befahl, die Polizei anzuweisen, sich vom Auto fernzuhalten.

Dan konnte spüren, wie das Adrenalin durch seine Adern pulsierte. Seine Albträume vergessend, versuchte er herauszufinden, wie Terry die Bombe entworfen haben könnte und was er sehen würde, wenn er die Chance zur Untersuchung bekäme. Er sah auf seine Uhr und lehnte sich dann nach vorn. Er klopfte David auf die Schulter und schrie, damit der ihn über den Motorlärm verstehen konnte.

»Das wird nicht funktionieren! Du musst mich auf den Boden bringen, damit ich ihm auf der Straße folgen kann.«

David wandte sich dem Piloten zu. »Setz uns wieder ab. Jetzt!«

Der Pilot nickte. Dan blickte nach unten auf die Stadt. Er musste nur das Fahrzeug erreichen, bevor Terry es in die Luft sprengte.

Er spürte, wie sich Druck in seinen Ohren aufbaute, als der Hubschrauber schnell an Höhe verlor. Er sah aus dem Fenster. Der Helikopter schwebte über einem öffentlichen Parkplatz, der Pilot suchte eine freie Stelle zwischen den Autos und der Straßenbeleuchtung.

Dan hielt den Atem an. Der Pilot wusste nicht, ob es unter ihnen Stromleitungen oder Telefonleitungen gab – sie konnten es nur auf gut Glück versuchen.

»Schneller«, rief David. »Bring dieses Ding auf den Boden oder wir werden das Auto verlieren!«

Dan zuckte zusammen, als sich Sarahs Finger nervös in seinen Oberschenkel bohrten. Vorsichtig nahm er ihre Hand und hielt sie fest, wobei er ihre Nägel, die in sein Fleisch stachen, ignorierte.

Er schaute wieder aus dem Fenster. Rechts vom Parkplatz befand sich ein Supermarkt, dessen helle Lichter die Silhouetten der überraschten Käufer beleuchteten, die verblüfft zum Helikopter hinaufstarrten.

Als der Hubschrauber landete, stieg Dan aus, warf die Tür hinter sich zu und duckte sich instinktiv unter dem Wind, den die Rotorblätter verursachten. Als er aus dem Radius des Helikopters trat, brachten ihn Rufe von hinten zum Stehen: »Warte, Dan«, rief Sarah, so laut sie konnte, als sie sich ihm duckend näherte. »Wie du schon sagtest – ich werde mir alles haargenau notieren. Dafür muss ich nah dran sein.« Auch wenn sie sich Mühe gab zu grinsen, zeichnete sich immer noch Angst in ihren Augen ab. »Verdammt, Sarah«, entgegnete Dan, der nun nicht wusste, wie er Sarah loswerden sollte, ohne zu viel Zeit zu verlieren. Er packte ihren Arm und zog sie mit sich. David stand bereits auf dem Asphalt.

Dan wandte sich ihm zu. »Was dagegen, wenn wir dich verlassen?«

David schlug ihm auf den Rücken. »Haut ab. Wir folgen euch so dicht wie möglich und versuchen zu verhindern, dass ihr unterwegs angehalten werdet.«

»Aber ihr wisst doch gar nicht, welches Auto wir fahren werden!«, sagte Sarah.

David grinste, während er in den Hubschrauber zurückkletterte. »Keine Sorge, ich glaube, ich würde seinen exquisiten Fahrstil überall wiedererkennen. Wir finden euch.«

Dan beobachtete, wie der Helikopter wieder abhob, dann packte er Sarah erneut am Handgelenk und lief über den Parkplatz. Er schob sie auf die Reihen der geparkten Autos zu.

»Komm schon, lauf!«, drängte er. Sie rannten zum Eingang des Parkplatzes. Dan wechselte plötzlich die Richtung, als er einen Einkäufer entdeckte, der gerade seine vollgepackten

Taschen auf dem Rücksitz einer Sportlimousine verstaute. Als sie sich ihm näherten, zog Dan die Pistole.

»Schlüssel!«, schrie er den schockierten Mann an, der Dan die Autoschlüssel zuwarf und gleichzeitig in einer fließenden Bewegung seine Hände in die Luft hob.

Dan schob Sarah in den Wagen und lief zur Fahrerseite. Nachdem er den Motor gestartet hatte, ließ er ihn kurz aufheulen, grinste Sarah an und fuhr dann rückwärts aus der Parkbucht. Während er das Lenkrad voll einschlug, schaltete er gleichzeitig in den Vorwärtsgang und schleuderte das Auto so herum, das es zur Parkplatzausfahrt zeigte. Dann drückte er das Gaspedal bis zum Anschlag durch.

Vom Rücksitz her ertönte ein lautes Scheppern, als Gemüse und Blechdosen auf den Boden des Autos fielen.

Sarahs Hände zitterten, während sie versuchte, ihren Sicherheitsgurt zu schließen. Dan blickte mit einem verwirrten Gesichtsausdruck zu ihr hinüber.

Sie zuckte die Achseln. »Ich glaube, David hat recht wegen deines Fahrstils.«

Dan musste hart bremsen und Sarah wurde in den Sicherheitsgurt gepresst. »Gottverdammt«, keuchte sie, als sie darunter fasste, um den Druck auf ihre Brust und ihren Bauch zu verringern. »Das wird ein paar blaue Flecke geben.«

»Sonst würde ich ihn verlieren«, sagte Dan und gab wieder Vollgas. Während sie mit quietschenden Reifen losfuhren, blickte Sarah über ihre Schulter zurück und entdeckte einen Wachmann, der ihnen wütend hinterherwinkte.

Dan riss inzwischen das Lenkrad herum und trat kräftig auf die Bremse. Das Getriebe winselte voller Protest, als er krachend herunterschaltete, den Wagen um die Ecke driften ließ und mit hoher Drehzahl die Straße hinunter beschleunigte.

Sarah hing in ihrem Sitz, ihre Fingerknöchel wurden vor Anspannung weiß, während sie im Auto hin und her geschleudert wurde. »Wir verlieren ihn!«, schrie sie.

»Willst du fahren?«, schrie Dan zurück und wich einem entgegenkommenden Lastwagen aus, dessen Fahrer wütend gestikulierte, als sie an ihm vorbeirasten.

Anschließend riss Dan das Lenkrad hart nach links. Die Reifen quietschten vor Protest, als der Wagen über den nassen Asphalt rutschte. Er nahm etwas Gas weg, um das Fahrzeug wieder unter Kontrolle zu bekommen, und trat dann das Pedal erneut voll durch. Das Auto schoss vorwärts und geriet wieder in die Spur, während sie an einem verdutzten Radfahrer vorbeisprengten.

»Kannst du ihn sehen?«, brüllte er Sarah zu.

Sie zeigte auf die Rückleuchten eines Autos, das am Ende der Straße fuhr.

»Da hinten. Um die Ecke. Schnell, Dan, wir verlieren ihn!«

Dan gab erneut Vollgas und raste auf die Kreuzung. Dort ließ er den Wagen um fünfundvierzig Grad nach rechts driften und überholte einen weißen Lieferwagen, bevor er brutal bremsen musste, weil die Straße scharf nach links abbog und dann weiter parallel zur Themse verlief.

Die Rückleuchten der schwarzen Limousine schimmerten jetzt ein paar hundert Meter vor ihnen. Dan nahm Gas zurück und folgte in sicherer Entfernung.

»Dan?«

Sarah sah ihn verwirrt an.

»Willst du ihn nicht aufhalten?«

Er schüttelte den Kopf.

»Ich kann nicht – ich weiß nicht, wie er die Bombe zum Explodieren bringen will. Er muss für uns den Wagen in einem Stück zu seinem Zielort bringen.«

Dan unterbrach sich, als sein Handy klingelte. Er griff in seine Jackentasche und reichte Sarah das Telefon.

»Geh du ran.«

Sie ging ans Handy.

»Hallo?« Sie wandte sich Dan zu und formte lautlos mit den Lippen, *es ist David.*

»David? Wir folgen ihm … er ist gerade auf die Uferstraße abgebogen … nein, er will warten, bis das Auto anhält … er sagt, es wäre zu gefährlich … okay.«

Sie beendete das Gespräch und hielt das Telefon fest in ihrer Hand.

»David hat ein Team, das ungefähr zwei Minuten hinter uns ist. Sie werden uns aus der Ferne verfolgen. Er behält uns aus dem Helikopter ständig im Auge.«

Dan riskierte einen Blick aus seinem Fenster und entdeckte tatsächlich die verräterischen Lichter eines Hubschraubers, der in geringer Höhe flog. »Gut, solange sie diesen Abstand beibehalten. Ich möchte nicht, dass der Kerl gewarnt wird …«

Er brach ab, als die schwarze Limousine zur linken Straßenseite hinüberschwenkte. Die Bremsleuchten flammten kurz auf, dann wieder, als der Wagen ausrollte und stehen blieb.

»Scheiße!« Dan beschleunigte und überholte das Auto. »Um Himmels willen, schau bloß nicht hin! Ich hoffe nur, dass er nicht weiß, dass wir ihn verfolgen!« Er fuhr weiter die Straße hinunter, bis auf der linken Seite eine Querstraße kam, in die er abbog. »Ruf David zurück – sie müssen uns sagen, wo Terry jetzt hinfährt, damit wir versuchen können, dort vor ihm anzukommen. Vielleicht gelingt es uns ja sogar, uns zu verstecken, bevor er auftaucht.«

Sarah nahm das Telefon vor ihr Gesicht und begann mit zitternden Händen zu wählen. Sie gab die Nachricht weiter und hörte dann schweigend zu.

Dan fuhr so lange mit gemäßigter Geschwindigkeit, bis Sarah den Anruf beendete.

»David sagt, dass der Wagen zu einer Landungsbrücke an der Wapping High Street fährt – Philippa hat uns auf dem Schirm und meint, dass wir ihn überholen könnten, wenn wir diese Route nehmen.« Sie zeigte auf die Straße vor ihnen.

»Okay, sag mir einfach wo lang, während wir fahren … und drück uns die Daumen, dass wir wirklich schneller sind als er.«

KAPITEL 48

:

Brisbane, Australien

Delaney stieß die Tür zu seinem Büro auf, warf sie hinter sich zu und verschloss sie. Sein Blick irrte durch den Raum. Schwitzend und vollkommen außer Atem, zwang er sich, langsamer Luft zu holen. Alles brach auseinander.

Delaney zog sein Handy aus der Jackentasche und drückte die Wahlwiederholung. Er nahm das Telefon ans Ohr, schloss die Augen und lehnte sich an die Tür. Erneut hörte er die Nachricht ab, die ihn mit roboterhafter Stimme darüber informierte, dass Uli Petrovs Handynummer nicht mehr verfügbar war.

Er beendete den Anruf und sah erschrocken auf, als das Telefon auf seinem Schreibtisch zu klingeln begann. Delaney schritt schnell durch das Büro und riss es von der Gabel. »Was?«

Er schloss die Augen und fuhr sich mit der Hand über das Gesicht, während er zuhörte und die Informationen verarbeitete. »Wann?«

Kraftlos lehnte er sich gegen den Schreibtisch. Sein Herz raste. Das durfte nicht passieren. »Senden Sie den Bericht an meine private Faxleitung.«

Er legte das Telefon zurück und umrundete den Tisch. Nachdem er eine Schublade aufgezogen hatte, suchte er darin herum, bis er eine kleine Plastikflasche fand. Er nahm sie heraus, drehte den Deckel auf und schüttelte zwei winzige weiße Pillen in seine Hand. Schnell schob er sie in den Mund, schluckte sie und warf die Flasche wieder in die Schublade. Delaney knallte diese zu und wandte sich um, als das Faxgerät zu drucken begann.

Er riss das einzelne Blatt Papier aus der Maschine, las den Inhalt und stieß dann geräuschvoll die Luft aus.

Es war eine Kopie der letzten Ausgabe der Moskauer Times. Man hatte Uli Petrov in seinem Haus in Krylatskoje tot aufgefunden, nach Aussage der Polizei war er das Opfer eines Einbruchs, der schiefgelaufen war. Der Kreml hatte sofort die Chance ergriffen, Petrovs Öl- und Gas-Vermögenswerte unter Kontrolle zu bringen, um die Produktion während des europäischen Winters zu sichern und es war nicht zu erwarten, dass er diese Kontrolle in absehbarer Zukunft wieder aufgeben würde.

Delaney zerriss das Blatt Papier und warf es angeekelt in den Papierkorb. Er griff nach seinem Telefon und wählte Charles' Nummer. Dann ließ er sich schwer atmend in seinen Stuhl fallen.

Keine Antwort. Delaney hielt das Telefon mit gestrecktem Arm von sich und starrte es ungläubig an. *Wo zum Teufel steckte er?*

Delaney griff nach unten und zog eine der Schreibtischschubladen heraus. Nachdem er den Inhalt über den chinesischen Seidenteppich unter seinem Stuhl gekippt hatte, drehte er die leere Schublade um. Ein dünner brauner Briefumschlag klebte auf der Unterseite. Delaney löste ihn vorsichtig ab und warf die Schublade auf den Boden. Er öffnete den Umschlag, studierte den sorgfältig ausgearbeiteten

Zeitplan und sah dann auf seine Uhr. Es könnte immer noch funktionieren. Der Frachter müsste inzwischen in Tilbury an der Themse angedockt haben. Terry würde das Auto entladen haben und bereits unterwegs sein.

Delaney hielt inne. Was, wenn Terry und Charles verhaftet worden waren? Würde er der Nächste sein?

Er bückte sich und fing an, die Dokumente auf dem Boden wieder einzusammeln, dann stopfte er sie in den Papierkorb und zog sein Feuerzeug heraus. Während er die Flamme an den Rand einer Seite hielt, bemerkte er, dass seine Hand zitterte. Zorn, Angst, Frustration, Wut – all das kochte durch seine Adern und zehrte ihn auf.

Delaney knurrte – ein lang gezogener, tiefer und primitiver Laut, dann fing das Papier endlich Feuer. Er streckte sich, ergriff den braunen Umschlag und seinen Inhalt und ließ beides in die Flammen fallen. Schnell wandte er sich um und lief in die entgegengesetzte Ecke des Büros, in der zwei Aktenschränke standen. Er zog die Schubladen auf und riss alles heraus, was gegen ihn verwendet werden konnte. Ein kurzer Blick über die Schulter zum Papierkorb, dann ging er zurück und begann, mit den Akten, die er in den Armen hielt, die Flammen zu füttern.

Er betrachtete die Seiten, als er sie eine nach der anderen dem Inferno übergab – Pläne, Testergebnisse, Landakquisitionen, Vertuschungsaktionen für Unfälle und Todesopfer, die aufgetreten waren, während Terry die Waffe perfektioniert hatte.

Delaney stoppte und sah sich die nächste Akte in seiner Hand genauer an. Im Inneren lag eine Liste aller Politiker und Geschäftspartner, die er jemals im Rahmen der Lobbyarbeit für seine Kohleabbauunternehmen bestochen hatte. Er lächelte vor sich hin und hielt den Ordner fest in der Hand. Wenn sein Imperium wirklich zerstört werden sollte, dann würde er einige Leute mit in den Abgrund reißen.

Er sah auf, als er ein scharfes Knacken hörte und entdeckte, dass der Papierkorb umgefallen war. Die Flammen fingen bereits an, am Teppich zu seinen Füßen zu lecken. Instinktiv machte er einige Schritte rückwärts, erschrocken über die Geschwindigkeit, mit der sich die Flammen im Büro ausbreiteten und über seinen Schreibtisch fegten. Als er bemerkte, wie rasend schnell sich das Feuer auf die Karaffe und die Schnapsflaschen zubewegte, hob er alarmiert die Augenbrauen.

Zeit zu verschwinden.

Schnell durchquerte er den Raum und schob ein Bücherregal nach rechts. Dahinter tauchte der Zugang zu einem kleinen privaten Aufzug auf. Delaney drückte die Bestechungsunterlagen fest an seine Brust und trat in die Kabine. Er drehte sich um, zog das zierliche Sicherungsgitter zu und schlug auf den Knopf für die Tiefgarage. Noch während sich der Aufzug in Bewegung setzte, explodierten die Schnapsflaschen und Glasscherben jagten auf den Aufzugsschacht zu.

Delaney duckte sich und hielt die Akte zum Schutz über dem Kopf. Er knurrte, als sich eine Glasscherbe in seinen Handrücken bohrte. Fluchend ließ er den Arm sinken und betrachtete die Verletzung. Blut strömte die Hand entlang und tropfte auf den Boden des Aufzugs. Er zog das Glasstück heraus, warf es herunter und zermalmte es unter seinem Schuhabsatz.

Gerade als der Feueralarm im ganzen Gebäude losschrillte, kam der Aufzug zum Stehen. Delaney packte das Gittertor und zog es auf. Während er aus der Kabine trat, blickte er nach links zur Tiefgaragenausfahrt. Menschen entfernten sich vom Gebäude, blieben dann aber stehen und zeigten nach oben, wo aus den Resten von Delaneys Büro dicker Rauch herausquoll.

Delaney wandte sich ab und hechtete zu seinem Auto. Er verlangsamte seine Schritte etwas, um seine Taschen nach dem Schlüssel zu durchsuchen, schließlich hatte er ihn in der Hand. Er klemmte ihn sich kurz zwischen die Zähne, um seine Dokumente wieder in seiner Achsel zu verstauen, dann nahm er den Autoschlüssel zwischen Finger und Daumen und zielte auf das Fahrzeug.

Nichts passierte. Er runzelte die Stirn. Die Alarmanlage war nicht eingeschaltet.

Delaney hastete zum Wagen. Solange er noch einsteigen konnte, war alles in Ordnung. Er würde hier immer noch verschwinden können.

Als er das Auto erreichte, hörte er im Hintergrund Sirenen. Er lächelte. Die Einsatzfahrzeuge würden für genug Ablenkung sorgen, damit er ungesehen abhauen, zu seinem Haus fahren und einen Kriegsrat mit den Anwälten organisieren könnte. *Schadensbegrenzung.*

Delaney öffnete die Fahrertür, warf die Akte auf den Beifahrersitz und ließ sich hinter das Lenkrad sinken. Dann zog er die Tür zu und hielt den Schlüssel ans Zündschloss.

»Keine Bewegung!«

Delaney zuckte heftig zusammen und schaute im Rückspiegel in ein Gesicht, das ihn über die Rückenlehne seines Sitzes anstarrte.

»Sie sind in mein Haus eingebrochen!«, spie Delaney aus.

Mitch grinste zurück. »Nein – wir hatten eine Einladung, erinnern Sie sich?«

Delaney griff nach dem Türgriff, trat die Tür auf und lief dann los. Der laute, scharfe Knall eines Schusses durchbrach die Stille. Delaney stürzte zu Boden, umklammerte sein Bein und knurrte durch zusammengebissene Zähne.

Mitch stieg aus dem Wagen und ging zu dem Mann hinüber, seine Waffe schussbereit an der Seite haltend. Er hockte sich neben ihn und näherte sein Gesicht Delaneys, der ihn schmerzerfüllt und blass anstarrte.

»Du Bastard!«

»Die war für Hayley«, sagte Mitch. Er richtete sich wieder auf. »Und das ist für Pete.«

Er trat Delaney hart gegen die Stelle, wo ihn die Kugel getroffen hatte.

Delaney kreischte – das Geräusch wurde von den Wänden des Parkhauses zurückgeworfen.

Mitch wandte sich ab, hob die Hand und winkte. Ein Team von schwarz gekleideten Agenten tauchte mit Sturmgewehren im Anschlag hinter verschiedenen Fahrzeugen auf und kam auf Mitch zu.

»Flickt ihn behelfsmäßig zusammen und setzt ihn dann in ein Flugzeug nach Canberra«, sagte er. Er griff in den Wagen und nahm die Akte vom Beifahrersitz. »Ich glaube, wir haben da unten gemeinsame Freunde, die sich mit ihm mal unter vier Augen unterhalten wollen.«

KAPITEL 49

:

London, England

Dan schlug das Lenkrad ein und brachte den Wagen schlitternd zum Stehen. Er schaltete die Scheinwerfer aus und starrte in die Dunkelheit. Dann öffnete er sein Fenster und spitzte die Ohren. Er hörte das Geräusch eines Hubschraubers, der sich näherte.

»Lass den Kopf unten«, sagte er zu Sarah und rutschte unter das Steuer. Sarah öffnete ihren Sicherheitsgurt und faltete sich gerade in dem Moment im Fußraum des Wagens zusammen, als die Scheinwerfer eines anderen Fahrzeugs die Rückseite des Autositzes anleuchteten. Dan warf sich über Sarah und hielt sein Gesicht ganz nah an ihres, während das andere Auto an ihnen vorbeizog. Seine Bremsleuchten flammten auf, als es beim nächsten Gebäude um die Ecke fuhr. Dan und Sarah hoben ihre Köpfe und starrten ihm hinterher.

»War er das?«, fragte Sarah.

Dan nickte. »Das war unser Bombenbauer. Und das Auto, nach dem wir gesucht haben.«

»Und was machen wir jetzt?«, fragte Sarah und rutschte ungeduldig auf ihrem Sitz hin und her.

Dan legte seine Hand auf ihren Arm. »Warte einfach. Es ist eine Sackgasse – er wird nirgendwo hinfahren.«

Sie sahen beide nach oben, als sie das Geräusch des Hubschraubers hörten, der über ihnen schwebte. Er fing an, sich dem Boden zu nähern, während ein Suchscheinwerfer die Straße neben ihnen ausleuchtete.

Dan wandte sich an Sarah. »Ruf David an und sage ihm, dass wir aus dem Auto aussteigen, sobald er gelandet ist. Ich will meine Nachtsicht nicht dadurch verlieren, dass ich in einen Scheinwerfer schaue, der mich direkt anstrahlt.« Er schloss seine Augen und drehte den Kopf zur Seite, während der Helikopter seinen Abstieg fortsetzte.

Sarah machte den Anruf und legte dann ihr Handy weg. »Er ist unten, Dan.«

Der Hubschrauber war gelandet und Dan blickte auf, nachdem der Suchscheinwerfer ausgeschaltet worden war. Die Rotoren stoppten schließlich und David und sein Team kletterten hinaus. Dan ging zu ihnen hinüber.

»Wohin ist er gefahren?«, fragte David.

Dan stellte seinen Jackenkragen gegen die kalte Brise, die vom Fluss herüberwehte, hoch und zeigte auf die Straße hinter dem nächsten Gebäude.

»Das ist eine Sackgasse. Ich habe noch keinen Blick um die Ecke riskiert, weil ich dachte, dass ich doch lieber auf die Kavallerie warten sollte.«

Er sah hinüber, als sich Sarah ihnen anschloss. »Du bleibst direkt hinter uns. Wir haben keine Ahnung, was dieser Kerl vorhat.«

Sie nickte, zog den Reißverschluss ihrer Jacke bis zum Anschlag und schob ihre Hände in die Taschen. Sie beobachtete David dabei, wie der zu seinem Team zurückging.

»Was werden Sie tun?«

Dan folgte ihrem Blick. »Sie arbeiten sich entlang der Gebäude bis zu der Stelle vor, an der Terry das Auto geparkt hat.« Er schaute auf und neigte den Kopf leicht zur Seite. »Ich kann immer noch hören, wie der Motor läuft.«

Mit Sarah im Schlepptau ging er zu David und seinem Einsatzteam hinüber. David sprach in ihre Richtung, als sie sich näherten.

»Okay, wir sind bereit. Du bleibst hinter uns.« Er deutete auf Dan. »Du ebenfalls. Ich brauche dich in einem Stück, um das auseinanderzunehmen, was auch immer dieser Irre gebastelt hat.«

Dan nickte und beobachtete, wie sich Davids Team aufteilte und begann, über das offene Gelände der Kaianlage auszuschwärmen, wobei es Kurs auf die Gebäude nahm. Er ging zu ihrem Wagen zurück, öffnete die Tür und griff nach der Waffe, die David ihm gegeben hatte. Danach schloss er die Wagentür leise und bemerkte, dass ihn Sarah bereits seit einiger Zeit beobachtete.

»Das hier passiert wirklich, oder?«, sagte sie. »Du musst ihn tatsächlich aufhalten.«

Dan nickte. »Um jeden Preis.«

Sie ging zu ihm hinüber, umarmte ihn und sah ihm dabei ins Gesicht. »Sei vorsichtig.«

Er nickte, hob ihr Kinn leicht an und küsste sie. »Sei vorsichtig. Und bleib zurück, wenn ich es dir sage.« Er nahm ihre Hand, führte sie den Weg zwischen den Gebäuden hinunter und drückte sich dabei so nah wie möglich an den Lagerhäusern vorbei. Dan blickte nach vorn und entdeckte die Schattengestalten des Einsatzteams, die sich systematisch ihren Weg entlang der Gebäudereihen suchten.

Am Ende des Weges bildeten die Gebäude in etwa siebzig Meter Entfernung ein großes U. Mitten darin parkte die schwarze Limousine mit ausgeschalteten Scheinwerfern und laufendem Motor.

Dan blieb stehen und betrachtete das Fahrzeug. Er fühlte Erleichterung und Dankbarkeit, dass sie es endlich gefunden hatten. Und er bemerkte, wie das Adrenalin durch seinen Körper schoss. Es schien eine Ewigkeit her zu sein, seit er dieses Gefühl hatte. Er spürte, wie sein Herz hart und schnell in der Brust schlug. *Endlich,* dachte er. Er stellte sich vor, wie die Bombe aussehen würde, wie sie verkabelt wäre.

Der Schrei eines Teammitglieds holte ihn abrupt in die Realität zurück.

»Da ist er!«

Sechs Hochleistungstaschenlampen wurden gleichzeitig eingeschaltet und strahlten eine Gestalt an, die sich von der schwarzen Limousine entfernte.

Dan verließ seine Deckung, als er sich dem Mann in den Weg stellte und starrte ungläubig auf die erbärmliche Erscheinung, die sich auf ihn zu bewegte. Er hob instinktiv schützend seine Hände vor das Gesicht, als eine weitere Gestalt seitlich aus der Dunkelheit auftauchte und ihn an die gegenüberliegende Wand presste.

»Konzentriere dich, Dan«, befahl David. »Um Himmels willen, wir wissen doch nicht mal, ob er bewaffnet ist und du gehst direkt auf ihn zu!«

Dan schüttelte ungläubig den Kopf. »Ich kann einfach nicht glauben, dass er es ist.« Er spähte um David herum und beobachtete die Gestalt, die sich weiter näherte.

Jetzt trat David aus dem Schatten heraus und schrie. »Bleib genau da stehen, Terry, sonst schießen wir!«

Die Gestalt stoppte und ein Kichern stieg aus der Dunkelheit vor ihnen auf.

»Nun, was haben wir denn da? Ein beschissenes Wiedersehenstreffen?«, lachte Terry. »Ich hoffe, deine Bombenentschärfungsfähigkeiten haben sich verbessert, Dan.«

Dan wollte sich auf Terry stürzen, aber David hielt ihn zurück und murmelte ihm ins Ohr. »Lass es. Wir wissen nicht, ob er sich selbst verkabelt hat.«

Dan schüttelte Davids Griff ab und nickte.

»Es ist noch nicht zu spät, Terry«, schrie David. »Erzähl uns, wie man die Bombe entschärfen kann. Und sag uns, wie wir dir helfen können.«

Terry knurrte. »Mir helfen? Ist verdammt noch mal ein bisschen zu spät dafür, oder? Ihr Bastarde … ihr wolltet mich doch schon immer zurücklassen …«

Er verlor sich in seinen Erinnerungen und wurde immer leiser. Dan spitzte die Ohren, um weiter zuzuhören, konnte aber nichts mehr verstehen. Er sah David an und schüttelte den Kopf. »Ich glaube nicht, dass wir mit ihm verhandeln können.«

David nickte. »Ich fürchte, da hast du recht.« Er wandte sich wieder an Terry. »Okay Terry. Das Spiel ist aus. Wir haben Delaney in Haft. Uli ist tot.« Er nickte, als er Terrys ungläubigen Gesichtsausdruck bemerkte. »Genau so ist es. Du bist ganz allein. Also, die Hände hoch und runter auf den Boden.«

Terry nickte. Er hob die Hände langsam in Richtung Brust. Dann begann er unerwartet zu lachen. Er bewegte seine Finger so, dass Dan und David sie nicht mehr richtig sehen konnten. Im Licht der Taschenlampen bemerkte Dan trotzdem etwas Schimmerndes darin. Dann sah er Terry zusammenzucken, als wäre er von irgendetwas getroffen worden. Und plötzlich brüllte David.

»Alle runter! Er hat sich was gespritzt! Er wird sich in die Luft sprengen!«

Das gesamte Einsatzteam suchte Deckung, als Terry langsam und lachend auf sie zu torkelte. Dan schnappte sich Sarah und zog sie hinter einen Industrieabfallcontainer, als David auf ihnen landete.

»Lebend werdet ihr mich niemals bekommen«, rief Terry. »Das habe ich ihnen versprochen. Das war es, was ich damals gesagt habe. Sie jagten mich quer durch diese verdammte Wüste. Aber sie haben mich nicht gekriegt, sie konnten nicht …«

Terrys Stimme wurde durch das Donnern einer entsetzlichen Explosion weggefegt.

Als die Druckwelle abgeebbt war, hob Dan den Kopf. Es war nichts Menschliches mehr übrig. Terrys Körper war vollkommen zerfetzt worden, weggefegt von der Kraft der Explosion und der anschließenden Druckwelle.

»Was zur Hölle war das?«, fragte Sarah, ihr Gesicht sah im Licht von Davids Taschenlampe kreidebleich aus.

David schauderte merklich. »Die nächste Stufe des Terrorismus. Vergesst Selbstmordattentäter mit Sprengstoffgürtel.«

Dan drehte sich um, um ihn anzusehen. »Was meinst du damit?«

David lehnte sich gegen die Wand, sein Gesicht sah müde und abgespannt aus. »Was ich meine, ist, dass unsere bisherigen Vermutungen gerade leider bestätigt wurden. In Zukunft werden sich Terroristen einfach die Chemikalien injizieren, die man braucht, um sich in eine Zeitbombe zu verwandeln, die überall hingehen kann. Und es gibt nichts, was sie verraten würde. Sie verwenden die gleiche Art von Nadeln wie Diabetiker. Man kann sie vorher nicht erkennen.«

Er stieß sich von der Wand ab und sah Dan an. »Bereit, loszuziehen und zu spielen?« Langsam bewegte er sich in Richtung der schwarzen Limousine.

Dan zog Sarah auf die Füße. »Ich muss mir diese Bombe anschauen. Guck nicht auf die Wände. Hast du mich verstanden?«

Sie nickte.

»Ich meine es erst. Du willst nicht die gleichen Albträume wie ich haben. Schau einfach auf den Boden. Ich führe dich daran vorbei.«

Sie griff nach seiner Hand und drückte sie. Während er sich umdrehte, zog er sie an sich und folgte Davids Spuren in Richtung des Wagens. Sie machten einen Bogen um das, was von Terry übrig geblieben war und näherten sich dem Fahrzeug.

KAPITEL 50

:

Sarah hielt sich hinter Dan. Ihr Atmen war in der gedämpften Stille deutlich zu hören.

Er führte sie in einem weiten Kreis um das Fahrzeug herum, registrierte dabei jedes Detail, jede Nuance des Autos und versuchte, einen Weg auszuloten, wie er vorgehen könnte.

»Worauf wartest du noch?«, flüsterte Sarah, als sie neben der Fahrertür anhielten.

»Schau!« Er zeigte in das Innere des Fahrzeugs.

Sarah spähte durch das Heckfenster und spürte, wie ein kalter Schauer ihren Rücken hinunterlief. Ein silberner Kanister lag auf dem Rücksitz des Autos. Er war einen halben Meter lang und wurde von zwei Metallbolzen gehalten, die man durch jede der Hintertüren der Limousine gebohrt hatte. Sie erschauerte erneut.

Dan kratzte sich am Kinn. »Ich muss über die Fahrertür reingehen – was es allerdings noch gefährlicher macht, das Ding zu entschärfen.« Er studierte den Kanister. »Von hier aus kann ich keinen Timer entdecken – der müsste hinter dieser Abdeckung dort sein.«

Er trat mit verschränkten Armen einen Schritt zurück. Die Augen geschlossenen versuchte er sich verzweifelt an jedes Szenario, das er schon einmal erlebt hatte, zu erinnern, und eine Lösung aus dem Katalog seiner Erinnerungen abzurufen. Er hockte sich auf den Boden, nahm jedes Detail des Autos in sich auf und überlegte, wie man Zugang bekommen und die Bombe entschärfen könnte.

Eines der Teammitglieder kam herübergelaufen und stellte einen kleinen Werkzeugkoffer neben ihn. »Tut uns leid, Sir, das ist alles, was wir finden konnten.«

Dan öffnete den Deckel und überprüfte den Inhalt. »Das müsste reichen … danke.« Er richtete sich auf, streckte sich und ließ seine Nackenwirbel knacken.

»Jeder verschwindet … jetzt«, befahl er und griff nach dem Werkzeugset.

Die Menschen, die gerade noch um das Auto herumgeschlichen waren, beeilten sich, aus dem durch die Gebäude eingeschlossenen Bereich herauszukommen und sich so weit wie möglich von der drohenden Explosion zu entfernen.

»Ich bleibe«, sagte Sarah.

Er schüttelte den Kopf und gab ihr einen leichten Schubs. »Nein … du musst auch gehen. Es bringt nichts, neben einer Bombe den Helden spielen zu wollen. Ich will, dass jeder aus diesem Bereich verschwindet … auch du. Geh mit dem Team zum Sammelplatz und warte dort.«

Sarah nickte. Sie wusste, dass er seine Meinung nicht ändern würde. Sie legte ihre Hand auf seine Schulter und drückte sanft zu. »Viel Glück.«

Dan warf ihr einen kurzen Blick zu und lächelte.

»Nun, sieh es mal so – was auch immer gleich passiert, es wird eine höllisch gute Story abgeben.«

Sie erwiderte sein Lächeln nicht, sondern drehte sich stattdessen auf den Hacken um und ging davon.

Dan beobachtete sie, bis sie außer Sicht war, und machte sich dann bereit, die Beifahrertür zu öffnen. Er rieb sich mit dem Daumen über die Finger, fasste den Griff und zog die Tür langsam auf.

Nichts geschah.

Er atmete langsam aus. Dan setzte sich vorsichtig hinein, griff nach dem Werkzeugkoffer und stellte ihn in den Fußraum des Wagens. Er lehnte sich über den Fahrersitz und studierte die silberne Oberfläche des Kanisters. Mit einem kleinen Schraubenzieher aus dem Werkzeugset begann er, jede der Schrauben, die eine schmale Platte fixierten, vorsichtig zu entfernen. Nachdem er jede zur Hälfte herausgedreht hatte, legte er den Schraubenzieher auf den Sitz und fing an, die Schrauben der Reihe nach behutsam mit der Hand weiter herauszudrehen. Dabei achtete er darauf, die Platte nicht aus ihrer Halterung rutschen zu lassen, bevor er dazu bereit war.

Während er die letzte Schraube löste, benutzte Dan seine linke Hand, um die Abdeckplatte weiter an Ort und Stelle zu halten. Dann schob er langsam seine Fingernägel unter die Kante und hob sie vorsichtig ab.

Er atmete aus, als er die Platte ganz vom Kanister entfernt hatte und sie auf den Sitz ablegen konnte. Dann drehte er sich wieder zur Bombe um und konnte deren Aufbau genauer studieren.

Der Hohlraum für den Zeitzünder war ungefähr so groß wie eine Männerhand und enthielt vier Leichtmetallstäbe, an denen ein kleines, digitales Timer-Display und eine Reihe von Schaltern befestigt waren. Mehrere Drähte kamen aus der oberen linken Ecke des Displays heraus, wanden sich um die Leichtmetallstäbe bis hin zu den Schaltern und darunter wieder hervor, bis sie schließlich in der unteren rechten Ecke des Kanisters verschwanden. So etwas hatte Dan noch nie gesehen.

Seine Hand zuckte einmal, als er sie über der Verdrahtung schweben ließ. Der Zeitzünder-Mechanismus war komplex. Hätte sein Team Charles nicht auf dem Schiff verhaftet, hätte er den Zeitzünder per Fernzugriff über sein Handy noch auslösen können. Schweiß lief ihm übers Gesicht, als er seine Optionen durchging. Wenn er zu viele Gedanken darüber machte, was hätte passieren können, würde er sich niemals richtig auf seinen Job fokussieren.

Dan konzentrierte sich darauf, langsamer zu atmen, versuchte verzweifelt, seinen Puls zu senken. Er wischte sich das Gesicht mit dem Ärmel ab, rieb die Finger gegeneinander und rutschte bei dem Versuch hin und her, unter den beengten Raumverhältnissen auf dem Rücksitz eine brauchbare Arbeitsposition zu finden.

Schließlich fuhr er mit den Fingern über die Drähte und prüfte ihre Dicke. Er hob den Blick zum Timer, der inzwischen fünf Minuten und zwanzig Sekunden zeigte. Vor drei Jahren hätte er das für puren Luxus gehalten. Er ließ die Drähte los und drehte sich zum Fußraum um, wo er den Werkzeugkoffer abgestellt hatte. Er kramte herum, bis seine Finger die Zangen fanden – klein, kompakt und perfekt geeignet für die Arbeit in engem Raum. Er nahm sie heraus und durchsuchte weiter den Inhalt des Koffers, bis er eine kleine Stifttaschenlampe fand. Seine Finger umschlossen sie, bevor er sich vorsichtig wieder der Bombe zuwandte.

Während er mit der Taschenlampe die Drähte direkt anleuchtete, legte er den Kopf zur Seite und versuchte, einen

Blick unter die Schalter zu werfen. Überzeugt nickte er sich selbst zu. Dann schnitt Dan den blauen Draht durch und setzte sich wieder auf seinen Hintern.

Plötzlich brach die Hölle los. Dan zuckte erschrocken zusammen, als die Autoalarmanlage loskreischte. Er schaute zum Timer … der in diesem Augenblick auf einen Schlag zwei Minuten herunterzählte.

»Scheiße!« Dan versuchte, den Lärm der Alarmanlage zu ignorieren, sich verzweifelt auf den Job zu konzentrieren und sich den Zeitzünder erneut vorzunehmen – ihm blieben jetzt nur noch zweieinhalb Minuten. Frustriert knurrte er laut auf. So viel zum Luxus. Er verband die beiden Enden des durchgeschnittenen blauen Drahtes wieder miteinander und der Alarm erstarb.

Er unterbrach seine Arbeit, als vom nächsten Gebäude ein Geräusch herüberhallte, dann sah er sich danach um. Eine kaum zu erkennende Gestalt ging auf ihn zu. Dan zog die Pistole aus dem Jeansbund. Noch während er die Waffe hob, zielte er bereits auf sie. »Keine Bewegung.«

Die Gestalt erstarrte. Langsam hob sie die Hände. »Dan, ich bin es.«

Dan senkte die Pistole. »Sarah?«

Sie lief inzwischen auf ihn zu, während ihr Tränen über das Gesicht strömten. »Ich konnte dich nicht allein lassen!«

Dan schälte sich aus dem Wagen und fing sie auf. »Ich muss dir nicht sagen, wie dämlich du bist, oder?«

Sie schniefte und machte einen Schritt zurück. »Nein, durchaus nicht. Wie lange haben wir?«

Er warf einen Blick auf den Timer. »Nur noch knapp eineinhalb Minuten.«

Sarah brachte ein schwaches Lächeln zustande. »Dann solltest du besser wieder an die Arbeit gehen.«

Dan nickte und kletterte zurück in den Wagen. Er beugte sich zum Kanister hinunter und strich mit den Fingern behutsam über die verbleibenden Drähte. Rot, weiß, grün. Rot, weiß, grün. Welcher? *Welcher?*

Er wischte sich den Schweiß aus den Augen und bemerkte dabei, dass seine Hand zitterte. Während er heftig und keuchend atmete, rasten Erinnerungen durch seinen Verstand – die Wüste, der Staub in seinen Augen, ein Freund, der ihn verzweifelt ansah und flehte: »Entschärfe die Bombe!« Er konnte das nicht schaffen, es war unmöglich …

»Dan!«

Er blinzelte und sah zu Sarah hoch.

Sie nickte ihm zu. »Du schaffst das. Ich vertraue dir.«

Er schloss seine Augen und ging kurz in sich, dann starrte er auf die Anordnung der Drähte unter sich. Und plötzlich tauchte irgendwo in seinem Hinterkopf die Erkenntnis auf, dass er die Bombe nicht entschärfen konnte. Verzweifelt zog er an den Drähten, ließ sie durch seine Finger gleiten. Es war sinnlos, Terry hatte ein unlogisches Schema verwendet. Es gab keine Möglichkeit zu erkennen, welcher Draht die Bombe ausschalten würde. Es war unmöglich.

Er bemerkte, dass seine Hände erneut zitterten. Er versuchte zu denken, versuchte, sich zu erinnern …

Die Eingebung traf ihn wie ein Stein am Kopf. Die Brennstoffzellen verbargen die Waffe nicht. Sie *waren* die Waffe. Er drehte sich um und schubste Sarah aus dem Weg.

Sie taumelte, stolperte und fiel zu Boden. »Was machst du?«, fragte sie keuchend.

Dan ignorierte sie. Er rannte zur Fahrertür und riss sie auf. Er rutschte hinter das Lenkrad, schlug die Tür zu, rammte den ersten Gang rein und ließ die Räder auf dem nassen Asphalt durchdrehen. Dann schaltete er die Scheinwerfer ein, die die Seiten der Gebäude anstrahlten.

Er gab Vollgas und der Wagen schoss vorwärts. Er schlitterte durch das, was von Terry übrig geblieben war und steuerte dann das Auto zwischen den Gebäuden hindurch – mit jedem Meter schneller und schneller werdend. Er schaute im Rückspiegel auf den silbernen Kanister, der im Mondschein glänzte. In seinem Gesicht machte sich ein Lächeln breit. Es gab nur einen Weg, dies zu erledigen.

Sei's drum!

Als die Limousine zwischen den letzten Gebäuden hindurchschoss, fegte sie an David und seinem Einsatzteam vorbei. Sie sahen ungläubig dabei zu, wie der Wagen am Hubschrauber vorbeiraste, noch einmal beschleunigte und dann durch die Mauer der Anlegestelle krachte.

Die Zeit schien langsamer zu vergehen, als das Auto vom Kai abhob und durch die Luft segelte, um schließlich in das dunkle Wasser der Themse unter ihm einzutauchen.

KAPITEL 51

David stürzte an den Rand der Kaimauer und spähte in das eisige Wasser. Das Dach der schwarzen Limousine wog langsam sinkend in den Wellen, die gegen den Kai schlugen. Er drehte sich um, als er rennende Schritte hinter sich hörte.

»Dan!«, schrie Sarah.

David hielt sie fest, als sie zum Rand lief. »Vorsichtig! Nicht, dass du auch da runter fällst!« Er drückte sie an sich und bemerkte, dass ihr Tränen über das Gesicht strömten.

Sie starrten auf die schwarze Limousine, die sich dem dunklen Wasser, das jetzt über das Dach leckte, ergab und unter die Oberfläche sank.

»Komm schon, Dan, raus da«, murmelte David. »Du schaffst das.«

Zwei Mitglieder seines Teams schlossen zu ihnen auf und zielten mit Suchscheinwerfern auf die Wasseroberfläche. Sie schwangen die Lichtkegel hin und her, während alle verzweifelt nach einem Zeichen von Dan suchten.

Dan zwang sich, nicht zu schreien, als das eiskalte Wasser in das Auto eindrang. Er rutschte auf dem Fahrersitz zur Seite und drehte sich um, um nach dem Kanister zu sehen. Der Timer zählte weiter. Noch sechzig Sekunden übrig.

Er wand seine Beine unter der Lenksäule hervor und verzog das Gesicht, als das Wasser in seine Jeans sickerte. Unwillkürlich begann er zu zittern, während sich die eisigen Tiefen um das Fahrzeug ausbreiteten. Er blickte zum Fenster auf der Beifahrerseite. Das Wasser stand bereits auf halber Höhe. Die schwere Limousine versank schnell im Fluss. Doch noch konnte er durch die Heckscheibe die Lichter am Kai sehen.

Ein metallisches Stöhnen ließ das Fahrzeug erzittern und Dans Magen rebellierte, als die Front des Autos plötzlich tiefer abkippte und der Motor ausging. Sein Herz raste. Er drehte sich nach hinten und beobachtete, wie das Wasser auf den Rücksitz schwappte. Es stand immer noch zu niedrig. Der Kanister war immer noch über dem Wasserniveau.

Fünfzig Sekunden.

Dan trat so fest er konnte gegen die Windschutzscheibe. Sie würde nicht zerbrechen. Als das Wasser seine Knie umspülte, schrie er voller Frustration auf. Dan war erschöpft und fror fürchterlich, seine Muskeln schmerzten vor Anstrengung. Er verlagerte sein Gewicht im Autositz, hob seine Füße und begann erneut, gegen die Windschutzscheibe zu treten. Er schaute in den Rückspiegel. Das Wasser hatte den Kanister immer noch nicht umschlossen.

Vierzig Sekunden.

Er schrie und brüllte die Scheibe an, während er weiter dagegen hämmerte. Dann verlor er plötzlich den Halt und rutschte tiefer in den Autositz, als sein Fuß durch das Glas brach.

Wasser strömte über das Armaturenbrett, ergoss sich wie ein Wasserfall auf seine Beine und über die Vordersitze. Dan schnappte nach Luft, als ihn die eisige Kälte überschwemmte. Um Halt zu finden, versuchte er sich abzustützen, während der Wagen nach unten in die unergründlichen Tiefen schlingerte.

Er nahm einen letzten kräftigen Atemzug, bevor das Auto endgültig unter die Oberfläche sank und Scheinwerfer schließlich die Dunkelheit durchsuchten. Wieder wandte er sich um und starrte den Timer am Kanister an.

Dreißig Sekunden.

Dan kroch durch die Windschutzscheibe nach draußen, wandte sich um die eigene Achse und hielt sich an der Motorhaube des Wagens fest, der unbarmherzig weiter in das dunkle, schlammige Wasser der Themse versank. Der Timer musste stehen bleiben. Er konnte seinen Herzschlag schmerzhaft in den Ohren spüren. Seine Lungen drohten zu platzen, also atmete er ein wenig aus, um den Druck auszugleichen. Wie in Zeitlupe entkamen die Luftblasen an die Oberfläche.

Zwanzig Sekunden.

Er starrte gebannt auf den Timer. Es musste funktionieren, es musste einfach. Dan dachte über die letzten drei Monate nach – an all das, was er und Sarah herausgefunden hatten. Alles lief auf das hier hinaus, auf genau diesen Moment.

Zehn Sekunden.

Dan wusste, dass er das Auto loslassen und auftauchen musste oder ertrinken würde. Seine Lunge stand in Flammen, sein Herz schlug wie rasend. Er starrte auf den Kanister und wollte den Mechanismus mit seinen Gedanken dazu zwingen, dass er versagte.

Dann blickte er hoch und erschrak unwillkürlich. Er hatte nicht bemerkt, dass das Auto bereits so tief gesunken war. Das Licht der Suchscheinwerfer zuckte nur noch als schwacher weißer Balken über die Oberfläche. Er zwang sich, den Kanister nicht aus den Augen zu verlieren, der in der zunehmenden Dunkelheit gespenstig schimmerte. Das rote Licht des Timers blinkte weiter.

Fünf Sekunden.

Dans ganze Welt reduzierte sich auf diese Anzeige, auf der er beobachtete, wie die Zeit dahinschwand.

Zwei.

Eins.

Dan schloss instinktiv die Augen und wartete auf die unvermeidliche Druckwelle. Und wartete. Dann öffnete er seine Augen wieder.

Der Timer war bei Null stehen geblieben.

Verblüfft sah er sich für einen Moment um. Er war immer noch da. Die Bombe war nicht explodiert.

Er blies die abgestandene Luft in einem wässrigen Schrei aus den Lungen und paddelte der Oberfläche entgegen.

Delaney war gescheitert.

Sarah löste sich von David und begann, hektisch die Kaimauer abzulaufen, wobei sie auf den Fluss starrte und verzweifelt betete, dass Dan wieder auftauchen würde.

Plötzlich ertönte ein Schrei und alle drehten sich um.

Dan brach mit einem gewaltigen Grinsen auf dem Gesicht durch die Wasseroberfläche. Triumphierend hob er die Faust und fing an, zur Anlegestelle zu schwimmen.

David lief zu Sarah. »Geh zum Hubschrauber. Wir haben dort Decken und einen Erste-Hilfe-Koffer. Beeil dich oder er wird sich bei diesen Temperaturen noch den Tod holen.«

Sarah nickte und rannte zum Helikopter. In der Zwischenzeit wandte David sich wieder um und kniete sich an das obere Ende einer Leiter. Dan hatte den Fuß der Leiter erreicht und hievte sich aus dem Wasser. Während Dan die Sprossen hochkletterte, hielt David ihm seine Hand entgegen und zog ihn schließlich zum Kai hinauf.

Sarah kam mit einer Decke angerannt und warf sie Dan um die Schulter. »Bist du in Ordnung?«

Er nickte. »Ist nur arschkalt«, grinste er und bemerkte, dass seine Zähne dabei klapperten.

»Ab zum Hubschrauber. Wir bringen euch beide hier raus«, befahl David.

Als sich die Rotoren drehten und den Helikopter höher in die Luft zu heben begannen, blickte Dan hinunter zu den Suchscheinwerfern, die unter ihnen über die Wasseroberfläche huschten.

Sarah beugte sich zu ihm rüber und flüsterte: »Ich habe Peters Notizen in dem Auto vergessen, das wir gestohlen haben.«

Er sah sie an, lächelte und umarmte sie. »Ist schon in Ordnung. Das sind nur Kopien. Ich habe die Originale zu Hause gelassen«, flüsterte er zurück. »Und bei den Kopien dort unten fehlen *jede Menge* Seiten. Eigenartig, oder?«

Sie schlug ihn. »Bastard. Wann wolltest du mir davon erzählen?«

Er zuckte lächelnd die Achseln. »Du und ich brauchen doch eine Versicherung.« Er legte den Finger auf die Lippen. »Sag aber bloß David nichts.« Er zwinkerte.

Schon bald begab sich der Hubschrauber wieder in den Landeanflug und kam sanft auf dem Dach eines Gebäudes zum Stehen. Dan sah David fragend an.

»Operationszentrale«, erklärte dieser. »Im Büro wartet ein sauberer Satz Kleidung auf dich. Mein Team braucht eine

Nachbesprechung. Und du musst mir sagen, was zur Hölle du dir dabei gedacht hast.«

Dan nickte und schniefte dann. »Zuerst die warmen Klamotten«, sagte er und kletterte aus dem Hubschrauber.

KAPITEL 52

:

Dan betrat den Konferenzraum in geliehenen Jeans, Stiefeln und einem geborgten Sweatshirt. Die Atmosphäre war elektrisch aufgeladen. Er trocknete das von der heißen Dusche feuchte Haar ab und warf anschließend das Handtuch über einen Stuhlrücken. Immer noch spürte er, wie das Adrenalin durch seine Adern rauschte, doch er lächelte, als ihm Philippa ein Glas Champagner in die Hand drückte.

»Gut gemacht«, sagte sie. »Ich bin wirklich beeindruckt.«

»Mach das Beste daraus«, staunte David, »sie verteilt nicht jeden Tag Komplimente.«

Dan grinste. »Obwohl ich mich daran gewöhnen könnte.«

Philippa lächelte und ging zum Tisch, setzte sich und zog ihren Laptop zu sich heran.

David nahm sich einen Stuhl und forderte Dan auf, das Gleiche zu tun. »Bevor du das alles austrinkst, müssen wir zumindest eine kleine Nachbesprechung machen«, sagte er. »Morgen werden wir dann das volle Programm durchführen, aber jetzt muss ich wissen, was in Gottes Namen du dir dabei gedacht hast.«

Sarah setzte sich neben Philippa und stellte ihr Glas auf dem Tisch ab. »Das frage ich mich auch, Dan. Woher in aller Welt wusstest du, dass du die Bombe damit stoppen kannst, indem du das Auto in den Fluss fährst?«

Dan lächelte. »Es war etwas, was mir Harry über Brennstoffzellen gesagt hatte. Ich weiß nicht, warum ich mich plötzlich daran erinnert habe, aber er hatte mir erzählt, dass, wenn die Membran um die Brennstoffzelle zu stark hydratisiert wird, die Brennstoffzelle überflutet werden kann, was verhindert, dass der Wasserstoff den Katalysator erreicht.« Er hielt inne und zuckte die Achseln. »Ich dachte nur, wenn ich das Auto in die Themse fahre, könnte das funktionieren.«

Sarah sah zu David hinüber. »Haben sie Delaney erwischt?«

Er nickte. »Mitch hat ihn verhaftet, kurz bevor wir die *World's End* enterten. Anscheinend hat Delaney sein Büro in Brand gesteckt und dann versucht, während des ganzen Tumults unbemerkt zu verschwinden. Sie fliegen ihn für ein Verhör nach Canberra. Ich denke, unsere Kollegen vom australischen Geheimdienst haben ein Zimmer für ihn frei.«

Sarah packte bereits ihre Tasche, als Dan aufstand und den Rest des Champagners in einem Schluck austrank. »Wann willst du uns morgen sehen?«

David zuckte die Achseln. »Ich glaube, wir alle verdienen es, mal wieder auszuschlafen«, sagte er. »Also sagen wir zehn Uhr.« Er folgte Dan nach draußen zu den Aufzügen und sie fuhren zum Empfangsbereich hinunter. Dan lächelte, als er bei der Eingangstür Sarah und Philippa entdeckte, die beide in ein Gespräch mit einem Mann vertieft waren, den Dan für Sarahs Redakteur hielt.

Er wandte sich um und bemerkte, dass David ihn abschätzend musterte. »Woran denkst du?«, fragte er.

»Du weißt, wir sind immer daran interessiert, gute Leute anzuwerben.«

Dan hob die Schultern. »Ich bin mir nicht sicher, ob ich dazu überhaupt bereit bin.«

David lächelte. »Nun, du hast dir eine Pause verdient. Hier ist meine Karte. Ruf mich einfach an, wenn du deine Meinung geändert hast.«

Dan blickte sich nach Sarah um, die ihn ebenfalls beobachtete. Er ging langsam zu ihr hinüber. »Hallo.«

Sie lächelte. »Hallo. Bist du oft hier?«

Er grinste. »Wie geht es dir?«

Sarah antwortete achselzuckend. »Ich bin mir sicher, dass es mich in ein paar Tagen umhauen wird.« Sie deutete mit dem Kopf zur Tür, wo ihr Redakteur, Gus, auf dem Flur auf und ab ging. »Obwohl ich glaube, er wird mich so lange einschließen, bis die Story fertig ist.«

Dan schaute über ihre Schulter und lächelte. »Auf mich wirkt er gar nicht so schlimm, zumindest, wenn man ihn mit anderen Chefs vergleicht. Wobei sich das wahrscheinlich ändern wird, wenn er deine horrende Spesenabrechnung für diesen Monat sieht.«

Sarah lachte. »Ja … und dazu kommt noch, dass ich wohl vergessen habe, einige meiner Quittungen aufzuheben.«

Dan lächelte und sah auf seine Füße. »Im Ernst – gehts dir gut?« Er warf ihr einen nervösen Blick zu und wusste nicht einmal, warum er das tat.

Ein kurzes Schulterzucken. »Ich habe keine Ahnung. Es waren ein paar verrückte Monate, weißt du? Alles, was ich möchte, ist, diese Story fertig zu schreiben und Gus damit glücklich zu machen. Danach … wer weiß das schon?«

Dan nickte. »Ja. Ich verstehe, was du meinst.«

Sarah blickte zu David hinüber, der mit seinem Team dabei war, die Kommunikationsausrüstung zusammenzupacken. Daneben machten sich forensische Spezialisten bereit, das Bergungsteam im Labor zu treffen, um die entschärfte Bombe genauestens zu studieren und sie Stück für Stück auseinanderzunehmen.

»Hat er dir einen Job angeboten?«

Dan warf David einen Blick zu und sah dann wieder Sarah an.

»Ja«, lächelte er. »Allerdings weiß ich nicht, ob ich diese Art von Aufregung regelmäßig haben möchte.«

Sie lachte. »Ach, komm – jede Menge Action, Reisen in die ganze Welt, Verfolgungsjagden, Schießen auf böse Jungs, beim Entschärfen von Bomben deine magischen Fähigkeiten wiederentdecken – was um Himmels willen hält dich davon ab?«

Dan lächelte, zuckte mit den Achseln und sah auf seine Uhr. »Hey … hast du in der nächsten Stunde schon was vor?«

Sarah schüttelte den Kopf. »Nein, warum?«

Dan ergriff ihre Hand und zog sie quer durch den Eingangsbereich. »Dann komm.«

»Wohin gehen wir?« Sarah bremste mit den Füßen, weil sie nicht wusste, was Dan vorhatte.

»Mach dir keine Sorgen … vertrau mir einfach.« Dan zog sie in Richtung der Eingangstür, vorbei an der kleinen Menschenmenge, die sich dort versammelt hatte. Gus wandte sich um, als sie sich näherten.

»Sarah … wohin gehst du?«, fragte er und versuchte erfolglos, nach ihrem Ärmel zu greifen, als sie und Dan an ihnen vorbeiliefen.

Sarah hob ihre Hände. »Ich weiß es nicht … ich folge ihm bloß.« Sie grinste. »Bisher hat das eigentlich ganz gut funktioniert.«

Gus runzelte die Stirn. »Aber nicht zu lange – ich brauche dich im Büro, damit wir die Story gemeinsam durchgehen können. Der Herausgeber will sie für die Morgenausgabe, damit wir sie bis zum Abend noch an andere Zeitungen verkaufen können.«

Dan blieb stehen und wandte sich an Gus. »Kein Grund zur Panik. Sie wird rechtzeitig da sein.« Er starrte den anderen Mann an, der nickte, weil er erkannte, dass Dan nicht in der Stimmung für Verhandlungen war.

Dan setzte sich wieder in Bewegung und zog Sarah mit sich in die knackig kalte Nacht. Ihr Atem fror in der Luft.

»Dan? Wohin gehen wir?«

»Beeil dich – ich will es nicht verpassen. Komm schon!« Er ging am Gebäude vorbei und die Belvedere Road hinauf. Er eilte den Bürgersteig entlang, bis sie einen hohen Zaun erreichten. Dort öffnete er ein schmiedeeisernes Tor und sie betraten einen kleinen Park. Er sah sich kurz um und blieb dann stehen.

»Gib mir dein Handy.«

Sarah griff in ihre Tasche und zog das Smartphone heraus. Sie reichte es Dan. »Wofür brauchst du das?«

Er grinste, schaltete es aus und steckte es dann in die Jackentasche. »Dafür.« Er sah sich im Park um. »Perfekt.«

»Gott sei Dank«, sagte Sarah sarkastisch. »Ich habe mich schon gefragt, wo zur Hölle wir hinwollen.«

Dan ignorierte ihre Bemerkung, zog sie durch den schmalen Eingang in den Park hinein und deutete auf eine niedrige Holzbank, von der aus sie die Stadt betrachten konnten, die sich unter ihnen erstreckte. Während er sich hinsetzte, klopfte er neben sich auf die Bank und sah zu Sarah auf.

»Hier … schnell. Sonst verpasst du es.«

Verwirrt setzte sich Sarah neben ihn. »Was verpassen?«

»Shh.« Dan sah auf seine Armbanduhr. »Schau.«

Als sie auf acht Uhr umschaltete, richtete Sarah ihren Blick auf die Skyline und schnappte nach Luft.

Der Reihe nach begann die Beleuchtung in jedem Wolkenkratzer, Büro, jeder Wohnanlage und Touristenattraktion zu verlöschen.

»Was ist denn los?« Sarah wandte sich an Dan. »Was passiert da?«

Dan griff in seine Jacke und holte eine kleine Kerze und eine Schachtel mit Streichhölzern heraus. Nachdem er die Kerze angezündet hatte, schaute er Sarah an und grinste.

»*Earth Hour* – hätte ich bei der ganzen Aufregung fast vergessen.«

Sarah lachte und schlug ihm leicht auf den Oberarm. Dan legte seinen Arm um ihre Schulter, zog sie an sich und küsste sie zärtlich.

»Es war einfach toll mit dir, danke«, sagte er.

Sarah lächelte und nickte nur, unfähig, etwas zu sagen, während die beiden in der Dunkelheit saßen, die sie sanft umhüllte.

– E N D E –

DANKSAGUNG

Danke, dass Sie *»Kalte Gier«* gekauft und gelesen haben. Ich hoffe, es hat Ihnen gefallen. Eine Menge Leute wissen nicht, dass sie einem Autor am besten damit helfen können, indem sie eine Rezension schreiben – falls Ihnen dieser Roman also gefallen hat, würde ich mich freuen, wenn Sie dort, wo Sie das Buch gekauft haben, ein paar Zeilen hinterlassen. Selbst wenige Sätze helfen!

Ich liebe es, von meinen Lesern und von anderen Autoren gleichermaßen zu hören. Also falls Sie in Kontakt bleiben möchten und als erster Informationen über meine zukünftigen Romane sowie Zugang zu Buchverlosungen erhalten möchten, dann melden Sie sich doch einfach bei meiner spamfreien Mailing-Liste an und zwar unter:

www.rachelamphlett.com

Danke – und ich freue mich darauf, von Ihnen zu hören.

LUZIFER
VERLAG